BASTEI
LÜBBE

Von Henrike Heiland sind bei Bastei Lübbe Taschenbücher lieferbar:

15505 Späte Rache
15629 Zum Töten nah

Über die Autorin:

Henrike Heiland, geboren 1975, studierte Neuere Englische Literatur in Gießen und Durham und sammelte währenddessen Theatererfahrung als Schauspieldramaturgin und Opernregieassistentin. Nach ihrem Studium war sie als Drehbuchlektorin und als Redakteurin für internationale TV-Koproduktionen tätig. Heute lebt sie als freie Autorin in Berlin.

Henrike
HEILAND

Verdeckte Ermittlungen

Blutsünde

Kriminalroman

BASTEI LÜBBE

BASTEI LÜBBE TASCHENBUCH
Band 15 742

1. Auflage: September 2007

Bastei Lübbe Taschenbücher in der Verlagsgruppe Lübbe

Originalausgabe

Titelillustration: IFA-Bilderteam/Stroheim
Umschlaggestaltung: Atelier Versen, Bad Aibling
Satz: hanseatenSatz-bremen, Bremen
Druck und Verarbeitung: Ebner & Spiegel, Ulm
Printed in Germany
ISBN 978-3-404-15742-6

But I won't sit idly by
(Ahhh …)
I'm planning a big surprise
I'm gonna fight
For what I want to be

»Waiting Room«, Fugazi

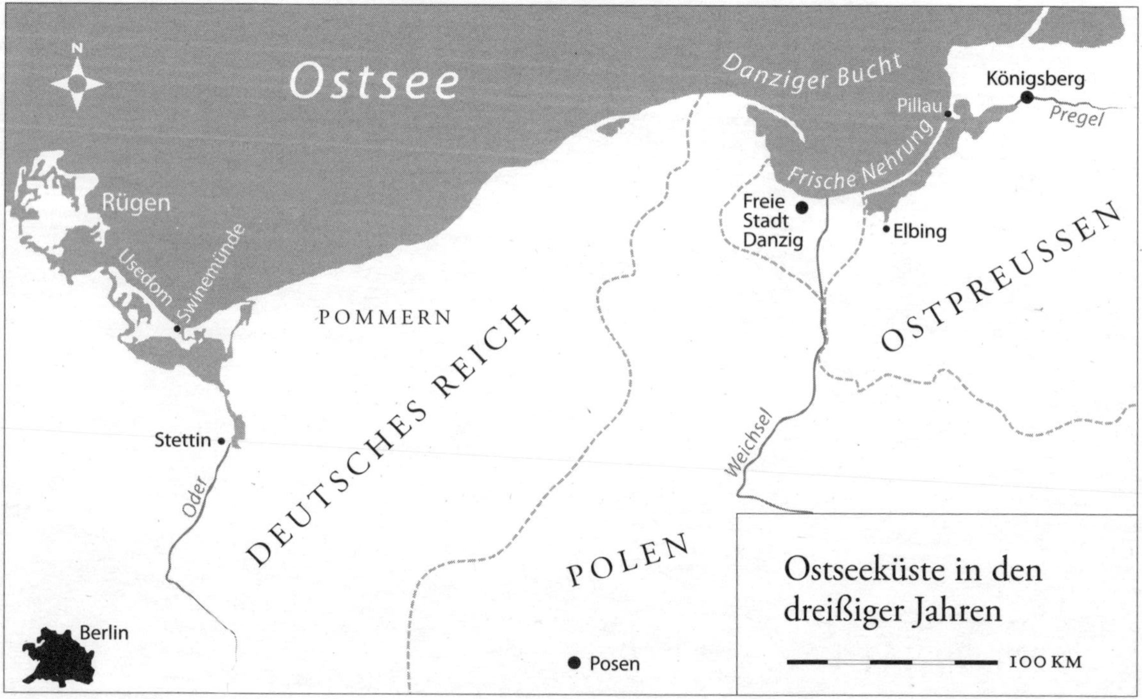
Ostseeküste in den dreißiger Jahren
N
Ostsee
Danziger Bucht
Königsberg
Pillau
Pregel
Frische Nehrung
Freie Stadt Danzig
Elbing
OSTPREUSSEN
Rügen
Usedom
Swinemünde
POMMERN
DEUTSCHES REICH
Stettin
Oder
Weichsel
POLEN
Berlin
Posen
100 KM

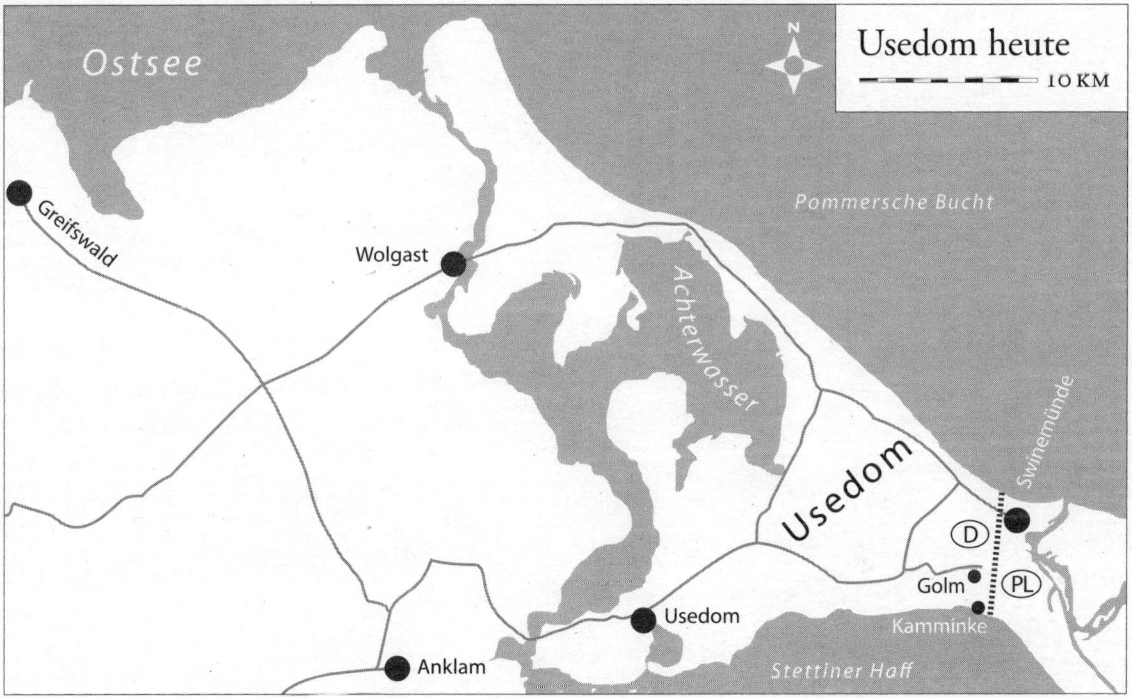
Usedom heute
10 KM
N
Ostsee
Pommersche Bucht
Greifswald
Wolgast
Achterwasser
Usedom
Swinemünde
D
PL
Golm
Kamminke
Usedom
Anklam
Stettiner Haff

I. DIE SÜNDEN DER VÄTER

Liebster Vater,
Du hast mich letzthin einmal gefragt,
warum ich behaupte, ich hätte Furcht vor Dir.
Ich wusste Dir, wie gewöhnlich, nichts zu antworten …

»Brief an den Vater«, Franz Kafka

HANNAH, 1936

Sie stand im Hinterhof und übergab sich gerade, als er zu ihr trat.
»Bist du krank?« Er klang besorgt und reichte ihr sein Taschentuch. Sie nahm es nicht. »Ich habe deine Nachricht gerade erst gefunden.«

»Lass uns schnell hineingehen. Ich muss dir etwas sagen.«

»Was ist denn mit dir, bist du krank?«, fragte er wieder, als er ihr in das Versteck auf dem Dachboden gefolgt war. »Warum bist du nicht in der Schule?«

Sie drehte ihren Kopf schnell zur Seite, als er ihr wie sonst auch immer einen Kuss geben wollte.

»Wir müssen weg, hat mein Vater gesagt.« Sie spürte, wie sich ihr Magen wieder zusammenzog, wie die Übelkeit in ihrer Kehle aufstieg. Doch diesmal kam die Übelkeit von der Aufregung.

»Weg?« Ernst sah sie ängstlich an. »Wieso? Hat man euch …«

»Gestern Nacht ist der Cousin meiner Mutter abgeholt worden.«

»O Gott!« Ernst ließ sich auf eine große Holztruhe sinken. Er blickte unruhig umher, als fürchtete er, jemand könnte sie entdecken. Dabei hatte sie noch nie jemand erwischt, in dem ganzen Jahr nicht.

»Vater hat etwas organisiert. Er hat schon im letzten Jahr damit angefangen, Sachen zu verkaufen«, sagte sie, während sie unsicher vor ihm stand. »Aber er erzählt mir nichts. Er hat nur heute Morgen zu Mutter gesagt, keiner von uns soll aus dem Haus gehen, er kommt am Abend wieder. Bis dahin sollen wir das Wichtigste gepackt haben.«

Ernst nickte langsam. »Soll ich mit meinem Vater reden? Er ist mit dem Gauleiter befreundet und …«

»Auf keinen Fall«, rief sie und war selbst darüber erschrocken, wie heftig ihre Stimme klang. »Auf keinen Fall«, wiederholte sie etwas leiser und ruhiger. »Selbst wenn er es könnte, würde uns dein Vater nicht helfen. Er hasst uns.«

»Er kennt euch doch gar nicht!« Ernst stand auf, und für einen Moment sah es so aus, als wollte er sie in seine Arme nehmen. Doch fast sofort ließ er seine Hände wieder sinken, steckte sie in die Hosentaschen und begann, auf und ab zu gehen.

»Kann ich mitkommen?«, fragte er endlich. »Das ginge ganz einfach. Ich könnte meinem Vater sagen, dass ich zu den Olympischen Spielen nach Berlin möchte. Sie beginnen ja bald. Und dann komme ich einfach nicht wieder. Er wird mich erst vermissen, wenn ich schon über alle Berge bin. Was meinst du?« Er blieb stehen und sah sie an.

Daran hatte sie noch nie gedacht. Konnten sie ihn mitnehmen? Wäre es nicht herrlich, mit Ernst zusammenzusein, für immer? An einen Ort zu gehen, wo sie gemeinsam leben konnten, wo sie sich nicht verstecken mussten? Sie würde ihren Vater fragen müssen. Aber kaum, dass sie diesen Gedanken gefasst hatte, hörte sie schon seine Antwort: Das Leben aller riskieren wegen einem, der zu den anderen gehörte? Und ihre Mutter würde sagen, dass sie noch viel zu jung wäre, um sich für ihr Leben zu binden. Ach, wenn sie wüsste, dass es schon längst vorbei war, dass sie sich schon auf ewig gebunden hatte!

»Nein. Das geht nicht.«

»Aber wir müssen uns wiedersehen«, sagte er und klang entschlossen. »Es kann doch nicht ewig so weitergehen!«

»Ja, das müssen wir.« Sie dachte nach. »Ich kann dir Briefe schreiben, oder? Mit einem falschen Namen und einer falschen Adresse. Du kannst zwar nicht zurückschreiben, aber so weißt du wenigstens, wie es mir geht«, schlug sie vor. »Und vielleicht kannst du mir ja doch eines Tages schreiben.« Sie wurde munter bei diesem Gedanken, auch wenn es nur eine schwache Hoffnung war.

Ernst nickte. »Das machen wir.« Dann ging er wieder auf und ab, und sie bekam Angst, dass man seine Schritte in der Wohnung unter ihnen hören könnte.

»Ich weiß etwas«, sagte er und blieb mit einem Ruck stehen. »Komm her zu mir.«

Sie gehorchte, und er nahm sie endlich in seine Arme.

»Du liebst mich doch, nicht wahr? Sag es mir!«

»Natürlich liebe ich dich«, antwortete sie und versuchte, nicht zu weinen.

»Wenn das alles vorbei ist, treffen wir uns wieder. Und weißt du wo? Wir treffen uns in Berlin.«

»In Berlin!« Hannah war im Gegensatz zu ihm noch nie aus Königsberg weggewesen. Sie kannte nur diese Stadt, in der sie vor sechzehn Jahren geboren worden war. »Warum in Berlin?«

Er ließ sie los, setzte sich auf die Truhe. »Ich werde auch weggehen. Zurück nach Berlin. Wir werden uns dort treffen, das verspreche ich dir. Selbst, wenn ich nie einen Brief von dir bekomme, werden wir uns wiedersehen.«

»Aber wo dort? Die Stadt muss doch so riesig sein!«

»Im Café Kranzler. Am Ku'damm. Also, am Kurfürstendamm. Kannst du dir das merken?«

Sie wiederholte es leise. Unter »Kurfürstendamm« und »Café Kranzler« konnte sie sich nichts vorstellen, aber sie würde es nie mehr vergessen. »Was ist das Café Kranzler?«

»Oh, das ist ein ganz vornehmes Café, du wirst schon sehen. Dort treffen wir uns, und dann, wenn es spät am Abend ist, gehen wir in ein Tanzlokal am Ku'damm und tanzen die ganze Nacht durch!« Er lächelte sie an, und sie sah Angst in seinem Blick.

»Versprochen?«, fragte sie und begann, die Übelkeit wieder zu spüren.

»Versprochen. Ganz fest. Nichts auf dieser Welt wird mich davon abhalten. Selbst wenn Berlin zu Staub zerfällt! Und das ist ja wohl das Unwahrscheinlichste, was man sich vorstellen kann, nicht wahr?«

Sie zuckte die Schultern. Berlin … Dann fiel ihr etwas ein.

»Ernst, du musst mir einen Gefallen tun, ja?«

»Welchen?«

»Mutter und ich haben all unsere Sachen schon gepackt. Mutter sagt, wir dürfen nur das Nötigste mitnehmen. Ich habe dir doch von den Bildern erzählt, die mir mein Onkel geschenkt hat? Man kann sie zusammenrollen, dann nehmen sie ganz wenig Platz weg. Aber Mutter hat mir verboten, sie mitzunehmen. Sie sagt, ich soll sie hierlassen. Sie hat sie nie gemocht. Aber ich will nicht, dass jemand sie findet oder kaputt macht. Kannst du sie nehmen? Bitte!«

»Ja, natürlich. Ist das alles? Nur die Bilder?«

Sie kniete sich neben die Holztruhe, auf der er saß, fasste mit ihrer schmalen Hand darunter und zog vorsichtig eine Papierrolle hervor, die sie mit einem samtenen blauen Haarband zusammengebunden hatte.

»Ich habe sie aus den Rahmen herausgenommen. Es sind Aquarelle. Es passiert ihnen doch nichts, wenn man sie zusammenrollt?«

Ernst nahm die Rolle, zog die Schleife des Samtbandes auf, löste den Knoten und breitete die Bilder vor sich auf dem Boden aus. Es waren Alpenlandschaften.

»Die sind schön«, sagte er.

Hannah lächelte. »Ja. Du passt doch gut darauf auf?«

Ernst nickte. »Ich werde sie notfalls mit meinem Leben beschützen«, sagte er feierlich, stand auf und beugte sich über sie, um ihre Stirn zu küssen.

»Dein Vater und seine Leute mögen den Maler nicht«, sagte sie dann. »Du darfst sie ihm nicht zeigen.«

»Ach, mein Vater«, sagte er und senkte den Kopf. »Der soll mich doch in Ruhe lassen.« Er rollte die drei Bilder wieder sorgfältig zusammen und machte mit dem blauen Band eine Schleife.

Sie nahmen sich in die Arme; ein letztes Mal spürte sie seinen Körper, fühlte über seinen Haare, strich über sein Gesicht. Ein letztes Mal sog sie seinen Geruch ein und versuchte, sich jedes Detail einzuprägen. Ein letztes Mal. Sie sah die Angst in seinem Blick, auch wenn er versuchte, sie vor ihr zu verbergen. Auch sie hatte Angst. Angst, dass sie sich nie wiedersehen würden. Nicht in Königsberg, nicht am Kurfürstendamm.

1.

Mike hielt den Pflasterstein fest in der Hand. Bereit zum Wurf. Die Leute vom Fernsehen waren seit zwei Stunden im Haus. Mike hatte gedacht, es ginge schneller. Hoffentlich verschwanden die bald. Er hatte keine Lust mehr zu warten. Aber was sollte er sonst tun? Nun war er schon mal hier. Wie hatten Baader und Ensslin das gemacht, hatten die sich auch stundenlang die Beine in den Bauch gestanden, wenn sie was vorgehabt hatten? Die hatten bestimmt alles besser geplant. Aber Mikes Aktion war ja auch eine spontane Eingebung gewesen. Trotzdem ein Statement. Genauso wichtig.

Er legte den Stein direkt vor sich auf den Zaunpfosten, so dass er ihn problemlos wieder greifen konnte, und drehte sich eine Zigarette. Im Schnitt rauchte man fünf Minuten an einer. Die Zeit verging dann schneller. Außerdem war so der Gestank von den Hasenställen leichter zu ignorieren.

Als die fünf Minuten vorbei waren, warf er den filterlosen Stummel ins Gras zu den anderen und trat die Glut aus. Seine Mutter hatte ihm erzählt, dass sie früher hier Tiere gehabt und Kartoffeln angebaut hatten. Es waren doch Kartoffeln gewesen? Egal. Diese Spießer. Jetzt hatten sie alles eingesät, und die Scheune hinterm Haus stand leer. Bis auf die blöden Hasen.

Scheißwetter. Dreißig Grad und er mit seinen Stiefeln. Seit vier Stunden in der Sonne. Vier Stunden und fünf Minuten. Eine Ewigkeit bei der Hitze. Umsonst, dachte er, ich lass es einfach. Doch in diesem Moment kamen sie plötzlich, die drei Idioten. Der mit der Kamera, der mit der Tonangel und der Blödmann mit den Fragen. Die Idioten gingen zu ihrem Angeber-Audi. Spießerkarre. Mike fuhr sich mit den Händen über das schwitzende Gesicht und rieb sich die klebrigen Hände am T-Shirt ab. Den Stein wieder in der Hand, jeden Muskel im Arm zum Wurf angespannt, die Augen zusammengekniffen, den Angeber-Audi im Visier. Nur Sekunden bis zum Aufprall, mitten durch die Frontscheibe, dachte er und zielte.

Jemand riss ihm den Stein aus der Hand und zerschrammte ihm dabei die Handfläche.

»Ey, spinnst du?«, schrie Mike und drehte sich um.

»Die Frage ist wohl eher, ob du spinnst«, sagte Andreas Reeken, sein Onkel ruhig. »Du wolltest denen doch nicht ernsthaft einen Stein an den Kopf schmeißen? Bist du komplett übergeschnappt?«

Mike verdrehte die Augen. Nach dem Schrecken musste er erst wieder runterkommen. Er wollte sich nicht aufregen, das passte nicht zu ihm. Also wischte er sich das Blut seiner verschrammten Hand an der karierten Hose ab, die er unter den Knien abgeschnitten hatte, und sagte so cool wie möglich: »Mach dich locker, okay? Nur die Karre, und die ist doch eh versichert!«

Er hatte ein paar Kratzer oberhalb des Daumenballens, nur wenig Blut, so wenig, als hätte er sich mit Papier geschnitten.

»Und warum die Scheiße?« Sein Onkel legte den Stein auf den Pfosten, gegen den Mike nun lustlos mit seinen Stahlkappen trat.

»Ey, hör mal, es wär nix passiert! Die hätten die Kamera wieder angeschmissen und Großaufnahme auf mich, und dann wär es vielleicht in die Nachrichten gekommen.«

Sein Onkel glotzte ihn nur verständnislos an. »Was wäre in die Nachrichten gekommen? Dass ein pubertierender Möchtegernpunker mit 'nem Steinchen nach Journalisten schmeißt?«

Wieder verdrehte Mike die Augen. Die Idioten vom Fernsehen stiegen in ihren Audi. Sie sahen zu ihnen rüber, einer winkte sogar noch zum Abschied, bevor sie aus der Hofeinfahrt in die enge Straße einbogen. Blinker rechts, und dann vorbei an der Kriegsgräberstätte Golm, weiter über Usedom und Anklam, ab zur Autobahn. Sein Onkel winkte zurück. Höflich. Spießig.

»Das mit dem Uropa kommt doch jetzt ins Fernsehen«, begann Mike, wieder mit Engelsgeduld.

»Ja, deshalb waren die gerade da. Regionalfernsehen, die bringen vielleicht eine halbe Minute, und bestimmt nicht in den Nachrichten.«

»Genau, und eine halbe Minute über den Arsch ist eine halbe Minute zuviel, deshalb wollte ich eine Gegendarstellungsdemo!«

»Aha.«

»Du bist doch sonst so schlau und kapierst alles! Also, noch mal zum Mitdenken: Die hätten mich doch dann gefilmt, und vielleicht ist dir ganz nebenbei mein T-Shirt aufgefallen. Lesen könnt ihr doch bei der Bullerei?« Mike zog sein schwarzes Shirt nach unten, als ob man es nicht so schon gut genug lesen könnte. Er zeigte mit dem linken Mittelfinger auf die einzelnen Wörter. »Kein – Bock – auf – Nazis«, las er laut vor, als hätte er einen Dreijährigen vor sich. »Jetzt kapiert?«

Andreas rieb sich die Schläfen. »Opa Karl ist kein Nazi. Wie oft hatten wir das Thema schon?«

Mike zuckte mit den Schultern und fing an, sich wieder eine Zigarette zu drehen. »Mir egal, was der erzählt. Ich glaub ihm kein Wort. Er ist ein Scheißnazi. Und dafür kommt er auch noch ins Fernsehen. Ihr seid alle Scheißnazis. Ihr Bullen sowieso.« Er war stolz, dass er nicht schrie. Die Erwachsenen schrien immer. Er blieb cool, und das ließ sie noch lauter schreien. Seinen Onkel zu provozieren, war schwieriger. Das hatte er bisher noch nicht geschafft, und auch jetzt hatte es nicht geklappt; sein Onkel lachte.

»Junge, du hast so einen Knall! Zum Glück geht das irgendwann vorbei. Kommst du jetzt mit rein oder willst du dich noch bis zum Abendessen lächerlich machen?«

»Ey, mit dieser Pädagogenscheiße wärst du mal echt besser Lehrer geworden. Ich komm da nicht mit rein!«

»Soll ich dir ein Stück Kuchen rausbringen? Mit oder ohne Sahne?«

»Frag doch mal die Fernsehidioten, ob sie noch ’nen Komiker brauchen.«

»Warum bist du überhaupt mitgekommen? Gab's keinen Babysitter für dich?«

Jetzt bepisst er sich gleich vor Lachen über seinen eigenen dämlichen Witz, dachte Mike.

»Ich hab ’nen Standpunkt zu vertreten«, antwortete er stolz. Er wollte noch mehr dazu sagen, merkte dann aber, dass sein Onkel abgelenkt war. Mike folgte seinem Blick.

Ein Mercedes A-Klasse fuhr langsam die Straße herunter, kam am am Haus vorbei und hielt dann an. Der Rückwärtsgang wurde eingelegt, und das Auto hielt direkt vor der Hofeinfahrt. Eine Frau stieg aus. Sie war alt, nicht so alt wie sein Uropa, aber alt. Mitte Sechzig vielleicht. Mike ging einen Schritt vor, um sich neben Andreas zu stellen. Beide gaben sich keine Mühe, ihre Neugier zu verbergen.

»Was ist MR für ein Kennzeichen?«, fragte Mike.

»Marburg.«

»Wo ist das denn?«

»Oh, warte … In Hessen, glaub ich. Auf jeden Fall in Westdeutschland.«

»Haben wir da Verwandtschaft?«, fragte Mike weiter.

»Weiß nicht. Nee.«

Die Frau stand unsicher vor dem Haus und sah sich um. Sie entdeckte die beiden und hob zaghaft die rechte Hand, um ihnen zuzuwinken. Sie trug eine lange Stoffhose und eine Bluse. Nachdem sie ihr klimatisiertes Auto verlassen hatte, würde sie zerfließen in der Hitze.

»Suchen Sie jemanden?«, rief Andreas.

»Wohnt hier ein Karl Rohde?«, fragte die Frau.

Andreas ging ihr am Zaun entlang entgegen.

»Wollen Sie ihm gratulieren?«, hörte Mike ihn fragen. Was die Frau antwortete, interessierte ihn nicht. Seine Neugier war befriedigt. Wer zu seinem Uropa wollte, konnte auch nur ein Scheißnazi sein. Er konnte ohnehin nichts mehr hören. Die beiden gingen ins Haus.

Mike ließ sich ins Gras fallen, direkt unter den alten Apfelbaum. Schatten. Die Sonne war heftig. Kurz überlegte er, ob er sich noch eine drehen sollte, ließ es dann aber sein. Er rauchte sowieso nicht auf Lunge. Stattdessen fummelte er an seinen Boots und löste die Schnürsenkel noch ein Stück weiter. Ganz ausziehen ging nicht. Er wollte bereit sein, für den Fall, dass er doch noch Gelegenheit bekam, sein Statement abzugeben. Vielleicht kamen ja doch noch ein paar Knipser von einem lokalen Käseblatt vorbei.

Mike lag unter dem Baum und starrte auf die Blätter. Sie raschelten nicht. Es war windstill. Die Surfer kotzten heute garantiert ab. Das würde er am liebsten auch tun. Einfach auf die Türschwelle. So dass jeder reintrampelte. Der Gedanke gefiel Mike, er musste grinsen, als er sich ausmalte, wie die feine Geburtstagsgesellschaft in seiner Kotze ausrutschte.

Dann wurde ihm wieder langweilig. Seit elf Uhr morgens hing er hier herum und protestierte gegen seinen Uropa, aber keiner nahm von ihm Notiz. Weit und breit war ja auch kein Mensch in diesem Kaff zu sehen. Bis auf ein paar dämliche Touris, die auf dem Weg zum Hafen am Haus vorbeifuhren. Kamminke. Das Ende der Welt.

Die Sache mit dem Fernsehen hatte ihm Andreas ja unbedingt vermiesen müssen. Vielleicht könnte er jetzt vor dem Fenster Krawall machen und sein Shirt zeigen. Sie hatten ihn zwar alle schon gesehen und ignoriert, aber dann würden sie bestimmt noch mal über ihn und sein Statement reden.

Mike stand auf, um durch das Fenster ins Wohnzimmer zu sehen, wo die ganze Geburtstagsgesellschaft saß. Uropa Karl hatte zwei Töchter: Mikes Oma, die mit ihrem Mann da war, und die Schwester von Oma. Omas Schwester war mit ihrem Sohn und seiner neuen Frau da. Die Schwester von Oma hatte noch eine Tochter und einen Sohn, aber die konnten heute nicht. Von seinen kleinen Cousins und Cousinen war deshalb zum Glück keiner da. »Kuck mal, der Mike, der hat so lustige bunte Haare!« Das reichte einmal im Jahr an Weihnachten. Sein Onkel war wie immer ohne Begleitung gekommen. Hatte der überhaupt schon mal eine Freundin gehabt? Vielleicht war er schwul. Was interessierte ihn das. Seine Eltern saßen neben Andreas. Die anderen Leute kannte er nicht. Einer war der Bürgermeister, das hatte er mitgekriegt. Der Bürgermeister hatte seine Frau dabei. Die dicke Frau, die die ganze Zeit nur auf Plattdeutsch von ihren Katzen quasselte, wohnte nebenan. Ihr Mann war lange nicht so dick und sprach überhaupt nicht. Der Rest waren Nachbarn oder Leute aus dem Dorf. Schleimer.

Die fremde Frau, die eben gekommen war, stand in der Tür zum Wohnzimmer. Komisch. Alle starrten sie an. Die Frau hatte ihre Hände ineinander verkrampft. Mist. Irgendetwas war passiert, und er hatte es verpasst.

Uropa Karl stand nun von seinem Stuhl auf. Wollte er eine Rede halten? Scheiße, er musste irgendwie rein, um sich das anzuhören. Er spürte, dass etwas nicht stimmte. Etwas ganz Großes passierte da gerade. Und er stand hier draußen.

Aber Uropa Karl hielt keine Rede, er ging zur Terrassentür und kam raus. Gleich würde er um die Ecke kommen, zu Mike. Aber er wollte nicht mit dem Nazi reden, schon gar nicht alleine. Mike rannte zurück zu dem Apfelbaum. Wie lange war er schon nicht mehr auf einen Baum geklettert? Seit der Grundschule, vermutlich.

Von dem dicken Ast, auf dem er nun saß, konnte er alles sehen: die Straße vor dem Haus, die Terrasse hinter dem Haus, die Hasenställe, die Scheune. Die leeren Felder dahinter. Bis nach Polen konnte er schauen. Uropa Karl stand immer noch auf der Terrasse. Er presste die Hände auf die Ohren. Durch das Wohnzimmerfenster sah Mike, dass Andreas der fremden Frau einen Stuhl hinstellte und etwas zu ihr sagte.

Sie weinte. Die anderen schwiegen. Die Nachmittagshitze schien jedes Geräusch zu schlucken. Auch die Schritte von dem Typen, der jetzt oben an der Straße vor dem Haus stand. Der Typ hielt etwas in der Hand, eine Flasche. Irgendetwas steckte im Flaschenhals. In der anderen Hand hielt er den Stein, den Mike hatte werfen wollen.

Der Stein flog durch das Wohnzimmerfenster, das zur Straße führte. Erschrockene Schreie kamen von drinnen. Der Mann hielt ein Feuerzeug an die Flasche. Die Flasche flog hinterher und explodierte in einem Feuerball.

Mike schrie und ließ sich vom Baum fallen. Er weinte. Seine Eltern waren rausgerannt, mit Oma und Opa, sie schrien auch alle. Omas Rock brannte, Papa riss ihr den Rock runter und sprang auf die Flammen. Die alte Frau schämte sich ohne Rock. Komisch, in einem solchen Moment daran zu denken. Komisch, in einem solchen Moment so etwas zu bemerken. Opas Hose hatte gebrannt. Er klopfte wie besessen darauf herum, obwohl schon längst keine Flammen mehr zu sehen waren. Mama versuchte, ihn festzuhalten, aber plötzlich schlug er um sich, schlug auf sie ein und schrie immer weiter, bis Papa dazwischenging.

Die Haare der dicken Nachbarin brannten. Sie brüllte und ruderte mit den Armen. Ihr Mann zog sein T-Shirt aus und warf es ihr über den Kopf. Das T-Shirt fing Feuer. Er riss es schnell wieder weg, zwang sie zu Boden, rief nach Wasser. Omas Schwester löschte die Haare der Frau mit dem Inhalt der Teekanne. Mike sah, dass noch Leute im Haus waren. Sie kämpften gegen das Feuer und um ihr Leben, fanden schließlich den Weg nach draußen, aber keiner war unversehrt. Die Flammen breiteten sich auf die Möbel aus und erfassten die Tapeten und Bilder.

Jetzt waren alle draußen – alle bis auf zwei. Andreas und die fremde Frau. Oder das, was einmal Andreas und die fremde Frau gewesen waren. Sie waren zwei menschliche Fackeln in einem wilden, wahnsinnigen Tanz, die sich mehr und mehr ineinander verhakten, miteinander verschmolzen inmitten der anderen Flammen, bis sie zu Boden sanken.

Jetzt brannten auch die Vorhänge. Die Fensterrahmen, denn sie waren aus Holz. Die Scheiben explodierten. Wie tausend Nadeln brannte es auf Mikes Haut, im Gesicht, überall. Wie tausend kleine Schüsse von winzigen Soldaten. Er spürte einen tiefen Schmerz am Bein. Er schrie immer weiter, bis er das Bewusstsein verlor.

Jemand schüttelte ihn.

»Nicht einschlafen, Junge, nicht einschlafen, bleib bei mir!«

Papa. Über sich sah er den Apfelbaum. Den Himmel. Er hörte immer noch Schreie. Das Reetdach hatte Feuer gefangen.

»Hörst du mich? Hallo! Kannst du mich hören!«

Mit seinem Mund stimmte etwas nicht. Die Lippen brannten. Wie Feuer. Sie waren geplatzt. Sein Bein fühlte sich komisch an.

»Lass die Augen auf. Nicht einschlafen, okay? Siehst du mich? Wie viele Finger sind das?«

Drei Finger. Er zeigte seinem Papa ebenfalls drei Finger, sah, dass sie bluteten. Die andere Hand auch. Papa machte was mit Mikes Bein, wickelte etwas herum. Genau konnte er es nicht erkennen. Ihm fielen die Augen zu. Wieder schüttelte ihn sein Vater.

»Gleich kommt ein Krankenwagen. Und jetzt warte hier. Nicht einschlafen, hörst du? Setz dich hin, bleib wach! Ich bin sofort wieder da. Der Notarzt kommt gleich.«

Aber er brauchte eine Ewigkeit. Sie waren ja am Ende der Welt. Hier würde nie ein Krankenwagen hinfinden.

Mike wachte auf. Es mussten Stunden vergangen sein, denn draußen vor dem Fenster war es stockfinster. Hier drinnen war alles weiß. Ein steifer weißer Bettbezug. Es roch steril. Wenigstens roch es nicht verbrannt.

Seine Arme waren bandagiert. Sein Kopf, sein Gesicht, überall Verbandszeug. In einem Arm steckte eine Kanüle, an der ein Schlauch befestigt war. Eine Infusion.

Alles tat irgendwie weh. Am meisten sein Bein. Ein dumpfer Schmerz, den er nicht genau orten konnte. Es war auch mehr so ein Schmerz, von dem er wusste, dass er da war, ihn aber spürte, als wäre er weit weg. Er versuchte, das Bein zu beugen. Es ging nicht. Es war dick bandagiert.

Ein kleines gelbes Licht brannte. Der schwache Schein verriet die Umrisse eines Mannes auf einem Stuhl. Es war nicht sein Vater und auch kein Arzt. Jetzt bewegte sich der Mann.

»Hey, na? Gut geschlafen?«

Mikes Stimme versagte, als er antworten wollte. Er krächzte nur. Der Mann gab ihm einen Becher mit Wasser.

»Hier, trink was.«

Er trank einen Schluck. Es tat weh in der Kehle. Trotzdem trank er alles aus und gab den Becher zurück.

»Wer sind Sie?«

»Ich bin Erik. Also Erik Kemper, vollständig. Du heißt Michael?«

»Mike«, korrigierte Mike. »Wo ist mein Vater? Wie geht's ihm? Und Mama?«

»Deine Eltern sind okay … Du weißt doch noch, was passiert ist?«

»Klar, dieser Arsch hat 'nen Molli geworfen. Wo sind meine Eltern?«

»Die sind in einem anderen Krankenhaus, aber sie kommen so bald sie können wieder her.«

»Was für ein anderes Krankenhaus? Was ist mit ihnen?«

»Nichts. Sie kümmern sich nur um die anderen Leute, die im Haus waren.«

»Hey, hören Sie mal, ich bin alt genug, also sagen Sie mir, was Sie zu sagen haben!« Langsam wurde Mike ungeduldig.

Der Typ zögerte einen Moment. »Deine Eltern waren die ganze Zeit hier bei dir, aber jetzt sind sie bei deinem Opa und deiner Oma.«

»In dem anderen Krankenhaus.«

»Genau.«

»Wieso sind die in einem anderen Krankenhaus? War das hier voll oder was?«

»Sie hatten Brandverletzungen und sind nach Wolgast gebracht worden, weil man da wohl besser auf so was vorbereitet ist. Wir sind hier in Anklam.«

»Wie geht es Oma und Opa?«

»Das wissen wir, wenn deine Eltern wieder da sind.« Der Mann klang ernst.

»Mama und Papa sind aber nicht …«

»Nein.«

»Aber Andreas …?«

»Ja. Dein Onkel, richtig?«

»Und die Frau, die zuletzt gekommen war, mit der A-Klasse.« Die Erinnerung kehrte zurück und mit ihr der Horror. Seltsam gedämpft nahm er die Gefühle wahr, die in ihm aufkamen. Sofort verstand er. »Haben die mir irgendwelche Tabletten gegeben?«

»Natürlich. Was gegen die Schmerzen und was zur Beruhigung. Du hast richtig viel Glück gehabt. Ich kenne Leute, denen hat so eine Fensterscheibe die Augen zerschnitten.«

»Igitt.«

»Sie dachten zuerst, du würdest eine Bluttransfusion brauchen.«

»Echt? Wow!«

»Am Bein hat eine Glasscherbe eine Ader erwischt, das hat wohl stark geblutet.«

»Eine Schlagader?«

»Äh – nein, so schlimm war es auch wieder nicht. Aber frag lieber den Arzt. Der kennt sich da besser aus.« Der Typ hob hilflos die Schultern. Mike freute sich immer, wenn die scheiß Erwachsenen nicht weiterwussten.

»Hast du gesehen, wer den Molli geworfen hat?«

Mike überlegte. Er schloss die Augen. »Baseballkappe. Ne Jeans.«

»T-Shirt?«

»Muscleshirt. Und Stiefel.«

»Stiefel?«

»Ja was weiß ich denn, Turnschuhe waren es nicht, und Sandalen und Flip Flops auch nicht. Stiefel halt. Schwarze Stiefel! Mehr konnte ich nicht erkennen.«

»Unter oder über den Jeans?«

»Ich glaube drunter. Mehr hab ich nicht gesehen.«

»Doch, hast du. Wie alt war er?«

»Älter. Aber lang nicht so alt wie du.«

»Danke. Ich bin zweiundvierzig. Also war der Mann vielleicht dreißig?«

»Im Ernst: Ich hab keine Ahnung. Ich hab kein Gesicht gesehen. Zwanzig, dreißig, ich weiß es nicht.«

Der Mann, der Erik hieß, nickte nachdenklich. »Kannst du dir vorstellen, warum er das gemacht hat?«

Und ob er das konnte. Mike richtete sich auf und rutschte bis zur

Bettkante. »Klar! Weil mein Uropa ein Scheißnazi ist, aber natürlich hat's mal wieder die Falschen getroffen!« Trotz der Medikamente beschleunigte sich sein Puls. Ihm wurde schwindelig, und er fing an zu husten. Der Mann gab ihm wieder Wasser. Mike fühlte die Tränen und wie sie in seinen Augen brannten. Er versuchte, sie zurückzuhalten, aber er hatte keine Chance. Er weinte und weinte, immer mehr, immer lauter. Der Mann, der Erik hieß und den er noch nie gesehen hatte, setzte sich zu ihm aufs Bett und legte ihm den Arm um die Schultern.

»Ich hab gesehen, wie er verbrannt ist, und die Frau auch«, heulte Mike.

Der Mann zog ihn fester an sich.

»Andreas war mein Kollege«, sagte er nur. Auch wenn dieser Erik nicht weinte, konnte Mike spüren, dass er es am liebsten getan hätte.

»Ich will wissen, wer das war.«

Mike schluckte, schluchzte, nickte. Er wischte sich die Tränen weg, das viele Verbandszeug an den Händen nahm das Wasser auf.

»Okay«, sagte er tapfer. »Okay. Also sind Sie auch bei den Bullen, wie Andreas.«

»Schlimmer, ich bin der Leiter der Mordkommission. Ich bin Andreas' Chef. War.«

»Oh nee, der?« Es war spontan gekommen. Mike, sonst so vorlaut, erschrak vor sich selbst. »Entschuldigung.«

»Schon gut. Genau der bin ich. Konnte mich nicht so gut leiden, der Andreas, hm?«

Mike musste grinsen. »Besserwisserwessi hat er über Sie gesagt. Dabei ist er dasselbe in Ost. War.« Mit einem Blick verständigten sie sich über den Fehler, den sie beide gerade gemacht und korrigiert hatten. Von Andreas würde es keine Gegenwart mehr geben.

»Na, dann ist ja erst mal alles klar. Sind das deine Klamotten?« Er zeigte auf einen Haufen auf dem kleinen Tisch, neben dem er eben noch gesessen hatte. Unter dem Tisch standen Mikes Stiefel. Der Bulle holte sie vor.

»Yep«, antwortete Mike.

»Sechzehnloch.«

»Klar.«

»Rotschwarz, chic!«

»Bordeaux-schwarz«, sagte Mike, nicht ohne Stolz. »Neu.«

»So 'ne farbliche Vielfalt gab's zu meiner Zeit noch nicht.«

»Wie jetzt, zu Ihrer Zeit?«

Der Bulle grinste. »Glaub bloß nicht, dass ich in deinem Alter sehr viel anders drauf war als du.«

»Ach du Scheiße. Das sind ja tolle Aussichten.« Trotz allem musste Mike lachen. Erik, der Bulle, lächelte.

»Glauben Sie bloß nicht, dass ich später dann auch mal in so 'nem Anzug wie Sie rumlaufe!« Mike musterte mit gespieltem Entsetzen Eriks Aufmachung: schwarzer Anzug, weißes Hemd.

Der Bulle lachte diesmal nicht, sondern wurde ernst.

»Du sagst, dein Uropa war ein Nazi und glaubst, dass deshalb jemand versucht hat, ihn umzubringen.«

»Der lebt noch, oder?«

»Ja. Ihm ist nicht viel passiert. Ein paar Schrammen, ein kleiner Schwächeanfall, aber es ist alles unter Kontrolle.«

Dass er dem alten Nazi den Tod wünschte, hatte Mike schon oft behauptet. Jetzt allerdings war die Lage ganz anders. Er war erleichtert, dass Uropa Karl noch am Leben war. Trotz allem.

»Warum warst du draußen?«, wollte Erik wissen.

»Ich feiere nicht mit dem Nazi.«

»Hast du ihm nicht mal gratuliert?«

Mike schüttelte den Kopf. »Wozu gratulieren? Als ob's 'ne Leistung wäre, alt zu werden. Neunzig, na und? Und dann noch so einer wie der.« Aber er merkte selbst, dass seiner Ablehnung der Nachdruck fehlte.

»Warum bist du dann mitgekommen?«

Mike deutete auf den Klamottenhaufen. »Da liegt mein T-Shirt. ›Kein Bock auf Nazis‹ steht drauf. Ich dachte, ich sag ihm das mal, und den anderen auch.«

»Guter Junge.« Erik nickte anerkennend. »Fällt dir denn jemand ein, der sonst noch ein Problem mit deinem Uropa hatte?«

Mike überlegte. »Nee, im Gegenteil. Die haben ihn alle vollgeschleimt, als ob's was zu erben geben würde.«

Als er es gesagt hatte, fiel ihm auf, dass er dem Bullen gerade ein Motiv genannt hatte. »Also … Ich hab das jetzt nicht so gemeint, wie …«

Die Tür ging auf, und eine Frau kam eilig herein. Hinter ihr betraten seine Eltern das Zimmer. Die Frau packte Erik an der Schulter und sagte nur: »Raus hier.« Worüber Mike aber viel mehr staunte, war, dass Erik ihr gehorchte. Eigentlich hatte er gedacht, der Typ sei ganz cool.

Als Erik draußen war, umarmten ihn seine Eltern. Seine Mutter weinte und küsste ihn. Sein Vater fragte ihn, wie es ihm ging. Tätschelte seinen Kopf, als sei er ein Baby. Endlich hörten sie auf.

»Was hat der Mann mit dir besprochen?«, fragte die Frau, die Erik rausgeschmissen hatte. Warum konnte die einen Polizisten verscheuchen? Das konnte nur eins bedeuten: Sie war auch bei den Bullen und hatte das Sagen. Also ranghöher, oder wie das hieß, als dieser Erik. Obwohl – nein. Viel einfacher. Erik war gar nicht zuständig. Sie waren ja in Anklam.

Mike beschloss, dass er sie nicht leiden konnte. Sie war ungefähr so alt wie seine Mutter. Vielleicht ein, zwei Jahre jünger, also so knapp unter vierzig. Sie hatte den gleichen Ton drauf wie Mama, wenn ihr mal wieder was an ihm nicht passte. Und weil er sich sicher war, diesmal nichts, aber auch rein gar nichts falsch gemacht zu haben, fand er es ziemlich daneben, dass diese Kuh ihn so von der Seite anmachte. Außerdem sah sie richtig scheiße aus. Sie trug ein kurzärmeliges Hemd in Beige und hatte ihre straßenköterblonden Haare zum Pferdeschwanz gebunden. Als wäre das nicht schon schlimm genug, hatte sie ihr Hemd auch noch in die Hose – eine Jeans von der langweiligen Sorte – gesteckt. Ihre Sneakers machten das Bild perfekt: Gekleidet wie ein Mann, dachte Mike.

»Ich hab dich was gefragt«, sagte sie ungeduldig, als er immer noch nicht geantwortet hatte. »Also? Was wollte er von dir?«

»Die Frau ist von der Polizei«, erklärte sein Vater. »Sie ist zuständig für das, was gestern Nachmittag passiert ist.«

Mike zog die Augenbrauen zusammen. Es tat weh wegen der Schnitte im Gesicht. »Der Typ war auch ein Bulle.«

»Mike, bitte!« Da war er wieder, dieser Ton. Von seiner Mutter. Mike sah zum Fenster, wo die schwarze Nacht in einen dunkelblauen Morgen überging.

»Er ist aber nicht für den Fall zuständig«, sagte die Kuh. »Er darf gar nicht mit dir darüber sprechen, schon gar nicht, wenn deine Eltern nicht Bescheid wissen.«

Oh Mann, gewann die regelmäßig Wettbewerbe für den unsympathischsten Polizisten der Welt?

»Der hat überhaupt nichts mit mir beredet«, antwortete Mike betont cool. Ganz ruhig, nur nicht laut werden. »Der saß nur hier, bis ich wach geworden bin, und dann hat er mich gefragt, wie's mir geht und ob ich was trinken will.« Zur Bestätigung zeigte er auf den Becher mit Wasser. »Und meine Klamotten hat er mir gebracht.« Mist, das konnten sie vielleicht nachprüfen. »Also glaub ich jedenfalls. Wir haben uns über meine Stiefel unterhalten. Die sind nämlich neu.«

Die blöde Kuh sah kurz auf seine Stiefel, sagte aber nichts.

»Na also, er hat nur nach dem Jungen gesehen«, sagte sein Vater.

»Klar. Na gut. Dann erzähl mir doch mal jetzt, was du gesehen hast.«

»Ich? Wann?« Mike machte große Augen. Dann merkte er, dass er das Katz-und-Maus-Spiel mit der Frau nicht durchhalten konnte. Die Bilder waren wieder da. Andreas und die Fremde, ineinander verkrallt und lichterloh brennend. Als würden zwei Fackeln tanzen. Mike biss die Zähne zusammen, bis es knirschte, aber es half nichts. Er fing an zu weinen.

»Ich weiß, es ist schwer, aber es ist wichtig, wir müssen doch wissen …«

»Lassen Sie ihn«, sagte seine Mutter.

»Gehen Sie! Er bricht uns zusammen!« Papa, ganz auf der Seite seines Sohns, wie immer, wenn es drauf ankam.

Die Frau ging. Mike weinte. Alles sah er vor sich, alles. Was auch immer sie ihm an Medikamenten gegeben hatten, es war nicht genug gewesen. Er wurde hysterisch. Und dann begriff er plötzlich.

»Ich bin daran schuld!« Er stieß Mutter und Vater von sich. »Ich bin schuld!« Seine Eltern starrten ihn an, schnappten nach Luft.

»Mike, was soll das denn? Oder hast du das Ding etwa geworfen?«, fragte sein Vater.

»Der Stein! Er hat meinen Stein genommen! Ohne meinen Stein wär der Molli doch vielleicht gar nicht so weit ins Zimmer geflogen!«

Schweigen, nur sein Schluchzen. Er bemerkte die Hände seiner Mutter, die sich an den Seiten ihres Rocks festkrallten. Die Hände seines Vaters, die sich über das Gesicht wischten.

»Was für ein Stein?«, fragte sein Vater.

»Ich wollte den Journalisten einen Pflasterstein aufs Auto werfen, aber Andreas hat ihn mir abgenommen, und nachher kam der Mann und hat den Stein ins Fenster geschmissen und den Molli hinterher!«, brachte Mike unter Schluchzen hervor.

»Ich hab immer gesagt, der Junge endet im Gefängnis, aber du mit deiner blöden …«, sagte seine Mutter mit kalkweißem Gesicht.

»Das reicht jetzt!«, entgegnete ihr sein Vater heftig. »Rechtlich gesehen kann ihm keiner was, und außerdem hat er doch gar nichts getan.«

»Mein Bruder würde wahrscheinlich noch leben!«, brach es aus ihr hervor.

»Astrid! Er kann nichts dafür, dass ein Verrückter einen Molotowcocktail auf uns geworfen hat!«

Seine Mutter heulte und heulte und war total durchgedreht. Papa legte einen Arm um ihre Schultern. Sie schlug nach ihm, er packte sie und schob sie zur Tür.

»Mike, ich muss mich um Mama kümmern«, sagte er, und sie gingen.

Mike heulte weiter. Als die Tür schon wieder aufging, machte jemand das große Licht an. Die Neonleuchten blendeten ihn. Er wischte sich wie vorher schon die Tränen mit den bandagierten Händen ab. Papa, dachte er. Aber es waren zwei Krankenpfleger, die ein Bett hereinschoben. Schnell drehte er den Kopf weg. Sie sollten nicht sehen, dass er heulte.

»Na, Junge, bist du wach?«, fragte der eine. »Jetzt kommt Gesellschaft. Dann bist du nicht so allein.« Das Bett wurde neben seins gestellt. Er horchte auf die Geräusche, die sie machten, als sie dem Patienten seine Infusion erklärten und das Bett aufschüttelten.

»Nur ein paar Kratzer, der Kleine da drüben hat viel mehr abbekommen. Ansonsten sind Sie gut drauf!«, sagte einer der Pfleger. Und dann: »Wenn einer was braucht, klingeln, wir sind da.«

Die Pfleger gingen wieder. Mike drehte den Kopf, um seinen neuen Zimmergenossen zu begutachten. Er hatte es schon geahnt. Es war der Scheißnazi. Uropa Karl.

2.

Schon bevor der Wagen zum Stehen gekommen war, hatte Micha die Tür aufgerissen und angefangen, sich zu übergeben.

»Du hättest mich fahren lassen sollen«, stöhnte er, als er fertig war.

»Ich quetsch mich nicht für ein paar hundert Kilometer in deinen Mini«, sagte Erik. »Ich frag mich immer, wie du da reinpasst. Du bist doch noch größer als ich. Wie groß bist du, zwei Meter?«

»Du hättest mich ja dein Auto fahren lassen können, wenn ich selbst fahre, geht's.«

»Was mich sehr wundert, bei deinem Fahrstil. Hast du das schon immer?«

Micha holte tief Luft und schloss fest die Augen. »Das war schon so, als ich noch ganz klein war. Deshalb fahr ich jeden Meter selbst, seit ich den Führerschein hab. Auf der Autobahn ging's ja noch, aber hier …«

Die Straßen auf Usedom waren eng und kurvig. Viele Alleen wirkten so schmal, dass Erik, der die Strecke nicht kannte, bei Gegenverkehr unwillkürlich auf die Bremse gestiegen war. Nicht, dass ihnen viele Autos entgegengekommen wären, aber dieses unregelmäßige Beschleunigen und Bremsen hatte Micha den Rest gegeben.

Sie standen in einem kleinen Waldstück kurz hinter dem Ort Usedom, nach dem die Ostseeinsel benannt worden war. Nicht mehr lange, und sie würden ihr Ziel erreicht haben.

Erik sah auf die Uhr: gleich sieben Uhr morgens. Sie hatten auf dem Parkplatz des Anklamer Krankenhauses ein wenig gedöst und sich dann vor einer guten Stunde auf den Weg in Richtung Kamminke gemacht. An der Zechiner Brücke hatten sie warten müssen, da diese gerade für durchfahrende Schiffe geöffnet war, aber weil es früh am Morgen war, stauten sich wenigstens noch nicht die touristischen Blechschlangen auf den Zufahrtswegen zur Ostsee.

Die Standpauke vor Mikes Krankenzimmer von Kollegin Thiele aus Anklam war Erik egal gewesen. Er wusste selbst, dass er sich gerade zu weit aus dem Fenster lehnte. Micha Anders, sein Stellvertreter bei der

Mordkommission in Rostock, wusste es auch und war trotzdem mitgekommen.

»Meinst du, die von der KTU sind noch da?«, fragte Micha. Er hielt sich mit beiden Händen am Dach von Eriks Volvo fest.

»Keine Ahnung. Risiko.«

»Die Thiele taucht bestimmt auf. Die ist ja nicht blöd. Die weiß, dass wir hinfahren.«

Erik nickte und stieg nun ebenfalls aus. Er ging um das Auto herum zu Micha und fischte eine Zigarettenschachtel aus dessen Hosentasche.

»Auch eine?« Er grinste und steckte sich eine Zigarette in den Mund. Dann suchte er nach einem Feuerzeug.

»Bleib mir weg mit dem Zeug! Ich kann jetzt echt nicht.«

»Dann geht's dir wirklich schlecht.«

»Nee, ich kotz nur so zum Spaß«, langsam kam wieder etwas Farbe in Michas Gesicht. »Was weißt du eigentlich über die Thiele?«, wechselte er das Thema.

Erik überlegte kurz und inhalierte tief. »Natalie mit Vornamen, glaub ich. Ist seit neunzehn Jahren dabei, gleich nach der Schule hat sie angefangen und sich seit der Wende hochgearbeitet. Ich hab sie mal vor Ewigkeiten auf einem Lehrgang kennen gelernt. Tougher als fünf Kerle, jedenfalls versucht sie das. Sei froh, dass du ihr heute Nacht nicht auch noch in die Arme gelaufen bist.«

»Meinst du, sie beschwert sich über dich?«

»Hat sie schon längst. Aber was erwartet die? Dass wir zu Hause sitzen und Däumchen drehen, wenn ein Kollege von uns stirbt? Da scheiß ich doch auf Zuständigkeiten!«

Micha zuckte mit den Schultern. »Das gibt richtig viel Ärger.«

»Wegen der Thiele?«

»Wegen dir.« Micha stieg ein und knallte die Tür zu. Dann ließ er das Fenster runter. »Was ist jetzt, fahren wir weiter?«

Erik warf die Kippe auf den Boden. Im selben Moment fiel sein Blick auf das Hinweisschild: »Waldbrandgefahr«. Er hob sie wieder auf und steckte sie in den Aschenbecher seines Wagens.

»Mister Vorbild des Jahres«, lästerte Micha.

»Hey, eben noch fast mein Auto vollkübeln und jetzt Sprüche reißen. Ein bisschen Zurückhaltung wäre angesagt, glaube ich.«

»Sei froh, dass ich dir nicht auf deinen schicken Anzug gereihert hab. Wieso hast du dich eigentlich so rausgeputzt? Warst du im Konzert oder was? Noch eine schwarze Krawatte, und du siehst aus, als kämst du von einer Beerdigung.«

Erik stieg auf die Bremse. Micha, der sich noch nicht angeschnallt hatte, stützte sich am Armaturenbrett ab.

»Sag mal, spinnst du?«, brüllte Micha.

Erik brüllte zurück: »Du faselst hier was von Beerdigung! Überleg mal, warum wir hier sind! Geschmackloser geht's wohl nicht!«

Wortlos schnallte sich Micha an und blickte starr nach vorne. Erik fuhr wieder los. Nach einigen Minuten eisigen Schweigens sagte er: »Ich komm wirklich gerade von einer.«

»Beerdigung?«

»Ja. Frag nicht.«

Sie schwiegen weiter.

Es ging über malerische Alleen, vorbei an hochsommerlich gelben Feldern, die von Kiefernwäldern begrenzt wurden, bis die Straße wieder durch ein dunkles Waldstück führte. Die hellen Sonnenstrahlen, die durch die Blätter brachen, irritierten Erik. Es sieht aus wie in einem Märchenwald, dachte er.

»Kennst du diese eine Geschichte von Stephen King«, brach Micha plötzlich die Stille. »Da suchen die immer nach Abkürzungen, um schneller irgendwo anzukommen, und die Abkürzungen werden immer abgefahrener, also mit ganz komischen Pflanzen und schrägen Tieren, die es sonst nirgendwo gibt, und dann kürzen die Leute so extrem ab, dass sie selbst immer jünger werden …«

»Basiert auf Einsteins Relativitätstheorie«, unterbrach Erik und freute sich.

»Woher weißt du denn so was?« Micha klang erschüttert.

»Allgemeinwissen.«

»Klugscheißer.«

Erik verriet nicht, dass er es von seiner Tochter aufgeschnappt hatte und im Grunde gar nichts darüber wusste. Er dachte an Cordelia und drehte die Musik ein bisschen lauter, denn die CD war, wie fast alle, die er besaß, von ihr. The Verve: *Bittersweet Symphony.*

»Na, jedenfalls sieht's hier so aus, wie ich mir das in der Geschichte von dem King immer vorgestellt hab. Mich wundert echt, dass du so was weißt.«

»Und mich wundert, dass du liest.«

Aus der asphaltierten Straße wurde plötzlich Kopfsteinpflaster. Dann lichtete sich das Wäldchen, und wenige hundert Meter weiter kamen sie vor einer Absperrung zum Stehen.

»Polen«, sagte Micha.

»Die hätten ja auch mal irgendwo ein Schild hinstellen können.« Erik wendete den Wagen und fuhr wieder zurück. Dann sah er, was er eben übersehen hatte, den Wegweiser nach Garz und Kamminke, das Hinweisschild auf den Golm. Erik blinkte links, bog ab, und wenn er eben schon gedacht hatte, er sei im Märchenwald gelandet, dann wurde nun alles noch viel verwunschener. Sie mussten unter einer stark bewachsenen alten Eisenbahnbrücke hindurch, deren Durchfahrt kaum mehr Platz als für ein Auto bot. Wie das Tor zu einer anderen Welt, dachte Erik.

»Das steht, glaube ich, alles unter Naturschutz«, murmelte er, als er langsam um eine scharfe Rechtskurve hinter der Eisenbahnbrücke bog. Micha interessierte sich gerade herzlich wenig für die landschaftlichen Schönheiten. Er riss wieder die Autotür auf und übergab sich. Erik bremste.

»Sag doch was«, schrie er verärgert. »Das ist gefährlich!« Und dann, als er sich etwas beruhigt hatte: »Außerdem klebt jetzt bestimmt die Hälfte am Auto.«

Micha drehte den Kopf nach rechts. »Nein. Das Auto ist okay. Kann ich doch nicht vorher wissen, wann ich kotzen muss.«

Erik wartete noch, bis Micha sich wieder erholt hatte, fuhr dann langsam weiter durch den Wald, bis sich dieser öffnete. Zur Rechten erschien ein rosa gestrichenes Gehöft, ungefähr einen Kilometer weiter kam die Ortschaft Garz, ein winziges Nest, dessen ganzer Stolz ein ebenfalls winziges Feldsteinkirchlein war, umringt von einer Mauer aus Findlingen. Neben der Kirche stand ein hölzerner Glockenturm. Hinter Garz ging es weiter durch sanfte Hügel und gelbe Getreidefelder, bis sie endlich nach einer Biegung wieder Häuser sahen. Häuser und einige Aufsteller, die Werbung für die Gastronomie in Kamminke machten.

Kleine Häuser duckten sich am Straßenrand. In der nächsten Biegung fand sich gegenüber einer Gaststätte die Abzweigung zum Golm. Fast sah es aus, als endete die Ortschaft hier, doch Erik hatte sich getäuscht. Nach einem unbebauten Stück Land kamen wieder Häuser, jedoch zunächst nur auf einer Straßenseite. Der Moränenhügel zur Rechten war zu steil zum Bebauen.

Hinter den Häuschen zur Linken sah man weite grüne Felder, die bis zur polnischen Grenze reichten. Die klare Gliederung der einstigen Grenzanlage war bis heute sichtbar, auch wenn das meiste abgebaut war. So gerade war der Grenzstreifen, als hätte man seinerzeit mit einem Lineal gearbeitet. Wahrscheinlich hatte man das wirklich. Auf polnischer Seite lugten die Dächer einer Gartenkolonie hervor.

Kamminke machte den harmonischen Eindruck eines verschlafenen Fischerdörfchens. Ein Seeadler kreiste am Himmel, auf den Wiesen hinter den Häusern stand ein Storchenhorst. Jedes Haus, an dem sie vorüberkamen, sah anders aus. Hier ein komplett renoviertes, dort ein verfallenes Gebäude, da ein Reetdach, rote Backsteinziegel, glänzende neue schwarze Dächer. In einem Vorgarten wimmelte es von Gartenzwergen, beim Nachbarn blühten die sattesten Blumen, der nächste hatte nicht einmal seinen Zaun repariert.

Das Haus von Karl Rohde lag wie die Nachbargrundstücke etwas niedriger als die Straße. Nicht so tief wie die Häuser, die Erik noch weiter vorne am linken Straßenrand gesehen hatte. Diese hatten ihren Eingang gute eineinhalb Meter unter dem Niveau des Gehsteigs gehabt.

Natürlich war alles abgesperrt. Ein Streifenwagen stand auf dem Hof. Sie waren also schon da. Erik beschloss, zunächst weiterzufahren.

Wenige Meter weiter wechselte der glatte Asphalt wieder in Kopfsteinpflaster. Ab hier waren beide Seiten der Straße bebaut, ein enger Abzweig führte den Hügel hinauf, gesäumt von mehreren Häuschen. Erik fuhr geradeaus, bis er zum kleinen Hafen des Ortes kam.

Das Wasser glänzte silbern in der Morgensonne, der Himmel strahlte in wolkenlosem Blau. Es waren jetzt schon über zwanzig Grad.

»Netter Hafen«, sagte Erik. Micha hatte die Augen geschlossen.

»Sind wir an der Ostsee?«, fragte er, ohne die Augen zu öffnen.

»Stettiner Haff. Du hast doch die Karte, kuck doch mal rein.«

»Ich kann beim Autofahren nicht auch noch lesen. Dann muss ich noch schlimmer kotzen.«

»Das geht noch schlimmer?«

»Leck mich.«

»Mach die Augen auf. Wir fahren nicht mehr. Am besten lassen wir das Auto hier und sehen uns ein bisschen um, was meinst du?«

Erik schaltete den Motor aus und stieg aus, ohne eine Antwort abzuwarten. Micha blinzelte vorsichtig. Glücklich über die Aussicht auf festen Boden unter den Füßen, stieg er aus dem Volvo und atmete tief durch.

»Tut das gut, frische Luft!«, seufzte er.

Erik zählte fast dreißig Campingwagen, die direkt am Haff standen. Die ersten trägen Touristen schlurften bereits umher und starrten sie neugierig an. Sie halten uns für ein schwules Urlauberpärchen, dachte Erik. Sollen sie ruhig.

Auf dem Wasser lagen ein paar kleine Fischerboote. Hinweisschilder nötigten die Aufmerksamkeit des Hafenbesuchers auf einen winzigen Biergarten, der direkt auf der Mole zu finden war.

Erik schlug den Weg ein, den sie gekommen waren – wieder weg vom Hafen – und ließ den fremden Ort auf sich wirken.

Dieser Zipfel von Usedom hatte mit den Touristenmassen der fein herausgeputzten Kaiserbäder, die heute noch dem Glanz der vorletzten Jahrhundertwende nachzutrauern schienen, nichts zu tun. Wer hierher kam, suchte etwas anderes: Stille, Ruhe, Abgeschiedenheit. Hier konnte man nichts anderes tun, als auf das Wasser zu schauen.

Als sie die Straße zurück zu Karl Rohdes Haus gingen, meldete sich hinter jedem dritten Zaun ein Hund. Zwei einheimische Frauen jenseits der sechzig standen an einem Gartentor und unterhielten sich auf Plattdeutsch. Sie grüßten Erik und Micha mit einem schwer zu ignorierenden »Goden Dach«, was die beiden brav erwiderten, und starrten den Männern ungeniert nach. Sie glauben wohl tatsächlich, dass wir schwul sind, dachte Erik.

Zwei Uniformierte erwarteten sie bereits, als sie an Karl Rohdes Haus ankamen. Sie waren aus ihrem Streifenwagen ausgestiegen und kamen ihnen gemütlich entgegen.

»Die Kollegin Thiele kommt gleich«, sagte der ältere der beiden. Sie hielten es nicht für nötig, sich vorzustellen. Erik legte auch keinen gesteigerten Wert darauf.

»Ach, wie das?«, fragte er nur.

»Hat uns gesagt, wir sollen die Augen offen halten und uns sofort rühren, sobald wir ein HRO-Kennzeichen sehen.«

»Mit einem Typen Mitte vierzig, nicht mehr ganz so fit, einem albernen Anzug und einer Frisur wie selbst geschnitten«, fügte der Jüngere grinsend hinzu.

Unwillkürlich fuhr sich Erik mit den Händen durch die Haare, obwohl er wusste, dass die beiden ihn verarschen wollten.

»Hat sie das gesagt, ›nicht mehr ganz so fit‹?«, fragte Großmaul Nummer eins seinen Kollegen.

»Na ja, eigentlich hat sie gesagt, er wär nicht der Dünnste.« Nun lachten die beiden Uniformierten.

»Richtige Scherzkekse hier oben«, gähnte Micha und ging an den beiden vorbei, um sich umzusehen.

»Moment, Freundchen, nicht so hastig. Erst, wenn die Thiele hier ist!«

Erik hatte keine Lust auf alberne Machtspielchen. Er rief Micha zurück, und sie gingen die Straße weiter hinunter in Richtung Ortsausgang.

»Tief durchatmen«, sagte Erik.

»Als ob ich mich über die Trottel auch noch aufregen würde. Dazu ist mir viel zu schlecht.«

»Immer noch?«

Micha winkte ab. »Kann dauern.«

»Na dann sei froh, dass du nie zur Marine musstest.«

»Bin ich. Jeden Tag. Fliegen geht auch nicht. Was suchen wir überhaupt, oder vertreten wir uns nur die Füße, bis die Tante aus Anklam antanzt?«

Erik zuckte die Schultern. »Was wissen wir bis jetzt? Karl Rohde, der Opa von Andreas, hat seinen neunzigsten Geburtstag gefeiert. Die ganze Bude war voll mit Gästen. Gegen halb vier kommt jemand vorbei und wirft von der Straße aus einen Molotowcocktail durch das Fenster, das er zuvor mit einem Pflasterstein eingeschmissen hat. Keiner hat ihn gesehen, außer dem Jungen. Mike hat mir gesagt, der Mann trug eine Baseballkappe und ein Muscleshirt, Jeans und Stiefel. Keine Tasche, keine Plastiktüte, nichts. Er kam zu Fuß. Und jetzt denk mal scharf nach.«

»Zu Fuß mit einer Benzinflasche in der Hand, und keiner hat ihn gesehen.«

»Jemand muss ihn gesehen haben. Und wie soll er hierhergekommen sein, etwa mit dem Bus?«

»Vielleicht mit dem Auto, das er in der Nähe abgestellt hat. Die Straße da vorne ist zu eng, um zu parken. Außerdem werden die Gäste von Karl Rohde ja auch irgendwo geparkt haben, da war's dann bestimmt ziemlich voll vor dem Haus.«

»Die haben entweder in der Hofeinfahrt geparkt oder in diesen Straßenbuchten, die hier überall sind. Sind das Ausweichbuchten oder kann man da wirklich parken?«

Micha schüttelte den Kopf. »Wahrscheinlich beides. Woher soll ich das wissen? Wenn hier so viele Autos standen, wäre doch eins mehr gar nicht aufgefallen.«

»Aber Mike hat gesagt, er kam zu Fuß«, beharrte Erik.

»Wollen wir nicht erst mal warten, was die aus Anklam sagen? Die haben doch bestimmt die Nachbarn befragt. Was wir hier machen, ist doppelte Arbeit. Zeitverschwendung. Und Ärger gibt's sowieso. Was genau hast du jetzt eigentlich vor?«

»Kuck mal hier.« Erik zeigte auf eine ungepflegte Wiese mit wild wachsenden Hecken und vereinzelten Bäumen, über die ein Weg führte, breit genug, um mit dem Auto darauf fahren zu können. Am Gehsteig standen Glas- und Plastikcontainer. »Wenn ich mein Auto irgendwo unauffällig abstellen wollen würde, dann doch hier, oder? Wenn jemand vorbeikommt, denkt der, ich bringe nur Müll weg. Oder man parkt so, dass der Wagen von dem Gestrüpp verdeckt ist.«

»Ich weiß nicht … Im Hafen auf dem Parkplatz fällt ein Auto noch weniger auf, da stehen doch immer mal welche, auch von außerhalb.«

»Ja, aber dann müsste man durch das ganze Dorf latschen. Wie viele Leute haben uns angestarrt? Und es ist noch früh am Tag. Am hellen Nachmittag fällt hier bestimmt jeder auf.«

»Sind dann nicht viel mehr Urlauber unterwegs?«

Erik schüttelte den Kopf. »Früher konnte man von hier aus mit dem Schiff rüber nach Polen und steuerfrei einkaufen. Aber seit Polen in der EU ist, lohnt sich das nicht mehr so richtig.«

»Woher weißt du so was eigentlich so genau?«, fragte Micha.

»Reiseführer.«

»Oha.«

Natalie Thiele kam in einem grauen Golf. Sie bremste scharf, als sie die beiden sah, und blieb neben ihnen stehen.

»Einsteigen«, sagte sie nur schroff durch das heruntergelassene Fenster. Erik beugte sich zu ihr hinunter.

»Bitte was?«

»Sie steigen jetzt alle beide ein, und dann unterhalten wir uns.«

Micha und Erik sahen sich an. Sie dachten wohl beide das Gleiche. Warum nicht? Was sollten sie sonst tun? Wenn sie etwas herausbekommen und an dem Fall näher dran sein wollten, mussten sie sich mit der Thiele einigermaßen gut stellen. Kaum saßen sie im Wagen, beide demonstrativ auf der Rückbank, gab sie Gas und fuhr durch den Ort, vorbei am Tatort, bis fast zum Hafen. Kurz davor bog sie links in eine noch engere Straße, dann hielt sie auf dem Parkplatz des Gasthauses »Haffblick«.

Sie setzten sich an einen der Tische, die vor dem Lokal standen. Thiele ließ die beiden kurz alleine, um mit dem Chef des »Haffblicks« zu reden.

»Wir bekommen ausnahmsweise jetzt schon einen Kaffee.« Thiele klang nun etwas entspannter. »Ich weiß, dass Sie sich von Ihrem Vorgesetzten in Rostock sämtliche Details haben geben lassen«, sagte sie zu Erik. »Das heißt, wir sind ermittlungstechnisch wohl auf demselben Stand. Seit Sie mit ihm gesprochen haben, hat sich nicht viel getan. Sie wissen wahrscheinlich sogar noch mehr als ich, weil sich der Junge geweigert hat, mir auch nur einen Piep zu sagen. Er mag mich nicht so gerne, wie er Sie mag.«

»Herr Kemper ist nun mal ein Charmeur«, erklärte Micha trocken. Thiele starrte Micha mit einem Blick an, als sähe sie ihn gerade zum ersten Mal.

»Und Sie?«, fragte sie.

»Micha Anders, ich bin sein Stellvertreter. Oder wollten Sie wissen, ob ich auch ein Charmeur bin?«

Nun schwiegen sie alle und lauerten, wer als Nächster etwas sagen würde.

Es war der Chef des Lokals: »So, der Kaffee für die Herrschaften. Wenn Sie etwas essen wollen, darf ich Sie nach drinnen ans Frühstücksbuffet verweisen. In ein paar Minuten geht's los.« Er war ein paar Jahre jünger als Erik, Mitte dreißig, sehr schlank und hatte sehr kurze Haare. Mit einem freundlichen Lächeln servierte er den Kaffee und verschwand wieder nach drinnen.

»Kollege Kemper, Sie sagen mir jetzt, was Sie von dem Jungen erfahren haben«, sagte Thiele resigniert, als sie wieder alleine waren.

Erik erzählte es ihr.

»Das ist so gut wie gar nichts.« Thiele rührte Zucker in ihren Kaffee. »Ich spreche nachher noch mal mit ihm, vielleicht ist er dann kooperativer.«

»Viel Glück«, rutschte es Erik heraus. Thiele hörte auf zu rühren.

»Wie meinen Sie das?«

»Verbohrter Junge. Spricht nur mit Leuten, die ihm passen. Das ist alles.«

Sie nahm sich Zeit mit der Antwort. »Vergessen Sie's. Ich lasse Sie nicht noch mal zu ihm, wenn ich es vermeiden kann. Sie haben mit dem Fall nichts zu tun. Abgesehen davon, dass ich Sie um Amtshilfe bitten werde. Erzählen Sie mir von Ihrem Kollegen Andreas Reeken.«

»Was wollen Sie wissen?«

»Ich habe doch schon gesagt, dass ich mit Helmut Reuter gesprochen habe.« Reuter war der Leiter des Fachkommissariats, dem Erik als Leiter der Mordkommission unterstand. »Ich habe ihm alles erzählt, was wir haben, und er hat mich an Sie verwiesen. Außerdem hat mein KPI-Leiter bereits mit Ihrem KPI-Leiter telefoniert. Also?«

Die Leiter der Kriminalpolizeiinspektionen hatten sich also schon unterhalten. Erik zuckte mit den Schultern. Er betrachtete Natalie Thiele nun ganz offen und in aller Ruhe, während sie zurückstarrte. Wer zuerst wegsieht, dachte Erik. Er würde es nicht sein. Sie hatte ein attraktives Gesicht mit klaren grünlichen Augen, einer geraden Nase und einem eckigen Kinn. Sie war nicht geschminkt, hatte es aber auch nicht nötig. Die glatten Haare hatte sie schlicht zu einem Zopf zurückgebunden. Jede andere Frau hätte sich blonde Strähnchen gemacht, um ihrem Haar mehr Glanz zu geben, sie nicht. Sie tat wohl alles, um nicht als Weibchen zu gelten. Ihre praktische Kleidung unterstrich dieses Anliegen. Nun sah sie weg. Diese kleine Schlacht hatte er gewonnen.

»Ich habe zuerst eine Frage an Sie«, sagte Erik. »Warum haben die Sanitäter so lange gebraucht?«

»Der Notruf war nicht eindeutig. Erst wurde nur ein Wagen losgeschickt. In Heringsdorf ist eine Notfallstation, mit Blaulicht braucht man aber trotzdem schon mal gut und gerne zwanzig Minuten. Je nach Verkehr dauert es länger. Bei dem Wetter besteht die Insel fast nur aus Blechlawinen, besonders am Wochenende. Da will jeder in die Kaiserbäder.«

»Zwanzig Minuten. Das ist zu lang.«

»Allerdings. Der Notarzt hat sofort Hubschrauber angefordert. Aber für Ihren Kollegen und die Frau war es zu spät. Selbst wenn ein Arzt direkt vor Ort gewesen wäre, hätte er nichts mehr für sie tun können. Drei schweben noch in Lebensgefahr, sechs weitere sind schwer verletzt ...«

»Wer hat den Notruf abgesetzt?«

»Rainer Paul. Der Schwager Ihres Kollegen.«

»Der Vater von Mike.«

»Genau.«

»Wieso war der Notruf nicht eindeutig?«

Natalie Thiele wurde plötzlich unsicher. Sie fing an, an ihrer Nase zu zupfen. »Das war die Aussage des Notarztes. Wir überprüfen das Band vom Anruf.«

»Ich kenne Rainer Paul ein bisschen«, sagte Micha. »Eine seiner Apotheken ist bei mir um die Ecke, da sehe ich ihn manchmal. Der Mann kennt sich mit Medizin fast so gut aus wie ein Arzt. Der kann doch so eine Situation richtig einschätzen, und er macht auf mich den Eindruck, dass er halbwegs die Ruhe bewahrt.«

»Hören Sie, wir klären das gerade, okay?« Die Thiele wurde pampig. »Und jetzt erzählen Sie mir endlich von Ihrem Kollegen!«

»Hat Ihnen Reuter nicht schon alles gesagt?«, antwortete Erik widerwillig.

»Sagen Sie mir, was Ihr Kollege Reeken zuletzt bearbeitet hat. Mit allen Details.«

»Kümmern Sie sich auch um das Umfeld von Karl Rohde, oder konzentrieren Sie sich nur auf unseren Kollegen?«, fragte Erik misstrauisch. »Ein bisschen einseitig, kann das sein?«

»Mischen Sie sich nicht in meine Arbeit ein. Wir ermitteln in alle Richtungen, und Sie werden es noch früh genug erfahren, wenn wir etwas herausfinden. Also?«

Erik schwieg. Er fing Michas ernsten Blick auf.

»Ich bin mir sicher, dass die Tat keinem anderen als Andreas Reeken galt«, sagte sie. »Da können Sie vor sich hinschweigen, so lange Sie wollen.«

»Sie wissen, was das bedeutet, wenn es stimmt, was Sie denken«, sagte Micha.

»Wir gehen gleich zum Haus, dann sehen Sie, was ich meine. Man sieht von der Straße ganz genau, wer im Raum ist und wer nicht.«

»Nicht unbedingt. Fensterscheiben spiegeln, Vorhänge nehmen die Sicht«, protestierte Erik.

»An der benachbarten Wand ist ebenfalls ein Fenster. Das Gegenlicht macht den Raum von der Straße aus gut einsehbar. Mit Vorhängen oder ohne.«

Micha beugte sich in seinem Stuhl vor. »Das können Sie nicht mit Sicherheit sagen.«

»Es passt Ihnen nicht, oder? Das glaub ich Ihnen gerne. Karl Rohde war zum Zeitpunkt des Anschlags nicht im Haus. Er war draußen. Von der Straße aus konnte man ihn sehen. Wir haben das nachgestellt und überprüft. Wer auch immer den Molotowcocktail geworfen hat, wusste, dass der alte Mann nicht im Zimmer war.«

»Sie spekulieren!« Erik verlor die Geduld. »Oder brauchen Sie Publicity?«

Die Thiele lächelte nur. »Warum sind Sie denn hier? Weil Sie lieber die Publicity hätten?«

»Weil er mein Kollege war!«, herrschte Erik sie an.

»Er hat Sie nicht leiden können und Sie ihn nicht. Sie sind doch aus purem Ehrgeiz hier. Tja, aber ich fürchte, das ist ganz allein mein Fall.«

Erik stand auf. Der Tisch wackelte, seine Tasse schwappte über. Micha erhob sich ebenfalls. »Machen Sie doch, was Sie wollen.«

Er ging wütend die Straße hinunter in Richtung seines Wagens. Micha hielt mit ihm Schritt.

»Was hat sie vor?«, fragte Micha leise.

»Eine Beförderung«, knurrte Erik.

»Aber sie kann doch nicht …«

»Ich kann«, rief die Thiele. Sie war ihnen hinterhergelaufen. Sie legte die Hand auf Eriks Schulter und riss ihn herum, so dass er sie ansehen musste.

»Ich kann!«, wiederholte sie. »Ich werde diesen Fall genau so leiten, wie er geleitet werden muss. Auf Andreas Reeken ist ein Anschlag verübt worden. Der Tathergang lässt auf Planung schließen, außerdem, dass nicht ein Einzelner, sondern eine Gruppe dahintersteckt. Ein Großteil der Ermittlungen wird sich mit den Neonazis, mit denen Ihr

Kollege zuletzt zu tun hatte, beschäftigen. Und ich wette mit Ihnen, dass es diese Kerle waren.«

»Dann wissen Sie ja bereits alles über Andreas' letzten Fall und brauchen uns gar nicht mehr«, sagte Erik nur.

Sie ließ Eriks Schulter los und ging zurück zu dem Gasthaus.

»Das wird ganz finster«, sagte Micha und sah ihr hinterher. »Die rührt die ganze braune Suppe auf, ohne zu wissen, was sie damit anrichtet.«

»Die verrennt sich«, murmelte Erik.

»Vielleicht.«

»Sicher.«

»Und wenn sie doch Recht hat?«

Erik sah Micha lange an, bevor er antwortete. »Das wäre nicht nur schlecht für die Tourismusbranche.«

»Was machen wir jetzt?«

»Hoffen, dass sie ihre Wette verliert.«

HANNAH, 1946

Selbst wenn Berlin zu Staub zerfällt. Das hatte er gesagt. Und dass es nie passieren würde.

Aber dann war der Krieg gekommen.

Und die Stadt war zu Staub zerfallen. Juni 1945: Das Café Kranzler, der Ku'damm – ausgebrannte Ruinen. Man hatte seitdem vieles wieder zum Leben erweckt. Vor dem Café standen Stühle. Eine weiße glatte Fassade vor den Trümmern, in großen Leuchtbuchstaben stand dort »Nescafé«, darunter, viel kleiner, »Konditorei Kranzler«.

Und doch waren es Ruinen, auf die Hannah starrte. Sie traute sich nicht, ins Café zu gehen und sich an einen der Tische zu setzen. Sie stand hier wie jeden Tag für eine Stunde. Sie starrte nur vor sich hin, den Blick leer, den Kopf voll, alles um sich herum für eine Weile vergessend.

Vor einem Jahr war sie hierhergekommen, zunächst gestrandet im Auffanglager in der Iranischen Straße. Da kamen alle jüdischen Umsiedler hin. Doch Hannah hatte ihr Schicksal lieber selbst in die Hand genommen. Hatte sich tagsüber nach etwas umgesehen, das sie tun könnte. Wo sie leben könnte. Wohin wollte man sie auch umsiedeln? Mit ihrem kleinen Sohn? Zurück nach Schweden zu ihren Eltern wollte sie nicht. In Schweden hatte sie nichts verloren. Die Schweden waren auch auf Hitlers Seite gewesen. Hannah suchte Ernst. Sie musste ihn finden. Es gab so viel zu erzählen. Er wusste ja nichts von seinem Sohn.

Sie war jeden Tag zum Ku'damm gegangen und hatte nach ihm Ausschau gehalten. Durch ihren Sohn hatte sie bald Anschluss gefunden. Der kleine Ernst, den sie nach seinem Vater benannt hatte, traf einen Jungen, mit dem er unbedingt spielen wollte. Der Junge hieß Hans und lebte im Keller eines zerbombten Hauses in Charlottenburg. Das Ofenrohr ragte zwischen den Trümmern hervor und wies den Weg zu den letzten noch bewohnbaren Räumen.

Durch die Mutter des kleinen Hans lernte Hannah eine junge Frau kennen, die etwa in ihrem Alter war. Sie hieß Maria, war die Cousine der Frau und hatte keine Kinder und keinen Mann. Maria und Hannah verstanden sich sofort. Maria lud Hannah ein, bei ihren Eltern in der sowjetischen Zone zu wohnen. Ein Zimmerchen hätten sie noch, und das sollte doch lieber von jemandem bewohnt werden, den sie mochte, nicht wahr? Maria organisierte alles. Sie wusste, was zu tun war und welche Papiere man brauchte.

Nun lebte Hannah mit Ernst und Maria, Marias Bruder und Eltern, gedrängt auf einer Etage des ehemals herrschaftlichen Hauses in Pankow. Auch die anderen Etagen waren belegt. Mit Verwandten von Maria, die aus Polen vertrieben worden waren.

Hannah war die einzige Jüdin im Haus. Wahrscheinlich sogar die einzige in der ganzen Straße. Sie hatte, seit sie in Berlin angekommen waren, keine anderen Juden getroffen. Sie hatte sich auch nicht darum bemüht. Wozu auch? Sie suchte Ernst, sonst niemanden. Nur Ernst.

Was hatte ihr das Judentum bisher gebracht, außer Elend und Verfolgung? Einen unehelichen Sohn und einen Neuanfang voller Lügen. »Er ist im KZ umgekommen«, musste sie sagen, wenn jemand nach Ernsts Vater fragte. Denn in diesem Glauben war der kleine Ernst aufgewachsen. Hannahs Eltern hatten es so gewollt. Und sie würde ihm auch erst die Wahrheit sagen, wenn sie Ernst gefunden hatte.

Maria hatte sie gestern überredet, mit zu einem Friseur zu gehen. Bis zu diesem Tag hatte Hannah ihre Haare in langen Flechten getragen, die sie sich hochsteckte. Es war noch ihre Mädchenfrisur, die sie, obwohl sie schon so lange Mutter war, nicht abgelegt hatte. Ein Festhalten an ihrer verlorenen Jugend, wenn sie ehrlich zu sich war. Sechsundzwanzig Jahre alt und schon einen neunjährigen Sohn.

Heute waren die Haare abgeschnitten worden, man hatte ihr eine Dauerwelle gelegt, und nun erschrak sie jedes Mal, wenn sie sich in einer Scheibe spiegelte. Sie war sich selbst plötzlich fremd geworden. Fremd, aber es gefiel ihr auch. Nur, würde Ernst sie erkennen?

Sie würde ihn erkennen. Eines Tages würde sie ihn treffen.

Hannah ging nun langsam vor dem Café Kranzler auf und ab. Wie jeden Tag. Man kannte sie schon, sie spürte, dass sie von manchen Menschen mit einem Wiedererkennen im Blick angesehen wurde. Aber niemand sagte etwas. Sie waren zu sehr mit sich beschäftigt. Und es gab in dieser Stadt zu viele, die noch lange nicht zur Normalität zurückgefunden hatten. Viel zu viele. Man registrierte sie, aber man ließ sie in Ruhe. Das tat ihr gut.

Sie hatte so vieles überstanden, sie konnte jetzt warten. Auch der kleine Ernst würde so lange warten können. Erst wenn er vor ihr stand, würde sie mit ihrem Sohn reden. Erst dann.

3.

Der Regenguss, vor dem sie sich in ein kleines Café mit Blick auf das Wasser gerettet hatten, war nun vorbei. Nun schien wieder die Sonne. Es war angenehm warm, die Luft roch frisch und salzig.

»Ich hab sie so vermisst, die Keltische See«, sagte ihr Vater. »Zwanzig Jahre habe ich hier gelebt. Wie sehr hab ich das alles vermisst.«

Und Anne Wahlberg wusste, es ging ihm gut. Ihr Vater war sich zum ersten Mal seit langem wieder selbst nah. Sie fühlte, wie er auflebte, doch in ihr selbst kämpften Widersprüche.

Richard Wahlberg war für die Dauer seiner Promotion nach Cork gekommen. Drei Jahre hatte er bleiben wollen, und er hatte die Koffer schon gepackt, als ihm die Liebe seines Lebens begegnete: Shauna O'Donnell, acht Jahre jünger als er, die schönste Frau, die er je gesehen hatte, und das geheimnisvollste Wesen, das ihm je begegnen würde. Er entschied sich spontan zu bleiben, obwohl längst nicht abzusehen war, ob sie sich überhaupt für ihn interessieren würde. Richard Wahlberg setzte seine gesamte Zukunft aufs Spiel, als er alle anderen Optionen ausschlug und sich ausschließlich auf eine Stelle an der Universität, die ihm den Doktortitel verliehen hatte, bewarb. Zuerst sah es so aus, als würde er alles verlieren. Shauna war mit einem anderen zusammen, einem gleichaltrigen Studenten, und auch den Job bekam ein anderer. Doch er gab nicht auf, schlug sich als Kellner und Verkäufer durch, bis der Konkurrent an der Universität nach einem Jahr das Handtuch warf und Shauna ihren Freund mit einer anderen erwischte.

Shauna und er waren bereits drei Jahre lang ein Paar, als Anne geboren wurde. Vierzehn Jahre später starb seine Frau, grausam und unwürdig, was Richards Leben fast zerstört hatte. Er war fortgegangen aus Cork, um den Schmerz zu vergessen, hatte versucht, sich ein neues Leben in Bonn aufzubauen und hatte Anne entwurzelt, um sie neu einzupflanzen.

Anne spürte den Druck, selbst eine Liebe zu finden, die sich mit der ihrer Eltern messen konnte. Jedes Jahr, in dem sie ihre große

Liebe nicht gefunden hatte und das sie älter wurde, frustrierte sie mehr.

Ihr Vater war seit genau fünfundzwanzig Jahren nicht mehr so glücklich gewesen wie heute, hier an diesem Ort, diesem kleinen malerischen Hafenstädtchen Cobh, das im zerklüfteten Naturhafen Corks lag.

Dieser Ort, der Jahrhunderte lang für die Iren vor allem eins bedeutet hatte: weg von hier. Auch die Titanic hatte in Cobh vor ihrer Schicksalsfahrt angelegt. Jedes Haus, jeder Stein enthielt einen Hinweis auf die Schiffe, die Millionen von Iren in die schöne neue Welt gebracht hatten, in die einzige Zukunft, die sie zu haben glaubten. Die Geschichte Irlands war Jahrhunderte lang eine Geschichte von Elend und Verzweiflung gewesen. Erst seit einigen Jahren ging es dem Land wieder gut, die Wirtschaft zog an, die Abwanderung der jungen Leute konnte aufgehalten werden.

Die Amerikaner dankten der irischen Tourismusindustrie ihre Liebe zu sentimentaler Vergangenheitsbewältigung, indem sie in Scharen in Cobh einfielen und viel Geld dort ließen. Tausende Meilen kamen sie geflogen, um sich in schicke Hotels einzumieten, die neben der irischen die amerikanische Flagge über dem Eingang hissten und Kopien alter Zeitungsausschnitte über den Untergang der Titanic in die Empfangshalle hängten. Überteuerte Souvenirs vermittelten die Illusion, ein Stück ihrer Vergangenheit mit nach Hause nehmen zu können.

Als Kind hatte Anne sie verachtet, diese Touristen. Nun fühlte sie sich wie eine von ihnen. Auch sie suchte ihre Wurzeln.

Heute Morgen waren ihr Vater und sie losgezogen, um sich gemeinsam die Stadt anzusehen. Hatten die Gebäude in ihrer Kindheit auch schon so ausgesehen? Waren sie schon immer so verfallen gewesen? Selbst im Zentrum bröckelte der Putz von den Häusern, Farbe blätterte von Türen und Fensterrahmen, die schlechte Bausubstanz war unübersehbar. Die elektrischen Leitungen, die bündelweise an den Außenwänden entlangliefen, so als hätte jemand Verlängerungskabel um die Häuser gewickelt, sahen nicht gerade Vertrauen erweckend aus. War es die Perspektive der Kindheit, die sie betrogen hatte? Anne behielt diese Gedanken für sich. Ihr Vater war viel zu glücklich, viel zu sehr in seiner eigenen kleinen Erinnerungswelt, als dass sie ihn hätte stören wollen. Gemeinsam hatten sie nach dem kleinen Stadtrundgang beschlossen, nach Cobh hinauszufahren, um der See näher zu sein. Hier hatten sie den Rest des Tages verbracht und nur wenig gesprochen, jede Kleinigkeit aber umso intensiver in sich aufgenommen. Anne wusste, was ihr Vater vorhatte. Er hätte es gar nicht sagen müssen.

»Ich werde mir hier ein Haus kaufen«, sagte er, als sie die Straße vom Café aus ein Stück hinunter zum Hafen gegangen waren.

»Ich weiß.«

»Ich weiß, dass du das weißt, ich sage es trotzdem«, beharrte Richard Wahlberg gut gelaunt. »Für mein Haus in Bonn bekomme ich genug Geld. Was meinst du?«

»Du kannst es dir leisten, was hält dich zurück?«

»Du wärst also einverstanden?«

»Warum denkst du, du müsstest mich um Erlaubnis fragen?«

Ihr Vater zuckte mit den Schultern. »Keine Ahnung … Ich will ja nicht einfach unser Haus verkaufen! Schließlich bist du da aufgewachsen.«

»Es ist nicht unser Haus. Es ist dein Haus. Und ich bin hier aufgewachsen.«

»Du weißt doch, wie ich das meine.«

»Verkauf es. Wenn du dir sicher bist, dass du hier glücklich wirst, dann musst du es tun.«

»Du bist eine prima Tochter.« Ein anderer Vater hätte sie in die Arme genommen. Er nickte ihr nur von der Seite zu und legte für einen Moment seine Hand auf ihre Schulter. Und doch waren sie sich seit Jahren nicht mehr so nahe gewesen.

»Da drüben ist ein Immobilienmakler«, rief er plötzlich. Der Moment war verflogen. Anne folgte ihm, und gemeinsam sahen sie sich im Schaufenster die Häuser an, die zum Kauf standen.

»Morgen muss ich noch mal herkommen und mir in Ruhe alles ansehen«, sagte ihr Vater aufgeregt. »Musst du wirklich heute schon wieder zurückfliegen?«

Anne zog die Schultern hoch und schlang ihre Arme um ihren Körper. Sie erwiderte nichts.

Als sie beide im Zug zurück von Cobh nach Cork saßen, als Anne den Kopf gegen das kühle Zugfenster lehnte und die Landschaft auf sich wirken ließ, fühlte sie eine tiefe Ruhe in sich. Sie fuhren gerade über den Damm, der das Great Island, auf dem Cobh lag, mit der zerklüfteten Festlandküste verband. Hier war das Wasser ganz flach, große Schwärme von Seevögeln wateten umher und pickten nach Nahrung, bis sie wie auf ein verabredetes Zeichen, das die Menschen nie verstehen würden, aufflogen und im gleißenden Sonnenlicht in Richtung Meer verschwanden. Annes alte Lieblingsplätze zogen an ihr vorbei, und sie musste daran denken, wie sie schon damals eine Einzelgängerin gewesen war, die in so jungen Jahren beschlossen hatte, niemanden in ihr Leben zu lassen, jedenfalls nicht, ohne immer noch einen Rest Distanz zu wahren.

»Hast du dich in Rostock denn schon von allen deinen Freunden verabschiedet?«, unterbrach ihr Vater ihre Gedanken.

Sie sah ihn an. »Welche Freunde?«

»Na, von der Uni, und von der Polizei ... Oder hast etwa noch gar niemandem gesagt, dass du weggehst?«

»Wie kommst du denn jetzt darauf?«

»Aha. Ich hab also Recht.«

Sie verdrehte die Augen. »Wem hätte ich denn etwas sagen sollen? Die Leute an der Uni wissen, dass mein Vertrag ausläuft und dass ich mich nicht um eine Verlängerung bemüht habe. Offiziell bin ich noch bis September da, das ist noch lange genug. Seminare habe ich im Moment sowieso keine. Und außerdem wusste ich ja gar nicht, ob ich die Stelle in Dublin bekomme.«

»Jetzt weißt du's. Ich hab aber nicht den Eindruck, dass du dich freust. Seit du gestern hier aufgekreuzt bist, bist du komisch.«

Er hatte nie sehr engen Kontakt zu ihr gehabt, aber er kannte sie trotzdem sehr gut. Oder sie war sehr schlecht darin, ihm etwas vorzumachen.

»Wenn du schon nach Irland zurückgehst, warum dann nicht Cork, warum Dublin?«

»Weil es sich komisch anfühlt, wieder da zu leben, wo man als Kind gelebt hat, nachdem man jahrelang unterwegs war.«

»Ich werde auch wieder hier wohnen!«

»Bei dir ist es etwas anderes. Du bist hier nicht zur Schule gegangen. Jetzt tu nicht so, als würdest du das nicht verstehen.« Sie lächelte, denn sie hatte natürlich schon längst darüber nachgedacht und war zu dem Schluss gekommen, dass sie hier nichts mehr zu suchen hatte. Die Erinnerungen an die Kindheit, die im ersten Moment tröstlich schienen, waren trügerisch. Zurückkommen wäre für sie wie das Eingeständnis, es nirgendwo sonst auf der Welt geschafft zu haben. Unmöglich. Und dann auch noch an denselben Ort wie ihr Vater, der den Rest seines Lebens mit seinen linguistischen Forschungen zubringen würde, obwohl er längst als Professor emeritiert war. Sie hatte Angst, wie er zu werden: der Beruf als einziges Glück im Leben. Nur mit dem Unterschied, dass er die große Liebe schon gefunden hatte. Sie würde sie nie finden.

»Dann sehen wir uns bestimmt öfter, wenn du in Dublin bist. Rostock ist ja von Bonn viel weiter entfernt als Dublin von Cork«, sagte ihr Vater, und er klang glücklich.

Anne antwortete nicht, denn die Kontrolleurin kam zu ihnen, um die Tickets abzustempeln.

In Cork gingen sie durch die kleine Bahnhofshalle nach draußen, dann die Straße hinunter zum Fluss und überlegten, was sie bis zu Annes Abflug noch tun wollten. Sie entschieden sich für ein Bier in der Oliver Plunkett Street und kehrten im »The Ovens« ein.

Drei ältere Männer standen rauchend auf der Straße und unterhielten sich über ein Rugbyspiel, das sie eben gesehen hatten. Anne und Richard gingen hinein und holten sich an der Bar ein Bier. Anne nahm noch eine Packung Chips, dann suchten sie sich einen Platz in der Ecke neben dem Eingang. Während ihr Vater sich ohne zu fragen über ihre Chips hermachte, ließ sie ihren Blick über die anderen Gäste schweifen, beobachtete sie, nahm ihre Gegenwart in sich auf. Es waren in der Mehrzahl ältere Männer, die vor ihrem Bier an der Bar saßen und hin und wieder ein Wort an den Barkeeper richteten. Manchmal standen sie auf und gingen nach draußen, um zu rauchen. An zwei größeren Tischen gegenüber der Bar saßen gut gelaunte, lärmende Grüppchen englischer Touristen, die von den Stammgästen hin und wieder düster angestarrt wurden. Die Feindschaft zwischen den Ländern würde wohl noch ewig ein Thema bleiben. Über achtzig Jahre waren die britischen Besatzer nun schon weg, aber der Hass war geblieben. Der Zipfel im Norden der Insel, der nicht zur Republik gehörte, saß vielen Iren wie ein Stachel im Fleisch.

Anne trank von ihrem Guinness und begann, auf die Musik zu achten. Sie war erstaunt darüber, fast jede der gespielten Bands zu erkennen. Da liefen Catatonia, Keane, Franz Ferdinand. Sie musste lächeln. Erik hatte ihr mit viel Geduld all diese Sachen vorgespielt. Da sie ein hervorragendes musikalisches Gedächtnis hatte, konnte sie einen Song bereits nach einmaligem Hören zuordnen, selbst wenn sie kein so begeisterter Fan davon wurde, wie er es war.

»Na endlich lächelst du wieder, ich dachte schon für einen Moment, du fängst an zu heulen!«, unterbrach ihr Vater ihre Gedanken. Irritiert sah sie ihn an. Sein Bierglas war leer.

»Du starrst seit einer Viertelstunde vor dich hin und ignorierst mich!«, beschwerte er sich. »Wo warst du denn mit deinen Gedanken?«

»In Rostock«, antwortete sie. »Ich muss mich da wirklich endlich verabschieden.«

»Weiß denn wenigstens Emma, dass du weggehst?«

»Nein.«

»Aber sie ist deine beste Freundin! Du solltest es ihr bald sagen.«

»Ja. Aber sie meinte ich eigentlich nicht.« Sie trank noch einen Schluck. Ihr Vater sah sie neugierig an. Sie spürte, dass er jetzt alles wusste.

»Du hast dich verliebt!«

»Hab ich nicht.«

»Oh doch, du hast dich verliebt! Ich hatte eben schon Recht mit meiner Vermutung, dass du dich noch von niemandem verabschiedet hast. Und jetzt hab ich bestimmt auch Recht! Muss mein Glückstag sein!« Er strahlte. »Wie heißt er?«

»Daddy, nein, diesmal liegst du meilenweit daneben.«

»Unsinn. Ich hab zwar keine empathischen Fähigkeiten wie du und deine Mutter, und darüber bin ich jeden Tag froh, aber ich kenne dich gut genug. Deinem alten Vater kannst du nichts vormachen. Du bist verliebt.« Er sah sie scharf an und wartete, was sie sagen würde.

Die empathischen Fähigkeiten. Der Fluch, den sie ihr Leben lang nicht loswerden würde. Zu wissen, wie sich andere fühlten, egal wann, wo und wer. Zu spüren, wie sich an bestimmten Orten Energien starker Gefühle festgesetzt hatten. Lust, Hass und Tod zu sehen, wo andere nichts sehen konnten. Die Visionen und Träume waren das Schlimmste dabei, denn diese konnte sie nicht steuern.

Anne stand auf, um sich eine neue Tüte Chips an der Bar zu holen, aber er hielt sie am Handgelenk fest.

»Moment mal. Immer, wenn es unangenehm wird, haust du ab. Deshalb gehst du auch aus Rostock weg, ja? Weil du dich verliebt hast, und das passt dir nicht, also gehst du. Das hast du schon immer gemacht.«

Ja, er hatte Recht. Sie schüttelte ihre Hand frei und rieb sich ihr Handgelenk, so als hätte er ihr wehgetan.

»Du hättest mit Marc zusammenbleiben sollen«, sagte er.

Damit hatte er garantiert nicht Recht. »Fang nicht schon wieder mit dem an, der war doch verheiratet!«

Ihr Vater drehte sein leeres Bierglas in der Hand. »Wenn du gewollt hättest, hätte er sich bestimmt scheiden lassen.«

»Hätte er nicht.«

»Also, was nun? Bist du nun verliebt oder nicht?«

»Bin ich nicht.«

»Und weshalb willst du dann aus Rostock abhauen?«

»Weil mein Vertrag ausläuft und ich eine Stelle in Dublin habe.«

»Ja, genau. Und den Vertrag hättest du nie im Leben verlängern können, und dich hat bestimmt auch keiner gefragt, ob er verlängert werden soll. Klar.« Er hob die Augenbrauen und schüttelte den Kopf. »Was wolltest du dir gerade holen? Chips? Noch ein Bier? Lass mal, ich geh schon.« Er stand auf und ging an die Bar.

Nun lief ein Song von Alanis Morissette. *»How about me enjoying a moment for once«*, sang sie. Den Moment genießen, oh ja. Wie wichtig wäre das für Anne. Es war wieder ein Song, den sie durch Erik kannte. Diesen Song hatte er ausgesucht, um Anne die aktuelle Musik näherzubringen. Auch wenn er persönlich Alanis Morissette nicht mochte. »Immerhin besser als dieser Klassikmist«, hatte er gebrummt.

Eigentlich musste sie sich gar nicht von Erik verabschieden. Sie könnte ihm einfach einen Brief schreiben. Oder eine E-Mail. Eine Postkarte aus Dublin. Eine SMS.

Ihr Vater setzte sich wieder zu ihr. Zwei neue Gläser Guinness und zwei Tüten Chips hatte er geholt.

»Jetzt sag schon. Wie heißt der Kerl?«

»Es gibt niemanden«, fauchte sie, dachte an Erik und fühlte sich, als wäre sie wieder vierzehn Jahre alt.

»Ja, genau.« Richard Wahlberg hob die Augenbrauen und prostete ihr zu. *»Sláinte.«*

4.

Effi Briest war einmal hier gewesen. Bei einem Ausflug mit ihrem Liebhaber. Ein paar Kapitel später warf ihr Mann sie raus. Beide unglücklich. Ende der Geschichte. Nun stand Erik hier. Alleine und auch ziemlich unglücklich.

Der Schnatermann lag in der Rostocker Heide nördlich des Überseehafens an der weitesten Stelle des Breitlings, bevor die Warnow von einer Dünennehrung wieder eingezwängt wurde und durch eine verhältnismäßig schmale Öffnung ihren Weg in die Ostsee nahm. Der Schnatermann hatte eine eigene Anlegestelle, an der Erik nun stand und wartete, dass irgendetwas passierte. Er wusste nicht, worauf er genau wartete. Er starrte nur auf das Wasser.

Micha hatte auf der Rückfahrt von Usedom das Steuer übernommen, damit ihm nicht wieder schlecht wurde. Er hatte Erik am Schnatermann abgesetzt, wo er mit seiner Exfrau Inga verabredet gewesen war. Erik hatte damit gerechnet, dass Inga ihn nach Hause bringen würde.

Portemonnaie und Handy waren nun in Ingas Auto und bestimmt schon auf halbem Weg nach Hamburg.

Er wusste wieder, warum er nicht mehr mit ihr verheiratet war. Impulsiv, zickig und egozentrisch war sie. Er wusste natürlich ebenso, dass er selbst auch nicht einfach war, aber das tat gerade nichts zur Sache.

Inga hatte angerufen, eine Stunde, nachdem er und Micha von Usedom weggefahren waren. Sie war in Gehlsdorf und wollte wissen, warum er nicht zu Hause war. Und weil sie keine Lust hatte, in seiner Wohnung, zu der sie die Schlüssel hatte, auf ihn zu warten, zitierte sie ihn zum Schnatermann. In dem Lokal gäbe es wenigstens etwas zu essen, anders als in seiner Wohnung. Also hatte Micha ihn beim Schnatermann rausgelassen.

Inga saß an einem schattigen Tisch in dem kleinen Biergarten. Sie sah aus wie immer. Perfekt frisiert, perfekt geschminkt, perfekt gekleidet. Blond, schlank, schön. Dass sie auf die vierzig zuging, war ihr noch lange nicht anzusehen. Inga war das Vorzeigemodell der reichen Ehefrau aus einem Hamburger Elbvorort. Nur, dass sie keine reiche Ehefrau war, sondern eine reiche Exschwiegertochter. Ihn hatten seine Eltern verstoßen, Inga und das Kind hatten sie mit offenen Armen bei sich aufgenommen und ihnen ein sorgenfreies Leben finanziert.

Sie begrüßte ihn anders als üblich. Sie stand auf, ging auf ihn zu und umarmte ihn.

»Es tut mir so leid«, sagte sie.

»Was, dass er in der Hölle schmort oder dass mich meine eigene Mutter aus der Friedhofshalle geworfen hat?«

»Ich dachte, vielleicht brauchst du jemanden zum Reden. Warum hast du immer noch diesen Anzug an?«

»So wie du dich am Telefon angehört hast, klang es ehrlich gesagt eher so, als ob du jemanden zum Reden brauchst.« Er versuchte, es wie einen Scherz klingen zu lassen. Es gelang ihm nicht. »Hast du schon was gegessen?«

»Ich hab bestellt. Für uns beide. Es kommt wahrscheinlich gleich.«

»Für uns beide. Aha.«

»Hör zu, Erik, ich weiß, das mit deinem Vater geht dir viel näher …«

»Und?«

»Findest du nicht, dass gerade jetzt … Leg die Zigaretten wieder weg, ich mag das nicht. Also, findest du nicht, dass die Familie gerade jetzt zusammenhalten sollte?«

Er musste nicht antworten. Und zum Rauchen kam er sowieso nicht, denn das Essen wurde gebracht. Sie hatte ihm sogar etwas ausgesucht, das er gerne mochte. Schweigend begannen sie zu essen, als Inga plötzlich die Gabel mit einem Klirren fallen ließ.

»Das esse ich nicht. Bedienung! Das esse ich nicht! Was soll das sein?« Spätestens jetzt hatte sich auch der letzte Gast nach Inga umgedreht.

Die Bedienung, eine junge Frau Mitte zwanzig, bekam einen hochroten Kopf und versprach ihr mit leiser Stimme sofort neues Essen, doch Inga führte ihre Szene weiter, so lange, bis ihr versprochen wurde, dass sie beide selbstverständlich Gäste des Hauses waren und keinen Cent zahlen müssten.

»Musste das sein?«, fragte Erik.

»Das war Dosenfutter!« Sie schob sich die langen Haare hinter die Ohren. »Von wegen Kalbsrahmgeschnetzeltes. Jeder Hund bekommt besseres Fleisch! Dafür bezahle ich ganz sicher nicht.«

»Ich dachte, ich zahle?« Spätestens jetzt hätte ihm auffallen müssen, dass etwas nicht mit ihr stimmte. Dass sie extra aus Hamburg nach Rostock fuhr, um mit ihm über die Beerdigung seines Vaters zu sprechen, passte so gar nicht zu ihr.

»Wie geht es eigentlich Cordelia?«, fragte er, während er versuchte, noch Spaß an seinem Essen zu entwickeln.

»Gut, sie wollte aber nicht kommen. Sie fühlt sich so wohl in Kanada.«

»Hätte ja sein können, dass sie bei der Trauerfeier war. Ich bin außer meiner Mutter niemandem begegnet. Und da war ich eigentlich nur froh, dass sie keine Waffe in greifbarer Nähe hatte.«

»Sie hat es nicht so gemeint …«

»Hat sie.«

»Sie trauert um deinen Vater, da darfst du nicht so streng mit ihr sein!«

»Ganz genau. Mein Vater. Da hätte ich doch jedes Recht, mich auch von ihm zu verabschieden. Stattdessen faselt sie was von enterbt und ich sei schuld an seinem Tod!«

»Sie hat es nicht so gemeint«, wiederholte Inga, und Erik beschloss, das Thema fallen zu lassen.

Seit er sich entschieden hatte, zur Polizei zu gehen, war das Verhältnis zu seinen Eltern stark angespannt. Sein Vater, Spross einer reichen Hamburger Handelsfamilie, hatte zwar nicht wirklich damit gerechnet, dass einer seiner drei Söhne sein Nachfolger wurde. Aber er hatte für alle das Beste gewollt. Erik, der Mittlere, war schon früh aus der Art geschlagen, wie er es nannte. Und statt erfolgreicher Unternehmer zu werden oder Anwalt – wie seine Brüder –, hatte er sich für eine aus Sicht der Kempers schlecht bezahlte Beamtenlaufbahn entschieden. Seine Frau Inga, die er zu früh kennengelernt, zu früh geschwängert und zu früh geheiratet hatte, hatten sie jedoch gleich ins Herz geschlossen. Ein Mädchen, wie sie es sich gewünscht hatten: repräsentativ und genauso an Status und Geld interessiert, wie es sich für echte Kempers eben gehörte.

Erik war kaputtgegangen in dieser Atmosphäre. Die ewigen Anfeindungen von den Eltern, in deren Villa das junge Ehepaar lebte, weil Eriks Junggesellenbude zu klein war für Inga und das winzige Bündel, das plötzlich seine Tochter war, das ewige Gekeife von Inga, die eigentlich hätte froh sein sollen, dass er dauernd Überstunden machte. Nach der Wende hatte er beschlossen, in den Osten zu gehen. Man versetzte ihn nach Rostock. Inga weigerte sich mitzukommen. Das hatte er eingeplant, auch wenn er es bis heute nicht zugeben würde. Und so war es zur Scheidung gekommen, eine Scheidung, die absurder nicht hätte sein können. Seine Eltern hatten Inga und ihr Enkelkind Cordelia weiter bei sich wohnen lassen und Eriks Erbe ausgezahlt. Von da an war Funkstille gewesen. Auch mit seinen Brüdern hatte er fortan, bis auf gelegentliche nichtssagende Weihnachtskarten, keinen Kontakt mehr gehabt.

Und dann war sein Vater gestorben. Er hatte nichts davon mitbekommen. Hatte es sich angekündigt? Wie lange war es seinem Vater schlecht gegangen? Er wusste es nicht. Cordelia war für ein Jahr in Kanada bei ihrem Onkel, seinem Bruder, weil sie Abstand von ihrer Mutter wollte. Sie hätte es ihm bestimmt erzählt.

Unversöhnt waren Vater und Sohn auseinandergegangen. Unversöhnt und ohne Abschied. Den formellen Abschied der Trauerfeier hatte ihm seine Mutter genommen. Sie hatte ihn, kaum, dass sie ihn in der Friedhofshalle gesehen hatte, fast tätlich angegriffen. Sie war so weit gegangen, mit ihrer kleinen schwarzen Handtasche nach ihm zu schlagen. Den Anblick ihres vor Wut, Schmerz und Trauer verzerrten Gesichts unter dem schwarzen Schleier ihres Hutes würde er noch ein paar Nächte vor Augen haben.

Er war gegangen. Was war ihm anders übrig geblieben? Er würde sich heimlich an das Grab seines Vaters schleichen müssen, wenn er seiner gedenken wollte. Vielleicht würde seine Mutter in ein paar Monaten weicher werden und ihn sehen wollen. Nicht, dass er im Moment viel Wert darauf gelegt hätte. Doch er wusste, dass bald die Zeit kommen würde, in der er sein ganzes Leben, jede Entscheidung, die er je getroffen hatte, in Frage stellen würde. Der Tod seines Vaters machte es nicht leichter, im Gegenteil. Die Aussicht, eines Tages alles doch noch zu klären, was zwischen ihnen vorgefallen war, war mit ihm gestorben.

»Unserer Tochter geht es also gut«, sagte er nun. »Warum schreibt sie denn nicht mal?«

»Ach, das hätte ich fast vergessen.« Inga zog einen Zettel aus ihrer Handtasche, der Ausdruck einer E-Mail. »Hier, ich hab es angekreuzt, damit du es schneller findest. Sie schreibt: Sag Papa, er soll sich eine private E-Mail-Adresse zulegen, damit ich ihm ein paar Fotos mailen kann.«

Erik nahm das Blatt in die Hand, las es durch und lächelte. »Anrufen tut man wohl nicht mehr.«

»Nur im größten Notfall.«

Er hob seinen Blick. Sie verzog ihren Mund schnell zu einem Lächeln, und nun wusste er mit Sicherheit, dass etwas nicht stimmte.

»Was ist los?«

»Was soll denn los sein?«

»Warum bist du hier?«

»Entschuldige mal, dein Vater ist gestorben, und ich dachte, du würdest …«

»Warum bist du hier?«

Sie wich seinem Blick aus und murmelte etwas, das er nicht verstand.

»Was?«

»Ich will hier weg. Lass uns gehen. Und denk gar nicht dran, für irgendwas zu bezahlen.«

Sie griff nach seinen Sachen, die er auf den Tisch gelegt hatte, weil sie nicht in den Anzug passten. Sein Portemonnaie, sein Handy. Beides verschwand in ihrer Handtasche, so selbstverständlich wie vor neunzehn Jahren. Nur seine Zigaretten nicht, die rührte sie nicht an.

Erik nickte der Bedienung zum Abschied zu und schämte sich für das Benehmen seiner Exfrau. Er folgte Inga, die um die Gaststätte herumging und den Fußweg in Richtung Anlegestelle einschlug.

Sie ging sehr schnell und blieb erst stehen, als sie am Wasser angekommen waren. Ihm fiel auf, wie grotesk sie als Paar aussehen mussten: er in seinem mittlerweile verknitterten Beerdigungsanzug, den er seit über vierundzwanzig Stunden trug, was die Hitze nicht gerade erträglicher machte, außerdem unrasiert, ungekämmt und ungeduscht. Sie: frisch und jugendlich in einem leichten, schwarzweißgeblümten Sommerkleid mit zarten hochhackigen schwarzen Sandalen, die Fußnägel sauber lackiert, die Haut zart gebräunt …

»Ich bin schwanger«, sagte sie.

Sein Herz fing an, wie wild zu schlagen. Sein Mund wurde trocken, in seinen Ohren rauschte es. Automatisch tastete er nach seinen Zigaretten, hielt die Schachtel dann aber nur in der Hand, ohne sich eine herauszunehmen.

»Von diesem Argentinier?«, fragt er. Seine Stimme klang weit entfernt in seinen Ohren.

»Welcher Argentinier?«

»Der Unidozent. Was weiß ich.«

Cordelia hatte von ihm erzählt. Anfang dreißig, ein Bild von einem Mann, südländischer Typ mit dunklen Augen und dunklen Locken, der ständig lässige Anzüge ohne Krawatte trug und dem wahrscheinlich sämtliche Studentinnen zu Füßen lagen. Was er lehrte und in welcher Funktion, hatte Erik vergessen. Philosophie? Auf jeden Fall etwas, von dem Inga zwar keine Ahnung hatte, das sie aber wahnsinnig beeindruckte.

»Alexander ist Halbargentinier«, antwortete sie, als sei dies wichtig. »Und ich habe keine Ahnung, ob es von ihm ist. Die Chancen stehen fünfzig-fünfzig.«

Sie starrten sich an, und ihm wurde übel. Er nahm endlich eine Zigarette aus der Schachtel und steckte sie sich in den Mund.

Inga drehte sich ohne ein Wort um und ging mit energischem Schritt den Weg zurück. Erik blieb stehen. Rauchte. Setzte sich auf eine Bank. Rauchte noch eine.

Ihr Liebhaber war eine streng geheime Geschichte. Sie hatte alle ihre Affären vor ihren Schwiegereltern und vor Cordelia geheim gehalten. Doch Cordelia hatte mit den Jahren natürlich mehr mitbekommen, als Inga lieb war, und trotz aller Vorsicht von diesem Alexander erfahren, mit dem Inga nun schon seit drei Jahren liiert war. Drei Jahre, und noch immer heimlich. Der Junge schien sich auch nicht ernsthaft binden zu wollen. Und Inga fürchtete um die Gunst der Schwiegereltern.

Nun war sie schwanger. Er hatte nicht gefragt, seit wann, aber er war sich fast sicher, dass die ersten drei Monate schon vorbei waren.

Und wenn »der *schicke* Argentinier«, wie Cordelia ihn nur nannte, einer von zwei möglichen Befruchtern war, kam für die anderen fünfzig Prozent wohl nur einer in Frage: Erik selbst.

Daniel Schapiro saß, wie jeden Tag, an seinem Laptop und surfte im Internet. Er las, wie jeden Tag, die Onlineausgaben verschiedener Zeitungen und verglich ihre Berichterstattung. Er las den *Spiegel, Die Zeit*, die *FAZ*, interessierte sich, was *BBC World* zu sagen hatte, die *New York Times*, die *Jerusalem Post, Israel Heute* und auch die *Jüdische Allgemeine*, für die er sogar ein Onlineabo hatte.

Stunden konnte er so im Netz verbringen, ohne zu bemerken, wie die Zeit verging, und danach ärgerte er sich, wie jeden Tag, dass er zuviel saß und zu wenig an der Luft war, nicht öfter trainierte und zu wenig soziale Kontakte pflegte. Nur war ihm oft nicht nach sozialen Kontakten – und heute noch weniger als üblich.

Am liebsten saß er also vor dem Laptop in seiner kleinen Wohnung in der Altschmiedestraße, mitten in der östlichen Rostocker Altstadt, im ältesten, schönsten und malerischsten Teil der Stadt, schaute hin und wieder aus dem Fenster, von dem aus er die Nikolaikirche sehen konnte, und schmiedete Pläne. Pläne, die sein Leben betrafen, seine Zukunft. Und in seiner Vorstellung würde der Tag, an dem er mit sich und der Welt zufrieden war, bestimmt einmal kommen. Er träumte davon, Großes zu tun und Wichtiges zu bewegen, anerkannt zu werden und sein Bild in den Zeitungen zu sehen. Wie er ernst mit seinen dunkelbraunen Augen in die Kamera blickte, während die schwarzen Haare, die bis zu den Schultern reichten, sein Gesicht halb verdeckten und ihm etwas Mystisches gaben. Er würde nicht viel sagen müssen, denn seine Kunst würde für sich sprechen.

Doch davon war er heute noch weit entfernt, wie weit, war schwer zu sagen, aber er saß nun einmal hier, in Rostock, in seiner kleinen Zweiraumwohnung, in der das meiste so improvisiert war, als sei er eben erst für wenige Wochen übergangsweise eingezogen. Dabei waren es bereits drei Jahre, die er hier wohnte. Drei Jahre, und noch immer kein richtiger Duschvorhang in der alten Wanne. Kein richtiges Bett, sondern nur eine Matratze.

Daniel Schapiro wusste, dass sein Tag kommen würde. Er fühlte es, rechnete damit, denn er hatte es verdient. Er arbeitete hart dafür, jeden Abend. Wenn er im Internet surfte und nach seinem Thema suchte. Er würde es finden, ganz sicher. Er musste nur Geduld haben, Geduld und Vertrauen. Wenn es dann eines Tages da war, das Thema, das es verdiente, dass er sich damit auseinandersetzte, dann würde er endlich seinen Roman schreiben. Er würde die Kritiker begeistern, die Öffentlichkeit aufrütteln und – ganz wichtig – Preise gewinnen. Internationales Ansehen. Er würde den jüdischen Roman des neuen Jahrhunderts schreiben.

Nicht, dass er tiefreligiös war. Aber er verstand sich kulturell als Jude, in seinem Erbe, in seiner Befindlichkeit. Ganz anders als sein Bruder Alexei, der nichts auf seine Herkunft zu geben schien, der sie am liebsten verleugnet hätte, nur um so zu sein wie alle anderen in diesem Land. Daniel aber unterstützte die jüdische Gemeinde, indem er aushalf, wann immer er gebraucht wurde.

Besonders engagierte er sich für das jüdische Theater. Er versuchte auch seit einiger Zeit, einen jüdischen Literaturzirkel auf die Beine zu stellen, war damit bisher aber noch nicht sehr erfolgreich gewesen. Die meisten Mitglieder der Gemeinde waren russische Aussiedler, deren wichtigstes Anliegen das Überleben in Deutschland war. Sie mussten mit der Sprache und der Bürokratie klarkommen, sie mussten sehen, wovon sie lebten, wie sie sich organisierten, und viele sahen die Gemeinde als Anlaufstelle für ihre Alltagsprobleme. Ein Stück weit sicher auch als religiöses Zentrum – doch sie mussten ihre Religion erst wiederfinden, denn sie hatten sie über Generationen in Russland nicht ausüben können. Und die Kultur kam erst an letzter Stelle.

Das Theater hatte noch einen gewissen Stellenwert. Die Gruppe fuhr im Land herum, spielte ihre russischsprachigen Stücke bei anderen jüdischen Gemeinden für die jüdisch-russischen Auswanderer und hatte für die Völker- und Religionsverständigung auch ein paar Sachen auf Deutsch im Angebot. Aber sein Literaturzirkel scheiterte an der Sprachbarriere. Seine Eltern waren schon lange in Deutschland, hatten aber noch immer einen sehr starken Akzent und unterhielten sich am liebsten auf Russisch. Besonders das Deutsch seiner Mutter war mangelhaft.

Daniel hatte schnell Deutsch gelernt und beherrschte es perfekt. Sein Bruder auch. Aber Daniel war auch perfekt im Englischen. Er hatte eine Begabung für Sprachen. Wahrscheinlich, weil er gerne und viel las. Den Literaturzirkel nun aber auf Russisch zu halten, würde er als falsches Signal von seiner Seite verstehen. Daniel Schapiro war dafür, dass die Integration schneller voranging und verlor leicht die Geduld mit denen, die sich mit der neuen Sprache schwertaten. Er bot sich in der Gemeinde als Deutschlehrer an, als Dolmetscher und Übersetzer, nahm dafür aber kein Geld.

Ein weiteres wichtiges Anliegen war sein Engagement gegen rechts. Gerade jetzt, da die NPD solchen Zulauf bekam, die Kameradschaften der Rechten immer weiter wuchsen und immer mehr Jugendclubs keine Gelder von den Städten und Gemeinden, dafür aber von rechten Organisationen und Parteien bekamen.

Aber so richtig voran ging es auch bei dieser Sache nicht. Hin und wieder traf er sich mit den anderen Mitgliedern dieser studentischen Organisation, aber als einziger Nichtstudent kam er sich deplatziert vor. Weil er Jude war, genoss er allerdings höchstes Ansehen und wurde wie ein rohes Ei behandelt. Das wiederum gefiel ihm. Er gab sich mysteriös, sensibel und verletzlich, zerrissen und wütend, und das mochten die Studenten. Auf Anti-Israel-Debatten verzichtete man, sobald er aufkreuzte, und selbst Anti-Amerikanisches wurde nicht geäußert, weil sie sich nicht sicher waren, wie er als Jude dazu stand. Sie würden alles erfahren, wenn er sein Thema gefunden und seinen Roman geschrieben hatte. Bald. Die Zeit würde kommen.

Die Studenten waren ihm gegenüber fast schon unterwürfig. Und das nur, weil seine Mutter zufällig Jüdin war, er also auch. Einer von ihnen fragte ständig, ob er nicht auch Jude werden könnte und prahlte mit jüdischem Blut, leider jedoch nur von väterlicher Seite. Konvertieren wollte er, und Daniel sollte ihm sagen, wie es ging.

Warum nur? Warum waren die Deutschen so heiß darauf, jüdisches Blut zu haben? Um die Schuldfrage für sich persönlich geklärt zu haben? Von meinen Vorfahren kann niemand dabeigewesen sein, das waren doch auch Juden, würden sie dann sagen können. Es war eine Mode im Moment, und dieser Typ rannte ihm wie ein Schoßhund hinterher. Daniel wusste nicht einmal, ob und was er studierte, denn darüber sprach er nie. Nur von seiner jüdischen Großmutter und was sie Grausiges während des Kriegs durchgemacht hatte. Doch das Schicksal dieser Frau erschien Daniel so banal, dass er darüber nur lachen konnte. Die Frau war nicht einmal in einem KZ gewesen. Was konnte sie schon durchgemacht haben?

Der Typ wollte also Jude werden, wie sein Vater, wie seine Großmutter. Was konnte Daniel ihm raten? Daniel konnte nichts raten. Er gab ihm die Adresse des Rabbis in Schwerin. Der würde ihm weiterhelfen.

Doch die Hoffnung, ihn nun los zu sein, erfüllte sich nicht. Der Typ rannte ihm weiter hinterher. Wollte ständig mit ihm über das Judentum sprechen. Er wollte wissen, wie Daniel sich fühlte, was er dachte. War betroffen über Anschläge in Israel und verstand nicht, dass Daniel mit diesem Land nichts zu tun hatte.

Daniel ging bei solchen Leuten auf Abstand. Er kannte sie nur zu gut. Vor ein paar Monaten hatte sich zum Beispiel eine Jurastudentin an ihn herangeworfen. Julia war hübsch und auch recht intelligent, aber sie hatte diese Besessenheit mit dem Judentum, seit sie erfahren hatte, dass ihr Großvater irgendetwas Halbwichtiges bei der Waffen-SS gewesen war. Daniel wusste, er war attraktiv und wirkte auf Frauen, und er wusste auch, dass sein Jüdischsein für einige Frauen die Offenbarung schlechthin war. Dass er beschnitten war, fanden sie aufregend.

Julia hatte begonnen, hebräische Vokabeln zu lernen, koscher zu essen, hatte versucht, nach dem jüdischen Kalender zu leben und fünf Bücher parallel über das Judentum gelesen, dazu noch drei Bände mit Erinnerungen an Auschwitz. Drei Monate dauerte die heftige Affäre, sexuell mehr Marathon als Erfüllung, und dann verlor sie das Interesse, weil sie ihre Bestimmung im Buddhismus sah und mit einem undurchsichtigen Typen Anfang fünfzig, der zu viel Geld gekommen war und nun seine Mitte suchen wollte, nach Indien reisen musste. Daniel war erleichtert gewesen und hatte ihren tränenreichen Abschied stoisch ertragen.

Sein Engagement gegen rechts war ihm wichtig, auch wenn es bisher mehr Ähnlichkeit mit einer Gruppentherapiesitzung von Studenten auf der Suche nach sich selbst gehabt hatte. Es gab viele Organisationen gegen rechts in Rostock, aber er hatte nie daran gedacht, sich einer anderen anzuschließen. Er ging einfach davon aus, dass sie alle gleich waren.

Doch in den letzten Wochen hatte sich etwas verändert. Es war bekannt geworden, dass sich ein paar Neonazis zu einer Gedenkstunde auf dem Golm treffen wollten. Und zwar die Neonazis von der Kameradschaft um Thoralf Terpitz. Terpitz war Daniel Schapiros persönlicher Albtraum. Terpitz legte sich immer wieder mit ihm und anderen Mitgliedern der Gruppe an. In den letzten Wochen hatte er Daniel sogar mehrfach am Telefon belästigt. Und dann hatte es nach einer offenen Konfrontation ausgesehen.

Gestern um eins hatte das Treffen stattfinden sollen. Besorgt wurde Daniel gefragt, ob es für ihn in Ordnung sei, so etwas am Sabbat in

Angriff zu nehmen. Er hatte dem Typen mit den dreckig-blonden Dreadlocks nur seine Hand auf die Schulter gelegt, ihm fest in die wässrig-blauen Augen geschaut und gesagt: »Deine Kufiya stört mich viel mehr.« Der Typ hatte nur dämlich zurückgeglotzt.

»Na, das Palästinensertuch. Ist es nicht sowieso viel zu warm dafür im Moment?«

»Mein Palästi … Darüber hab ich ja noch nie …«

»Das dachte ich mir. Wusstest du übrigens, dass die Neonazis so was seit ein paar Jahren auch ganz schick finden?«

Der Typ war knallrot geworden. Sofort hatte er sich das Tuch vom Hals gerissen und demonstrativ in den nächsten Mülleimer geworfen.

Daniel Schapiro hatte für so jemanden nur Verachtung. Aber er konnte sich seine Gesellschaft selten aussuchen, besonders, wenn er sich offen politisch oder sozial engagierte.

Jedenfalls war Bewegung in die kleine antifaschistische Gruppe gekommen, und man hatte beschlossen, den Samstag auf dem Golm zu verbringen und die Neonazis um Thoralf Terpitz zu stören. Es hieß, nur zehn oder fünfzehn würden kommen, also trommelten sie noch ein paar Freunde und Kommilitonen zusammen und kamen immerhin auf zwanzig Mitfahrer. Daniel organisierte den Fahrdienst, einige malten Plakate. Handzettel vorzubereiten hielten sie für übertrieben. Der Golm war schließlich ein Friedhof, und wenn nur so wenige Neonazis kamen, hatten sie beim Ordnungsamt bestimmt keine Demonstration angemeldet. Es würde eine überschaubare Sache werden.

Mit fünf Autos waren sie am Samstagmorgen nach Usedom gefahren. Sie hatten am Fuße des Golm geparkt, waren mit ihren Plakaten hinaufgestiegen und hatten gewartet.

Um ein Uhr tat sich rein gar nichts. Es kamen viele Besucher, sogar Jogger, die den Golm in seiner früheren Funktion, nämlich der eines Naherholungsgebiets, nutzten. Kaum jemand schenkte den Gräbern und den Gedenktafeln mehr als nur flüchtige Beachtung. Die wenigen, die es taten und sich in den Informationspavillon verirrten, sahen aus, als hätten sie den Krieg noch selbst miterlebt.

Daniel Schapiro wusste nicht, wie er sich bei alledem fühlen sollte. Hier wurde einerseits den deutschen Kriegsflüchtlingen gedacht, denjenigen, die man aus Ostpreußen, aus Königsberg vertrieben hatte. Frauen, Kinder, Alte, Kranke. Doch es lagen hier auch Tausende deutsche Soldaten begraben. Täter und Opfer nebeneinander, von derselben Nation, über zwanzigtausend Tote. Jahrzehntelang war über das Schicksal der deutschen Flüchtlinge und Vertriebenen nur leise gewispert worden. Wer darüber etwas gesagt hatte, war in die rechte Ecke gestellt worden. Die Juden waren doch die eigentlichen Opfer gewesen. Nun aber war die Zeit da, sich den Vertriebenen zu widmen und zu zeigen, dass sie ebenfalls Opfer des Krieges geworden waren. Zivilisten, getötet durch amerikanische und britische Bomben, durch russisches Maschinengewehrfeuer.

Immer öfter las Daniel über diese neue Form der Vergangenheitsbewältigung in den Zeitungen. Er konnte verstehen, wie es dazu gekommen war. Die Deutschen aus seiner Generation hatten langsam genug von der Schuld, die man ihnen aufzwang. Die Leute wie Daniel Schapiro ihnen aufzwangen, wenn er ehrlich war.

Es war ein endloser Kreislauf. Die Neonazis leugneten den Holocaust und wiesen die Schuld auf diese Weise von sich, was man nicht stehen lassen konnte. An die Schoah musste erinnert werden. Deshalb musste man gegen die Neonazis vorgehen. Aber schuld, wer war das heute im eigentlichen Sinne noch? Die Nazis von damals waren fast alle tot.

Die Neonazis würden den Versuch, die Vertriebenen aus den Ostgebieten als Kriegsopfer ins nationale Bewusstsein zu rücken, zunichte machen, wenn sie tatsächlich vorhaben sollten, an deren Gräbern Gedenkveranstaltungen abzuhalten. Deshalb war es wichtig, dass Daniel heute hier war. Obwohl er sich unwohl fühlte. Wegen der Soldaten, die hier lagen. Wie viele von ihnen hatten Verwandte von ihm auf dem Gewissen?

Wie viele der deutschen Frauen waren von seinen russischen Vorfahren aus Ostpreußen vertrieben und vergewaltigt worden, wie viele deutsche Männer waren an der Ostfront erschossen worden?

Gegen halb drei machte einer den Vorschlag, sie sollten sich verteilen. Daniel hielt das für eine gute Idee, denn er hatte die Warterei satt. In kleinen Gruppen wollten sie den Golm erkunden, vielleicht warteten sie ja an der falschen Stelle. Wie peinlich wäre das! Einer der Studenten schlug vor, den Parkplatz am Fuße des Golm zu inspizieren und in Kamminke selbst nach den »Kameraden« zu suchen. Er entfachte damit eine längere, komplizierte Diskussion über die Begebenheiten des

Golm. Einer hatte eine Karte, die er ausbreitete, um festzustellen, wie viele Aufgänge es geben könnte. Daniel fühlte sich angegriffen, als ein Mädchen, eine leicht übergewichtige Biologiestudentin mit tomatenrot gefärbten Haaren, behauptete, die ganze Aktion sei einfach falsch geplant. Er war kurz davor, die Fassung zu verlieren.

»Wir verteilen uns jetzt und sehen überall nach«, unterbrach jemand das Streitgespräch. Daniel nickte.

»Gut. Falls ihr ihnen in die Arme lauft, kommt sofort wieder hierher zurück. Keiner bringt sich in Gefahr, alles klar?«

Dann verschwanden sie in alle Himmelsrichtungen. Nur er blieb zurück, auf der Parkbank, mit Blick auf den Infopavillon, auf die Gedenktafeln, auf das Mahnmal.

So saß er vielleicht eine Viertelstunde und brütete darüber, was wohl passieren würde, wenn sie auf die Neonazis trafen. Würde eine Seite Gewalt anwenden? Nervös stand er auf und schlug den Weg hinauf zum Mahnmal ein. Das Mahnmal war ein zweigeteilter Ringbau, in dessen Mitte man gehen konnte. Als Erstes sah Daniel die Inschrift: *Dass nie eine Mutter mehr ihren Sohn beweint.* Was war mit den Vätern und den Töchtern?, dachte er. Wie sehr war doch die christliche Kultur darauf ausgerichtet, dass Söhne geboren und Mütter geehrt wurden. Maria und Jesus. Verehrten die Fruchtbarkeit der Frau, wünschten sich aber ausschließlich Söhne.

War es bei den Juden besser? Der Platz der Frau war immer im Haus gewesen, keinesfalls außerhalb. Die Söhne begannen früh mit der Ausbildung, wurden mit in die Synagoge genommen, die Töchter blieben zu Hause, denn Hausarbeit war die wichtigere Aufgabe der Frau. Auf Bildung wurde keinen Wert gelegt.

Natürlich war das heute anders. Aber das alte Rollenbild hatte wesentlich länger Bestand gehabt als jede Emanzipationsbewegung. Geblieben war, dass nur der, der eine jüdische Mutter hatte, Jude sein konnte. Soweit war die Emanzipation also nicht gegangen. Der Mann, der Vater hatte auf diesem Gebiet keine Gleichberechtigung erfahren. Über diesen Gedanken musste Daniel Schapiro ein wenig schmunzeln. Doch im selben Moment fiel sein Blick auf die andere Inschrift: *Dreiundzwanzigtausend Tote des Zweiten Weltkriegs mahnen.* Eine absurde Zahl, dachte er. Dass hier so viele Menschen begraben waren. Noch ein Massengrab, so viele Massengräber überall …

Es wurde halb fünf, bis endlich alle von ihrem Erkundungsgang zurückgekommen waren. In demokratischer Abstimmung – mit nur einer Enthaltung und keiner Gegenstimme – entschieden sie, zurück nach Rostock zu fahren. Entweder hatten es sich die Neonazis anders überlegt, oder sie waren einer Fehlinformation aufgesessen. Im Auto ging die Diskussion noch zwei Stunden weiter, und Daniel war froh, am Samstagabend wieder alleine in seiner Wohnung zu sitzen.

Und nun, einen Tag später, dachte Daniel Schapiro nur: Sie hätten zu Hause bleiben sollen. Er hätte zu Hause bleiben sollen. Dieser Ausflug hatte ihm nichts gebracht, nur Zeit hatte er ihn gekostet. Nicht einmal Inspiration hatte er gebracht. Verschwendete Lebenszeit.

Daniel hatte sich mittlerweile durch die ausländische Presse geklickt und beschloss, bei den lokalen Medien nachzusehen, ob nicht vielleicht doch irgendwo gestern eine Neonaziversammlung stattgefunden hatte. Aber er fand keinen Hinweis darauf.

Er fand dafür etwas ganz anderes. Einen Brandanschlag auf einen Polizisten während einer Geburtstagsfeier. Zwei Tote, mehrere Verletzte. Der Brandanschlag war auf Usedom gewesen, in Kamminke. Zu exakt dem Zeitpunkt, als er mit den anderen dort gewesen war.

Daniel las den Bericht genau durch, und mit jeder Zeile fing sein Herz schneller an zu schlagen: Die Polizei glaubte an einen rechtsradikalen Hintergrund. Die Neonazis waren also doch auf der Insel gewesen. Sie hatten nur etwas völlig anderes vorgehabt als eine Gedenkfeier. Nun wurde Daniel alles klar: Wieso auch eine Gedenkfeier? Der gestrige Tag war kein Jahrestag gewesen. Der große Bombenangriff der Amerikaner auf Swinemünde, bei dem die zwanzigtausend Flüchtlinge aus dem Osten umgekommen waren, war am 12. März 1945 gewesen. Der März war schon lange vorbei, und ein 12. war gestern auch nicht gewesen. Gedenkfeier und Golm – das waren vielleicht Codewörter für das eigentliche Vorhaben gewesen!

Aufgeregt suchte Daniel im Netz nach weiteren Berichten über den Anschlag. Er fand beim NDR etwas, sogar mit einem kleinen Film. Offenbar war der Gastgeber kurz zuvor noch anlässlich seines Geburtstags interviewt worden. Dieses Bildmaterial hatte man nun in Auszügen veröffentlicht, dazu eine Pressekonferenz mit der Polizistin, die den Fall bearbeitete. Eine entschlossen wirkende blonde Frau mit kühlem Gebaren. Sie erklärte mit aller Entschiedenheit, dass Vieles für ein

Attentat mit rechtsradikalem Hintergrund spräche. Der Polizist, dem der Anschlag gegolten hatte, saß zuletzt nämlich an dem ungeklärten Todesfall eines Aussteigers aus der rechten Szene. Der tote Polizist war vielleicht auf etwas gestoßen, das die Szene erschüttern könnte.

Daniel konnte es nun fühlen, ganz genau spürte er es: Er hatte seinen Stoff gefunden. Er wusste nun, worauf er all die Jahre gewartet hatte. Hier lag es vor ihm. Sein Thema.

Wie nun die Rechten aus dem Untergrund agierten, wie sie, vielleicht sogar ironischerweise in RAF-Manier, den Staat in Angst und Schrecken versetzen wollten, um ihre Ziele durchzusetzen. Daniel Schapiro würde derjenige sein, der den Jahrhundertroman dazu schrieb. Er würde ein Sittengemälde zeichnen, anhand der Juden in Deutschland. Er würde dies kontrastieren mit der Geschichte eines jungen Mannes, der aus einer durch und durch nationalistischen Familie stammte. Er würde zeigen, was es hieß, ein Erbe mit sich herumzutragen, das zu groß für einen Einzelnen war.

Was für eine Idee. Er konnte die Geschichte, die er schreiben würde, schon genau vor sich sehen. Er hatte bereits ganze Szenen im Kopf, die Charaktere standen so klar vor seinem geistigen Auge, als hätte er jahrzehntelang mit ihnen zusammengelebt.

Sie würden genau gleich sein, der Jude und der Neonazi. Sie würden ähnliche Musik mögen, dieselben Kinofilme, dieselben Sportarten. Sie würden sich kennenlernen und sogar mögen und verstehen, wieso der andere so war, wie er war, und dann, ja dann würden sie sich trotzdem gegenseitig töten müssen.

Genial. Er musste sofort anfangen.

Daniel schrieb alle Stichworte auf, die er im Kopf hatte. Kein Gedanke sollte verloren gehen. Ordnen konnte er hinterher. So saß er da, zwei Stunden vergingen, ohne dass er es bemerkte. Erschöpft machte er eine Pause, um sich aus seiner Küche etwas zu trinken zu holen. In dem alten Kühlschrank lag noch eine Flasche Cola. Er öffnete die Flasche, setzte zum Trinken an und stutzte.

Ihm war etwas eingefallen, etwas, das mit gestern Nachmittag zu tun hatte. Plötzlich war ihm alles klar: Jemand hatte ihn und die Gruppe benutzt. Jemand hatte seit Wochen diesen Mordanschlag geplant. Und er wusste, wer.

Daniel griff nach seinem Telefon, um ihn anzurufen.

HANNAH, 1956

»Nach Westberlin willst du? Was willst du denn da? Da sind doch noch überall die Nazis!« Hannah schrie ihren Sohn an, als ginge es um ihr Leben. Oder um seins.

»Da muss ich mich wenigstens nicht verstecken.«

»Was musst du denn verstecken?«

»Dass ich Jude bin.«

»Aber sie tun uns doch nichts!«

»Sie wollen uns nicht.«

»Sie wollen uns nirgendwo! Glaubst du, das ist im Westen anders?«

»Oh ja. Die Amerikaner tun wenigstens etwas für uns. Das glaube ich ganz sicher.«

Hannah versuchte, seinen Arm festzuhalten, doch er schüttelte sie ab. »Dir geht es doch gut! Du hast dein Abitur gemacht! Und jetzt kannst du studieren und eine gute Arbeit bekommen! Das ist so viel mehr, als ich in deinem Alter hatte. Ich in deinem Alter …«

»Ja«, unterbrach er genervt. »Du in meinem Alter hattest ein kleines Kind, das dir dein Leben versaut hat. Ich weiß schon.«

Hannah schossen die Tränen in die Augen. »Das habe ich nie gesagt!«

»Das musstest du auch nicht. Man hat es auch so gemerkt«, sagte Ernst bitter. »Ich werde an der Freien Universität studieren. Das ist mein letztes Wort. Ich bleibe nicht hier bei den Russen.«

»Du kannst doch nicht einfach … Wie stellst du dir das denn vor?«

»Ich habe Mittel und Wege, und ich werde dir bestimmt nichts davon erzählen. Sonst vermasselst du mir noch alles.« Er drehte sich um und wollte gehen.

»Wo willst du hin?«, schrie Hannah ihm hinterher. »Kommst du wieder?«

»Nein«, rief er.

»Das kannst du mir nicht antun!«

Er war schon auf der Straße, als sie ihn einholte. Leute blieben stehen und sahen die beiden missbilligend an.

»Geh wieder rein, ich sag doch, du vermasselst mir alles!«, zischte Ernst.

»Erst, wenn du mir sagst, was das soll!«

Ernst verdrehte die Augen. »Ich will ein Leben, verstehst du?«

Und dann ging er einfach.

Hannah brach in Tränen aus. Sie ließ sich einfach auf den Bürgersteig sinken und weinte hemmungslos. Eine Frau mit Kinderwagen blieb stehen und überlegte wohl, ob sie sie ansprechen sollte. Hannah sah zu ihr auf und zischte sie an: »Glotzen Sie nicht so, Sie dumme Pute!« Die Frau ging schnell weiter.

Er würde nicht wiederkommen. Wie sein Vater. Gefangenenlisten. Gefallenenlisten. Alles hatte sie getan, um ihn zu finden. Letztes Jahr hatte sie sogar am Bahnhof in Frankfurt an der Oder gestanden und gewartet, als die letzten Kriegsgefangenen aus dem Osten zurückkamen. Sogar nach Friedland war sie gefahren, um in dem Durchgangslager nach ihm zu suchen. Sie hatte ihn nicht gefunden.

Und es war ihr mit den Jahren immer klarer geworden, wie wenig Gelegenheit sie haben würde, offiziell nach ihm zu suchen. Wie sollte sie das bloß tun? Sie hatte kein Recht dazu. Wer wusste schon, was er heute für ein Leben führte? Wenn er noch lebt, dachte sie. So viele waren namenlos gestorben, aber daran wollte sie nicht glauben. Noch nicht.

Wer wusste, was er im Krieg alles durchgemacht hatte. Sicher war er an der Front gewesen. Doch an welcher?

Er hatte sie einfach vergessen. Das musste es sein. Ein neues Leben, eine neue Liebe. Keine Hannah. Dabei hatte er ihr gesagt, dass er sie liebte. Dass er nie eine andere Frau lieben würde. Könnte sie doch auch einfach weitermachen!

Aber ihr Sohn erinnerte sie jeden Tag an ihn. Er sah seinem Vater so ähnlich. Er war ihm so ähnlich. Und ging nun auch von ihr fort.

Er würde nie mehr wiederkommen.

5.

Sie fragte sich, was sie hier eigentlich tat. Und wie alt sie in Wirklichkeit war. Ihrem biologischen Alter schien sie zwanzig Jahre hinterherzuhinken. Sie führte sich auf wie ein Teenager.

Anne saß seit einer halben Stunde in ihrem Auto und stieg nicht aus. Draußen war es stockdunkel, denn es war bereits weit nach Mitternacht. Ihr Auto stand vor Erik Kempers Haus. In Eriks Wohnung brannte noch Licht.

Seit sie hier angekommen war, hatte sie gehofft, das Licht würde ausgehen. Dann könnte sie sich sagen, dass er schon dabei war, schlafen zu gehen und hätte eine Entschuldigung für sich, wieder zu fahren. Aber das Licht ging nicht aus.

Anne war vor vier Stunden mit dem Flieger aus Cork in Berlin gelandet. Als sie ihr Handy wieder eingeschaltet hatte, war eine SMS von Emma gekommen: »Eriks Vater ist gestorben«. Sie hatte Emma sofort angerufen, als sie noch in Schönefeld am Rollband stand und auf ihren Koffer wartete.

»Wie ist das denn passiert?«, wollte sie wissen.

»Keine Ahnung, ich weiß nur von Malte, dass Erik auf der Trauerfeier war.«

»Gib mir Malte!«

Sie hörte, wie Emma ihr Handy an ihren Freund, Kriminalkommissar Malte Böttcher, weiterreichte.

»Malte, hallo! Was ist denn da passiert?«

Malte zögerte. Er war schüchtern, aber Anne spürte, dass es nicht nur daran lag. Endlich antwortete er: »Micha war gestern mit Erik unterwegs, und Erik kam da wohl gerade von der Beerdigung.«

»Aha? Und warum hat Micha dir das gleich erzählt?«

Wieder zögerte Malte. Annes Frage war nur zu berechtigt. Privat hatten Micha und Malte nichts miteinander zu tun. Wenn sie am Wochenende miteinander sprachen, musste es dienstlich sein.

»Wir haben da einen – äh – Fall, und deshalb hab ich mit Micha gesprochen, weil wir – weil wir was zu besprechen hatten, Erik war aber nicht da, weil er – er war jedenfalls nicht da, und da hat Micha gesagt, dass er auf einer Beerdigung gewesen sei …«

»Woran ist sein Vater denn gestorben?«

»Äh – Herzversagen?«

»Hat Erik denn nichts gesagt?«

»Nicht so direkt.«

Malte druckste herum. Sie wusste, dass dies nichts Gutes bedeutete.

»Okay. Eriks Vater ist also tot. Und warum sagt ihr mir das?«

»Ich geb dich mal wieder an Emma …«

»Den Teufel wirst du! Du denkst, ich soll mich um Erik kümmern? Warum ich?«

Ihr Koffer polterte auf das Rollband. Sie drängelte sich einen Schritt nach vorne und heftete ihren Blick darauf.

»Weil er jetzt vielleicht jemanden braucht, der sich um ihn kümmert?«

»Ich bin nicht seine Therapeutin!«

Malte schwieg. Sie dachte schon, er hätte das Telefon wieder zurück an Emma gegeben, aber er überlegte wohl einfach nur, was er sagen sollte.

Ihr Koffer kam. Sie schnappte ihn sich, hievte ihn vom Rollband und zerrte ihn mit der linken Hand hinter sich her, während sie zum Ausgang stapfte, das Telefon immer noch fest ans Ohr gepresst.

»Malte, bist du noch dran?«, rief sie ungeduldig.

»Ja, ja, es ist nur … Also ehrlich gesagt, es ist so: Erik hat Micha gar nicht gesagt, auf welcher Beerdigung er war, wir haben das selbst rausgefunden, weil wir im Internet gestöbert haben, und da war ein kleiner Bericht darüber, dass sein Vater tot ist. Der Vater war in Hamburg doch ziemlich bekannt.«

»Aha. Und weil er mit niemandem geredet hat, denkst du, ich soll ihn mir mal vornehmen. Vielleicht will er einfach nur alleine sein?«

»Ich weiß nicht, ob das im Moment so eine gute Idee ist.«

»Sein Vater ist tot, natürlich will er alleine sein!«

»Aber das ist noch nicht alles.«

Anne hatte das Flughafengebäude gerade verlassen. Sie blieb stehen, um sich zu orientieren. Sie hatte vergessen, wo sie ihr Auto geparkt hatte und wie sie dorthin kam. Zerstreut suchte sie nach Hinweisschildern, die sie zum Parkplatz führen konnten.

»Malte. Entweder du sagst mir jetzt alles, oder ich lege auf. Ich bin nämlich gerade erst gelandet und hab keinen Nerv für Ratespielchen.«

»Gelandet? Wo bist du denn? Und wo warst du?«

Prima, jetzt hatte sie sich auch noch verplappert.

»In Irland bei meinem Vater. Also, was ist mit Erik?«

Sie hörte, wie Malte mit Emma tuschelte.

»Okay. Am Samstag gab es einen Brandanschlag auf Usedom. Da sind zwei Leute gestorben.«

»Eriks Vater?« Anne verstand nicht.

»Nein. Eine ältere Frau. Und Andreas. Unser Andreas.«

Sie setzte sich auf ihren Koffer. »Andreas Reeken? Was für ein Anschlag?«

»Das wird noch ermittelt. Micha war mit Erik da, aber wir haben keine Befugnisse, Anklam ist zuständig. Heute Morgen sind Erik und Micha wieder zurückgefahren, Micha hat ihn am Schnatermann abgesetzt, und seitdem ist Erik nicht mehr erreichbar. Sein Handy ist ausgeschaltet, und er geht nicht ans Telefon.«

»War einer von euch bei ihm zu Hause?«

»Was? Nein!« Malte klang entsetzt. Männer, natürlich. Männer machten sich doch keine Sorgen! Wie sähe das denn aus, wenn einer der Jungs vor Eriks Tür stünde und sagte: ›Alles klar, Erik? Ich hab mir Sorgen gemacht!‹ Die Vorstellung war zu absurd.

»Und jetzt schickt ihr mich vor.«

»Nicht wir. Es war Emmas Idee …« Im Hintergrund rief Emma: »Das stimmt!«

Unwillkürlich musste Anne lächeln. Emma mit dem übergroßen Herzen. »Gut. Alles klar. Ich fahr zu ihm.«

Sie hatte noch eine Weile nach ihrem Auto gesucht. Dann war sie endlich losgefahren. In ihrer Rostocker Wohnung angekommen, hatte sie nur ihren Koffer in den Flur geworfen und war gleich nach Gehlsdorf weitergefahren. Und nun stand sie vor seinem Haus in der Landreiterstraße und traute sich nicht, zu klingeln. Was hätte sie zu ihm sagen sollen, wenn er öffnete? Malte hat mich geschickt, weil dein Vater gestorben ist, und ich weiß auch, dass du nicht willst, dass es jemand weiß, aber die ganze Abteilung spricht schon darüber? Oder sollte sie ihn auf Andreas' Tod, über den sie rein gar nichts wusste, ansprechen? Was sollte sie sagen, woher sie von alldem wusste? Malte hätte ihr wahrscheinlich gar nichts erzählen dürfen.

Das Licht brannte noch immer. Anne stieg nun aus, sie konnte nicht mehr sitzen, sie brauchte Bewegung. Ein kurzer Spaziergang, dachte sie, und wenn dann noch immer das Licht brannte, dann würde sie klingeln.

Sie ging hinunter zur Anlegestelle und sah über die Warnow zum anderen Ufer. Das Gelände der alten Neptunwerft lag direkt gegenüber, weiter flussaufwärts schimmerten die Lichter der Lokale im Stadthafen.

Anne ging den Fußweg am Ufer entlang. Die Uferpromenade führte an den im Dunkeln liegenden Seegrundstücken vorbei. Es war eine angenehm warme Nacht und fast windstill. Die Ruhe auf dieser Seite des Flusses war herrlich, sie genoss die wunderbare Luft. Außer ihr war niemand unterwegs. Die Menschen hier schliefen schon, sie würden morgen früh zur Arbeit gehen. Wer hier wohnte, hatte Arbeit. Sonst konnte man sich diese Lage nicht leisten.

Nach ein paar Minuten näherte sie sich dem Gehlsdorfer Yachthafen. Zeit, wieder umzudrehen, dachte sie und wollte zurückgehen. Doch etwas hielt sie fest, ließ sie nicht gehen. Sie blieb stehen und lauschte.

Von den Booten, die reglos an den Stegen lagen, ging eine unheimliche Stille aus. Kein Geräusch war zu hören, nicht einmal das Wasser schien sich noch zu bewegen. Ich muss zurück, dachte Anne, drehte sich um. Nach wenigen Metern blieb sie wieder stehen. Etwas zog sie zum Yachthafen, etwas, das ihr Herz schneller schlagen ließ, das ihr Angst machte und sie trotzdem festhielt und mit aller Macht anzog. Sie ging weiter geradeaus. Zu ihrer Rechten die Boote, die Stege, links die Bootshäuser. Von den Bootshäusern führten Schienen, wie die von Straßenbahnen, direkt ins Wasser. Dort, wo die Gleise im Wasser verschwanden, stand hohes Gras, vielleicht auch Schilf. Nicht aber zwischen den Gleisen.

Die Laterne, die hier stand, war kaputt. Sie sah die Umrisse eines Hebekrans wie einen Galgen vor sich. Das Seil, an dem der Haken hing, zeichnete sich gegen die Lichter vom gegenüberliegenden Ufer ab. Direkt vor ihr waren vier Stäbe, die aus dem flachen Wasser ragten.

Eine Vorrichtung, um Boote zu Wasser zu lassen, dachte sie. Jemand hat vergessen, sie wieder zurückzufahren. Etwas legte sich wie ein schwerer schwarzer Schatten um sie. Anne fühlte ein leichtes Schwindelgefühl, und ihr Atem ging schwerer. Panik stieg in ihr auf, denn sie wusste nicht, was gerade mit ihr geschah. Sie sah sich um, in alle Richtungen, aber niemand war zu sehen, kein Laut zu hören.

Es war zu still. Es war, als würde die Warnow nicht mehr fließen.

Dann, ganz plötzlich, hörte sie Schritte in diesem Nichts. Sie kamen von der Straße, die vom Ufer wegführte. Eine Autotür öffnete sich und wurde wieder zugeschlagen. Ein Wagen startete und fuhr weg.

Sicher gab es eine Erklärung dafür. Aber warum hatte sie niemanden gesehen? Wieder drehte sie sich um, sah aber niemanden, sah auch das Auto nicht, das nun langsam wegfuhr. Der Fahrer hatte keine Eile.

Charon, dachte sie. Sohn von Nyx und Erebos. Charon brachte die Toten über den Styx in das Reich des Hades.

Annes Blick folgte wieder den Schienen. Sie ging zwischen ihnen entlang bis zum Wasser und starrte auf die fast glatte Oberfläche. Eine große Luftblase stieg zwischen den vorderen zwei Stäben auf. Sie taumelte erschrocken zurück.

Da war etwas in dem flachen Wasser. Anne beschloss, auf die Landfläche daneben zu klettern. Sie stieg über das niedrige Geländer, ging ein paar Schritte nach vorne und sah sich um. Als sie einmal im Herbst hier entlanggegangen war, waren überall Boote und Yachten gewesen. Die Besitzer hatten sie für den Winter klargemacht. Anne hatte sich fast bedrängt gefühlt, wie auf einem überfüllten Parkplatz. Heute lagen nur wenige Boote an Land, die meisten waren an den Stegen im Wasser vertäut. Sie ging am Geländer entlang und sah weiter auf das Wasser. Es war schwarz wie Tinte.

Ein starker Sog ging von ihm aus. Wie hypnotisiert starrte sie auf die Stelle zwischen den vier Stäben. Wie lange, das wusste sie nicht.

Charon, dachte sie wieder. Er hat hier jemanden vergessen. Sie schloss die Augen. Das Schwindelgefühl kam wieder, nahm zu, und wenn sie einatmete, war da keine Luft mehr, sondern …

Sie riss die Augen auf und hustete, rang nach Atem, hielt sich dabei am Geländer fest.

Und dann spürte sie, wie jemand auf sie zukam. Die leisen Schritte hatte sie nicht gehört, aber sie wusste, da war jemand, direkt hinter ihr. Sie wollte sich umdrehen, wurde aber festgehalten.

»Was glauben Sie eigentlich, was Sie da machen?«

Sie schrie auf und schlug um sich, bis sie die Stimme erkannte, bis sie das Gesicht vor sich sah.

»Verdammt, Sie haben mich erschreckt!«, stöhnte sie.

»Ach, die Psychologin. Was machen Sie hier ganz allein um diese Zeit? Außer natürlich mich fast verprügeln«, fragte er. Dr. Nicolas Freyer, der Gerichtsmediziner. Er hielt sie immer noch fest.

»Spazieren gehen«, antwortete sie, noch immer seltsam benommen. Sie wand sich aus seinem Griff, ging einen Schritt von ihm zurück. »Und was machen Sie hier?«

»Mein Boot liegt da hinten, vielleicht dreihundert Meter weiter. Und welches gehört Ihnen?«

Anne ignorierte die Frage. »Da war eben eine Luftblase, ich wollte wissen, wovon.«

Er sah sie lange an, bevor er antwortete. »Ich will jetzt gar nicht wissen, warum Sie hier nachts herumspazieren. Ich mache auch keine Andeutungen darüber, dass Herr Kemper ganz in der Nähe wohnt.« Er grinste breit. »Ach, verdammt. Ich frag Sie jetzt einfach. Haben Sie eigentlich was miteinander oder nicht?«

Sie öffnete den Mund, um zu protestieren. Doch dann entschied sie sich, nicht darauf einzugehen.

»Haben Sie eine Taschenlampe?«, fragte sie stattdessen.

»Wegen der Luftblase? Na gut, wenn Sie meinen.« Er lächelte wieder und wühlte in der großen Tasche, die ihm über der rechten Schulter hing. Warum sollte er sie auch ernst nehmen, dachte Anne. Was für einen Eindruck sie gerade auf ihn machen musste …

»Leuchten Sie dahin, bitte. Da war die Luftblase.«

Nicolas Freyer zog die Taschenlampe hervor und fummelte daran herum. »Wackelkontakt«, sagte er und schüttelte sie. Als Erstes leuchtete er in ihr Gesicht, gut gelaunt, wie er war. Sie kniff die Augen zusammen und hielt schützend eine Hand hoch.

»Wow, Sie sehen ganz schön fertig aus, wenn ich das mal so sagen darf. Schlafen Sie im Moment nicht gut?«

»Ich bin heute aus Irland zurückgekommen.« Als ob das irgendetwas erklären würde.

»Sie müssen sich nicht rechtfertigen.« Er grinste wieder. »Also, wohin soll ich leuchten?«

Anne zeigte wortlos auf die Stelle.

»Na dann wollen wir mal sehen, was das für eine mysteriöse Luftblase war.« Amüsiert richtete er den Strahl der Taschenlampe auf das Wasser. Er machte umständliche Suchbewegungen mit dem Lichtstrahl, so als hätte er die Taschenlampe nicht im Griff. Anne verlor die Geduld.

»Was ist los mit Ihnen?«, herrschte sie ihn an. Und gleich darauf: »Entschuldigung.«

»Liebe, geschätzte Frau Dr. Wahlberg, es wird schon nicht gleich das Ungeheuer von Loch Ness sein, das hier im knietiefen Wasser auf Sie wartet.« Er klang gereizt, und das Lächeln war aus seinem Gesicht verschwunden. Nun richtete er den Lichtkegel auf die Stäbe, die aus dem Wasser ragten. Anne sah, dass sie etwa auf Kopfhöhe mit einer Art Polsterung umwickelt waren.

»Das ist aber seltsam«, murmelte er beunruhigt.

»Was denn? Was sind das für Dinger?«

»Damit lässt man Boote ins Wasser, wenn sie im Bootshaus gelegen haben. Deshalb die Schienen. Aber normalerweise schiebt man den Wagen wieder zurück und lässt ihn nicht im Wasser …« Freyer ließ das Licht auf die Stelle in der Mitte der Stäbe gleiten.

»Verdammt!«, rief er und wich einen Schritt zurück.

Das Gesicht des Mannes unter der Wasseroberfläche traf beide wie ein Schlag. Mit weit aufgerissenen Augen starrte er sie an. Die schulterlangen schwarzen Haare bewegten sich ganz leicht. Sein Oberkörper war nackt. Sein Mund geknebelt. An seinem Hals war ein dunkler breiter Streifen. Der Mann war mit einem Strick gefesselt.

Dr. Freyer drückte ihr wortlos die Taschenlampe in die Hand und kletterte über das Geländer. Er zog an einem der Stäbe und schob den Wagen mit aller Kraft ans Ufer.

»Leuchten Sie hierher!«, rief Freyer. Anne richtete den Lichtkegel auf Freyer und auf den Mann. Sie sah, dass er auf dem Ding festgebunden war, das der Pathologe aus dem Wasser gezogen hatte.

Freyer untersuchte ihn mit wenigen, sicheren Handgriffen. »Licht hierher«, rief er zwischendurch, und sie gehorchte, wie betäubt, noch unter Schock. Eine unsichtbare Wand stand zwischen ihr und dem, was sie in ein paar Minuten mit aller Macht fühlen würde: Übelkeit, Schwindel, Entsetzen.

»Na da bin ich ja genau richtig«, sagte Freyer bitter. Er war ruhiger geworden, nun da er wusste, dass der Mann nicht mehr lebte und er nichts mehr für ihn tun konnte. »Rufen Sie die Polizei, ja?«

Anne holte ihr Handy aus der Handtasche, zögerte aber einen Moment. »Hätte ich ihm noch helfen können, wenn ich gleich nachgesehen hätte?«, fragte sie Freyer. Das Sprechen fiel ihr schwer, sie konnte kaum das Beben ihres Unterkiefers kontrollieren. Ihre Zähne schlugen aufeinander.

»Würden Sie mit solchen Fragen bitte bis nach der Obduktion warten? Vielleicht war er schon tot, als er ins Wasser geschoben wurde, er hat Drosselmale am Hals. Vielleicht ist die letzte Luft, die er noch im Körper hatte, entwichen. Vielleicht ist er ertrunken, und Sie haben seinen letzten Atemzug gesehen. Er hat Schaum an den Nasenlöchern, aber bei dem schlechten Licht … Ich weiß es nicht. Sind Sie denn jemandem begegnet?«

»Nein. Eigentlich nur Ihnen.« Sie wählte den Notruf. Nachdem sie eine Kurzfassung der Situation gegeben hatte, legte sie wieder auf. Sekunden später klingelte ihr Handy. Sie erschrak so sehr, dass sie die Taschenlampe ins Wasser fallen ließ. Freyer fluchte, während sie den Anruf entgegennahm. Es war Erik. Er klang betrunken.

»Vor meinem Haus steht ein hässliches rundes Auto. Außer dir kenne ich niemanden, der freiwillig mit so was durch die Gegend fährt. Warum kommst du nicht rein? Oder stehst du öfter nachts vor meinem Haus, und ich weiß nichts davon?«

Anne schluckte. Was sollte sie sagen? »Ich bin mit Dr. Freyer im Yachthafen, wir haben hier eine Leiche gefunden«? Was sonst? Sie sagte es genau so.

Sie hielt das Telefon ein Stück vom Ohr weg, weil Erik laut lachte. Sie hörte ihm kurz zu und erwiderte dann: »Nein, das war kein Scherz«, klappte das Handy wieder zu und schüttelte den Kopf. Jetzt konnte sie die Tränen nicht mehr zurückhalten. Sie ließ sich auf den Grasboden sinken und vergrub das Gesicht in ihren Händen.

»Sie sind sehr tapfer, wirklich«, sagte Dr. Freyer. Er hatte die Taschenlampe aus dem Wasser gefischt und versucht, sie wieder anzuschalten. Sie ging nicht mehr. Freyer stieg wieder über das Geländer, setzte sich neben sie und legte den Arm um ihre Schultern. Seine Hosen waren bis zu den Knien nass geworden. »Sie müssen nur noch ein paar Minuten durchhalten, dann kommt die Polizei und ein Arzt, und man kümmert sich um Sie. Was hat Kemper gesagt? Kommt er auch? Das war er doch gerade, oder?«

Anne wischte sich die Tränen aus dem Gesicht und holte tief Luft. Ihr Blick wanderte zu dem Toten, den sie nicht mehr richtig sehen konnte. Doch die Bilder in ihrem Kopf waren deutlich genug: die weit offenen, toten Augen, der geknebelte Mund, das lange schwarze Haar, das sich im Wasser leicht bewegte. Sie fing wieder an zu zittern, und Dr. Freyer zog sie näher an sich heran.

»Was hat Kemper denn nun gesagt? Er kommt doch bestimmt gleich?«

Sie schüttelte den Kopf. »Er war betrunken. Glaub ich.«

»Aha? Dann eben nicht. Aber was hat er denn gesagt? Hat er Ihnen geglaubt, dass hier eine Leiche liegt und dass ich auch zufällig hier war?« Freyers Ton war jovial in dem Versuch, die Situation erträglicher zu machen.

Anne schloss fest die Augen und schluckte. »Er hat gefragt, ob ich ein Verhältnis mit Ihnen habe.«

»Das ist nicht Ihr Ernst!« Freyer blieb einen Moment regungslos sitzen. Fast dachte Anne, er hätte sogar aufgehört zu atmen. Dann strich er ihr tröstend über das Haar.

Natalie Thiele war davon überzeugt, dass sie sich in der Tür geirrt hatte. Nicht nur in einer. Sämtliche Zimmer, von denen ihr der Wachmann am Eingang gesagt hatte, sie gehörten zur Mordkommission, waren leer. Sie hätte sein Angebot, sich abholen zu lassen, annehmen sollen. Verärgert ging sie den dunklen Gang des alten Gebäudes entlang auf der Suche nach jemandem, der ihr Auskunft geben konnte. War sieben Uhr etwa zu früh für die feinen Herrschaften in Rostock?

Sie fand schließlich Büros, in denen jemand saß, doch niemand, wirklich niemand konnte ihr sagen, wo sich die Kollegen der Mordkommission herumtrieben. Auch der Fachkommissariatsleiter Helmut Reuter war nicht da. Erst, als sie sich zum Vorzimmer der KPI-Leitung durchfragte und die Treppe zu selbigem hinaufgestiegen war, erhielt sie eine Antwort auf ihre Fragen: Sie waren alle in einer Besprechung mit dem Leiter der Kriminalpolizeiinspektion.

»Dann sollte ich doch vielleicht auch dabei sein«, sagte Natalie

Thiele zu der Sekretärin, einer kräftigen Frau in den Fünfzigern, mit kurz geschnittenen grauen Haaren und einer goldumrandeten Brille. »Ich bearbeite den Fall Andreas Reeken.«

Die Frau sah sie nur schweigend an.

»In Anklam. Ich leite die Mordkommission in Anklam«, erklärte sie, um Geduld bemüht, als immer noch keine Reaktion kam.

»Das weiß ich schon, die haben mir auch gesagt, dass Sie kommen, aber Sie sollen hier draußen warten.«

Dem Dialekt nach stammte sie aus Sachsen.

»Warten?«

»Ja, rein sollen Sie auf jeden Fall nicht!« Die grauhaarige Frau sah sie kopfschüttelnd an. Dann seufzte sie plötzlich und stand von ihrem ergonomisch ungünstigen Schreibtischstuhl auf. »Na gut, passen Sie auf. Ich mach Ihnen erst mal einen Kaffee, die brauchen sicher noch. Setzen Sie sich mal hin.«

Die Sekretärin verschwand, und Natalie blieb nicht viel anderes übrig, als sich hinzusetzen und zu warten. Man hatte die Sekretärin angewiesen, sie fernzuhalten. Was für eine Schweinerei! Sie sprachen sich bestimmt ab und dachten sich Strategien aus, um ihr das Leben schwer zu machen. Sie wollten etwas vertuschen, damit bloß alles fein und nett blieb. Heiliger Tourismus! Nur nicht noch mehr Leute verschrecken.

Doch Natalie hatte die Karten in der Hand. Sie hatte sich mit ihrem KPI-Leiter in Anklam schon längst abgesprochen, und der hatte in Rostock Bescheid gegeben. Natalie würde Zugang zu allem bekommen, was sie sich ansehen wollte. Sie würde jede personelle Unterstützung bekommen, die sie anforderte. In vernünftigem Rahmen, versteht sich, aber Natalie war vernünftig. So lautete die Weisung von ihrem Chef, und der hatte sich mit dem Staatsanwalt besprochen. Alles war in trockenen Tüchern. Sie hatte damit gerechnet, dass die Rostocker herumzickten und sie schlecht behandelten. Doch sie ärgerte sich trotzdem.

Wenigstens hatte sie die Akten des letzten Falles, den Andreas Reeken bearbeitet hatte, schon einsehen können. Sie hatte sie sich gestern vom stellvertretenden Leiter der Mordkommission, Michael Anders, in ihr Hotel bringen lassen, als sie in Rostock angekommen war. Am Sonntagabend. Es galt, keine Zeit zu verlieren. Sie hatte sich im Hotel

Kleine Sonne am Neuen Markt ein Zimmer genommen. Es war nicht nur ein besonders schönes Hotel, es lag auch noch sehr günstig. Keine fünf Minuten zu Fuß zur Kriminalpolizeiinspektion in der Blücherstraße, um die Ecke gleich die Fußgängerzone der Stadt, schräg gegenüber die Weinwirtschaft. Und das Hotel bot mit seiner künstlerischen Einrichtung und der schönen Außenfassade einen wunderbaren Kontrast zu dem hässlichen, klobigen und düsteren KPI-Bau. Wenigstens hatten sie in Anklam ein helles, modernes und deutlich geräumigeres Gebäude als diese Rostocker.

Michael Anders hatte kein Wort mit ihr gewechselt außer »Hallo« und »Auf Wiedersehen«. Aber in den Akten hatte sie alles erfahren, um zu wissen, warum Andreas Reeken hatte sterben müssen.

Der letzte Fall von Andreas Reeken war der Tod von Stefan Dörner aus Toitenwinkel gewesen. Er hatte in der Jawaharlal-Nehru-Straße gewohnt. Ob er gewusst hatte, wer Namensgeber für seine Adresse gewesen war? Natalie hatte sich gestern Abend die Gegend, in der Stefan Dörner gelebt hatte und gestorben war, angesehen. Toitenwinkel lag östlich der Warnow und war das letzte Wohnungsbauprojekt, das die DDR in Angriff genommen hatte. 1985 hatte man die Plattenbauten hochgezogen, heute standen unzählige Wohnungen leer und waren für lächerliche Preise zu mieten. Die Straßen hatten Namen wie Martin-Luther-King-Allee oder Martin-Niemöller-Straße.

Stefan Dörner war ein Aussteiger aus der rechten Szene gewesen. Vierundzwanzig Jahre alt, keine Berufsausbildung, nur Hauptschulabschluss. Mit siebzehn Grundwehrdienst bei der Bundeswehr, danach nichts. Arbeitslos. Vor fünf Jahren war er der Polizei zum ersten Mal aufgefallen. Er hatte zusammen mit ein paar anderen in Rövershagen eine Wahlveranstaltung der SPD Mecklenburg-Vorpommern gestört. Danach hatte man ihn öfter bei Rangeleien am Rande von Hansa-Spielen aufgegriffen, und er war beim Verteilen von Flugblättern mit rechtsradikalen Inhalten erwischt worden. Sein Name war auf der Liste eines Internetversandshops aufgetaucht, der im Verdacht stand, in Polen angefertigte Wehrmachtsabzeichen, Hakenkreuze in allen Erscheinungsformen und SS-Uniformen in Deutschland zu verkaufen. Zu einer Verurteilung war es nur einmal gekommen: ein paar Arbeitsstunden wegen Sachbeschädigung. Vielleicht war er ein Mitläufer gewesen, auf der Suche nach Halt und Anerkennung. Das könnte der Grund gewesen sein, warum sich ein Kollege von der Mobilen Einsatztruppe Extremismus besonders um Stefan Dörner gekümmert hatte. Mehrfach war er an den jungen Mann herangetreten, und eines Tages hatte er es geschafft, zu ihm durchzudringen. Stefan Dörner hatte beschlossen, aus der rechten Szene auszusteigen. Der Beamte hatte ihm Hilfe angeboten, Adressen genannt, und Dörner hatte getan, wie man ihm geheißen hatte.

Ein zielloser Junge ohne eigene Meinung, der sich dahin treiben ließ, wohin ihn die stärkste Macht gerade zog? Vielleicht. Seinem Ausstieg folgte ein dreiviertel Jahr später sein Tod. Nie war es bis dahin zu Zwischenfällen gekommen. Bis er vor über einer Woche vom Balkon der Wohnung seiner Eltern gestürzt war. Zeugen: keine. Eltern und Schwester: nicht zu Hause zur Tatzeit.

Stefan Dörner hatte keinen Abschiedsbrief hinterlassen. Seine Eltern wunderten sich nicht darüber, denn Stefan war, wie sie sagten, Legastheniker. Seine Schwester bezeichnete ihn sogar als Analphabeten. Aber keiner konnte sich einen Grund für einen Selbstmord vorstellen. Stefan war weder depressiv noch akut verängstigt gewesen. Mit dem Ausstieg aus der Szene war er gut zurechtgekommen. Er fand es prima, sich nicht mehr dauernd mit den Kameraden treffen und an irgendwelchen Aktionen teilnehmen zu müssen, sagte der Vater. Gegen einen Selbstmord sprachen außerdem Verletzungen, die ihm noch vor seinem Tod zugefügt worden waren.

Andreas Reeken hatte das Umfeld des jungen Mannes erkundet und seine Recherchen auf die ehemaligen Kameraden ausgeweitet. Natalie kannte nun die wichtigsten Namen. »Kameradschaftshilfe Nordost« nannte sich die Gruppe, aus der Stefan Dörner ausgestiegen war. Der Vereinsvorsitzende, denn es handelte sich um einen eingetragenen Verein, war Thoralf Terpitz, den sie sich noch heute vornehmen wollte. Stefan hatte außerdem bei einigen Bands als Schlagzeuger mitgespielt, jedoch immer nur für kurze Zeit. Auch mit diesen Leuten würde sie reden.

Andreas Reeken sollte nicht umsonst gestorben sein. Sie war überzeugt, dass der Mörder von Stefan Dörner – und ihr Instinkt sagte ihr eindeutig, es war Mord – etwas mit dem Tod von Reeken zu tun hatte, zumindest etwas darüber wusste. Ihr Instinkt sagte ihr vor allem, dass sich gerade etwas ganz Großes für ihre Karriere tat.

Sie dachte an gestern, an die Pressekonferenz, an die Aufregung unter den Journalisten, die sie förmlich hatte greifen können, als sie gesagt hatte, dass sie von einem rechtsradikalen Hintergrund der Tat ausgehen mussten. Es hatte einen Aufruhr gegeben. Ihre Vorgesetzten hatten die Stirn gerunzelt, denn dass sie so deutliche Worte sagen würde, war nicht abgesprochen gewesen. Aber sie hatten nicht eingegriffen, was Natalie als Zustimmung wertete.

Als die Pressekonferenz offiziell vorbei war, kam eine Frau vom NDR zu ihr und fragte sie, wie es kam, dass die Polizei so früh so offen mit dem Thema umging. Hatten sie nicht Angst davor, die Touristen zu vertreiben? Und Natalie hatte geantwortet: »Genau das ist der einzige Weg, auf Dauer den Tourismus zu stützen. Wir müssen die Probleme offen und ehrlich angehen, statt sie unter den Teppich zu kehren. Es weiß doch sowieso schon jeder, dass wir hier oben ein Problem mit der rechten Szene haben.«

Sie war stolz auf diese Antwort. Und ihr Chef, der neben ihr gestanden hatte, hatte zustimmend genickt.

Natalie Thiele konnte endlich beweisen, was sie draufhatte. Auf einen Fall wie diesen hatte sie jahrelang gewartet. Aufgaben für den Tag: Thoralf Terpitz und seine »aufrechten Kameraden« befragen und außerdem die Identität der zweiten Toten klären.

Letzteres machte ihr etwas zu schaffen. Eine tote Frau, von der keiner, der auf der Geburtstagsfeier gewesen war, wusste, wer sie war. Sie war aufgetaucht, hatte angefangen zu weinen und kein vernünftiges Wort herausgebracht, hatten die anderen Gäste einmütig erzählt. Andreas hatte mit ihr gesprochen, doch was genau, das hatte niemand hören können.

Anhand ihres Autokennzeichens hatte man den Halter ermittelt, der nun aus Marburg an der Lahn nach Rostock unterwegs war. Vieles sprach dafür, dass es sich um die Ehefrau des Wagenhalters handelte. Aber Sicherheit hatten sie noch keine. Heute würden sie sie aber bekommen, und er würde ihnen sagen können, warum sich seine Frau, wenn sie es war, nach Kamminke verirrt hatte.

Natalie Thiele hatte längst den Kaffee ausgetrunken, den die Sekretärin ihr gebracht hatte. Und als sie auf die Uhr sah, stellte sie fest, dass sie bereits seit einer halben Stunde wartete. Nichts hatte sich hinter der Tür zum Büro des KPI-Leiters gerührt. Sicher hatte die Sekretärin ihnen ein verabredetes Zeichen gegeben, um sie vorzuwarnen: Achtung, die Schreckschraube aus Anklam ist da! Und nun berieten sie sich. Aber es würde ihnen nichts nutzen.

Eine Viertelstunde später öffnete sich die Tür, und ein paar Männer kamen aus dem Raum. Sie erkannte Michael Anders, Erik Kemper, Helmut Reuter und den neuen KPI-Leiter Thomas Dorndorfer. Die anderen hatte sie noch nie gesehen. Die Männer reagierten nicht auf sie, sondern waren noch ganz in Gespräche vertieft. Dann endlich fiel Erik Kempers Blick auf sie.

»Sie hatte ich ja schon fast vergessen«, sagte Kemper unhöflich.

»Klar. Glaub ich Ihnen aufs Wort. Fängt ja gut an, die erste Besprechung gleich ohne mich«, gab Natalie zurück. »Sie denken wohl, ich bin zu blöd, um zu kapieren, was hier läuft.«

Kemper zog die Augenbrauen hoch. »Da drinnen gab's nichts für Sie.«

Thomas Dorndorfer ging eilig dazwischen und begrüßte sie. »Entschuldigen Sie, wir hatten eine wichtige Besprechung. Wir wussten zwar, dass Sie kommen, aber leider ist uns da etwas ganz Unangenehmes … Kollege Kemper wird sich um Sie kümmern. Ich habe schon dafür sorgen lassen, dass Sie alles bekommen, was Sie brauchen.«

Wie zuvorkommend er war. Ungewöhnlich. Und wie er sich ausdrückte. Wollte er sie verarschen?

Dorndorfer verabschiedete sich mit einem Nicken. Natalie wurde von Helmut Reuter wieder ein Stockwerk tiefer in die Räume der Mordkommission gelotst, Kemper folgte den beiden mit zwei Metern Abstand. Sie gingen in Reuters Büro, einen tristen, grauen Raum mit einem Schreibtisch und ein paar zusammengeschobenen Besprechungstischen. Ein paar Topfpflanzen bemühten sich ohne nennenswerten Erfolg, dem Raum Farbe und Leben zu geben.

»Sie hätten mich ruhig informieren können, dass heute Morgen eine Besprechung angesetzt ist, aber Sie wollten mich wohl nicht dabeihaben. Was war eigentlich los?«, fragte sie. Als keine Antwort kam, sprach sie weiter. »Sie wissen aber schon, dass Sie mit mir zusammenarbeiten müssen, Sie können es sich nicht aussuchen! Ihr Vorgesetzter hat gerade gesagt …«

Die Tür knallte ins Schloss. Erik Kemper hatte den Raum verlassen.

»Ist der immer so?«, fragte sie Reuter.

Reuter setzte sich hinter seinen Schreibtisch und sagte nichts. Sie wusste nicht, ob sie sich setzen sollte, tat es dann aber einfach unaufgefordert.

»Sind Sie immer so?«, fragte Reuter zurück. Sie fragte sich einen Moment lang, ob sie sich verhört hatte. »Haben Sie sich wirklich eingebildet, wir setzen uns zusammen und diskutieren darüber, wie wir Sie am besten ärgern können? Wir sind zufällig auch daran interessiert, dass derjenige, der unseren Kollegen auf dem Gewissen hat, gefunden wird.« Seine Stimme klang ganz ruhig.

»Entschuldigung, aber ich war schließlich verabredet ...«

»Und wir hatten eine Besprechung, die leider länger dauerte, als geplant war.«

»Die war dann wohl wichtiger als der Mord am Kollegen Reeken?« Ein bisschen Würde musste sie sich zurückholen.

Helmut Reuter schloss die Augen und strich sich mit Daumen und Zeigefinger über den Nasenrücken. »Wir haben seit gestern Nacht ein neues Tötungsdelikt.«

»Das hätte mir die Sekretärin auch mal ...«

»Ja ja, lassen Sie's gut sein. Außer Kemper hat es ja niemand mitbekommen.«

»Was hat niemand mitbekommen?«, fragte sie verwirrt.

»Wie Sie sich aufgeführt haben.«

Sie wurde rot vor Ärger und überlegte krampfhaft, wie sie sich am besten herausreden konnte. »Wenn mir irgendjemand Bescheid gesagt hätte ...«

Er unterbrach sie wieder. »Es ist nicht nur einfach irgendein Tötungsdelikt. Es ist ein ungewöhnlich grausamer Mord. Das ist das eine.«

»Und das andere?«, fragte sie.

»Der Tote heißt Daniel Schapiro, zweiundzwanzig Jahre alt, Sohn russisch-jüdischer Auswanderer. Die Obduktionsergebnisse haben wir noch nicht, aber es sieht danach aus, dass man ihn bis zur Bewusstlosigkeit gedrosselt, danach gefesselt und geknebelt hat, um ihn anschließend zu ertränken. Im flachen Wasser.«

»Das ist nicht schön.« Aber sie verstand immer noch nicht, warum die Betroffenheit so ungewöhnlich groß war. Der Tote war kein kleines Kind, der Täter hatte ihn nicht zerstückelt und halb aufgegessen ... »Das ist noch nicht alles, nehme ich an?«

»Wir haben ihn vor …«, er sah auf seine Armbanduhr, »… vor vielleicht sieben Stunden gefunden. Wir hatten sogar schon seine Eltern hier, die ihn identifiziert haben.«

»Dann hatte er Papiere bei sich?«

»Nein. Er hatte sich nicht bei seiner Mutter gemeldet. Normalerweise telefonieren sie jeden Abend miteinander. Sie hat sich Sorgen gemacht und mit ihrem Mann zusammen in seiner Wohnung nach ihm gesehen. In der Wohnung gab es Anzeichen auf eine gewaltsame Auseinandersetzung, und deshalb hat sie gleich den Notruf alarmiert. Die haben die Sache nicht ganz ernst genommen. Ein erwachsener Mann hat sich nicht bei seiner Mutter gemeldet, und deshalb rennt die dann drei Stunden später zur Polizei … Man muss ihnen zugute halten, dass die Frau einen sehr konfusen Eindruck machte und sich ihr Mann dauernd für sie entschuldigt hat. Aber als sie von dem Toten hörten … Die Eltern haben ihn identifiziert, und wir konnten schon ein paar Dinge über ihn erfahren. Lassen Sie sich das im Detail von Kemper und den anderen Kollegen erzählen. Worum es in erster Linie geht – er war Mitglied im PSV Rostock. PSV steht oder vielmehr stand ursprünglich für Polizeisportverein. Der Verein ist aber offen für jeden. Schapiro war dort mehr oder weniger regelmäßig beim Boxtraining. Genau wie Kollege Reeken.«

Langsam verstand sie. »Sie kannten sich?«

»Sieht danach aus, das muss sich aber noch bestätigen. Und jetzt können Sie eins und eins zusammenzählen: ein toter Polizist, der zuletzt einen Fall aus der rechten Szene bearbeitet hat. Ein totes Mitglied der jüdischen Gemeinde, der unseren Kollegen vielleicht gekannt hat. Und Sie haben schon die Presse zwischen Flensburg und dem Bodensee aufgehetzt. Was glauben Sie, wie wir jetzt vorgehen sollen?«

Natalie wurde fast schwindelig vor Aufregung. »Sehen Sie, ich hatte Recht. Das waren die Neonazis! Ich habe es doch gleich gesagt!«

Helmut Reuter schüttelte den Kopf. »Genau deshalb haben wir Ihnen heute Morgen erst einmal nicht Bescheid gesagt. Sind Sie wirklich so ein Anfänger, dass Sie nur in diese eine Richtung denken können?«

Natalie Thiele starrte ihn an, sprachlos.

»Bei einem Anschlag, zu dem sich eine Gruppe bekennt, wie es damals die RAF gemacht hat, kann man vor der Presse darüber sprechen«, fuhr er fort. »Aber hier war die Lage doch völlig unklar, von

Anfang an. Ich verstehe nicht, dass Ihr Chef Sie nicht gebremst hat. Jetzt haben wir den Täter, falls es derselbe ist, vorgewarnt, wir haben ihm gesagt, in welche Richtung wir ermitteln. Sie wissen, was das bedeutet, oder muss ich Ihnen das auch noch erklären?« Er klang ruhig, aber bestimmt. »Außerdem wollen wir einen klaren Kopf behalten und nicht blind sein für andere Ermittlungswege. Deshalb, das sage ich Ihnen jetzt noch einmal, wollte ich Sie bei dieser Besprechung vorerst nicht dabeihaben. Lassen Sie sich das bitte einmal durch den Kopf gehen, dann sehen wir weiter.«

Natalie konnte sich später nicht mehr daran erinnern, wie sie aufgestanden und hinausgegangen war. Der Fall, auf den sie immer gewartet hatte. Und sie hatte nichts Besseres zu tun, als sich gleich an ihrem ersten Tag bis auf die Knochen zu blamieren.

HANNAH, 1966

Gleich würde er kommen. Ernst würde kommen.

Sie stand hinter dem Vorhang ihrer neuen kleinen Wohnung in der Boxhagener Straße in Friedrichshain und sah auf die Straße. Gleich würde er kommen.

Er hatte die neue Wohnung noch nicht gesehen. Sie war gespannt, was er sagen würde. Hatte sie doch das meiste selbst gemacht. Die Vorhänge genäht. Die Schränke gestrichen. Die Polster mit neuem Stoff überzogen. Ihre Arbeit als Näherin hatte Früchte getragen. In jeder Hinsicht. Sie hatte viel gelernt. Sie durfte nun auch Kleidung entwerfen, und sogar die *Für dich* interessierte sich bereits für ihre Arbeiten.

Ernst konnte sagen, was er wollte. Es ging ihr gut. Man konnte es sich hier wirklich schön machen, wenn man wusste, wie.

Sie war stolz auf sich und stolz auf ihren Sohn. Er hatte Geschichte, Philosophie und Germanistik studiert. Bald würde er promovieren. Dr. Ernst Simon würde er sich dann nennen. Wenn das bloß sein Vater wüsste! Vielleicht wusste er es ja. Vielleicht war er im Krieg gefallen und sah nun vom Himmel aus zu. Er musste tot sein. Sonst hätten sie sich doch gefunden. Nein, er konnte gar nichts wissen. Er wusste nicht einmal, dass es seinen Sohn gab …

Es klingelte. Sie kehrte aus ihren Tagträumen zurück und ging schnell zur Tür, um sie zu öffnen. Ernst sah aus, wie er jetzt immer aussah. Seine Haare reichten ihm bis zur Schulter, und er trug einen Parka. Damit auch jeder sah, dass er aus dem Westen kam.

Er schien beeindruckt von ihrer Wohnung. »Schön hast du's dir gemacht«, sagte er lächelnd und zeigte ihr, was er ihr mitgebracht hatte. Er schmuggelte nie etwas. Aber er kaufte immer etwas. Neuerdings musste man Geld umtauschen, wenn man zu Besuch kam. Drei Mark für die Westberliner.

»Ich habe uns Kuchen gekauft.« Er legte das in Papier gewickelte Päckchen auf den Tisch.

»Oh«, sagte Hannah und versuchte sich zu freuen. Sie mochte keinen Kuchen.

Ernst setzte sich auf das Sofa und sah sich weiter um. »Alles Handarbeit, wie ich sehe. Wir können so etwas kaufen.«

»Hör auf«, sagte sie. Sie versuchte immer noch, sich zu freuen, dass er da war. »Wie geht es denn an der Uni?«, fragte sie, um das Thema zu wechseln. Währenddessen ging sie in die Küche, um Teller, Gabeln und ein Messer zu holen. Für den Kuchen, den sie nicht mochte. Warum wusste er das nicht?

»Wenn ich Pech habe, schmeißen sie mich raus«, rief Ernst gut gelaunt. Hannah ließ fast die Teller in die Spüle fallen.

»Was?« Sie musste ihn falsch verstanden haben. Sie ging schnell zurück in das kleine Wohnzimmer, die Teller noch in der Hand, die Gabeln und das Messer hatte sie vergessen. Sie zwang sich zu lächeln.

»Ich hab dich nicht gehört, was hast du gesagt?«

»Doch, du hast mich gehört. Ich sagte, wenn ich Pech habe, schmeißen sie mich raus. Vielleicht ist es auch Glück, ich weiß es noch nicht so genau.« Ernst genoss die Reaktion seiner Mutter sichtlich.

Hannah setzte sich, um Haltung bemüht, auf ihren Stuhl und stellte die Teller ab. »Aber«, sie versuchte weiterzulächeln, »du willst doch promovieren, du hast doch diese Assistentenstelle bei Professor …«

Er unterbrach sie. »Wenn sie mich nicht wollen, dann will ich sie auch nicht.«

»Aber Ernst, es sind nur noch ein paar Monate! Du hast mir doch gesagt, dass du so gut wie fertig bist mit deiner Arbeit!«

»Na und? Das Staatsexamen hab ich. Lehrer kann ich jederzeit werden. Das ist doch nicht das Problem. Es sei denn, sie verhaften mich.« Er grinste wieder, lehnte sich zurück, verschränkte mit Genuss die Arme. Dabei ließ er sie nicht aus den Augen. Sie wusste nicht, was sie darauf sagen sollte. Sie bemühte sich, weiterzulächeln.

»Meinem Prof hat es nicht gepasst, dass ich bei dem Sit-in dabei war. Dabei war es so wichtig. Die Universität kann nicht einfach über die Köpfe der Studenten hinweg entscheiden. Und mit Vietnam sind wir uns auch nicht einig.«

»Mit Vietnam? Was hast du denn mit Vietnam zu tun?«

Ernst hob die Augenbrauen. »Wir haben alle mit Vietnam zu tun. Seit Erhard den Amerikanern gesagt hat, die Deutschen stünden geschlossen hinter ihnen. Würden moralisch den Krieg unterstützen. So eine Scheiße!«

»Aber das war doch schon im Dezember, das ist über ein halbes Jahr her, und ich verstehe immer noch nicht, was du damit zu tun hast.«

»Mein Prof hat Wind davon bekommen, dass ich mit dabei war, als die Plakate geklebt wurden. Eigentlich hab ich mit dem SDS ja nicht so richtig was zu tun …«

»SDS?«

»Sozialistischer Deutscher Studentenbund.« Er grinste zufrieden.

»Du bist Mitglied beim Sozialistischen Deutschen Studentenbund?«, fragte sie verwirrt.

»Ich habe doch gerade gesagt, dass ich nicht so richtig was mit denen zu tun habe. Ich bin nur mal mitgegangen und hab geholfen, die Plakate zu kleben.«

»Was für Plakate?«

»Gegen Amerika natürlich! Gegen den Krieg! Und jetzt, Ewigkeiten später, hat sich wohl einer verplappert, das war sicher nicht böse gemeint, aber mein Prof ist nicht sehr begeistert. Er sagt, es ginge mich nichts an, wen er wählte, aber die Aufschrift ›Erhard und die Bonner Parteien unterstützen Mord‹ ginge einfach zu weit, das könne er so nicht tolerieren.«

»Das stand auf den Plakaten?« Hannah schluckte. Sie interessierte sich nicht für Politik, so etwas ging an ihr meistens vorbei. Sie wusste nicht genau, was das alles zu bedeuten hatte.

»Nun, das war im Februar, und er sagte, da ich mich nicht offiziell in irgendwelchen Bündnissen und Organisationen bewege, könne man sicherlich noch einmal über alles reden.«

Hannah atmete auf. »Na siehst du, dann ist doch alles in Ordnung, nicht wahr? Ach, ich bin ja dumm, ich habe die Gabeln vergessen. Und ein Messer brauchen wir, um den Kuchen anzuschneiden. Ich hol es schnell.«

Sie stand auf, als er sagte: »Nein, ich hab keinen Hunger.« Also setzte sie sich wieder. »Du hast ihn doch mitgebracht, den Kuchen?«

Ernst hob nur die Schultern. »Egal. Was ich sagen wollte: Es ist natürlich nicht alles in Ordnung. Nämlich, dass ich nirgendwo Mitglied bin, dass ich mich nirgendwo richtig engagiere.«

Hannah schüttelte den Kopf. »Aber das macht doch gar keinen Sinn!

Wieso bist du denn zum Studieren in den Westen gegangen, wenn du jetzt plötzlich zu den Sozialisten willst?«

»Du verstehst mal wieder gar nichts«, sagte Ernst. Und er hatte Recht. Sie verstand nichts. »Die im Osten tun doch nur so, als seien sie wer weiß wie antifaschistisch. Aber die alten Strukturen haben sie übernommen. Ich finde, man kann weder die USA noch die Sowjetunion unterstützen. Man muss etwas ganz anderes finden«, sagte er und klang wichtig, so gar nicht wie er selbst.

»Aha?«, sagte sie vorsichtig. »Und nun willst du dich offen politisch engagieren?«

»Ganz genau. Weißt du, den Rudi, Rudi Dutschke, den kenne ich gut. Aus ein paar Philosophieseminaren. Das ist ein richtig guter Mann. Der mischt sie alle auf.«

Nun wusste sie, woher der Wind wehte. Ernst hatte seinen Helden gefunden. Er war Zeit seines Lebens auf der Suche nach einem männlichen Vorbild gewesen. Sie hatte gehofft, es würde einer seiner Professoren sein. Nicht ein Kommilitone, der Plakate klebte und Parolen rief und ihren Ernst dazu brachte, von der Universität verwiesen zu werden.

»Und dieser Rudi, das ist ein guter Freund von dir?«

Ernst spitzte die Lippen. »Er engagiert sich«, sagte er. »Das muss ich auch machen. Ich bin mir nur nicht so ganz sicher, wie sie mit mir klarkommen. Als Jude.«

Hannah riss die Augen auf. »Beleidigen sie dich? Hast du Probleme deshalb?«

»Nein, es ist nur – sie sind alle gegen Amerika, aber die Amerikaner unterstützen Israel und die Juden, und sie fragen mich dauernd, wie ich zu Israel stehe. Ich antworte dann immer, da gibt es nicht viel zu sagen, ich war noch nie dort, ich lebe hier in Deutschland, in Westberlin, was wollt ihr? Das passt ihnen nicht so richtig. Und dann ist Rudi auch sehr christlich. Ach, da gibt es einfach so ein paar Dinge, über die ich noch nachdenken muss. Und das ist mein Problem. Ich äußere mich nicht deutlich genug zu meiner Position, sagen sie.«

»Wer sind denn – sie?«

»Nun, Rudi und Bernd und – ach, das sagt dir doch alles nichts. Ich muss mich wohl entscheiden. Entweder ich bekenne Farbe, dann wird das erst mal so schnell nichts mit der Promotion, jedenfalls nicht bei meinem Prof. Und wenn ich zu einem anderen wechsle, verliere ich wieder viel Zeit, und eigentlich wäre es ja auch nicht aufrichtig, nicht wahr? Oder ich promoviere, aber dann werde ich mein Leben lang nicht mehr in den Spiegel sehen können. Das wäre feige.« Er stand auf und lächelte Hannah an. »Na, das nächste Mal, wenn ich vorbeikomme, wirst du wissen, wie ich mich entschieden habe. Aber jetzt muss ich los.«

Er nickte ihr zum Abschied zu, Umarmungen gab es schon lange keine mehr, und ging. Ging einfach.

Hannah blieb sitzen. Sie trat nicht ans Fenster, um ihm nachzusehen. Sie wusste, er würde sich doch nicht umdrehen und hinaufwinken. So etwas tat er nicht. Sie starrte ins Leere, wie lange wusste sie nicht.

Endlich gab sie sich einen Ruck, stand auf und nahm den Kuchen mit in die Küche, um ihn in den Abfalleimer zu werfen.

6.

Dirk Sass parkte seinen Mercedes S-Klasse ein paar Meter von dem Gebäude entfernt, so dass man ihn von dort aus nicht sofort sehen konnte. Das Vereinsheim lag nur wenige Minuten Fußweg von der S-Bahnstation Marienehe entfernt. Dirk Sass hatte beim Kauf des alten Fabrikgebäudes darauf geachtet, dass es gut zu erreichen war. Die Mitglieder des Vereins konnten sich im Normalfall keine eigenen Autos leisten oder waren noch zu jung für einen Führerschein.

Das Vereinsheim war ein kleines, zweigeschossiges Backsteingebäude. Als er es gekauft hatte, war es komplett verfallen gewesen. Es hatte ihn nicht viel Geld gekostet, weil klar war, dass einiges reingesteckt werden musste. Aber die Kameradschaft, die er vor vier Jahren gegründet und als Verein hatte eintragen lassen, war die Mühe wert gewesen. Die Jugendlichen, fast ausschließlich männlich, waren sogleich bereit gewesen, sich an der Renovierung zu beteiligen. Gegen ein angemessenes Taschengeld, verstand sich. Und steuerlich absetzbar war die Aktion ebenfalls.

So war die »Kameradschaftshilfe Nordost e. V.« entstanden, unbehelligt von Verfassungsschutz und Ordnungshütern. Zumeist arbeitslos, kamen die jungen Menschen hierher und erhielten Unterstützung beim Ausfüllen von Bewerbungsbögen oder anderen amtlichen Unterlagen, sie konnten sich für wenige Cent Getränke und Essen in einer kleinen Gaststube kaufen, Tischfußball spielen, Musik hören und machen, im Internet surfen, Filme sehen und was man eben sonst noch so in einem Jugendclub tun konnte. Dirk Sass achtete auf ein breites, ansprechendes Programm.

Nach einem Rotationsprinzip verpflichteten sie sich, den Dienst in der Gaststube zu übernehmen, am Abend sauberzumachen und abzuschließen oder gewisse Hauswartsarbeiten zu erledigen. Einmal in der Woche, jeden Montag, traf man sich am frühen Nachmittag zu einer Vereinsversammlung, bei der jeder zu Wort kam, der etwas auf dem Herzen hatte, und bei der das monatliche Vereinsblatt geplant wurde.

Er hatte teils ehrenamtliche, teils bezahlte Mitarbeiter, die sich um die Jugendlichen kümmerten und als Ansprechpartner fungierten.

Dirk Sass' Ziel war es gewesen, den jungen Leuten seine eigenen Ideale – anständig und deutsch – zu vermitteln, wenn er schon nicht allen Arbeit geben konnte. Einigen hatte er zu einem Job verhelfen können. Wer bei der Vereinszeitung Talent bewies, den stellte er als Volontär bei seiner Zeitung, der *Rostocker Rundschau,* ein. Da dies nur begrenzt möglich war, durften andere talentierte Schreiber ihr Taschengeld, oder in den meisten Fällen ihr kümmerliches Hartz-IV-Geld, mit gelegentlichen Berichten für ihn aufbessern. Er tat, was er konnte, und er wusste, es war nicht genug. Die Region hatte große Probleme, die jungen Leute sahen keine Zukunft für sich, und der Verfall der Sitten um sie herum war kaum mehr aufzuhalten. Wenigstens hielt es sich mit der Überfremdung durch ausländische Arbeitskräfte noch in Grenzen.

Ein Gemeinschaftsgefühl musste wieder entstehen, davon war Dirk Sass überzeugt. Ein Bewusstsein für die Herkunft und für den Weg, der vor den jungen Menschen lag. Ein Verständnis dafür, warum die Regierung, warum die Gesellschaft vor dem Abgrund stand. Eine Vision für die Zukunft, hier vor Ort, auf solidem deutschem Boden, der, so sah es Dirk Sass, seit dem Ende des Zweiten Weltkriegs auslaugte, verwahrloste, falsch bestellt wurde. Solide Werte mussten dem Nachwuchs vermittelt werden, daran glaubte Sass fest, und zwar solche, mit denen sie als Deutsche auch selbstständig leben konnten. Nicht dieser aufoktroyierte Unsinn aus den Vereinigten Staaten oder Wertvorstellungen aus noch weiter von ihrer eigenen entfernten Kulturen. Sass musste sich vor Ekel schütteln, wenn er nur daran dachte.

Um all diese Dinge kümmerte sich Dirk Sass mit Hilfe seiner Mitarbeiter, besonders seines Chefredakteurs Gero Helm, der formell über die Vereinszeitung wachte und manchmal in rechtlichen Dingen beriet, da er ein paar Semester Jura hinter sich hatte. Ein anderer wichtiger Mitstreiter war der offizielle Vereinsvorsitzende Thoralf Terpitz, studierter Gymnasiallehrer, der den Beruf aber nie ausgeübt hatte, weil seine politischen Überzeugungen dem Schulamt unangenehm aufgefallen waren. Tragische Missverständnisse. Geschichte und Sport hatte er studiert, und das kam ihm bei der »Kameradschaftshilfe Nordost« zugute. Thoralf hatte das richtige Hintergrundwissen, um den jungen

Menschen solide Kenntnisse, besonders der neueren Geschichte, in freiwilligen Wochenend- und Abendveranstaltungen zu vermitteln.

Thoralf betreute fast alle Vereinsaktivitäten. Dirk Sass war froh, ihn zu haben. Es war ein wahrer Glücksfall gewesen, als er ihn vor drei Jahren kennengelernt hatte. Thoralf war in der Redaktion der *Rostocker Rundschau* aufgetaucht und hatte sich um ein Volontariat beworben. Gero Helm hatte versucht, ihn loszuwerden, doch Thoralf hatte fast auf Knien um eine Chance gebettelt. Angelockt von dem Stimmengewirr auf dem Flur seiner Redaktion, hatte Dirk Sass sein Büro verlassen, um nach dem Rechten zu sehen. Gero Helm, der blasse, kleine, dünne Mann mit dem nervösen Augenzwinkern, war verzweifelt von einem Fuß auf den anderen getreten, während Thoralf Terpitz, fast dreißig Zentimeter größer als Helm und strotzend vor Jugend und Gesundheit, versucht hatte, ihn dazu zu bringen, wenigstens einen Blick in die Mappe zu werfen, die er mitgebracht hatte. Helm hatte versucht, an dem jungen Mann vorbeizugehen, doch das war ihm nicht gelungen.

»Was haben Sie denn so zu bieten?«, fragte Dirk Sass, und Gero Helm verdrückte sich, erleichtert darüber, dass ihm sein Chef mal wieder alles, was brenzlig war, abnahm. Der andere war vielleicht Ende zwanzig, keinesfalls viel älter.

»Sind Sie Herr Sass? Ich bin ein großer Fan von Ihnen! Thoralf Terpitz mein Name.« Er wischte sich seine Hand an der Hose ab und streckte sie ihm zur Begrüßung hin. Dirk Sass ignorierte sie zunächst.

»Ein Fan von mir? Das müssen Sie mir erst einmal näher erklären«, sagte er, halb amüsiert, halb verwundert. Der junge Mann zog seine Hand zurück und hielt die Mappe, die er mitgebracht hatte, nun mit beiden Händen fest.

»Die Kameradschaftshilfe! Ich habe da manchmal reingeschaut. Tolles Projekt! Und dann diese Zeitung hier, ich bin ja einer Ihrer Abonnenten, müssen Sie wissen. Und ich kenne auch eine Menge Artikel, die Sie früher geschrieben haben. Ganz früher.« Thoralf Terpitz strahlte. »Einen Mann wie Sie brauchen wir hier in Deutschland.«

Dirk Sass beschloss, sich diesen Mann näher anzusehen. Es konnte ein Schwindler sein, der sich in die Redaktion hineinschmuggeln wollte, um Sass auszuspionieren. Er würde es herausfinden.

»Kommen Sie mit in mein Büro«, sagte er, und Terpitz folgte ihm mit einem militärisch klingenden »Selbstverständlich«.

In seinem Büro ließ sich Sass zunächst die Mappe zeigen, die Terpitz mitgebracht hatte. Sie enthielt Zeugnisse, recht gute sogar. Abitur, Studium, Bescheinungen über Schulpraktika. Ein tabellarischer Lebenslauf. Weiter hinten ein paar Artikel, die er offenbar für eine Schülerzeitung geschrieben hatte, und noch weitere Schriften, die wie Manuskriptseiten aussahen.

»Was ist das hier?«

»Das sind unveröffentlichte Artikel. Die wollte ich Ihnen zeigen, damit Sie sehen, dass ich schreiben kann. Leider hat sich bisher noch niemand dafür interessiert. Die meisten haben einfach nicht genug Mumm, um so etwas zu drucken.«

Sass nickte und überflog die Sachen. »Ja, nicht schlecht, aber das müsste ich mir in Ruhe ansehen. Warum sind Sie denn nicht Lehrer geworden?« Er blätterte vor zum Lebenslauf. »Wenn ich das richtig sehe, müssten Sie gerade mitten im Referendariat sein. Sie kommen ursprünglich aus Herne?«

Terpitz nickte eifrig.

»Meine Frau und ich stammen aus Unna. Da waren wir ja mal so was wie Nachbarn«, stellte Sass fest.

»Ich weiß, und dann sind Sie nach Berlin gegangen, und jetzt sind Sie in Rostock.«

»Und warum sind Sie in Rostock? Sie hätten doch das Referendariat in Nordrhein-Westfalen machen können? Ich kenne mich mit Lehramt nicht aus, aber – da sind die Chancen doch besser und die Bezahlung sicher auch?«

Thoralf Terpitz schüttelte den Kopf. »Kein gutes Klima, wissen Sie? Und viel zu eng besiedelt. Da kann man doch kaum atmen.« Er lächelte.

»Na gut. Wissen Sie was, ich sehe mir Ihre Mappe mal an, und dann telefonieren wir. Die Kontaktdaten stehen alle auf Ihrem Lebenslauf, sehe ich. Sehr schön. Also dann, wir sprechen uns.«

Es war wohl nicht ganz das, was Terpitz sich gewünscht hatte, aber er nickte zögerlich und stand auf.

»Sie rufen sicher an?«

»Ich rufe sicher an.«

Dirk Sass hatte sich daraufhin umgehört. Er hatte so viel wie möglich über Thoralf Terpitz in Erfahrung gebracht. Und er hatte festgestellt: Der Junge war sauber. Einzig irritiert hatte ihn der Umstand, dass er vor ein paar Jahren seinen Vornamen geändert hatte. Wegen einer Straftat konnte es nicht sein, sonst wäre es ihm nicht erlaubt worden. Thorsten, sein Taufname, war nun auch nichts, was ihm hätte peinlich sein müssen. Sass vermutete Eitelkeit. Thoralf war lange nicht so gebräuchlich wie Thorsten. Und klang außerdem deutlich nordischer. Gefragt hatte Sass ihn aber bis heute noch nicht. Thoralf Terpitz sollte nicht wissen, dass Sass ihn gründlich überprüft hatte.

Sass brauchte damals keinen Volontär, aber er hatte eine viel bessere Verwendungsmöglichkeit für den gescheiterten Lehramtskandidaten: die Leitung der Kameradschaftshilfe. Von dieser Idee war Terpitz begeistert.

Drei Jahre war es nun also her, seit Thoralf Terpitz den Verein übernommen hatte, und Dirk Sass hatte nie Anlass zur Klage gehabt, im Gegenteil. Natürlich hatte es auch unter Terpitz' Leitung immer wieder Jugendliche gegeben, die trotz allem straffällig geworden waren oder auf andere Art Ärger bekommen hatten. Ganz vermeiden konnte man das eben nicht. Jeden Einzelnen zu retten, dazu hatten sie nicht genug Personal.

Dirk Sass hatte also nie Grund gehabt, an Thoralf Terpitz' Loyalität zu zweifeln. Er war sich sogar sicher, dass dieser für ihn durchs Feuer gehen würde. Und gerade das war es, was ihn verunsicherte. Terpitz war ihm gegenüber zu unkritisch. Er war zu eifrig bemüht, ihm zu gefallen. Sass hatte mehr und mehr ein ungutes Gefühl, was ihn anging. Als Stefan Dörner gestorben war, hatten bei Sass die Alarmglocken geläutet. Denn Mord innerhalb der Kameradschaft konnte selbst Sass nicht akzeptieren.

Stefan Dörner war regelmäßig zu den Treffen der Kameradschaftshilfe gekommen. Dann war er »aus der Szene ausgestiegen«, wie es hieß, und damit auch nicht mehr in Marienehe aufgetaucht. Nun war er tot, und die Polizei hatte bei ihnen alles auf den Kopf gestellt. Die jungen Leute waren verunsichert, nur Thoralf Terpitz nicht. Der war so ruhig, als sei gar nichts geschehen.

Einer inneren Stimme folgend, hatte Dirk Sass beschlossen, ein Auge auf Terpitz zu haben. Er war statt zur Redaktion zum Vereinsheim in Marienehe gefahren, wo Terpitz sich eine kleine Wohnung eingerichtet hatte. Um immer vor Ort zu sein, auch im Notfall, hatte er gesagt, und noch vor drei Jahren hatte Dirk Sass das für eine exzellente Idee gehalten.

Sass hatte die Schlüssel für das Vereinsheim und konnte sich somit selbst hineinlassen. Doch die Schlüssel waren gar nicht nötig, die Tür war offen. Als er die Tür öffnete, hörte er Stimmen aus der Gaststube. Er ging leise, damit man ihn nicht bemerkte. Vor der Tür zur Gaststube blieb er stehen und lauschte.

»… und er ist den Weg aller Verräter gegangen!«, hörte er Terpitz' Stimme. »Erinnert euch daran, wenn die Polizisten wiederkommen. Und sie werden wiederkommen, vielleicht schon heute!«

»Aber was wollen die denn schon wieder?«, fragte einer der Jugendlichen. Sass konnte die Stimme nicht zuordnen.

»Sie sind immer als Erstes gegen uns. Egal, was passiert, sie suchen nach einem Sündenbock, und das sind wir! Weil sie vor uns Angst haben! Weil sie wissen, dass wir Recht haben!«

Zustimmendes Gemurmel.

»Denkt immer daran, nur in der Gemeinschaft sind wir stark. Wir müssen zusammenhalten. Wir können keine Verräter gebrauchen! Und ich sage euch noch etwas: Wenn die Polizei heute zu uns kommt, haben wir den Beweis, dass noch ein Verräter unter uns ist. Wenn also einer von uns etwas damit zu tun hat, sollte er sich besser nicht zu erkennen geben. Denkt immer daran, welchen Weg Verräter gehen! Vergesst nicht, was wir heute besprochen haben. Alles klar?«

Die Unterredung schien beendet. Dirk Sass beeilte sich, wieder aus dem Gebäude herauszugehen, um so zu tun, als sei er eben erst angekommen. Gerade, als er die Tür zum Vereinsheim wieder öffnen wollte, kam ihm Thoralf Terpitz entgegen und strahlte ihn an.

»Dirk! Schade, du bist ein paar Minuten zu spät, wir sind gerade fertig!«

»Was hab ich denn verpasst?«, fragte er.

Thoralf Terpitz warf einen Blick über seine Schulter, um sicher zu gehen, dass ihnen niemand zuhörte.

»Am Wochenende ist ein Polizist auf Usedom gestorben, und sie wollen es uns anhängen.«

»Euch? Direkt?«

»Uns und unseren Brüdern im Geiste. Wer einen von uns verletzt, wird die Rache aller spüren.« Thoralf Terpitz zog ein Päckchen Aldi-Zigaretten aus der Hosentasche und fischte eine aus der zerbeulten Schachtel.

»Darüber wollte ich mit dir reden. Ihr wolltet doch am Wochenende nach Usedom fahren.«

Thoralf nickte. »Daraus ist nichts geworden. Wir waren nicht da.« Gut gelaunt zwinkerte er ihm zu, und Dirk Sass hatte keine Ahnung, was er davon halten sollte.

»Ich muss wissen, was am Wochenende war. Die Polizei wird auch mich befragen.«

»Nichts. Wir waren nicht da.«

»Aber ihr hattet es vor.«

»Na und? Es ist nichts daraus geworden. Was ist los, vertraust du mir nicht mehr?«

Es sollte vermutlich wie ein Spaß klingen, aber das tat es nicht, obwohl Thoralf grinste. Sass fühlte sich ertappt.

»Thoralf, ich habe großes Vertrauen in dich, das weißt du. Aber du weißt auch, dass ich bei der Polizei nicht unbedingt viele Freunde habe. Also, kann ich sicher sein, dass ihr mit der Sache nichts zu tun habt?«

»Ganz sicher. Beruhig dich.«

Er glaubte ihm nicht. Nicht ein einziges Wort. Nicht nach dem, was er da drinnen belauscht hatte.

»Ach, da wäre noch was«, sagte Thoralf. »Heute Nacht haben sie einen toten Juden gefunden. In Gehlsdorf. Stand heute Morgen im Internet. Pressemeldung der Polizei.«

»Die haben wörtlich geschrieben, dass es ein toter Jude war?«, fragte Dirk Sass erstaunt.

»Natürlich nicht. Aber man hat so seine Quellen.« Er grinste wieder.

»Gut. Der Reihe nach. Was war da los?«

Thoralf zuckte mit den Schultern. »So genau weiß ich das auch nicht. Nur, dass der Tote Anfang zwanzig war und Mitglied bei einer dieser Antifa-Gruppen.«

»Das heißt, die Polizei wird auch deshalb bei uns nachfragen. Das gefällt mir alles überhaupt nicht.«

»Aber wir sind sauber! Wir haben nichts damit zu tun!«

»Kann ich mich darauf verlassen? Kannst du für jeden Einzelnen hier im Verein die Hand ins Feuer legen?«

Thoralf lächelte. »Das muss ich gar nicht. Die wissen genau, was mit Verrätern passiert.«

»Ach ja, was denn?«

»Die bekommen ein so schlechtes Gewissen, dass sie mit dem Kopf zuerst aus dem Fenster fallen. Ganz einfach.«

»Und was ist mir dir?«, fragte Sass.

»Mach dir keine Sorgen. Alles läuft genau so, wie du es von mir erwartest.« Er zwinkerte Sass noch einmal zu, drehte sich um und verschwand im Vereinsheim.

Da wusste er es: Er hatte einen Mörder eingestellt. Er hatte einem Mörder die Leitung seines wichtigsten Projekts anvertraut. Wen hatte er noch alles auf dem Gewissen? Thoralf war ihm entglitten. Er würde ihm alles kaputt machen. Mord ging zu weit. Eine Tracht Prügel als Denkzettel, ja. Aber nicht Mord, da hatte Sass Skrupel. Wer diese Grenze einmal überschritten hatte, einmal auf den Geschmack des Blutes gekommen war, der war nicht mehr zurückzuholen. Er konnte Thoralf nicht mehr vertrauen.

Sass stieg wieder in seinen Mercedes und fuhr zum Vögenteich. Er stellte den Wagen in einer Seitenstraße ab, ignorierte die Aufforderung, sich einen Parkschein zu kaufen, und ging schnellen Schrittes in das Gebäude, in dem die Redaktionsräume der *Rostocker Rundschau* lagen. Er nahm die Treppe hinauf in den zweiten Stock, riss die Glastür mit dem aufgeklebten Logo seiner Zeitung auf und eilte über den Flur zu Gero Helms Büro.

»Was weißt du über den toten Juden?«

Gero Helm zuckte zusammen und starrte seinen Chef erschrocken an. »Was?«, fragte er perplex zurück.

»Der tote Jude. Gestern Nacht ist einer umgebracht worden. Was weißt du darüber?«

Helm erholte sich von dem Überraschungsangriff, nahm die Brille ab, um sie umständlich zu putzen, und grinste. »Ich weiß darüber gar nichts, außer dass es mit Sicherheit kein Verlust …«

»Okay, das reicht.« Sass betrachtete ihn und versuchte sich zu erinnern, wie es damals dazu gekommen war, dass die beiden so etwas wie Freunde geworden waren. Eins war sicher: Helm würde ohne ihn entweder im Gefängnis oder auf der Straße sitzen. Welchen Nutzen Dirk Sass allerdings von dem nervösen kleinen Mann hatte, fiel ihm gerade nicht mehr ein.

»Du ziehst jetzt los und versuchst, alles darüber herauszufinden. Ich will sämtliche Fakten, und ich sage es noch einmal: Fakten! Bis heute Mittag. Und dann schreib ich einen Artikel für die Internetseite, der morgen auf die erste Seite kommt.«

»Du schreibst einen Artikel …«, begann Helm.

»Hörst du schlecht? Du hast noch knappe drei Stunden. Also los, sieh zu, was du rausbekommst.« Sass drehte sich um und ging in sein Büro. Er schloss sorgfältig die Tür hinter sich, dann setzte er sich an seinen Schreibtisch, nahm den Telefonhörer ab und rief seine Frau an.

»Wie lange hat Sören heute Schule?«

»Bis eins, glaube ich … Ich weiß nicht genau.« Sie klang verschlafen.

»Sobald er zu Hause ist, will ich, dass du mich anrufst. Wer holt ihn ab?«

»Äh, Ronny …?« Es klang wie eine Frage. Natürlich wusste sie es nicht. Sie hatte genug damit zu tun, ihre Depressionen in den Griff zu bekommen. Wenigstens trank sie im Moment nicht.

»Gut. Ronny. Gib ihn mir. Er ist doch bestimmt irgendwo.« Sass hörte, wie seine Frau durch das Haus ging und nach Ronny rief. Ronny war Wachposten, Bodyguard und Hausmeister in einer Person. Er teilte sich diese Aufgabe mit seinem Bruder Sven. Einer von beiden war immer im Hause, oft auch beide gleichzeitig. Sie wohnten quasi bei den Sass'.

»Ja, Chef?« Es war Sven.

»Guten Morgen. Holst du nachher Sören ab?«

»Um halb zwei, ja.«

»Das ist zu spät. Hol ihn um elf, spätestens um zwölf. So diskret wie möglich. Ich ruf in der Schule an und kläre das. Er bekommt heute keinen Besuch von seinen Freunden, und er geht auch nirgendwo hin.«

»Ist was passiert, Chef?«

»Nein. Und das soll es auch nicht.«

Erik Kemper schämte sich. Er saß hinter seinem Schreibtisch, kaute den siebten Kaugummi für heute und gab sich alle Mühe, auf seine Kollegen so zu wirken, als sei er vollkommen Herr der Lage.

Dabei hatte er Probleme, die Augen offen zu halten und die akustischen Signale, die an seine Ohren drangen, zu sortieren und in verständliche Sätze umzuwandeln. Er fühlte sich, als hätte er seit einer Woche nicht mehr geschlafen. Und er hatte fürchterlichen Durst.

Nachdem gestern Mittag seine Exfrau mitsamt seinem Handy und seinem Portemonnaie nach Hamburg abgefahren war und ihn am Schnatermann hatte stehen lassen, hatten sich die Dinge nicht wirklich zum Guten gewendet. Auch wenn es zunächst so ausgesehen hatte. Während er noch darüber nachgrübelte, wie er nach Hause kommen sollte und ob irgendwo eine Bushaltestelle in der Nähe war, hatte jemand seinen Namen gerufen.

»Herr Kemper! Na? Kleinen Ausflug gemacht?«, rief der Mann. Er schlenderte gut gelaunt auf Erik zu, und Erik erinnerte sich, dass er ihn im Biergarten des Schnatermanns an einem anderen Tisch hatte sitzen sehen. Doch erst jetzt erkannte er ihn. Der Mann wohnte ebenfalls in seiner Straße. Aber woher kannte der Mann seinen Namen? Vielleicht, weil einen auf wundersame Weise jeder kannte, wenn man einer bestimmten Berufsgruppe angehörte. Lehrer, Pfarrer und Ärzte teilten dieses Schicksal mit ihm.

»Wo ist denn Ihre … Begleitung? Sehr hübsche Frau, ich muss schon sagen«, grinste der Mann, dessen Name Erik nicht einfallen wollte.

»Die Dame musste in eine andere Richtung«, antwortete Erik. »Und sie hat dummerweise mein Handy und mein Geld eingesteckt. Sie fahren nicht zufällig runter nach Gehlsdorf und können mich mitnehmen?«

»Klar kann ich Sie mitnehmen. Wird mir ein Vergnügen sein!«

Er deutete auf eines der Boote, die an der Anlegestelle festgemacht waren.

»Wenn Sie seefest sind, ist das kein Problem!« Er lachte, als er Eriks Gesicht sah und erklärte: »Hab einen kleinen Ausflug ohne meine Frau gemacht. Das muss manchmal sein. Die denkt, ich fahre irgendwo herum und kümmere mich um das Boot, aber in Wirklichkeit zisch ich mir hier ein Bierchen und hab ein, zwei Stunden meine Ruhe.«

Wenigstens kommentierte er Eriks schwarzen Anzug nicht. Und

zum Glück hielt er sich mit Fragen nach Inga zurück, obwohl Erik ihm ansah, dass er neugierig war. Im Gehlsdorfer Yachthafen angekommen, bedankte sich Erik höflich, tat so, als sei er durchaus interessiert daran, eine Einladung zum Grillen anzunehmen und ging rasch nach Hause.

Micha hatte Eriks Auto wahrscheinlich auf dem Parkplatz der KPI abgestellt. Jedenfalls stand es nicht vor seinem Haus. Das bedeutete: keine Schlüssel unter der Fußmatte. Die Zweitschlüssel hatte Inga. Blieb nur Schlüsseldienst oder Einbruch. Er entschied sich für Letzteres.

Seine Wohnung war in einer alten, gut hundertjährigen Villa. Nach der Wende war sie in ein Mehrfamilienhaus mit insgesamt fünf Eigentumswohnungen aufgeteilt worden. Die unterste Etage bewohnte der alte Erbe des Hauses komplett alleine, es gab zwei kleine Wohnungen im ersten Stock und zwei Maisonettewohnungen mit Balkon im zweiten. Eine davon besaß Erik. Interessanterweise wohnten hier nur alleinstehende Männer. Das große, wunderschöne Gartengrundstück blieb weitgehend ungenutzt, weil jeder lieber für sich bleiben wollte, und scheinbar bekam auch keiner der Bewohner Besuch, mit dem man gesellig im Garten hätte sitzen können.

Obwohl Erik schon über fünfzehn Jahre hier wohnte, hatte er kaum Kontakt zu seinen Hausgenossen. Daher machte sein Nachbar ein sehr erstauntes Gesicht, als Erik bei ihm klingelte. Tag der Nachbarschaftshilfe, dachte Erik. Schon der zweite für heute. Mal sehen, ob es so weiterging.

»Herr – äh – Wilde, guten Tag …«

»Ah, Herr Kemper.« Wilde blinzelte verwundert. »Ist was passiert? Haben Sie einen Wasserbruch oder so was?«

»Tut mir echt leid, dass ich Sie störe, aber ich hab mich ausgesperrt. Ich überlege, ob ich über den Balkon klettern kann, die Tür dort ist wahrscheinlich offen.«

Wilde musste denken, dass er einen Knall hatte. Stand im Beerdigungsanzug bei über dreißig Grad Hitze vor der Tür und fragte, ob er mal eben über den Balkon klettern konnte.

Doch der Nachbar reagierte überraschend normal: »Ich fürchte, das schaffen Sie nicht. Zwischen unseren Balkonen ist ein gutes Stück Dach …«

Erik nickte nachdenklich. »Auch wieder wahr.«

»Soll ich den Schlüsseldienst für Sie rufen?«

Was für eine Demütigung. Nun also doch der Schlüsseldienst. Erik hatte es nicht als Unhöflichkeit empfunden, dass Wilde ihn nicht hereinbat, sondern einfach nur telefonierte und ihm Bescheid gab, dass jemand unterwegs sei; er war sogar erleichtert darüber. Erik ging wieder nach unten, setzte sich auf die Stufen vor dem Eingang und rauchte.

Als er wieder in seiner Wohnung war und dem Mann vom Schlüsseldienst glaubhaft versichert hatte, dass er Polizist war und garantiert morgen die Rechnung begleichen würde, hatte er angefangen zu trinken. Trinken und Musik hören, das Einzige, was ihm half, das Leben an diesem Sonntagnachmittag zu ertragen.

Das Telefon klingelte. Er zog den Stecker raus. Er konnte nicht mehr.

Gegen Mitternacht hatte er auf dem Weg in die Küche durch ein Fenster das Auto von Anne vor dem Haus parken gesehen. Er würde nicht öffnen, wenn sie klingelte. Sie klingelte aber nicht.

Er hatte weitergetrunken und musste irgendwann eingeschlafen sein. Er war mit dem Telefon in der Hand aufgewacht, als Micha morgens um vier in seine Wohnung gekommen war und ihn geweckt hatte. Als er, Böses ahnend, die Wahlwiederholungstaste drückte, erkannte er Annes Handynummer. Er hatte keine Ahnung, über was er mit ihr gesprochen hatte. Er hatte nur so ein dumpfes Gefühl, dass das Gespräch nicht sonderlich gut gelaufen war.

Nun saßen Anne und Dr. Freyer, der Pathologe, vor ihm. Micha saß an seinem eigenen Schreibtisch und tippte etwas in den Computer. Anne schaute mitleidig, Freyer belustigt. Und Erik hatte keine Ahnung, was los war.

»Das sind wohl die zwei ungewöhnlichsten Zeugen, die mir in meiner Laufbahn untergekommen sind«, murmelte Erik und versuchte, die Papiere, die er vor sich auf den Tisch gelegt hatte, zu fokussieren. »Dr. Freyer, Sie waren laut Ihrer Aussage zur Tatzeit damit beschäftigt, etwas an Ihrer Yacht zu machen … Sie haben eine eigene Yacht? Wer bezahlt Sie so gut?«

Freyer lächelte. »Ich hatte Probleme mit der Steuerung, deshalb liegt die Yacht gerade trocken. Ein Freund von mir hat den ganzen Tag daran herumgebastelt, und ich habe ihm zugeschaut. Irgendwann nach elf hab ich gemerkt, dass ich mein Handy im Bootshaus liegengelassen hatte. Deshalb war ich nochmal da.«

»Hm …« Erik studierte Freyers Zeugenaussage, die Malte aufgenommen hatte. »Aufgefallen ist Ihnen niemand außer später Frau Dr. Wahlberg?«

»Ganz genau.«

Erik blätterte weiter zu Annes Aussage. »Hm.« Er versuchte, sich auf das zu konzentrieren, was dort stand. Er hatte alles bereits zweimal durchgelesen, aber es war nicht viel bei ihm hängen geblieben.

»Ja. Anne. Warum warst du noch mal am Yachthafen? Hier steht gar nichts …«

»Ich wollte spazieren gehen«, sagte sie. Die Antwort kam zu schnell. Er blickte auf und blinzelte in ihre Richtung. Es war verdammt hell, dieses Tageslicht.

»Spazieren gehen. Auch schön. Ja … Dann haben wir ja jetzt erst mal alles.« Unsicher spähte er zu Micha hinüber, ob dieser Einwände hatte.

Freyer stand auf. »Ich hab noch eine Menge zu tun. Abgesehen von Schapiro liegen noch Reeken und die tote Dame bei mir auf dem Tisch.«

»Ach ja? Warum nicht in Greifswald?«

»Die sind voll«, antwortete Freyer.

»Gut. Ich komm dann nachher rüber. Oder – einer von uns.« Bei einer Obduktion dabei zu sein, konnte er sich im Moment gar nicht vorstellen. Er würde Micha schicken.

Freyer grinste, verkniff es sich sofort wieder und verschwand. Anne war sitzen geblieben.

Spazieren, dachte er. Mitten in der Nacht. Wahrscheinlich hatte sie was mit diesem schicken Gerichtsmediziner.

Und da fiel es ihm wieder ein. Das Telefonat. Er hatte Anne angerufen, sie ausgelacht, als sie ihm von einer Leiche erzählt hatte und sie gefragt, ob sie was mit Freyer hätte.

Sie sah ihm an, dass er sich gerade erinnerte. »Schon gut, ich hab's schon wieder vergessen.« Sie hatte immer noch diesen mitleidigen Blick drauf. Was wusste diese Frau noch alles? Wie üblich war sie ihm unheimlich.

»Micha, geh mal Kaffee holen«, sagte Erik.

Micha verschwand und wusste, was das bedeutete: Lass uns alleine und komm erst mal so schnell nicht wieder.

»Warum warst du denn da?«

»Wegen dir. Deine Kollegen haben sich Sorgen gemacht, weil sie dich nicht erreichen konnten.«

»Und da haben sie dich geschickt?«

»Na ja, Malte hat mich geschickt. Eigentlich Emma.«

Malte Böttcher. Ende zwanzig, lang und dünn, blond und schüchtern, dafür ein Genie, wenn es um Computerarbeit und Recherchen aller Art ging. Nur eine Zeugenvernehmung ließ Erik ihn ungern machen. Seit ungefähr einem Jahr war Malte mit Annes bester Freundin Emma zusammen. Emma war ein paar Jahre älter als Malte und eine vor Temperament strotzende Schönheit. Wenn er ehrlich war, hätte er dem Kollegen so eine Frau nie zugetraut.

»Warum hast du denn nicht geklingelt?«, fragte Erik.

»Hättest du denn aufgemacht?«, fragte Anne zurück. »Ich wollte erst mal ein paar Minuten spazieren gehen. Ich war ja gerade erst aus Irland zurückgekommen.«

»Ah.« Er wollte noch so vieles sagen, so vieles fragen, aber hier war nicht der richtige Ort, und es war auch gerade überhaupt nicht die richtige Zeit. Ob es allerdings jemals den richtigen Ort und die richtige Zeit geben würde, um sich mit Anne zu unterhalten, war die Frage. Diese Frau machte ihm Angst, weil sie immer wusste, wie er sich fühlte. Aber sie konnte unmöglich von Inga wissen. Selbst wenn ihm etwas eingefallen wäre, er hätte es nicht mehr sagen können. Micha kam mit Natalie Thiele im Schlepptau zur Tür herein.

»'Tschuldigung, da will noch jemand unbedingt mit dir reden«, sagte Micha.

»Ich will nicht mit Ihnen reden, ich will mit Ihnen zur Boxhalle fahren.«

»Oh, klar. Haben wir da einen Termin?«

»Brauchen wir einen?« Thiele klang giftig.

»Am Vormittag? Da können wir von Glück sagen, wenn überhaupt jemand da ist.«

Thiele verdrehte die Augen. »Ich habe längst den Trainer und den Vereinsvorsitzenden angerufen. Die warten schon.«

Anne verließ mit einem kurzen Nicken in Richtung Thiele den Raum. Erik stand auf und starrte konzentriert auf die Papiere auf seinem Schreibtisch. Musste er etwas davon mitnehmen?

»Können Sie fahren? Mein Auto ist …«

»Ich hab sein Auto und brauch es gerade selbst«, kam ihm Micha zu Hilfe. Dabei hatte er Erik schon längst die Schlüssel zurückgegeben.

»Klar. Sagen Sie, haben Sie vielleicht Heuschnupfen oder so was? Sie sehen gar nicht gut aus. Ihre Augen sind ganz rot.« Thiele meinte es ernst. Sie wusste also nichts von seinem Kater. Erik steckte sich einen neuen Kaugummi in den Mund.

»Geht schon. Zugluft vom Bootfahren.«

»Wer war die Frau eben, war das eine Zeugin?«

»Zeugin und Kriminalpsychologin. Sie hat uns mal als Profilerin bei einem Fall vor zwei Jahren geholfen«, erklärte Micha.

»Profilerin, so ein Käse«, sagte Thiele überheblich. »Die können doch alle nichts.«

»Die kann was. Sie war sogar zur Ausbildung bei Scotland Yard und beim CIA. Das war doch der CIA, Erik?«

Erik zuckte unsicher mit den Schultern.

»Aha. Und jetzt soll ich beeindruckt sein oder was?«, sagte Thiele darauf.

»Das hab ich gehört!«, rief Anne durch die Tür. Wahrscheinlich hatte sie sich noch mit einem der Kollegen auf dem Flur unterhalten. Thiele wurde rot, aber nur ganz kurz.

»Können wir jetzt fahren?«, fragte sie Erik.

Das hatte ihm noch gefehlt, dass sich die Frauen gegenseitig anzickten. Bevor er etwas erwidern konnte, ging die Tür auf, und Malte steckte den Kopf herein.

»Da ist ein Herr Neusser und will zur Kollegin Thiele.«

»Neusser? Ach, das ist der Mann von der anderen Toten. Er ist hier zum Identifizieren. Machen Sie das mal mit ihm?«

Malte sperrte den Mund auf, bekam aber kein Wort heraus.

»Frau Thiele, das ist immer noch meine Abteilung«, sagte Erik.

»Und Ihr Chef hat mir zugesichert, dass ich jede Unterstützung bekomme, die ich brauche. Also?« Sie drehte sich auf dem Absatz um und rauschte hinaus.

»Mann, was ist das für ein Drachen!«, sagte Micha. Und Anne, die plötzlich auch wieder in seinem Büro stand, sagte: »Sie muss sich nun mal gegen lauter Typen wie euch behaupten, da wird man früher oder später so.«

»Nicht auch noch die Psychonummer«, seufzte Erik und wollte

Thiele hinterher. Vielleicht war es keine so schlechte Idee, zur Scandlines-Arena rauszufahren. Vielleicht war es da ruhiger als hier. Er war noch nicht weit gekommen, als Micha ihm hinterherrannte.

»Deine Sonnenbrille. Die brauchst du bestimmt«, sagte er, reichte sie ihm und klopfte ihm jovial auf die Schulter.

»Ich hab keinem was gesagt«, fügte Micha noch hinzu. »Aber wenn du irgendwem sagst, dass ich auf Usedom …«

»Kein Sterbenswort!«, beteuerte Erik, setzte die Brille auf und versuchte, Erschütterungen seines Gehirns zu vermeiden, indem er nicht zu fest auftrat.

Sie fuhren mit Thieles Golf. Erik lotste sie von der Richard-Wagner-Straße in die August-Bebel-Straße, vorbei am Gebäude des Landgerichts, hinter dem die ehemalige Stasi-Untersuchungshaftanstalt lag, vorbei an der Philosophischen Fakultät, früher Sitz der Stasi. Am Sitz der Deutschen Med vorbei in die Parkstraße.

»Was ist das denn?«, fragte Thiele.

»Die Deutsche Med? Das ist der Versuch, ein Ärztehaus in Rostock einzurichten.«

»Der Architekt war bestimmt teuer.«

»Gefällt es Ihnen nicht? Mir auch nicht. Dahinter fängt die KTV an.«

»KTV?«

»Kröpeliner Tor Vorstadt. Weiter dort drüben ist das Kröpeliner Tor, das sehen Sie jetzt nicht mehr. Dahinter fängt die Fußgängerzone an. Auf dieser Seite des Tors ist die KTV. Sie hat die höchste Kneipendichte in Rostock. Hier links ist der Lindenpark, an der Südecke ist der jüdische Friedhof. Und rechts die kleinen Straßen gehören, wie gesagt, zur KTV.«

»Ganz schön hier«, sagte Thiele.

»Schon anders als Anklam, was?«

Thiele machte ein beleidigtes Gesicht.

Nachdem er am Holbeinplatz links abgebogen war, sagte Erik: »Botanischer Garten zur Linken. Falls Ihnen mal langweilig ist.«

»Mir ist nie langweilig.«

»Hätten wir das auch geklärt. Da vorne ist es. Rechts.«

Sie parkten direkt vor der Scandlines-Arena. Vor der Tür stand ein muskulöser Mann in Eriks Alter, in einem Muscleshirt, Trainingshosen und Turnschuhen, die Haare auf einen Zentimeter kurz geschnitten.

»Das müsste Martin Schulz sein, der Boxtrainer«, sagte Thiele, bevor sie ausstiegen. Erik rückte seine Sonnenbrille zurecht, ging auf Schulz zu und fühlte sich angesichts von so viel Durchtrainiertheit beschissen. Noch beschissener als vorher. Der Händedruck war wie erwartet irritierend fest. Thiele wurde von Schulz mehr oder weniger ignoriert. Er hielt sie wohl für Eriks Assistentin, und Erik unternahm nichts, um dieses Missverständnis aufzuklären. Er freute sich, als er bemerkte, wie ihre Laune immer schlechter wurde.

Schulz führte die beiden zunächst durch das Gebäude und zeigte ihnen die Fitnessräume, die Cafeteria, die Sporthalle, die sich für Handball, Basketball und sogar Tanzveranstaltungen eignete, die Räumlichkeiten für Yoga und Judo, und schließlich die Schießanlage im Keller.

»Da könnten Sie auch schießen, wenn Sie wollten«, sagte Schulz zu Erik. Dieser zuckte nur mit den Schultern.

»Ich hab darauf keinen Einfluss.«

»Ihr könntet einen Haufen Geld sparen.«

»Wie gesagt, ich hab damit nichts zu tun.«

»Kann mir mal einer erklären, worum es hier geht?«, unterbrach Natalie Thiele den Dialog der beiden Männer.

»Darum, dass ihr zu euren Schießübungen jedes Mal von Rostock nach Güstrow fahrt, statt sie hier zu machen. Gehört die nicht zu euch?«, fragte er, an Erik gewandt.

»Aus Anklam«, antwortete Erik.

»Wir haben unsere eigene Schießanlage, gleich auf dem Gelände«, sagte Thiele, nicht ohne Stolz.

»Die machen's richtig«, kommentierte der Boxer. »Wann ändert sich das mal bei euch?«

»Keine Ahnung. Alles Politik«, murmelte Erik, der nun wirklich keine Lust mehr auf das Thema hatte.

»Aber es heißt doch Polizeisportverein, dachte ich?«, fragte Thiele.

»Ja nun ist aber auch wieder gut! Könnten Sie uns jetzt bitte zeigen, wo die Boxer trainieren?« Wenn er laut sprach, dröhnte sein Kopf noch mehr.

Schulz ging mit ihnen die Treppen wieder hinauf, einen langen, neonbeleuchteten Flur entlang, der nach Schweiß und Gummimatten roch. Er zeigte auf die Türen zur Linken. »Die Umkleiden, wenn sie kurz reinsehen wollen.« Er schloss eine Tür auf und knipste das Licht an. Nirgendwo Fenster, die nach außen führten.

»So, und hier gegenüber ist unser Ring.« Er öffnete eine Tür auf der anderen Seite des Gangs. Sie stiegen eine Treppe hinunter zum Trainingsbereich. Der Ring dominierte den hohen Raum. Davor hing ein großer Sandsack von der Decke herab. An den Wänden waren überall Plakate von Boxveranstaltungen mit Bildern von schwitzenden oder für die Fotos eingeölten Boxern. Niemand trainierte.

Schulz führte sie in einen kleinen Raum, der sich unterhalb der Treppe befand. Es war eine Mischung aus Büro, Erste-Hilfe-Station und Aufenthaltsraum des Trainers.

»Wann ist denn hier was los?«, fragte Thiele.

Schulz grinste. »Na, scharf auf die Jungs? Die kommen eher gegen Nachmittag oder Abend. Ein paar von ihnen kommen jeden Tag. Je nachdem, wie sie Zeit haben.«

»Und was sind das so für Leute?«

»Mit Polizeisport hat das ja nichts mehr zu tun, wenn Sie das meinen. Bei uns kann jeder Mitglied werden. Wir haben alles im Angebot, vom Schüler und Studenten über Handwerker bis zu Doktoren und Anwälten. Alle Altersstufen.«

»Feste Trainingszeiten gibt es nicht?«

»Die festen Zeiten werden in erster Linie von denen genutzt, die sich auf Kämpfe vorbereiten. Die anderen kommen mal so, mal so. Viele nutzen streckenweise auch nur die Fitnessräume oben. Haben wir uns ja gerade angesehen.«

»Das heißt, wenn zwei Leute hier im Verein Mitglied sind und trainieren, müssen sie sich nicht zwangsläufig kennen?«, fragte Thiele weiter.

»Nach einer Weile kennt man sich, wenigstens vom Sehen. Ich kenne nicht unbedingt jeden, der Judo macht oder Handball spielt, aber gesehen hab ich die meisten wohl schon mal, wenn sie öfter hier sind.«

»Die Boxer untereinander kennen sich alle?«

»Bestimmt. Wir unternehmen ja auch immer mal was zusammen.«

Thiele nickte nachdenklich. Erik war froh, dass sie die Befragung an sich gerissen hatte. Er sehnte sich nach einem Liter Wasser.

»Andreas Reeken, war der oft hier?«

Schulz schüttelte den Kopf und rieb sich beide Hände über das Gesicht. »Schlimme Sache. Ganz ganz schlimme Sache. Ich hab noch nie so was erlebt. Man liest ja davon, aber dass es mal einen trifft, den man kennt …«

»Er war also nicht oft hier?«

»Doch, doch, der Andreas, dauernd. Dauernd. Er hat nur nicht an Kämpfen teilgenommen. Hat rein für die Fitness trainiert. Boxen ist super. Da trainierst du jeden Muskel im Körper. Was Besseres gibt's nicht.«

Eriks Blick fiel gerade auf Fotos von einem kürzlich ausgetragenen Kampf, die auf dem Tisch vor ihnen herumlagen. Bei einem Boxer war eine Augenbraue aufgeplatzt, so dass es auf das zugeschwollene Auge blutete. Bei dem anderen waren eine gebrochene Nase und blutige Lippen zu sehen. Erik zog die Fotos näher heran, um sie sich genauer anzusehen.

»Was ist mit Daniel Schapiro? Der hat auch hier geboxt?«, fragte Thiele weiter.

»Trainiert. Ihn hat sein schlechtes Gewissen hergetrieben.«

»Wie meinen Sie das?«

»Na, dem wird der Arzt mal irgendwann gesagt haben, Junge, wenn du so weitermachst, dann kannst du dich mit fünfzig nicht mehr richtig bewegen. Sitzt doch den ganzen Tag nur auf seinem Hintern und macht sich Gedanken.«

»Ach? Worüber denn?«

»Wieso fragen sie nach Daniel, glauben Sie, der hat den Andreas …? Das kann ich mir nicht vorstellen.«

»Schapiro ist auch tot«, sagte Erik nachdenklich und starrte weiter auf die Fotos.

»Was, der auch?« Schulz war ehrlich betroffen. »War der auch dabei, als der Andreas …«

»Nein«, bremste ihn Thiele. »Daniel Schapiro ist in der Nacht von gestern auf heute tot aufgefunden worden. Also was meinten Sie damit, er machte sich Gedanken?«

Schulz war noch zu sehr damit beschäftigt, diese Nachricht zu verdauen. Er schüttelte ununterbrochen den Kopf. »Das glaub ich ja nicht. Das kann doch gar nicht sein.«

Gerade hatte jemand die Halle betreten. Ein älterer Mann, vielleicht

Anfang sechzig, ebenfalls sehr gut trainiert und augenscheinlich sehr fit. Er hatte noch volles dunkelbraunes Haar. Erik tippte auf Bernd Lotter, den Vereinsvorsitzenden. Mit ihm war ein junger Mann hereingekommen. Er hatte schwarze Haare und trug kurze Hosen, T-Shirt und Flipflops. Wie ein Boxer sah er nicht aus.

Schulz ging zum Halleneingang und begrüßte die beiden, der Ältere schien ihm den jungen Mann vorzustellen. Schulz machte ein bestürztes Gesicht, schüttelte ihm die Hand und klopfte ihm auf die Schulter. Dann ging der junge Mann wieder, und Schulz kam mit dem Vereinsvorsitzenden zurück zu Erik und Thiele.

»Das war gerade der Bruder von Daniel«, sagte Schulz, nachdem er Bernd Lotter vorgestellt hatte. »Alexei. Hat die Sachen von seinem Bruder abgeholt.«

Lotter sagte, wie erschüttert er über den Tod der beiden jungen Männer war, und danach kam das Gespräch ins Stocken. Die beiden Boxer starrten betroffen vor sich hin, und Natalie Thiele war schon kurz davor, sich zu verabschieden, als Erik noch einmal die Frage stellte, die unbeantwortet im Raum stand: »Worüber hat sich Schapiro denn Gedanken gemacht?«

Zu Eriks Überraschung antwortete Bernd Lotter: »Unser Dichter. Ich habe nie eine Zeile von ihm zu lesen bekommen, aber wir haben ihn immer den Dichter genannt. Im Grunde war er ein Schöngeist, aber mit einer Faszination für den Boxsport.«

Schulz sah ihn erstaunt an. »Ich dachte, der war nur hier, um sich in Form zu halten, weil er den ganzen Tag seinen Hintern breitsitzt.«

»Nein, ich glaube, er hat so etwas Ähnliches wie Recherche betrieben. Er wollte wissen, was das für Leute sind, die hierherkommen und boxen. Er hat immer davon gesprochen, dass er eines Tages ein Buch schreiben wird, und zwar ein ganz großes, und dazu muss er das Leben kennenlernen. Netter Junge, nur eben ein bisschen versponnen. Sehr zurückhaltend, sah immer aus, als würde er über was Wichtiges nachdenken.«

»Was hat er eigentlich gemacht, war er Student?«, fragte die Thiele.

»Er hat rumgejobbt, wenn ich die Eltern richtig verstanden habe«, sagte Erik.

»Ja, das stimmt«, antwortete Lotter. »Er hat eine Weile im Café Central gearbeitet, in den letzten Monaten hatte er nur noch Aushilfssachen, mal hier, mal da. Hat sich aber recht gut über Wasser gehalten. Er war sehr engagiert in der jüdischen Gemeinde und bei so einer Antifa-Gruppe von der Uni. Dafür gab's natürlich kein Geld.«

»Sie wissen ganz schön viel über ihn«, merkte Erik an. »Haben Sie sich oft mit ihm unterhalten?«

»Oh ja, er kam oft zu mir, wenn ich oben in der Cafeteria war, und hat mich mit Fragen gelöchert.«

»Was wollte er denn wissen?«

Lotter zuckte die Schultern. »Alles übers Boxen. Ich war zu DDR-Zeiten Ringrichter, und das hat ihn interessiert. Wer boxt, warum wird geboxt, was sind das für Leute …«

Eine Gruppe junger Männer kam die Treppe herunter. Sie waren bereits umgezogen. Einer stellte sich vor den Sandsack, die anderen fingen an, auf der Stelle herumzuhüpfen und sich aufzuwärmen.

»Gehören die nicht in die Schule?«, fragte Natalie Thiele erstaunt. »Die sind doch noch so jung.«

»Tja, die haben ihren Hauptschulabschluss, aber keine Lehrstelle und keine Arbeit«, antwortete der Trainer und rief nach draußen: »Jungs, ich komm gleich!«

»Sind das denn …«, begann sie, wurde sofort rot und wusste offenbar nicht, wie sie den Satz beenden sollte.

Schulz lachte. »Ausländer? Wollten Sie das sagen? Ja, die beiden, die gerade in den Ring gehen, sind Brüder aus der Ukraine. Der Kleine hier vorne am Sandsack ist Türke, und die anderen beiden haben chilenische Eltern, sind aber hier geboren.«

»Haben Sie viele von denen im Verein?«, fragte Thiele und wurde wieder rot, als sie merkte, wie sie sich anhörte.

Schulz grinste und zwinkerte ihr zu. »Na, na, na, so sollten Sie nicht reden! Ich hab Ihnen doch vorhin schon gesagt, bei uns trainiert jeder. Alt oder jung, promoviert oder arbeitslos. Und wissen Sie was? Solange diese Jungs von der Straße weg sind, machen sie keinen Quatsch, und darum geht's, oder?« Wieder rief er nach draußen: »Hey, Medeni, wie war die Verhandlung?«

»Zehn Sozialstunden«, kam die Antwort vom Sandsack.

Schulz wandte sich wieder Thiele zu. »Das ist nicht zu vermeiden. Aber ich versuche ihnen so viel Disziplin wie möglich beizubringen.«

»Und die vertragen sich alle untereinander?«, fragte Erik und nahm eines der Fotos hoch.

»Da hab ich ein Auge drauf. Wer nicht spurt, der fliegt ganz schnell raus.«

Lotter nickte zustimmend.

»Aber wenn ich mir diesen Kerl hier auf dem Foto ansehe … Wie heißt er gleich? Ronny Irgendwas?«

Lotter seufzte. »Ja, ich weiß, was Sie meinen. Aber der ist noch nie unangenehm aufgefallen. Der trainiert hier, macht super Wettkämpfe, alles vom Feinsten. Nie ein böses Wort, nichts.«

»Obwohl er für Sass arbeitet?«

»Tja, so ist es nun mal.«

»Wer ist Sass?«, fragte Thiele.

»Erklär ich Ihnen gleich«, sagte Erik.

»Sie ist aus Anklam«, sagte Schulz erklärend zu Lotter, und es hörte sich so an, als sei dies ein besonderer Makel. Lotter nickte verständnisvoll, fast schon mitleidig.

»Auf den Ronny lass ich nichts kommen«, sagte nun Schulz und kratzte sich am Hinterkopf. »Der verhält sich immer vorbildlich, kommt immer pünktlich zum Training. Ich hab nie nachgefragt, aber ich hab mir gedacht, dass das vielleicht an Andreas liegt.«

»Wie das denn?«, fragte Erik. »Sie meinen, er hat sich einschüchtern lassen, weil Andreas Polizist war?«

Schulz schüttelte energisch den Kopf. »Nein, nein, ich meine, dass Andreas bestimmt einen guten Einfluss auf ihn hatte. Die beiden waren doch ganz dicke Freunde.«

»Tatsächlich?«, fragte Erik ungläubig. Der Klang seiner Stimme dröhnte in seinem Kopf.

»Doch, auf alle Fälle. Ich hab mir immer gedacht, das ist doch klasse. Da ist dieser Kerl, der sonst nur mit dem Sass und solchen rechtsradikalen Gesellen rumhängt, und hier trifft er 'nen anständigen Typen von der Polizei, freundet sich mit dem an und kommt mal auf andere Gedanken. Oder stimmt das etwa nicht?«

»Doch, doch, sicher.« Erik rieb sich die Augen und versank in seinen Gedanken. Er kam erst wieder richtig zu sich, als Natalie Thiele ihn anstupste und ihm ein Zeichen gab, es sei an der Zeit zu gehen.

Als sie wieder im Auto saßen, sagte sie: »Soll ich an einer Apotheke halten, Sie müssen unbedingt was für Ihre Augen holen. Und hören Sie auf zu reiben!«

Erik merkte erst jetzt, dass er immer noch an den Augen herumrubbelte. Er setzte die Sonnenbrille wieder auf und schüttelte stumm den Kopf.

»Andreas Reeken und ein Neonazi?«, fragte sie dann.

»Und Daniel Schapiro. Was für eine Mischung.«

»Und Sie meinen, Reeken hatte einen guten Einfluss auf Ronny? Passt das zu ihm?«

Erik starrte aus dem Autofenster. Sie waren gerade losgefahren, Thiele bog eben wieder in die Tschaikowskistraße ein.

»Ich weiß nicht, was passt und was nicht. Wer weiß, vielleicht hatte dieser Ronny ja auch einen … ›guten Einfluss‹ auf Andreas.« Er malte die Anführungszeichen mit den Fingern in die Luft, aber Natalie Thiele, die sich auf den Verkehr konzentrierte, sah es nicht.

»Ich bezweifle, dass Ronnys Weltsicht so gut ist!«

Erik rückte seine Sonnenbrille zurecht und schloss die brennenden Augen. »Das ist das Problem.«

HANNAH, 1976

Oh diese wunderschönen, wunderschönen Fotos von Silvia und ihrem Carl Gustaf! Auf der Titelseite der *Neuen Post* war sie so strahlend schön, und in der Zeitschrift gab es noch viele weitere Fotos. Traumhaft schön war diese Frau, und der schwedische König – wie gut er aussah, mit seinen Koteletten.

Wie gerne hätte sie auch geheiratet. Wie oft hatte sie in Gedanken ihr Brautkleid entworfen. Lange hatte sie nicht mehr ans Heiraten gedacht, bis sich Carl Gustaf und Silvia verlobt hatten. Da hatte sie angefangen, im Betrieb über Brautkleider zu reden. Über eine ganze Kollektion! Herausgekommen waren dann nur zwei Modelle, die sich umsetzen ließen. Alles andere wäre zu aufwendig, zu verschwenderisch, sagte man ihr.

Der König und eine Bürgerliche. Aus Deutschland! Was für ein Märchen. Hannah musste zugeben, dass sie mit ihren sechsundfünfzig Jahren für Märchen immer noch anfällig war. Wie gerne hätte sie auch geheiratet.

Ein Arbeitskollege hatte ihr die *Neue Post* besorgt. Ernst würde gar nicht daran denken, sie ihr mitzubringen. Überhaupt: Ernst. Wie der sich gehen ließ! Er trank zu viel und machte dauernd mit irgendwelchen Mädchen herum, die viel zu jung für ihn waren. Sogar, wenn er sie besuchte. In letzter Zeit kam er verdächtig oft. Hannah vermutete, dass er eine Affäre hatte. Wohl wieder eine Zwanzigjährige. An Ältere traute er sich nicht heran.

Hoffentlich vergriff er sich nicht eines Tages an einer seiner Schülerinnen am Gymnasium. Hannah war auch erst sechzehn gewesen, als sie schwanger geworden war.

Ob Ernst ein guter Vater sein würde? Er wusste doch nicht, wie es war, einen Vater zu haben. Hoffentlich zeugte Ernst nie ein Kind. Er war so verantwortungslos geworden. Gar nicht so, wie sie ihn hatte erziehen wollen.

Ihr Blick fiel wieder auf die Zeitschrift. Wie schön die beiden waren. Ihr Ernst, der Vater ihres Sohnes, war auch ein sehr schöner Mann gewesen. Wie sah er wohl jetzt aus, wenn er noch lebte?

Wie sah sie eigentlich aus? Immer noch gut? Sie hatte über die Jahre zugenommen, aber nicht sehr viel. Es ging noch. Für ihr Alter hatte sie eine gute Figur und nur wenige Falten. Die Haare trug sie kurz, seit sie nach Berlin gekommen war, und das war gut so, denn sie hatte schon viele graue Haare bekommen. Lange graue Haare sahen so scheußlich aus, und färben wollte sie sie nicht. Silvia hatte so schönes glänzendes braunes Haar, so wunderbar hochgesteckt. Und dieses Kleid war ein Traum.

Hannah hörte auf zu blättern. Sie dachte: Mein Traum ist für immer ausgeträumt.

Sie ließ die Zeitschrift auf den Boden fallen und schloss die Augen.

7.

Der alte Nazi. Da lag er nun neben ihm und schnarchte. Widerlich. Wie konnte man ihm das nur antun, dass er sich mit dem ein Zimmer teilen musste. Schon einen ganzen Tag lang. Unerträglich. Als der alte Nazi auf dem Klo war, hatte ihn die Krankenschwester, eine alte Zicke, sicher schon vierzig oder so was, gefragt: »Na, freust du dich, dass dein Opa bei dir im Zimmer ist?«

»Uropa!«

»Mensch, das ist ja was! Ich hab meine Uropas nie kennengelernt. Nicht mal meine Opas, die waren alle schon tot, als ich auf die Welt kam. Du hast ein Glück, und dass der noch so gut beieinander ist!«

»Klar.«

»Und es wird dir hier sicher nicht langweilig mit ihm«, hatte sie gesagt.

Mike und Langeweile, von wegen. Demonstrativ steckte er sich die Stöpsel von seinem iPod in die Ohren und drehte die Musik auf, damit er sich das Geschnarche nicht länger geben musste. Spermbirds, alte Songs vom Common-Thread-Album. Die Kultband aus Kaiserslautern. Wo auch immer Kaiserslautern war, irgendwo im Westen halt. Klar, als die Scheibe rauskam, war Mike nicht einmal geboren. Trotzdem. Gehörte nun mal dazu. Musikalische Bildung, könnte man sagen. Dank MySpace und last.fm verpasste er nur wenige coole Bands.

Es gab ja genug Schwachköpfe in seiner Klasse, die mit Iron-Maiden-Aufnähern rumrannten, und Iron Maiden waren ja nun noch mal ein Stück älter als die Spermbirds. Iron Maiden waren schon echte Opas. Oder AC/DC. Wer so was hörte, war echt peinlich. Dann gab's noch diese Penner, die im Doors-Shirt zum Sportunterricht kamen. Meistens auch noch bekifft, und der Lehrer stand daneben und sagte keinen Ton, weil er zu feige war.

Kiffen war für Mike kein Thema. Auch das mit dem Rauchen würde er jetzt lassen. Er rauchte sowieso gar nicht richtig. Ausgerechnet sein

Vater hatte das zu verantworten. Sein Vater hatte ihm nämlich heute Morgen ein Magazin mitgebracht.

»Ich weiß gar nicht, ob du dich überhaupt für Zeitschriften interessierst, ich hab dich noch nie in einer lesen sehen. Und die *Bravo* fand ich irgendwie nicht das Richtige für dich.«

Es war der *Sonic Seducer.* Mike hatte kurz die Nase gerümpft, dann aber gedacht, nee, der hat sich echt Mühe gegeben. Und Papa würde es sowieso nicht verstehen, wenn er ihm sagen würde, dass das mehr so was für Schwarzkittel sei. Diese lahmen Goths und Grufties, die von nichts Ahnung hatten, außer von ihren albernen Rüschenhemdchen und den spitzen Fledermausschuhen. Bei denen schminkten sich auch die Männer. Ein paar hatten Latexklamotten an, andere laberten davon, dass sie am liebsten in einem Sarg schlafen würden. So ein Scheiß. Denen fehlte politische Haltung, oh ja. Aber das konnte er jetzt seinem alten Herrn nicht erklären.

»Nee du, geht schon klar«, sagte er deshalb gönnerhaft und legte das Heft zur Seite. Später sah er dann aber doch hinein und fand einen Artikel, der ihn interessierte.

Es ging um einen Typen, der Ian MacKaye hieß. Der hatte bei verschiedenen Punkbands mitgemacht. Hardcorepunkbands. Dieser MacKaye hatte sogar eine ganze Bewegung zu verantworten. *straight edge*, stand da. Mike hatte aus dem Bericht herausgelesen, was *straight edge* bedeutete und sofort das Gefühl bekommen, die ganze Zeit etwas verpasst zu haben.

straight edge, das bedeutete: kein Alkohol, keine Drogen, also auch keine Zigaretten, kein Sex außerhalb einer festen Beziehung. Na gut, Sex hatte er sowieso noch keinen gehabt. Nur, wenn er Straight Edger wäre, dann hätte er eine gute Erklärung dafür.

Mike war der geborene Straight Edger. Das Getue mit den selbstgedrehten Kippen könnte er dann auch gleich lassen. Großartig. Warum hatte ihm nur vorher noch niemand davon erzählt?

Er hörte sich ein paar Songs von den Spermbirds an, suchte dann nach Minor Threat, den Urvätern der Straight-Edge-Bewegung, wie er gerade aus diesem doch erstaunlich informativen Heft erfahren hatte. Ian MacKaye hatte bei denen gesungen. Und Mike hatte diese wertvollen Dinge die ganze Zeit unwissend in seinem iPod mit sich herumgeschleppt.

Er fand nicht, was er suchte, stieß dafür aber auf Fugazi, die Band, die MacKaye gegründet hatte, als er bei Minor Threat ausgestiegen war.

Das Lied fing ganz leise an, monotone Gitarre und Bass, dann explodierten dazu Drums und Gesang: *»I'm not playing with you I'm not playing with you I'm not playing with you I clean forgot how to play …«*

Meine Fresse, war der Typ cool. Mike schnappte sich noch einmal den *Sonic Seducer*, um den Artikel ein weiteres Mal zu lesen. Da stand was von einem X, das die Straight Edger als Erkennungszeichen für ihre Lebensweise auf der Hand hatten. Tätowiert?, fragte sich Mike. Mist, zum Tätowieren war er noch zu jung. Bis er achtzehn war, würde es ein Edding-Kreuz tun müssen. Ein X, weil man in den Staaten die unter Einundzwanzigjährigen in Bars und Clubs damit gekennzeichnet hatte, damit man ihnen keinen Alkohol verkaufte, las Mike nach, und Ian MacKaye hatte es sich aufgemalt, weil er sowieso gar keinen Alkohol trinken wollte. Er war der Überzeugung, dass man nur etwas im Leben bewegen konnte, wenn man einen klaren Kopf behielt.

Guter Mann. Genau seine Richtung. Mike hatte seinen Helden gefunden. Ian MacKaye. Er sah sich das Bild an.

Ganz ganz kurze Haare hatte der. Hm. Könnte man glatt mit einem Neonazi verwechseln. Aber das Problem hatten die Hardcoreleute schon immer gehabt. Das mit den kurzen Haaren. Und dass Skins nun mal nicht automatisch Neonazis waren, das war Leuten wie seinem Vater oder seiner Mutter sowieso nicht zu erklären. Mike hatte ja nun schon ewig seinen Iro. Gut, keinen richtigen. Nicht so mit rundherum kahl rasiert. Das hatte er ausprobiert, und es hatte ihm ehrlich gesagt nicht gefallen. Und jeden Morgen die Haare in der Mitte mit Haarspray aufzustellen, das ging an die Substanz. Nun hatte er irgendein Zwischengewusel, zum Teil bunt eingefärbt. Wenn er sich alles abrasierte und ein X auf die Hand malte, dann würde doch jeder wissen, woran man mit ihm war, und die meisten seiner Probleme wären gelöst.

Vielleicht fand er in dieser winzigen Nasszelle, die sie Badezimmer nannten, etwas, womit er sich die Haare schneiden konnte. Wenn er Glück hatte, dann hatte der alte Nazi einen elektrischen Rasierer mit Langhaarschneidefunktion in seinem Gepäck. Wenn Mike das nächste Mal aufs Klo musste, würde er nachsehen. Das mit dem Laufen war immer noch schwierig. Sein Kreislauf machte nicht richtig mit, und da, wo sie ihn am Bein genäht hatten, musste er hammervorsichtig sein.

Er hörte das Lied noch mal, und dieses Mal so richtig laut. *Blueprint* hieß es. Toller Song. Er schloss die Augen und konzentrierte sich auf den Text. Schade, dass er nicht alles verstand. Im Internet würde er bestimmt die Lyrics dazu finden.

Er hatte gar nicht gemerkt, dass jemand in das Krankenzimmer gekommen war. Als er die Augen öffnete, sah er, dass der alte Nazi aufrecht im Bett saß und einen Brief las. Das weiße Blatt war mit Computerschrift bedruckt. Auf der Bettdecke lag ein länglicher weißer Umschlag. Die rechte Hand hielt der Alte auf seine Brust gepresst. Er war leichenblass und atmete viel zu schnell. Hatte er einen Herzanfall?

Mike riss sich die Stöpsel aus den Ohren und griff nach der Notfallklingel. Karl sah zu ihm rüber und gab einen seltsamen Laut von sich, eine Mischung aus Schrei und Krächzen. Er stopfte den Brief wieder zurück in den Umschlag und ließ ihn in der Schublade des Tischchens verschwinden, das neben seinem Bett stand.

Die Krankenschwester kam hereingerannt. »Was ist passiert?«

»Er hatte … ich dachte, er hätte einen Herzanfall, er hat so schnell geatmet und so was …«, stotterte Mike.

»Nein, nein, es geht schon«, krächzte Karl. »Wirklich, gehen Sie wieder. Mir geht es gut, ich hab mich nur … verschluckt. Na gehen Sie schon, Sie haben doch Besseres zu tun.«

Die Schwester prüfte den Puls, vergewisserte sich, dass er alle Tabletten genommen hatte und ging zur Tür.

»Du klingelst sofort, wenn was ist«, sagte sie zu Mike. Er nickte. Sie ging.

Als sie alleine waren, starrte Mike seinen Urgroßvater an.

»Was war das gerade?«, fragte er.

»Ich hab mich nur ein wenig aufgeregt, aber jetzt geht es schon wieder. Danke, dass du dich so um mich kümmerst, das hätte ich nicht erwartet.«

Mike schwieg. Es musste eine Art Reflex gewesen sein. Oder seine plötzliche Bekehrung zum Straight Edger. Sicher das. Der alte Mike hätte den Nazi einfach verrecken lassen. Der neue Mike stand über den Dingen.

Wenn er ehrlich war, tat ihm der Alte einfach leid. Wie er dalag, aschfahl im Gesicht, der Blick wild und unruhig. Er weinte sogar. Der Alte weinte.

»Was war denn?«, fragte Mike wieder. »War das wegen dem Brief oder was?«

»Nein, schon gut. Alles in Ordnung.«

»Nee, jetzt sag doch. Von wem ist der denn, der Brief?«

Er erhielt keine Antwort. Karl hatte seinen Blick nun auf das Fenster geheftet und schien ins Leere zu starren. Mike zuckte die Schultern und nahm wieder seinen iPod.

»Du sagst immer, ich bin ein Nazi«, sagte Karl, gerade als sich Mike die Ohrstöpsel wieder reinmachen wollte. Mike ließ den iPod sinken.

»Ja? Und?«, fragte er zurück. Und staunte.

»Warum sagst du das immer?«

»Na, weil es stimmt, oder? Du warst doch ganz vorne mit dabei, gleich an der Front! Als Offizier oder so was.«

»Nein.«

»Doch! Das hast du selbst gesagt, und zwar im Fernsehen! Letztes Jahr, bei diesem Jahrestag, als die dich interviewt haben!«

»Sechzig Jahre … Der Luftangriff auf Swinemünde«, sagte Karl.

»Genau, da hast du doch noch groß rumerzählt, wie das war, an der Ostfront!«

»Und seitdem denkst du, ich bin ein Nazi.«

»Ja, klar! Das Gesülze da im Fernsehen, von wegen, du hast deine Position ausgenutzt, um Juden zu retten, ey, wer soll dir den Scheiß denn glauben?« Mike staunte über sich selbst. So hatte er noch nie mit Karl gesprochen. Es fühlte sich gut an, ihm alles ins Gesicht zu sagen. Das hätte er mal viel früher machen sollen. Karl hatte nie viel vom Krieg erzählt, aber wenn die Rede darauf kam, hatte er immer die Geschichten von den Juden erzählt, die er in Berlin in seinem Haus versteckt hatte. Und, dass er an der Ostfront war und deshalb in Kaminke gelandet war. Wegen einer Verletzung hatte er keine Chance gehabt, nach Berlin zurückzukehren, und dann hatte er seine zukünftige Frau im Lazarett in Swinemünde kennengelernt. So was in der Art eben. Mike hatte nie viel über die alten Geschichten nachgedacht, er war mit ihnen aufgewachsen. Bis er den Alten im Fernsehen gesehen hatte, letztes Jahr. Wegen des Jahrestags. Da hatte er die Geschichte mit den geretteten Juden erzählt. Plötzlich hatte Mike ihm nicht mehr geglaubt, er wusste selbst nicht genau, warum. Er hatte nur gedacht: Der verlogene Arsch.

Karl nickte langsam. »Du hast Recht. Das hat alles nicht gestimmt.«

»Ha, ich hab's gewusst!« Mike spürte ein Triumphgefühl. »Keinen einzigen Juden hast du gerettet! Du hast das nur gesagt, damit dich alle toll finden und keiner darüber nachdenkt, dass du nur so ein Scheißnazi warst wie alle anderen auch! Ey, das ist so krank!«

»Nein, nein, das meine ich nicht.«

»Sondern?«

»Ich meine, es ist alles gelogen. Alles. Ich hab keine Juden gerettet. Ich war nie an der Ostfront. Ich war nie im Krieg. Ich bin noch schlimmer als die Nazis.«

Das konnte nicht sein. Der Alte war verrückt geworden. Nicht im Krieg gewesen? Jeder war doch damals im Krieg gewesen. Spätestens mit dem Volkssturm war auch der Letzte noch eingezogen worden, das hatten sie in der Schule gehabt. Außerdem hatte Karl doch diese Verletzung am Knie. Seine Kriegsverletzung. Wenn er nicht im Krieg gewesen war, was hatte er dann gemacht? Mike wusste es plötzlich: Karl war einer von den großen Parteibonzen gewesen! Oder einer von den ganz geheimen Beratern von Hitler. Deshalb war er nicht an der Front gewesen! Alles Tarnung für später, damit ihn die Russen oder die Amerikaner nicht gleich umbrachten. Konnte das sein? Karl als großer Drahtzieher der Nazis? War es alles noch viel, viel übler, als er gedacht hatte? Mikes Herz schlug ganz wild.

»Sag mal, hey, was schwafelst du da eigentlich? Von wegen schlimmer als die Nazis?«

Karl sah ihn an, nur kurz, dann sah er gleich wieder weg und ließ sich in sein Kissen zurücksinken. Mike dachte schon, er sei wieder eingeschlafen. War er aber nicht.

Er sagte: »Ich war der elendste Feigling, den diese Welt jemals gesehen hat.«

Eriks Kopfschmerzen waren kein Stück besser geworden. Zum Glück aber auch nicht schlimmer.

Sie waren auf dem Rückweg zur KPI, als er Natalie Thiele um einen Umweg bat. Er lotste sie zu der Apotheke in der KTV, die Mikes Vater gehörte. Thiele hielt direkt davor, ohne sich um das Halteverbot zu kümmern.

»Den Strafzettel bezahlt Ihr Chef?«, fragte Erik.

Sie verdrehte nur die Augen.

Mikes Vater, Rainer Paul, erklärte einem langhaarigen Studenten gerade ein Antihistaminikum.

»Das ist auch was für Sie«, raunte Thiele. Erik liebäugelte mit einer Aspirinschachtel. Als Paul fertig war, begrüßte er die beiden Polizisten.

»Ich hoffe, Sie bringen keine schlechten Nachrichten?«, fragte er besorgt. »Ist was mit meinem Sohn?«

»Keine Angst. Es geht nicht um Mike«, sagte Erik. Paul sah sehr erleichtert aus. »Ich wollte nur noch einmal genau von Ihnen wissen, wie das mit dem Notruf war. Sie haben doch gleich, als es angefangen hatte zu brennen, die 112 gewählt?«

Paul nickte. »Selbstverständlich. Als Allererstes habe ich natürlich Erste Hilfe geleistet und versucht, die Menschen, die brannten, zu retten. Und zwischendrin habe ich mehr oder weniger reflexartig telefoniert.«

Erik nickte und rieb sich die Augen. »Was haben Sie da genau gesagt?«

»Genau weiß ich das nicht mehr, ich war viel zu aufgeregt. Aber ich bin mir sicher, ich habe gesagt, dass es einen Brandanschlag gegeben hat, in Kamminke, ich habe die genaue Adresse genannt … Richtig. Das als Allererstes. Die Adresse. Dann, wie viele Verletzte es meiner Einschätzung nach waren, dass es sich um Brandverletzungen handelte und dass es um Minuten ging.«

»Also alles genau so, wie man es machen soll.«

»Ganz genau«, bestätigte Paul.

Erik blinzelte und sah sich den Mann an. Er war sehr groß und schlank, hatte volles dunkles Haar, ein scharf geschnittenes, klar konturiertes Gesicht und wache Augen. Unter seinem weißen Apothekerkittel trug er einen Anzug mit einem perfekt gebundenen Schlips. Erik war überzeugt, dass Rainer Paul einen vorbildlichen Notruf getätigt hatte.

»Wie haben die reagiert? Die müssen doch gesagt haben, wie lange sie brauchen, oder was Sie so lange machen sollen?«

»Nun, interessant, dass Sie danach fragen«, antwortete Paul. »Wenn ich jetzt daran denke, muss ich zugeben, dass die Reaktion schon etwas merkwürdig war.«

»Merkwürdig? Inwiefern merkwürdig?«

»Ich hätte erwartet, dass es Rückfragen gibt. Aber der Mann, der den Anruf entgegengenommen hatte, sagte nur: ›Ja, ja, wir kommen.‹ Dann legte er auf.«

»Das hat er gesagt?«

»Das hat er gesagt. ›Ja, ja, wir kommen.‹«

»Merkwürdig.«

»Das sagte ich doch.«

»Wie geht's Ihrem Sohn?«

Paul strahlte plötzlich. »Gut, richtig gut. Er erholt sich sehr schnell, und er ist ganz tapfer. Er ist nur nicht so glücklich darüber, dass er mit seinem Urgroßvater in einem Zimmer liegt. Das ist wirklich ein Problem. Ich werde die beiden aber demnächst nach Hause holen. Meine Frau ist gelernte Krankenpflegerin, sie will sich unbedingt um sie kümmern. Und medizinisch gibt es ohnehin nicht viel, was für Mike und Karl getan werden muss. Da ist das häusliche Umfeld sicherlich heilungsfördernder als jede Infusion.«

»Was hat Mike denn gegen seinen Uropa?«

»Seit diese Fernsehreportage mit Karl gesendet worden ist, beschimpft Mike ihn als Nazi. Am 12. März 2005 war eine Sondersendung im Fernsehen. Sechzig Jahre nach dem Luftangriff auf Swinemünde. Karl hat sich zu DDR-Zeiten sehr für die Gedenkstätte Golm eingesetzt.«

»Dass er sich für Kriegsopfer einsetzt, macht ihn zum Nazi?«

Paul schüttelte den Kopf. »Nein, das war es nicht. Er hat im Zusammenhang dieser Reportage auch von seiner Zeit im Krieg erzählt, wenn auch widerwillig, er spricht nicht gerne davon. Aber wer tut das schon? Karl erzählte, dass er an der Ostfront war. Durch eine Verletzung am Bein war er ins Lazarett in Swinemünde gebracht worden. Er hat den Luftangriff miterlebt. Und überlebt. Der Reporter hat ihn nach seiner Rolle während des Dritten Reichs gefragt, und Karl hat geantwortet, er habe sich dem Regime nicht offen widersetzt, dies sei ein Fehler gewesen, aber er habe versucht zu tun, was er konnte, indem er vor seiner Einberufung an die Ostfront bei sich zu Hause in Berlin Juden versteckt habe.«

»Das macht ihn doch noch weniger zum Nazi.«

»Ich weiß. Es war seltsam. Mike saß vorm Fernseher, wie wir alle, wir sahen uns den Beitrag an, und als Karl von den Juden erzählte, sagte Mike nur: ›Der lügt doch!‹ Seitdem weigert er sich, mit Karl in einem Raum zu sein und bezeichnet ihn als Nazi. Schwierige Phase, die der Junge gerade hat. Aber Rebellion muss in dem Alter sein, das ist gut für die Charakterprägung.«

Erik verkniff sich ein Grinsen. Er musste an sich denken, wie er mit fünfzehn gewesen war. Mitten in den 70er Jahren. Mit den Rolling Stones und David Bowie hatte er seine Eltern genervt, und als das nicht mehr gereicht hatte mit den Stooges, den Ramones, MC5, später den Sex Pistols ... Dann dachte er an seine Tochter, die viel vernünftiger war als ihre Eltern, und fragte sich, ob sie genug rebellierte.

Eine Kundin betrat die Apotheke, und Erik verabschiedete sich. Natalie Thiele blieb stehen und sagte zu Paul: »Haben Sie was gegen Heuschnupfen? Der arme Mann reibt sich sonst noch die Augen aus dem Kopf.«

Paul sah sie verwundert an, sah dann Erik an und nahm ein Fläschchen mit Augentropfen aus dem Regal.

Erik tastete an seinen Hosentaschen herum. »Ich hab gar kein Geld dabei. Jemand hat mein Portemonnaie geklaut. Ich komm später noch mal.«

»Ach was, ich leg es Ihnen aus«, sagte sie und gab dem Apotheker das Geld.

Sie gingen zum Wagen. Erik wartete, bis sie den Motor angelassen hatte, dann öffnete er schnell die Tür. »Ich hab was vergessen«, sagte er und stieg aus.

Paul schien wenig überrascht, Erik wiederzusehen.

»Herr Paul, das ist mir ein bisschen peinlich, aber könnte ich die Augentropfen umtauschen gegen ...«

»Aspirin? Hier, nehmen Sie. Die Augentropfen helfen bei Ihrem Kater sowieso nicht viel.« Er hatte das Päckchen schon in der Hand gehabt, als Erik hereingekommen war.

»Sie hätten Arzt werden sollen«, sagte Erik. »Prima Diagnostiker.«

»Ich mag diese unregelmäßigen Arbeitszeiten nicht«, sagte Paul, und wer konnte ihn da besser verstehen als Erik.

Sie trafen sich am späten Nachmittag mit dem ganzen Team zur Besprechung. Erik ließ Thiele den Vortritt. Sollte sie das Ganze doch leiten. Er hatte zwei Aspirin genommen und wartete immer noch darauf, dass sie anfingen zu wirken.

Draußen war es brütend heiß, und das Zimmer, in dem sie sich trafen, ging nach Süden. Die Sonne knallte durch die Fenster, und es gab keine Möglichkeit zum Verdunkeln. Sie hatten alle Fenster aufgerissen, um wenigstens etwas frischere Luft zu haben. Erik beschloss, seine Sonnenbrille einfach aufzulassen.

»Heuschnupfen«, erklärte er. »Photophobie.« Das hatte er zur Sicherheit im Internet nachgesehen. Lichtempfindlichkeit. Nicht abwegig bei Pollenallergikern.

Seine Kollegen hatten sich versammelt. Kai Hauser, der Jüngste der Gruppe, Malte Böttcher, nur wenig älter als Kai, der immer noch als »der Neue aus Schwerin« galt, obwohl er nun schon zwei Jahre mit dabei war. Micha Anders, der unerschütterliche Hansa-Fan, der so gut wie kein Heimspiel verpasste und seinen Verein noch am Spielfeldrand anfeuern würde, sollte er jemals in die Regionalliga absteigen. Olaf Nies, der älter war als Erik, schon über fünfzig. Er hatte vor vielen Jahren seine Karrierechancen deutlich reduziert, als ihm bei einigen Vernehmungen der Geduldsfaden gerissen war. Die Dienstaufsichtsbeschwerden hatten sich gehäuft. Erik wusste heute, dass Olaf damals eine schlimme Krise wegen seiner Frau gehabt hatte. Mittlerweile war er ruhiger geworden, und nun wartete er einfach nur noch auf seine Pensionierung in ein paar Jahren. Beförderungen interessierten ihn schon lange nicht mehr.

Die Kollegen vom Brandkommissariat hatten Unterstützung geschickt in Form von zwei jungen Beamten, altersmäßig irgendwo zwischen Kai und Malte. Der eine, Heio Velten, war groß, breitschultrig, durchtrainiert und so gut aussehend, dass sich selbst Micha, der notorische Frauenschwarm, in seiner Gegenwart unwohl fühlte. Dabei war Heio bereits seit fünf Jahren verheiratet, und seine Frau, die wenige Jahre älter war als er, war mit dem dritten gemeinsamen Kind schwanger. Der andere, Peter Kastner, war eher unauffällig, mit mittelblondem Haar und einem Gesichtsausdruck, der so gut wie nie verriet, was in ihm vorging. Erik wusste, dass er in seiner Freizeit Theater spielte, auf Platt sogar. Vorstellen konnte er sich das allerdings nicht. Ein Schauspieler mit nur einem Gesichtsausdruck? Aber Olaf hatte ihn schon einmal auf der Bühne gesehen und behauptet, er sei gar nicht mal so schlecht. Peter Kastner wurde wohl zu einem völlig anderen Menschen, sobald er das KPI-Gebäude verließ.

Natalie Thiele stellte sich allen vor und ließ sich die Namen sagen, die sie noch nicht kannte. Dann blätterte sie in den Unterlagen, die vor ihr lagen.

»Die Obduktionsbefunde sind schon alle da. Das ging erfreulich schnell. Haben das alle gelesen? Ja? Andreas Reeken und diese Frau … schwere Verbrennungen, das ist alles klar …« Sie klang zerstreut, während sie weiterblätterte.

»Entschuldigung«, meldete sich Malte zu Wort. Ausgerechnet Malte. Er räusperte sich. »Die Frau heißt Hilda Neusser und …«

»Ah ja. Hilda Neusser, stimmt. Hier ist der vorläufige Bericht über den Tod von Daniel Schapiro, nach dem hab ich gesucht. Daniel Schapiro, zweiundzwanzig Jahre alt.« Sie ließ ihren Blick über das bedruckte Papier schweifen. »Vor seinem Tod ist er also gedrosselt worden, bis zur Bewusstlosigkeit, wenn ich das richtig lese, gestorben ist er erst später. Ertrunken. Man hat ihn auf diesen – wie heißt das Ding? Slipwagen? Man hat ihn darauf festgebunden und ins Wasser geschoben. Und jetzt der Reihe nach: Wer ist Daniel Schapiro?«

Olaf Nies hatte sich um den Hintergrund des Toten gekümmert. »Sohn russisch-jüdischer Auswanderer. Er lebte seit über zehn Jahren in Rostock, war gut integriert, sprach perfekt deutsch, im Gegensatz zu seinen Eltern. Er hat noch einen älteren Bruder, Alexei, der studiert Jura an der Uni.«

»Hat unser Toter auch studiert?«, fragte Micha.

»Nein, hat er nicht. Alexei hat mir ein paar interessante Sachen über die Persönlichkeit von Daniel erzählt. Daniel hatte zwar ein gutes Abitur, wollte aber nicht studieren. Er wollte Schriftsteller werden und war der Meinung, dass ihn ein Studium, welcher Art auch immer, dafür verderben würde. Also hat er eine Ausbildung zum Krankenpfleger gemacht, um das menschliche Elend kennenzulernen.«

»Oha«, rutschte es Kai raus.

»Tja. Er hat die Ausbildung zwar durchgehalten, wollte aber dann nicht mehr wirklich als Pfleger arbeiten und hat angefangen zu jobben. Mal hier, mal da. In der jüdischen Gemeinde hat er sich sehr engagiert und in einer Organisation gegen rechts.«

»Und da sehe ich doch einen Zusammenhang«, unterbrach Thiele. »Andreas Reeken ermittelt gegen jemanden aus der rechten Szene. Daniel Schapiro engagiert sich gegen Menschen aus der rechten Szene. Beide werden innerhalb weniger Stunden umgebracht.« Sie hob eine Augenbraue und sah in die Runde.

»Ja, es geht ja noch weiter«, sagte Olaf, nun richtig eifrig, was sonst gar nicht seine Art war. Wahrscheinlich gefiel ihm die Thiele, dachte Erik und schob seine Sonnenbrille auf der Nase etwas nach hinten. »Heio hat mit denen von der jüdischen Gemeinde gesprochen, es kam aber nicht so viel dabei raus.«

»Darf ich das vielleicht selbst erzählen, ja?«, fragte Heio, belustigt über Olafs Eifer.

»Ja ja, du bist gleich dran. Jedenfalls: Ich hab mit den Typen von dem Verein gegen rechts gesprochen. Sie hören auf den schönen Namen ›Rostock Anti Rechts‹, kurz RAR. Na? Klingelt was?«

»Äh – das ist doch ein Algorithmus zur Datenkompression«, sagte Malte. Die Neuen in der Runde glotzten ihn an, als sei er gerade mit einem Raumschiff gelandet. Die, die ihn schon länger kannten, fingen an zu lachen.

»Ehrlich, das ist …«, fing Malte wieder an. »Also wenn man Daten hat, die man archivieren will … Nein? Okay. Ich bin schon ruhig.«

»Sie meinen, als Anspielung auf die Abkürzung der Roten Armee Fraktion? Ist das nicht ein bisschen weit hergeholt?«, fragte die Thiele.

»Warum?«, fragte Micha. »Der Anschlag in Kamminke passt doch zu einer radikalen Vereinigung. Der Mord an Schapiro nicht. Das eine sieht nach einem Statement aus, das andere nach einer persönlichen Geschichte.«

»Vielleicht, vielleicht!«, sagte Olaf pathetisch. »Wäre da nicht noch ein winziges Detail.«

»Olaf, das ist jetzt nicht der richtige Moment, um Kabarett zu machen. Komm zum Punkt.« Es war das Erste, das Erik seit Beginn der Besprechung gesagt hatte. Und es verfehlte seine Wirkung nicht. Olaf bekam sofort schlechte Laune, lehnte sich stumm zurück und verschränkte die Arme.

»Jetzt sei doch nicht gleich eingeschnappt.« Erik wurde ungeduldig.

»Setz du erst mal die alberne Brille ab«, brummte Olaf zurück.

»Heuschnupfen, schlimmer Pollenflug heute«, sagte Erik ungerührt.

»Er hat sich den ganzen Tag an den Augen rumgerieben, jetzt sieht er fast nichts mehr«, erklärte Micha mit ruhiger, tiefer Stimme. Mein persönlicher Krankenpfleger, dachte Erik und sagte: »Danke, Papi.«

Olafs Laune hatte sich wieder etwas normalisiert. »Okay, also worum es geht: Schapiro war auch auf dem Golm. Am Samstag. Genau zu der Zeit, als der Anschlag war. Schapiro und alle seine Kumpels von der RAR. Das haben sie auch zugegeben. Die Damen und Herren der RAR machen zwar alle einen ziemlich verschnarchten und unorganisierten Eindruck. Sie scheinen nicht so aktiv zu sein wie die anderen Antifa-Gruppen, die uns bekannt sind. Aber man weiß ja nie, kann auch Tarnung sein!«

»Das, zusammen mit der Verbindung zwischen Reeken und Schapiro …« Thiele schien sich innerlich gerade selbst zu gratulieren.

»Erst die Rechten, jetzt die Linken?«, fragte Erik. »Was ist mit Ihrer alten Theorie? Außerdem hat sich die Verbindung zwischen Schapiro und Andreas doch noch gar nicht bestätigt! Sie waren im selben Boxverein, na und?«

»Nichts na und! Der Verein ist ja nun nicht so groß, dass sich die einzelnen Mitglieder aus dem Weg gehen könnten! Und was ist mit Reeken und diesem Ronny, wie heißt der gleich noch mit Nachnamen?« Thiele blätterte durch ihre Unterlagen.

»Grabowski«, half Malte aus. »Ich wollte noch …«

»Grabowski, danke. Ronny Grabowski, Teil der rechten Szene, und Andreas Reeken, der eigentlich gegen Mitglieder eben dieser Szene ermittelt, plauschen gemütlich beim Boxtraining und gehen hinterher vielleicht sogar noch zusammen einen trinken.«

»Moment, Frau Thiele«, bremste Erik. »Ronny Grabowski ist nicht direkt Teil der rechten Szene. Er arbeitet für Dirk Sass, aber er taucht nicht in Zusammenhang mit den Ermittlungen in der Sache Stefan Dörner auf, an der Andreas saß.« Im selben Moment wusste er, dass er gerade das denkbar schlechteste Gegenargument geliefert hatte.

»Warum taucht Ronny Grabowski wohl kein einziges Mal in den Unterlagen einer Ermittlung auf, die sein – Freund – Andreas Reeken führt?« Thiele zog die Augenbrauen hoch und lächelte leicht. »Sie sträuben sich dagegen, das kann ich verstehen. Aber wir müssen auch diese Möglichkeit in Betracht ziehen. Andreas Reeken kannte

Daniel Schapiro. Beide sind tot. Reeken ermittelt gegen die Rechten. Schapiro organisiert sich gegen die Rechten. Beide boxen aber im selben Stall wie einer von den Rechten, und zwar einer, der für den Chef persönlich arbeitet. Mit Chef meine ich Dirk Sass, das wissen Sie alle besser als ich, weil Sie die Rostocker Verhältnisse kennen. Der Jugendclub, in dem Stefan Dörner Mitglied war, bis er aus der Szene ausstieg und kurz darauf zu Tode kam, ist von Dirk Sass ins Leben gerufen worden. Enger kann man ein Netz wohl kaum spinnen. Nun müssen wir nur noch herausbekommen, wie das alles zusammenhängt.«

Olaf meldete sich per Handzeichen zu Wort und schlug vor: »Was wäre damit: Die Rechten sind für den Anschlag auf Usedom verantwortlich. Schapiro sieht den, der's war, und der bringt Schapiro um. Oder, noch eine Möglichkeit: Schapiro selbst steckt hinter dem Anschlag!«

»Wieso das denn?«, fragte Micha, kopfschüttelnd.

»Jetzt überlegt doch mal: Was, wenn Andreas im Fall Stefan Dörner tatsächlich nicht so gearbeitet hat, wie er hätte arbeiten sollen?«

»Verdammt noch mal, er hat sich mit uns abgesprochen, er hat natürlich so gearbeitet, wie er arbeiten sollte, was ist das denn jetzt für eine Nummer?« Erik hätte gebrüllt, hätte er gekonnt.

»Da ist aber was dran an dem, was Kollege Nies sagt«, warf Thiele mit unvermutet sanfter Stimme ein. »Ich verstehe, dass Sie an Ihrem Mitarbeiter nichts sehen wollen, was nicht Ihrem Bild von ihm entspricht. Aber wir müssen es in Betracht ziehen. Die Linken rächen sich an den Rechten, indem sie Andreas Reeken töten. Lassen wir es als Theorie zu. Was wissen wir über den Tatort Yachthafen?«, wechselte sie das Thema.

»Moment«, hakte Micha ein. »Diese Theorie, dass Schapiro Andreas umgebracht hat. Wie soll die weitergehen? Wer hätte denn dann Schapiro getötet?«

»Ronny«, sagte Olaf ohne zu zögern. »Oder einer aus seinem Umfeld. Einer von den Rechten, mit denen Andreas vielleicht doch mehr zu tun hatte, als wir alle wissen.«

Erik schüttelte den Kopf und entschied sich, nun doch endlich die Sonnenbrille abzunehmen. Er blinzelte in die Runde seiner Kollegen und fühlte, dass hier durch den Tod von Andreas nichts mehr so war wie vorher. Oder war es die Thiele, die es geschafft hatte, die Truppe in kürzester Zeit zu verunsichern, in Lager zu spalten, Misstrauen zu säen?

Was aber, wenn sie Recht hatte? Und irgendwo in Erik hatte es schon vor langer Zeit angefangen, gegen Andreas zu arbeiten. Er hatte ihm nie wirklich vertraut, ohne zu wissen warum. Ohne einen Grund zu haben. Er hatte ihn nicht wirklich gemocht und Andreas ihn auch nicht. War es Instinkt gewesen? Oder war Erik mittlerweile einfach nur paranoid, weil die Thiele so hohe Wellen machte?

»Wir dürfen den Hintergrundcheck von Andreas nicht einfach außer Acht lassen, weil er unser Kollege war und wir uns einbilden, wir hätten ihn gut gekannt. Wer wusste denn zum Beispiel, dass er geboxt hat? Aha, keiner«, sagte Olaf, als alle zerstreut aus dem Fenster oder auf den Boden schauten.

»Also dann«, übernahm Natalie Thiele wieder das Kommando. »Wir werden den Hintergrund von Andreas Reeken ausleuchten, und zwar in allen Details: Die Wohnung wird auseinandergenommen und jeder einzelne vom Boxverein befragt. Wir unterhalten uns eingehend mit diesem Ronny, wir nehmen den Jugendclub von Sass unter die Lupe, ach, und was ist eigentlich mit dem Yachtclub? Sind die Mitglieder überprüft worden?«

»Bisher keine Verbindungen zu irgendeinem der Opfer. Oder zu Sass. Das Schloss zum Bootshaus ist geknackt worden. Übrigens ist es im Yachthafen nachts relativ hell. Überall stehen Lampen. Okay, die eine Lampe hat der Täter vermutlich mit einem Stein kaputt gemacht. Das geht ganz einfach, denn die Birnen sind nicht durch eine Verkleidung geschützt. Allerdings ziemlich riskant, vor allem, wenn man an den Einbruch denkt und daran, dass irgendwo auch noch der bewusstlose Schapiro rumlag«, sagte Kai.

»Der muss entweder Nerven aus Stahl haben, oder er wusste, dass da um die Zeit niemand hinkommt«, kommentierte Peter. »Oder es waren mehrere.«

»Was ist mit den beiden, die Schapiro gefunden haben?«, fragte Thiele.

»Frau Dr. Wahlberg und Herr Dr. Freyer«, begann Erik.

»Ach so, die haben beide einen Doktortitel, na dann müssen wir sie ja erst gar nicht überprüfen!«, fiel sie ihm ins Wort.

»Machen Sie doch, was Sie wollen«, sagte er und merkte, dass er resigniert klang.

»Das tu ich auch, Herr Kemper, ganz sicher.« Sie sah wieder in ihre Unterlagen. »Ach ja, die jüdische Gemeinde, gab es da etwas Ungewöhnliches?«

Heio schüttelte den Kopf. »Schapiro hat sich sehr engagiert, hat den anderen Gemeindemitgliedern bei Papierkram geholfen. Fast alle kommen aus Russland und können nicht gut deutsch. Er hat viel übersetzt und gedolmetscht.«

»Hat er seine Religion ausgeübt?«

»Hab ich nicht gefragt«, gab Heio zu. »Soll ich noch mal anrufen?«

»Später. Wer übernimmt den Hintergrund von Andreas Reeken?«

»Das würde ich gerne machen«, sagte Malte.

»Prima. Böttcher, Sie nehmen dann am besten noch Kastner mit.«

»Nein, ich würde gerne noch etwas sagen!« Malte klang plötzlich ungewöhnlich vehement.

»Na, dann sagen Sie's doch!«

»Das versuche ich ja schon die ganze Zeit.« Er war rot geworden. »Ich habe mit Herrn Neusser gesprochen, weil ich wissen wollte, was seine Frau bei dem Geburtstag von Karl Rohde wollte.«

»Hatten wir das nicht geklärt?«, fragte Thiele ungeduldig.

»Offenbar nicht, sonst würde er wohl nicht noch einmal darauf zu sprechen kommen, oder?« Erik konnte nicht länger still sein.

»Kemper, was wollen Sie denn jetzt? Geht das Revierpissen wieder los oder …«

»Hey, ich hab gesagt, ich würde gerne noch etwas sagen!«, rief Malte. Erik und Thiele schwiegen sofort, und Malte sah irgendwie erschüttert aus, wohl, weil er sonst nie so laut wurde. Er atmete erst einmal durch, bevor er weitersprach: »Hilda Neusser war regelmäßig auf Usedom. Seit der Maueröffnung jeden 12. März; das ist der Gedenktag des Luftangriffs auf Swinemünde. Hilda Neusser ist von einer jungen Frau in Swinemünde gefunden und mitgenommen worden, nachdem ihre Eltern bei dem Luftangriff durch die Amerikaner umgekommen waren. Sie sind zusammen bis nach Marburg an der Lahn geflohen, zu Fuß, das muss man sich vorstellen bei einem so kleinen Kind. Ihre Eltern sind vermutlich wie die anderen Opfer im Massengrab auf dem Golm begraben. Hilda ist also in jedem Jahr im März dorthin gefahren. Dieses Jahr war sie auch da. Sie hatte einen Unfall mit ihrem Wagen auf dem Parkplatz vor dem Golm. Ein anderer Besucher ist ihr beim Ausparken ins Auto gefahren, nur Blechschäden, nichts Gravierendes. Auch deshalb hat sich ihr Mann Sorgen gemacht, als sie nun noch einmal nach Usedom fahren wollte. Schlimmer war aber wohl, dass sie sich, bevor sie weggefahren ist, gestritten haben. Neusser hat gesagt, sie war plötzlich sehr aufgeregt und hat eine Reisetasche gepackt, weil sie dringend nach Usedom fahren wollte. Er wollte sie davon abbringen und verstand überhaupt nicht, warum sie so plötzlich wieder nach Usedom wollte, aber sie fuhr einfach los. Weil es von Marburg an der Lahn aus immerhin über siebenhundert Kilometer sind, hat sie normalerweise immer in Potsdam Zwischenstopp bei einer Freundin gemacht, zu deren Wohnung sie die Schlüssel besitzt. Diese Freundin war diesmal nicht zu Hause und weiß deshalb von nichts. Zu ihrem Mann hat Hilda Neusser nur gesagt, dass sie nach Usedom zu ihrem Vater muss.«

»Sie hieß nicht zufällig mit Mädchennamen Rohde?«, fragte Erik plötzlich.

Malte schüttelte den Kopf. »Das war auch meine erste Vermutung. Aber sie hieß Priebe. Möglich, dass Karl Rohde ein Bekannter von Hildas Vater war. Wenn dem so ist, wäre es interessant zu wissen, wie sie davon erfahren hat und warum erst jetzt, so dass sie ausgerechnet an Rohdes neunzigstem Geburtstag vor der Tür steht, ausgerechnet an dem Tag, an dem jemand eine Brandbombe wirft.«

»Wir müssen Rohde fragen, ob er mit einer Familie Priebe zu tun hatte.« Erik rieb sich wieder die Augen, bis er von Micha einen Stoß in die Rippen bekam. Er hörte, wie sich ein paar der Kollegen grunzend ein Lachen verkniffen, ignorierte es aber. »Moment, Kriegskameraden können die beiden nicht gewesen sein. Rohde war an der Front, Priebe offenbar nicht, wenn er mit seiner Familie zusammen aus Königsberg geflohen ist. War Hildas Vater schon so alt, dass man ihn nicht mehr eingezogen hat? Für den Volkssturm haben sie am Ende doch so ziemlich jeden genommen. Oder war er krank? Desertiert?«

»Keine Ahnung. Das hab ich mir noch nicht angesehen. Ich hab dafür etwas anderes recherchiert. Es geht um den Unfall, den sie im März am Golm hatte.«

»Aha?«

»Ich habe herausbekommen, wer der Unfallgegner war. Das ist nicht unwichtig, sie hatte mit demjenigen nämlich noch Wochen später Kontakt, weil sie sich so gut verstanden haben. Und ihr Mann vermutet, dass hier der Grund für ihren plötzlichen Aufbruch nach Usedom liegt. Er sagte, angeblich war es ein sehr junger Mann, aber zwischendurch vermutete er einen Liebhaber, weil sie sich seitdem irgendwie verändert hatte.«

»Jetzt sag nicht, das war Schapiro«, sagte Erik, und hoffte, dass er gerade einen Scherz gemacht hatte. Er sah im selben Moment, dass es kein Scherz war.

»Doch«, sagte Malte. »Daniel Schapiro ist Hilda Neusser vor vier Monaten auf Usedom am Fuße des Golm ins parkende Auto gefahren.«

8.

Gero Helm wusste, dass er kein guter Journalist war. Den Posten als Chefredakteur bei der *Rostocker Rundschau* hatte er nur wegen seiner Loyalität zu Sass, nicht wegen seiner herausragenden Talente. Das Schreiben fiel ihm schwer, er quälte sich bei jedem Artikel, bei jedem Satz, und war heilfroh, wenn er etwas zu Ende gebracht hatte. Das Finden von Themen war mehr oder weniger Zufall, er orientierte sich meist an dem, was die anderen Zeitungen machten. Nur dank des Internets hinkte die gedruckte Ausgabe nicht ständig einen Tag hinterher.

Er klickte täglich in Foren herum, in denen sich Leute austauschten, die eine ähnliche politische Überzeugung vertraten wie er, und dort ließ er sich anregen. Zum Glück hatte er halbwegs fähige Mitarbeiter. Wenn er ehrlich zu sich selbst war, musste er sich eingestehen, dass die meisten deutlich kompetenter waren als er. Aber Sass war sein Rückhalt, Sass ließ ihn nicht fallen, das wusste er, das wusste jeder. So hatte man sich innerhalb der Redaktion stillschweigend darauf geeinigt, dass Gero Helm zwar nichts konnte, aber alle so taten, als würden sie ihn respektieren und Wert auf seine Meinung legen. Sie legten Helm erst dann einen Artikel vor, wenn sie sich untereinander einig waren, dass er so gedruckt werden konnte, und Helm zeigte dann sowieso noch einmal alles Sass.

Gero Helm ertrug diesen Zustand ohne Bitterkeit. Er hatte immerhin einen Job trotz eines abgebrochenen Jurastudiums, er hatte eine großzügige Wohnung, zwar in Lütten Klein in der Platte, aber was nützte ihm eine grüne Umgebung und eine schöne Fassade, wenn er dafür einen Altbau ohne Komfort in Kauf nehmen musste? Vielleicht noch mit Nachbarn, die dauernd herumspionierten, was er trieb? Helm hasste Altbauten. Er war einer der wenigen Wessis, die die DDR-Platte nicht ablehnten. Er fand sie im Gegenteil fast schön. Außerdem hatte die Platte neben der Anonymität noch den Vorteil, dass sie um vieles billiger war. Drei Zimmer im neunten Stock für dreihundertfünfzig Euro warm.

Lütten Klein gefiel ihm. Er hatte gute Verkehrsanbindungen in die Innenstadt und nach Warnemünde, wenn ihm nach Strand und Meer zumute war. Von der Helsinkier Straße, in der er wohnte, war es nicht weit in die kleine Fußgängerzone oder zur Riga-Passage, wo er gerne einkaufte. Die Lebenshaltungskosten waren niedrig. Wenn er einen Kaffee trinken wollte, zahlte er hier viel weniger als in der Innenstadt.

Lütten Klein war in den 60er Jahren gebaut worden. Ursprünglich hatte es hier ein Dorf namens Lütten Klein gegeben, aber Helm hatte keine Ahnung, ob davon noch etwas übrig war. Es interessierte ihn auch gar nicht. Er bevorzugte die hohen, streng geometrischen, parallel angeordneten Industrieplattenbauten. In dieser klar strukturierten Umgebung hatte er das Gefühl, alles sei kontrollierbar. Hier fühlte er sich besser und war nicht so nervös.

Gero Helm hatte Dirk Sass einiges zu verdanken. Das wusste er genauso sicher, wie er wusste, dass er kein guter Journalist war. Gero Helm hatte vielleicht kein Talent zum Schreiben, aber er war nicht dumm und wusste, wenn etwas faul war. Im Moment war bei Dirk Sass eine Menge faul.

Nicht das Übliche. Nicht seine krummen Geschäfte, mit denen er sich und die Zeitung finanzierte und von denen Helm weder etwas wissen sollte noch wollte. Dirk Sass war sich und seiner Überzeugung immer treu geblieben. Er war immer ruhig und sicher aufgetreten und hatte klare Vorstellungen von der Welt und der Gesellschaft gehabt. Bis heute.

Heute war es anders. Heute hatte Dirk Sass selbst einen Artikel geschrieben, über den toten Juden. Ganz und gar nicht das, was Gero Helm erwartet hätte. Sass hatte geschrieben, die Polizei gehe von einem rechtsradikalen Hintergrund aus, und er, Sass, sei erschüttert über die feige Tat der rechten Täter. Helm hingegen hätte erwartet zu lesen, dass die Polizei mal wieder ungerechtfertigte Schlussfolgerungen zog und unschuldige Menschen und Interessengemeinschaften haltlos anprangerte. Er konnte sich nicht erklären, was mit Sass los war, und er hatte auch keine Antwort auf sein erstauntes Nachfragen bekommen. Sass hatte nur gesagt: »Stell das ins Internet. Wenn ich es nicht in fünf Minuten auf der Startseite sehe, dann fliegst du hier raus.« So hatte Sass in den vielen Jahren, die sie sich kannten, noch nie mit ihm gesprochen.

Die Vermutung, dass Sass erpresst wurde, kam Helm sogleich in den Sinn. Es wäre nicht das erste Mal. Damals in Berlin, als Sass' Sohn Sören noch ganz klein gewesen war, hatte jemand versucht, diesen zu entführen. Sass war daraufhin mit seiner Familie nach Rostock gezogen und lebte nun im vermutlich bestgesicherten Gebäude der Stadt. Helm wurde immer ganz mulmig, wenn er die Sass-Villa betrat. Überall Kameras und Alarmanlagen und weiß der Henker was noch für Sicherungsvorrichtungen. Außerdem rund um die Uhr Ronny und Sven, die beiden persönlichen Leibwächter, die wahrscheinlich besser über Sass, seine Frau und seinen Sohn Bescheid wussten als Sass selbst.

Es war ganz klar. Sass wurde erpresst und bedroht. Jemand hatte ihm ein Ultimatum gestellt. Bis Mittag musste der Bericht über den toten Juden in der Onlineausgabe der Zeitung sein. Sonst ... Ja, was sonst? Womit konnte man Sass erpressen? Nur mit seinem Sohn, alles andere ließ ihn relativ kalt. Sie wurden ja andauernd bedroht und beschimpft. Kein Tag, an dem nicht Schmähbriefe in der Post waren. Sass interessierte sich gar nicht dafür, sondern nannte es Berufsrisiko. Bei seinem Sohn aber hörte der Spaß auf, für den tat er alles.

Doch seiner Theorie fehlte ein wichtiges Detail: der Grund für das alles. Warum sollte irgendjemand von Sass verlangen, so etwas zu schreiben? Wer profitierte davon? Und wer war überhaupt dieser Daniel Schapiro?

Helm würde es herausfinden. Vielleicht war das seine Chance, endlich einmal etwas wirklich Bedeutendes für Sass zu tun. Er war sich schließlich jeden Moment bewusst, dass er ohne Sass längst im Gefängnis sitzen würde. Oder, noch schlimmer, als Hartz-IV-Empfänger in irgendeiner Bruchbude. Helm würde sich erst einmal ansehen, wer Daniel Schapiro war.

Nun schlich er durch die Gassen der östlichen Altstadt, mit einem Reiseführer in der Hand, als Tourist getarnt. Schapiro hatte gegenüber der Nikolaikirche gewohnt. Es würde niemanden wundern, wenn er hier länger verweilte und irgendwohin starrte. So viele Touristen, wie hier immer waren.

Hier könnte er nie leben, dachte sich Helm. Diese schiefen und krummen Gassen, die alten Häuser, die alle ganz unterschiedlich gestrichen und gebaut waren, holprige Bürgersteige, kaum Platz für Fußgänger und Autos. Schreckliche Gegend.

Helm hatte Schapiros Haus im Visier. Er lungerte ein paar Minuten davor herum, aber ihm fiel nichts Außergewöhnliches auf. Endlich trat jemand aus der Haustür. Er nutzte die Gelegenheit, um sich ins Haus zu schmuggeln.

Schapiros Wohnung war im obersten Stockwerk, und es gab natürlich keinen Aufzug. Das Treppenhaus war eine Zumutung. Ausgetretene Stufen, eng und dunkel. Hatte nach der Wende denn niemand daran gedacht, hier vernünftig zu sanieren? Ginge es nach Helm, hätten sie die ganze Altstadt von Rostock plattmachen und wieder neu aufbauen können. Wahrscheinlich hatten sie hier nicht einmal Zentralheizung, sondern heizten noch mit Kohle.

Endlich stand er vor Schapiros Wohnung. Das Haus war sehr eng und schmal, pro Ebene gab es nur zwei Wohneinheiten. Er würde Beklemmungen bekommen, wenn er so leben müsste. Aus der Wohnung zu seiner Rechten drang kein Ton. Hinter der anderen Tür musste der Jude gewohnt haben. Es gab kein Namensschild, auch nicht neben der Klingel. Helm hatte sich aber alle Türen auf dem Weg nach oben angesehen. Überall hatten andere Namen gestanden. Was ihn schließlich restlos davon überzeugte, hier richtig zu sein: An der Tür klebte ein Polizeisiegel. Und das Siegel war beschädigt.

Helm hatte nicht damit gerechnet, dass sein kleiner Ausflug gleich so abenteuerlich werden würde. Mutig war er nämlich nicht. Sollte er probieren, ob die Tür offen war? Sollte er klingeln? Oder sollte er besser einfach abhauen und Sass sein Ding machen lassen? Das vielleicht nicht. Nicht den Chef hängen lassen. Aber bestimmt gab es andere Mittel und Wege, um herauszufinden, was an diesem Daniel Schapiro so interessant war.

Gerade hatte Helm sich entschieden, wieder zu gehen, als er hinter Schapiros Tür Schritte hörte. Wie in einem bösen Traum konnte er sich nicht bewegen, um abzuhauen. Er blieb einfach stehen und starrte auf die Tür, die sich gleich darauf öffnete. Im Türrahmen stand ein junger Typ, der mindestens ebenso überrascht war wie Helm. Sie standen sich nur Sekunden so gegenüber, aber Helm schien es länger. Ihm fiel nichts ein, was er hätte sagen können.

»Gero Helm!«, sagte der andere schließlich und grinste.

Helm war nun noch verwirrter. Er starrte den anderen an und überlegte angestrengt, woher er ihn kannte. Ob er ihn überhaupt kannte.

Ein weiterer Beweis, dass er kein guter Journalist war. Er konnte sich einfach keine Gesichter merken, Namen schon gar nicht. Immerhin war er sich ziemlich sicher, dass der Typ nicht von der Polizei war. Oder doch? Mist.

»Genau der richtige Mann im richtigen Augenblick. Hören Sie, ich hab eine Knallerstory für Sie. Das heißt, wenn Sie Zeit haben? Oder wollten Sie gerade … jemanden besuchen?«

»Nein, nein, ich hab nur …«

»Journalistisches Interesse, ich versteh schon«, sagte der Typ und zwinkerte ihm zu. »Ging mir genauso.«

Ein Journalist? Von einer anderen Zeitung? Dann würde er ihm aber keine Story verkaufen wollen. Verdammt, wer war der Kerl? Er war noch jung, vielleicht ein Freund von Schapiro, oder ein Verwandter? Auch ein Jude?

»Kommen Sie, wir gehen schon mal runter, hier ist es doch sehr düster im Treppenhaus. Und so heiß! Unterm Dach wird es immer so wahnsinnig heiß. Sagen Sie, wo können wir uns denn in Ruhe unterhalten?«

»Äh, wie meinen Sie …«

Der Typ schob ihn die Treppe hinunter, beide Hände auf Helms Schultern.

»Herr Helm, wir können doch nicht einfach rüber in die Likörfabrik gehen und gemeinsam einen Kaffee trinken, da sieht uns doch jeder!«, sagte er und klang verschwörerisch. »Haben Sie einen Vorschlag? Wie wär's denn – bei Ihnen zu Hause? Ginge das? Ich habe nämlich«, und nun flüsterte er, »sehr vertrauliche Informationen.«

»Über Daniel Schapiro?«

»Über Daniel Schapiro.«

Während Helm sich die Stufen im Eiltempo weiter herunterschieben ließ, ratterten seine Gedanken ebenfalls schneller als gewohnt. War das die Chance, auf die er gewartet hatte? Exklusive Informationen über Schapiro. Entweder konnte wirklich eine gute Story für die Zeitung dabei herausspringen und er würde sich dadurch den Respekt seiner Mitarbeiter verdienen, den er sonst in zehn Jahren harter Arbeit nicht bekommen würde, oder er könnte etwas erfahren, das ihm helfen würde zu begreifen, wer Sass gerade erpresste.

»Sie haben Recht, wir fahren am besten zu mir«, sagte Helm. »Haben Sie ein Auto dabei?«

»Klar. Wo wohnen Sie?«

»Lütten Klein.«

»Hervorragend. Da fallen wir nicht auf«, raunte der andere. Komischer Kerl, aber warum nicht? Wenn er etwas wusste, das Helm weiterhelfen würde, konnte er so komisch sein, wie er wollte.

Als sie in seinem Auto saßen und die Straße am Stadthafen entlangfuhren, sah Helm sich noch einmal um. Er sah den hohen spitzen Turm der Petrikirche und den viel niedrigeren der Nikolaikirche zwischen den Altstadtdächern durch die Heckscheibe. Er sah wieder nach vorne, sah den Stadthafen im hellen Sonnenlicht, sah das Wasser der Warnow zwischen den Hafengebäuden blinken. Helms Laune hob sich. Es war herrliches Wetter, vielleicht ein bisschen zu heiß. Die Menschen in den Straßen sahen fröhlich aus, der Typ neben ihm fuhr das Auto gut und sicher durch den Verkehr, das Radio war eingeschaltet, Justin Timberlake sang irgendetwas. Gero Helm hatte ein ganz starkes Gefühl. Er dachte: Heute passiert noch etwas, das mich zu einem guten Journalisten werden lässt.

Als Erik gegen halb acht in die Helsinkier Straße kam, stand eine Menschenmenge um die Absperrung vor dem riesigen Wohngebäude. Er ließ sich den Toten kurz zeigen, bevor er weggebracht wurde. Natalie Thiele hatte Mühe, mit Erik Schritt zu halten, als er in das Gebäude und auf den Fahrstuhl zustürmte, um in den neunten Stock zu gelangen.

Die Kollegen von der Kriminaltechnischen Untersuchung, der KTU, waren in Helms Wohnung. Sie ließen Erik und Thiele erst gar nicht herein.

»Wir brauchen noch, Kemper, komm in zwei Stunden wieder«, sagte einer.

»Mach drei draus«, rief ein anderer von irgendwo in der Wohnung.

»Warum das denn?«, fragte Erik.

»Warum? Weil wir so was wie das hier noch nicht so oft gesehen haben. Darum!« Carlo Blaschke, der Chef der Spurensicherer, kam in seinem weißen Strampelanzug aus Helms Wohnung und gesellte sich zu den beiden in den langen Flur, der so steril wirkte wie Blaschkes Anzug. Thiele begrüßte er mit einem Nicken.

»Da drinnen hat wer sauber gemacht, aber so richtig. Geschrubbt und geputzt wie ein Profi.«

»Und weshalb dauert's dann so lange?«

»Weil ich mir das nicht gefallen lasse«, sagte Blaschke und schaute kampfeslustig. »Irgendwo gibt's Spuren, kann ich dir sagen, und die finden wir. Wir schrauben gerade die Wasserleitungen auseinander, mal sehen, wie weit wir kommen.«

»Carlo«, brüllte es aus der Wohnung. »Halber Fingerabdruck am Wasserhahn!«

Carlo Blaschke grinste. »Na also. Hab ich doch gesagt. Wir müssen nur eben noch einen Tick sorgfältiger sein als der Täter.« Er drehte den Kopf in Richtung der Wohnungstür und brüllte zurück: »Komme!« Zu Erik sagte er: »Ich ruf an, wenn wir fertig sind, okay?«

Erik nickte. »Ist gut. Nur eine Sache noch: Wenn der Täter hier sauber gemacht hat, das hat doch bestimmt eine Weile gedauert …«

»Ich schätze mal mindestens ein oder zwei Stunden. Das hier ist eine Dreizimmerwohnung. Ich beschreib sie dir mal.«

»Carlo!«, brüllte es wieder.

»Mann, sind wir verheiratet oder was?« Blaschke schüttelte den Kopf. »Kommst du nicht mal kurz alleine klar? Ich red noch mit dem Kemper!«

»Ach so«, kam es etwas ruhiger zurück.

»Gut. Dreizimmerwohnung. Hier vorne ein kleiner Flur. Wenn man links reingeht, geht gleich das Bad ab, der linke große Raum ist das Wohnzimmer, da muss man durch, wenn man in die Küche will. Die Küche ist im Grundriss also hinter dem Bad. Hier rechts sind noch zwei kleine Zimmer, Schlafzimmer, und das andere hat er als so eine Art Arbeitszimmer genutzt. Da sind ein paar Unterlagen, Bücher, alte Zeitungen … Lauter braunes Zeug. Kein Computer übrigens. Auch kein Telefon, er hatte wohl nur ein Handy. Im Schlafzimmer steht ein alter Fernseher inklusive Videorekorder. Ziemlich miese Pornos, Kopien von Kopien, der Qualität nach. Ohne Computer konnte er sich ja auch nichts aus dem Netz ziehen. Ach so, es gibt noch einen kleinen Abstellraum. Unser Täter, wenn wir erst mal nur von einem ausgehen, hat Wohnzimmer, Küche, Bad, Abstellraum und Flur sauber gemacht. Das Schlafzimmer und das Arbeitszimmer nicht. Er hat den Müll und den Beutel vom Staubsauger mitgenommen. Jochen kuckt sich die großen Müllschlucker an, ob er noch was findet. Sämtliche Putzlappen sind auch weg.«

»Eine ganz ähnliche Situation hab ich letztens im Fernsehen gesehen. In einer Folge von CSI war das fast genauso«, sagte Erik kopfschüttelnd.

»Eigentlich sollten sie so was im Fernsehen gar nicht zeigen. Das macht es uns echt schwer. Das ist ja fast schon eine kleine Anweisung zum Tatortsäubern. Aber wir haben ja immer noch unsere kleinen Geheimnisse.«

»Na hoffentlich. Also du meinst, der hat hier noch ein, zwei Stunden rumgeschrubbt?«

»Auf jeden Fall. Und weißt du was? Der hat den Kerl in der Zeit noch hier liegen gehabt. Der hatte Drosselmale am Hals. Sieht aus, als hätte er ihn hier ermordet, dann alles saubergemacht, und ihn dann aus dem Fenster geworfen.«

»Da war er schon tot?«

»Frag das lieber deinen Pathologen. Was weiß ich denn schon?«

»Na ja, du weißt, dass er hier herumgelegen haben muss.«

»Ja klar, und wie komm ich darauf? Weil der Tote komisch gekleidet war. Ich hab ihn mir angesehen, als er da unten lag. Er hatte eine Jeansjacke an und nichts drunter. Und eine Jogginghose. Erstens: So Klamotten bei dem Wetter? Unwahrscheinlich. Zweitens: Das passt gar nicht zusammen. Drittens: Die Jacke war falsch geknöpft. Schuhe: Keine. Der hat den ausgezogen und dann wieder angezogen, für den Fall, dass er Spuren auf den Klamotten des Toten hinterlassen hat.«

»Wow«, sagte Erik grimmig. »Dem ist es aber richtig ernst.«

Als Blaschke wieder in der Wohnung verschwunden war, fiel Erik auf, dass Natalie Thiele knallrot im Gesicht war.

»Was ist denn mit Ihnen los? Ist Ihnen irgendwie schlecht oder so was?«

»Sie sind so ein verdammter Macho, ich könnte kotzen!«

»Was hab ich denn jetzt schon wieder gemacht?«

»Warum stellen Sie mich nicht vor?«

Erik drehte die Augen zur Decke. »Sie hätten sich ja auch selbst vorstellen können!«

»Der hat mich doch ignoriert!«

»Er hat sie immerhin gegrüßt.«

»Sie wissen genau, was ich meine!«

»Ja, stimmt, er hat sie ignoriert, aber warum haben Sie nichts gesagt?« Erik war genervt. »Ich entschuldige mich, und ich entschuldige mich auch für den Kollegen; ist es jetzt wieder gut? Schenken Sie mir einen Knigge zum Geburtstag. Ich hab gerade echt andere Sorgen. Wieso hat jemand Helm aus dem Fenster geworfen?«

»Wollen Sie das hier im Flur diskutieren?«, fragte sie schnippisch.

Er seufzte. »Lassen Sie uns runterfahren.«

Im Aufzug sagte sie zu ihm: »Schapiro ist auch gedrosselt worden. Und der Aussteiger aus der rechten Szene, wie hieß er gleich?«

»Stefan Dörner.«

»Genau. Stefan Dörner ist aus dem Fenster geworfen worden.«

»Also ist alles ein Fall, und wir haben einen Mörder, meinen Sie?«

Thiele nickte. Arrogant, fand er.

»Das wird ja immer schöner.«

»Ihren Augen geht es anscheinend besser«, stellte sie fest, als sie wieder ins Sonnenlicht traten.

Sie hatte Recht. Er brauchte keine Sonnenbrille mehr. Die Kopfschmerzen waren zum Glück auch weg.

»Na, war doch eine super Idee von mir mit den Augentropfen, oder?«

»Ganz super. Danke.« Lag es an ihr, dass er mit ihr nicht zurechtkam? Oder lag es an ihm selbst? Daran, dass er nicht das beste Verhältnis zu Frauen hatte? Er erinnerte sich daran, wie es gewesen war, als er vor zwei Jahren zum ersten Mal mit Anne Wahlberg hatte zusammenarbeiten müssen. Auf sie hatte er ebenfalls zuerst mit Ablehnung reagiert. Aber damals war er in der Position gewesen, sie von den Ermittlungen so fern wie möglich halten zu können. Nicht, dass das etwas gebracht hätte, Anne hatte sich trotzdem in den Fall verbissen. Zum Glück, denn ohne sie wären sie keinen Schritt weitergekommen.

Mit Natalie Thiele konnte er das nicht machen. Sie hatte denselben Status wie er. Sie leiteten die Ermittlungen mehr oder weniger zusammen. Und je mehr es danach aussah, dass all diese Morde miteinander zusammenhingen, desto enger mussten sie zusammenarbeiten.

Nichts widerstrebte ihm im Moment mehr als die Vorstellung, diese Frau noch tagelang in seiner Dienststelle sitzen zu haben. Wie damals bei Anne. Oder doch nicht, nein. Anne hatte er aus anderen Gründen abgelehnt. Er hatte gedacht, sie hätte als Psychologin keine Ahnung von Polizeiarbeit, und er hatte ihre Fähigkeit, sich in andere Menschen hineinzufühlen, für Spinnerei gehalten. Außerdem hatte Anne etwas getan, was schon lange keine Frau mehr geschafft hatte: Sie hatte ihn fasziniert.

Bei Natalie Thiele lag die Sache ganz anders. Bei ihr ging es um reine Konkurrenz. Sie gegen ihn, er gegen sie. Schwanzlängenmessen, wie es sonst nur Männer taten. Oder eben Frauen, die sich unbedingt durchsetzen mussten.

Wahrscheinlich war er zu hart in seinem Urteil. Wenn er daran dachte, wie Blaschke sie ignoriert hatte oder die Boxer heute Morgen. Sie hatte Recht, sie wurde schlechter behandelt als ein männlicher Kollege.

Auf dem Weg zu Thieles Wagen hörten sie laute Stimmen am Absperrband vor dem Gebäude. Erik blieb stehen und drehte sich um.

»Oh nein, das glaub ich nicht!«, rief er.

Ein Polizist versuchte mit großer Mühe, einen Mann davon abzuhalten, in das Gebäude zu stürmen. Das konnte kein Anwohner sein. Jeder, der rein wollte, wurde überprüft. Der Mann im Anzug schrie und fuchtelte herum. Der Polizist rief seine Kollegen, die an der Absperrung standen, zu Hilfe. Überflüssig, denn sie rannten bereits zu ihm.

»Du meine Güte, wer ist denn so blöd und legt sich mit einem Polizisten an, wenn noch drei andere Uniformierte um ihn herumstehen?«, wunderte sich Thiele.

»Vielleicht will er sie alle ablenken … Sehen Sie, da drüben …« Erik rannte zurück zum Eingang und schrie den Kollegen in Uniform zu: »Da will einer rein! Aufhalten!« Erik hatte ihn erkannt: Es war Thoralf Terpitz. Der wohnte ganz sicher nicht hier.

Die Uniformierten reagierten zu langsam. Erik rannte an ihnen vorbei in das Gebäude. Terpitz war nicht zu sehen. Er blieb stehen, hielt den Atem an. War er im Aufzug? Nein, da tat sich nichts. Die roten Digitalzahlen über den Türen veränderten sich nicht.

Dafür hörte Erik schnelle Schritte auf der Treppe. Er rannte nach oben. Rannte und rannte und hörte, wie die Thiele ihm hinterherkam. Endlich sah er Terpitz' Schuhe, er rannte schneller, nahm zwei Stufen auf einmal, bis er Terpitz schließlich im zweiten Stock erwischte. Er packte ihn am Poloshirt, so dass Terpitz strauchelte und auf die harten Steinstufen fiel. Er fiel Erik direkt vor die Füße, Erik taumelte und fiel schließlich auf Terpitz. Dann hörte er ihn vor Schmerz schreien und wusste nicht mehr, wo oben war und wo unten. Terpitz schlug nach ihm, die Faust traf ihn aufs Auge, er sah nichts mehr, schlug zurück und traf etwas Weiches. Er hörte Terpitz fluchen, dann hörte er eine Frau fluchen. Thiele.

Erik blinzelte. Mit dem linken Auge konnte er sehen. Thiele saß auf Terpitz' Rücken und hielt ihn fest. Erik lag noch auf den Stufen und betastete sein Gesicht, rappelte sich auf.

»Terpitz, du Arschloch. Was willst du hier?«, schrie er und trat nach ihm, verlor fast das Gleichgewicht.

»Hey, hey, Kemper, halten Sie sich zurück!«, warnte Thiele, und Scheiße, sie hatte Recht, sie hatte ja so Recht.

»Was geht euch das an, was ich hier mache? Ich will 'nen Freund besuchen, was macht ihr denn hier?«

»Tu nicht so, als hättest du nichts mitbekommen, ja? Ich hab da jetzt keine Lust drauf. Mitkommen. Na los. Haben Sie ihn im Griff?«

Thiele nickte.

»Handschellen!«, sagte Erik.

Thiele drehte Terpitz wortlos um, so dass Erik seine Hände sehen konnte, seine Hände und die Handschellen, die sie fixierten.

»Gut«, sagte er und fragte sich, warum jeder seiner Kollegen besser vorbereitet und ausgerüstet zu sein schien als er.

»Was ist mit seinem Komplizen?«, fragte sie, als sie die Treppe hinuntergingen, zurück zum Eingang.

»Was denn für ein Komplize? Seid ihr jetzt völlig durchgeknallt?«, schrie Terpitz. »Ich will einen Anwalt!«

»Ja, ja. Meine Güte, die sehen alle zu viel fern«, sagte Erik und presste die Hand auf sein rechtes Auge. Es schwoll bereits an.

Sie gingen wieder hinaus. Die Uniformierten diskutierten mit dem Mann, der versucht hatte, die Absperrung zu durchbrechen.

»Liebe Frau Thiele, bevor ich es wieder vergesse, Sie vorzustellen. Das hier«, Erik deutete auf den aufgeregten Mann Anfang vierzig, der gerade noch damit gedroht hatte, die gesamte Rostocker Polizei wegen Nötigung anzuzeigen, nun aber, als er Erik sah, verstummte.

»Das hier ist Dirk Sass. Ich glaube, ich hatte ihn schon mal erwähnt. Herr Sass, Frau Natalie Thiele, eine Kollegin aus Anklam. Herrn Terpitz kennen Sie ja schon. Sie sind doch sicher zusammen hergekommen?«

»Was? Nein!«, rief Sass. »Aber ich habe ihn überall gesucht!« Erik konnte Sass gerade noch davon abhalten, auf Terpitz loszugehen.

»Meine Herren, erklären Sie mir bitte, was hier los ist? Entweder jetzt oder in meinem Büro, das ist mir egal. Also?«

»Er hat meine Redaktionsräume verwüstet und meine Mitarbeiter bedroht«, sagte Sass, nun um Haltung bemüht, sich die Ärmel seines Anzugs glatt streichend. Er trug bei dreißig Grad einen Anzug und schien nicht einmal zu schwitzen, dachte Erik. Dieser Mann war ein Phänomen.

»Was sagen Sie dazu?«, fragte Thiele ihren Gefangenen.

»Nichts. Da sag ich jetzt erst mal gar nichts.«

»Musst du auch nicht! Dich haben sowieso alle gesehen«, sagte Sass. »Meine Mitarbeiter haben mir gesagt, er sei auf der Suche nach Gero Helm. Das ist mein Chefredakteur«, erklärte er. »Also bin ich hierher gefahren, um Schlimmeres zu verhindern.«

»Schlimmeres? Hatten Sie Grund zur Annahme, dass Herr Terpitz Ihrem Herrn Helm etwas antun würde?«, fragte Erik.

»Selbstverständlich. Deshalb wollte ich, dass mich Ihre Kollegen durchlassen, damit ich ihn vorwarnen konnte. Gero Helm, meine ich. Er ist nämlich nicht ans Telefon gegangen, ich habe von unterwegs versucht, ihn anzurufen. Ich dachte, vielleicht hat er das Telefon ausgeschaltet, weil er sich den Nachmittag frei genommen hat.«

Erik bemerkte, dass sich um sie eine kleine, neugierige Menschentraube gebildet hatte.

»Scheucht mal die Leute weg«, sagte er zu den Uniformierten, die widerstrebend der Anweisung folgten. Die Show war erst mal vorbei.

»Gut«, sagte Erik. »Wir fahren gleich ins Büro. Aber erst mal – Terpitz, was wolltest du von Helm?«

»Sag ich nicht.«

»Herr Sass?«

Sass räusperte sich. »Heute Mittag um ein Uhr ist in der Onlineausgabe meiner Zeitung ein Artikel erschienen, in dem wir Stellung nehmen zu dem tragischen Tod von Daniel Schapiro. Offenbar hatte Herr Terpitz ein Problem mit dem Inhalt dieses Kommentars.«

»Was denn?«, rief Terpitz perplex. »Du verteidigst auch noch diese gequirlte Scheiße, die der Helm da verzapft hat? Oder tust du jetzt nur so wegen der Bullen?«

»Sachte, Herr Terpitz. Es sind Damen anwesend«, sagte Thiele, und Erik fand sie zum ersten Mal fast sympathisch.

»Wer sagt, dass Gero Helm diesen Artikel geschrieben hat?«, fragte Sass mit ruhiger Stimme.

»Na, der Leitartikel ist doch immer von ihm.« Terpitz klang, als hätte er ihm erklärt, die Erde sei rund. »Dass du den so eine Kacke schreiben lässt!«

»Lieber Thoralf«, sagte Sass, und er klang noch ein bisschen ruhiger als vorher, beinahe entspannt. »Der Artikel ist von mir.« Er lächelte zufrieden.

Thoralf Terpitz war für ein paar Sekunden starr wie eine Statue. Dann sprang er nach vorne, den Kopf gesenkt, und rammte seinen Schädel in Sass' Gesicht.

HANNAH, 1986

Sie strahlte, als sie den ersten Sektkorken knallen hörte. Maria schenkte zuerst ihr etwas ein. Maria war so hektisch, so aufgekratzt, dass sie fast die Hälfte der Flasche auf den Boden goss.

»Hoppla, wir wollen auch noch was«, rief jemand, und alle lachten. Hannah lachte mit. Ach, es war herrlich.

Mit einem leichten Zittern in der Stimme hielt Maria eine kurze Rede, von der Hannah kein Wort mitbekam. Sie war noch viel aufgeregter als ihre Freundin. Vierzig Jahre beste Freundinnen, hatte Maria gesagt, daran konnte sich Hannah später als Einziges erinnern.

Dann stießen alle miteinander an und wünschten Hannah alles Gute.

»Ich hab es doch immer gewusst: Wenn es jemand schafft, dann du«, sagte jemand, und Hannah strahlte.

»Denk doch mal, vor fünf Jahren, das hätte niemand geglaubt!«, sagte jemand anderes, und Hannah nickte und lachte. Ihre Boutique. In Ostberlin! Das hätte vor ein paar Jahren noch niemand für möglich gehalten, dachte Hannah. Die Presse war auch gekommen. Eine Redakteurin von der *Für dich* sagte ihrem langhaarigen Fotografen, was er knipsen sollte: Hannah, wie sie vor ihrer eigenen Kollektion stand. Hannah strahlte. Lachte. Trank von dem Sekt. Maria umarmte sie und küsste sie.

Vierzig Jahre beste Freundinnen. Und mehr. Fünfzig Jahre ohne Ernst. Ihr Sohn ein Alkoholiker, der sich nur noch blicken ließ, wenn er junge Mädchen mit seinem Westberliner Charme ins Bett kriegen wollte. Hannah strahlte. Und trank noch viel mehr.

9.

Wenigstens hatte Erik nachts geschlafen. Sein Auge war wieder abgeschwollen. Dank einer korpulenten Krankenschwester mit Eisbeuteln.

Die gebrochene Nase von Sass war ebenfalls verarztet worden. Sie hatten Terpitz in eine Zelle gesteckt. Und heute, am Dienstagmorgen, einem Tag, der noch heißer und strahlender zu werden verhieß als der gestrige, würden sie sich mit den beiden ausführlich unterhalten. Unterhalten. Erik fühlte sich mehr danach, mit Terpitz zur Scandlines-Halle zu fahren und ihn als seinen persönlichen Sandsack zu nutzen.

Nachdem Sass ihnen gestern noch erzählt hatte, dass Terpitz vermutlich am Samstag auf Usedom gewesen war, sich mehr als einmal mit Leuten von der RAR-Gruppe angelegt und ihnen sogar gedroht hatte, gaben Staatsanwaltschaft und der zuständige Richter grünes Licht: Terpitz' Wohnung in Marienehe wurde durchsucht. Sass hatte sogar sein Einverständnis gegeben, das Vereinsheim zu durchsuchen. Direkte Hinweise, die Terpitz mit den Morden an Schapiro und Helm in Verbindung brachten, ergaben sich dadurch aber nicht. Dafür hatten sie unzählige rechtsextreme Schriften gefunden, verbotene Abzeichen und Flaggen, eine Ausgabe von *Mein Kampf,* einen alten Revolver, ungeladen und seit Jahrzehnten nicht in Gebrauch. Und so weiter.

Malte sah sich gerade den Computer an, der im Clubraum den Vereinsmitgliedern zur Verfügung stand, und versuchte, an Terpitz' E-Mails heranzukommen. Sie mussten bald etwas finden.

»Dirk Sass war ungewöhnlich kommunikativ«, hatte Erik in der Besprechung den anderen erzählt. »Er war fast nicht mehr zu bremsen. Keine Ahnung, was mit dem los ist.«

Micha konkretisierte: »Er hat zum Beispiel gesagt, er sei sicher, dass Terpitz den Tod von Stefan Dörner zu verantworten hat und hat uns Namen von möglichen Komplizen genannt. Außerdem sei geplant gewesen, dass Terpitz mit ein paar Jungs von der ›Kameradschaftshilfe

Nordost‹ am Samstag nach Usedom fahre. Terpitz habe zu Sass gesagt, sie seien nicht gefahren, aber Sass meint, er traue Terpitz mittlerweile alles zu.«

»Sass selbst hat für alle Tatzeiten ein Alibi, auch für gestern Nachmittag, als Helm aus dem Fenster geworfen wurde«, sagte Erik.

»War Helm da schon tot?«, wollte Olaf Nies wissen.

»Gerichtsmedizin sagt nein, aber Freyer kommt später noch mal persönlich vorbei«, antwortete Erik. »Was mich beschäftigt, sind die Zeitabläufe. Helm hat gegen halb zwei die Redaktion verlassen. Der Artikel über Schapiro ist eine halbe Stunde vorher online gegangen. Terpitz war um viertel vor zwei in der Redaktion. Sass war zu dem Zeitpunkt zu Hause. Er ist um halb drei in die Redaktion gekommen, hat von Terpitz' Aktion erfahren, ist zu ihm nach Marienehe gefahren und hat ihn dort nicht angetroffen. Von den Jungs, die im Vereinsheim waren, wusste auch keiner, wo er ist. Danach ist Sass wieder zurück in die Redaktion gefahren. Todeszeitpunkt können wir ziemlich genau feststellen, wenn Freyer Recht hat. Der wäre zehn vor halb sieben. Da ist der Notruf bei den Kollegen eingegangen.«

»Wer hat den gemacht? Ein Nachbar?«, fragte Kai Hauser.

»Eine Frau aus dem ersten Stock. Sie hat gebügelt, als er an ihrem Fenster vorbeikam.«

»Oh nein, die Arme«, stöhnte Kai.

»Um zehn vor halb sieben war Sass noch in der Redaktion. Seine Sekretärin hat gesagt, er hätte versucht, Helm zu erreichen und sei kurz nach sieben losgefahren, um bei ihm zu Hause nachzusehen. Er habe sich Sorgen um ihn gemacht, wegen Terpitz.«

»Sass hat also für so ziemlich jede Bewegung, die er gestern gemacht hat, Zeugen. Terpitz nicht. Trotzdem sollten wir uns überlegen, ob es sich nicht doch um eine abgesprochene Sache handelt«, warf Thiele ein. »Vielleicht war alles eine Inszenierung, von vorne bis hinten?«

»Ich weiß nicht, das macht keinen Sinn«, sagte Erik. »Sass und Terpitz waren echt sauer aufeinander, Terpitz hat ihm bestimmt nicht zum Spaß die Nase gebrochen. Und warum sollte Sass Terpitz so massiv belasten? Nein, ich weiß nicht …«

»Vielleicht macht Sass jetzt einen Rückzieher, weil ihm die Sache zu heiß geworden ist oder weil er nicht damit gerechnet hat, dass wir ihn erwischen«, gab Thiele zu bedenken. »Und Terpitz könnte bequem der

Täter sein. Die Drohanrufe auf Helms Mailbox hören sich meiner Meinung nach echt an, keinesfalls inszeniert.«

»Drohanrufe?«, fragte Kai dazwischen.«

»Ja, wildes Geschimpfe auf Helms Mailbox. Er sei ein Verräter, er müsse sich auf einiges gefasst machen, und so weiter. Hier ist eine Abschrift«, antwortete Thiele und verteilte ein DIN-A4-Blatt. »Terpitz fährt erst zur Redaktion, dann zu Helm nach Hause. Er drosselt ihn bis zur Bewusstlosigkeit ...«

»Moment, warum denn? Helm hätte ihm sagen können, dass der Artikel nicht von ihm ist. Sein Name steht schließlich nicht einmal darunter. Terpitz hat nur nicht richtig gelesen«, sagte Micha.

»Terpitz hat Helm nicht geglaubt, dass der Artikel von Sass ist. Hat Sass sich eigentlich dazu geäußert, warum er so etwas online gestellt hat? Das passt doch überhaupt nicht zu ihm.«

Thiele war bei der Befragung von Sass nicht dabei gewesen. Sass hatte, darauf bestanden, mit Erik alleine zu reden. Da Erik noch einen zweiten Beamten dabeihaben musste, hatte er Micha mit hinzugenommen. Erik hatte damit gerechnet, dass Thiele sauer sein würde. Doch falls sie eingeschnappt war, zeigte sie es nicht.

»Sass hat ziemlich offen über seine, sagen wir mal politische Orientierung gesprochen. Er hat gesagt, zum Thema Holocaust wolle er sich nicht äußern, das sei seine Privatsache. Was nicht heißen solle, dass er Holocaustleugner sei. Hat er auch noch mal extra betont. Unaufgefordert hat er damit angefangen. Jedenfalls hat er gesagt, er habe diesen Verein ins Leben gerufen, um den Jugendlichen hier vor Ort eine Anlaufstelle zu geben und sie bei der Berufswahl und Jobsuche zu unterstützen, sie zu ermutigen, Zusatzqualifikationen zu erwerben und so weiter. Außerdem habe er etwas tun wollen, um die Abwanderung der jungen Leute aus Rostock aufzuhalten. Alles sehr ehrbare Absichten. Sieht man mal von so Kleinigkeiten ab wie zum Beispiel, dass in der Vereinssatzung steht, Mitglieder müssen deutsche Staatsbürger sein, in Deutschland geboren sein und deutsche Eltern haben. Ausnahmen sind nur im Einzelfall nach Überprüfung durch den Vereinsvorstand zulässig. Das ist nur einer von vielen sehr interessanten Paragraphen. Warum wird ein Verein zugelassen, der so eine Satzung hat?« Erik schüttelte den Kopf. »Sass meinte außerdem, er habe nichts dagegen, wenn sich die Jungs – es sind fast nur junge Männer, die in dem Verein sind –

wenn sich die Jungs also öffentlich zu einem Thema in Form einer Kundgebung oder Ähnlichem äußern. Meinungsfreiheit, blabla. Aber bei vorsätzlicher Körperverletzung hört für ihn der Spaß auf. Totschlag oder Mord könne er natürlich auf keinen Fall tolerieren.«

»Sagt der König der Rostocker Unterwelt. Wie viele Mädchen hat er mittlerweile für sich laufen?«, warf Olaf Nies höhnisch ein.

Erik zog ein skeptisches Gesicht. »Ich weiß, was du meinst. Er finanziert sich durch Drogen- und Waffengeschäfte und investiert in Prostitution, aber nichts davon konnten wir ihm bisher nachweisen. Diese Dinge passieren für ihn auf dem Papier. Da sieht er sich nicht persönlich involviert, jedenfalls nicht mehr. Er hat in den letzten Jahren einen schönen Aufstieg in der organisierten Kriminalität hingelegt, das muss man sagen. Für ihn ist das aber wohl ungefähr so wie Aktien an der Börse kaufen. Man besitzt die Dinger, hat aber mit der Firma selbst nichts am Hut. Wenn sie Gewinn bringen, gut, wenn nicht, werden sie abgestoßen. Die Zeitung und der Verein, damit sieht's anders aus. Daran liegt ihm wirklich was. Das Geld dafür holt er sich aus den anderen Geschäften.«

»Na, Sie kennen sich aber gut aus mit Ihrem Herrn Sass«, sagte Thiele. »Hoffentlich sind Sie nicht irgendwo persönlich involviert.«

Erik starrte sie an. »Was soll denn das heißen?«

»Was wohl? Er will nur mit Ihnen reden, und hinterher halten Sie eine glühende Verteidigungsrede für den Mann. Da kann man ja wohl mal nachfragen.«

Darauf hatte sie also gewartet. Ihm Korruption zu unterstellen.

»Frau Thiele, das ist jetzt ganz dünnes Eis.«

»Für wen, für Sie oder für mich?« Sie warf ihm einen provozierenden Blick zu.

»Sie meinen das nicht ernst, oder? Lassen Sie uns weitermachen.« Er sah sich kurz in der Runde um. Und hielt inne. Zwei, drei Gesichter, die ihm Misstrauen entgegenbrachten. Darunter Olaf Nies. Heio Velten: Dem konnte er es nicht übel nehmen, er und Erik kannten sich kaum. Peter Kastner: Was er dachte, war nicht zu erraten. Die anderen schienen loyal, zumindest unbeeindruckt von Thieles Andeutung. Aber Olaf?

»Wir machen also weiter. Mich irritiert, dass die Leute von der RAR sagen, sie wollten zum Golm fahren, weil dort eine Kundgebung der

Rechten angekündigt war. Aber Terpitz sagt, er hätte gehört, dass die RAR-Leute sich dort herumtreiben wollten, weshalb er offenbar vorhatte, sie aufzumischen. Er behauptet, es sich im letzten Moment anders überlegt zu haben. Wir müssen herausfinden, welche Version die richtige ist. Dann noch etwas: Was ist mit dem Notruf am Samstag gewesen, warum ist der nicht richtig beantwortet worden? Frau Thiele, Ihre Kollegen hatten da noch einmal nachgefragt?«

Thiele sah ihn erst noch einmal lange an, bevor sie antwortete. Sie senkte dazu ihren Blick, und blätterte in den Unterlagen, die sie vor sich hatte. »Stimmt, das war seltsam. Die Leute von der Notrufzentrale haben Mist gebaut. Sie haben angegeben, dass in den vergangenen drei Wochen insgesamt fünfmal jemand angerufen habe, um zu sagen, dass es irgendwo auf Usedom brenne und dass mehrere Leute in Lebensgefahr schwebten. Die Notrufe waren alle getürkt. Man hat sie nachverfolgt. Aber sie kamen immer von Telefonzellen und einmal von einer unregistrierten Handykarte. Nichts zu machen. Sie haben keine Ahnung, wer es war und wissen nur, dass es sich um einen männlichen Anrufer handelte. Nach dem dritten Mal haben sie die Notrufe nicht mehr ernst genommen und nur noch für den unwahrscheinlichen Fall, dass doch etwas passiert sein könnte, einen Wagen hingeschickt. Das war im Ernstfall zu wenig, wie wir wissen, und zu langsam, denn wirklich beeilt haben sie sich auch nicht.«

»Wenn das alles so stimmt, wenn also die von der RAR und die Kameraden von Terpitz dorthin gerufen worden sind, dann war der Anschlag schon wochenlang geplant. Aber von wem?«, überlegte Erik, kam aber zu keinem vernünftigen Schluss. »Eigentlich sind immer noch alle Möglichkeiten offen. Wir müssen uns jeden Einzelnen von dieser Kameradschaftshilfe ansehen, und die RAR-Typen sowieso. Die waren ja wirklich vor Ort. Wie weit sind wir damit?«

Thiele ging nicht darauf ein. »Wer sagt, dass die Neonazis nicht auch auf Usedom waren? Nur, weil diese linken Studenten sie nicht gesehen haben? Wahrscheinlich haben die sich so bekifft, dass sie nicht mal gemerkt hätten, wenn Hitler persönlich vor ihnen gestanden hätte!« Sie sah ihn herausfordernd an.

Das war der Moment, in dem er sich entschieden hatte, Anne hinzuzuholen. Sie könnte ihm weiterhelfen, indem sie ihm Sicherheit gab, was Terpitz' Aussage anging.

»Wir unterhalten uns mit Terpitz, und ich möchte, dass Anne Wahlberg mit dabei ist.« Aus dem Augenwinkel sah er die Reaktionen der anderen. Micha nickte nur und machte sich eine Notiz, Malte wurde ein bisschen rot, wie immer, wenn die Sprache auf Anne kam, weil er, wie Erik vermutete, immer noch ein klein wenig in sie verknallt war. Die neuen Kollegen runzelten die Stirn, weil sie Anne nur vom Hörensagen kannten, aber noch nie mit ihr gearbeitet hatten, und Thiele fragte: »Was, diese Psychologin, die zusammen mit dem Gerichtsmediziner die Leiche von Schapiro gefunden hat? Wollen Sie mich verarschen? Ich finde es schon ungeheuerlich, dass Dr. Freyer die Obduktionen machen durfte. Und jetzt soll auch noch eine Zeugin als Beraterin dazugeholt werden? Wozu brauchen wir diese Frau?«

Erik atmete einmal tief durch. »Gut, dass Sie mir endlich die Augen öffnen: Unser Pathologe ist zusammen mit der Psychologin, die uns manchmal berät, in einen Mordfall verwickelt, der auch einen unserer Kollegen das Leben gekostet hat, was aber nicht weiter schlimm ist, weil der wahrscheinlich mit der rechten Szene geliebäugelt hat, und nun versuchen die beiden, sich in die Ermittlungen einzuschleichen, um ihre Spuren zu verwischen, und das tun sie ganz prima mit Hilfe des korrupten Leiters der Mordkommission, der sich von einem weiteren Verdächtigen schon seit Jahrzehnten schmieren lässt und somit dunkle Verbindungen zur organisierten Kriminalität hat, die deshalb in Rostock auch besser blüht als anderswo!« Er war mit jedem Wort lauter geworden, den Rest schrie er heraus. »Wen verdächtigen Sie als Nächstes, den Staatsanwalt?«

Die Kollegen starrten betreten vor sich hin, keiner sagte etwas. Auch Thiele war auf ihrem Stuhl ein Stück heruntergerutscht. Erik beruhigte sich wieder.

»Frau Dr. Wahlberg kommt nachher vorbei und wird dabei sein, wenn wir uns mit Thoralf Terpitz unterhalten. Ende.«

Schweigen. Die anderen trauten sich immer noch nicht, etwas zu sagen. Thiele war die Erste, die sich von Eriks Ausbruch wieder erholt hatte.

»Wozu brauchen wir diese Frau?«, fragte sie wieder.

»Das wüssten Sie, wenn Sie mich ausreden lassen würden. Sie hat in Großbritannien und den USA über Serientäter geforscht und auch eine Profilingausbildung absolviert. Sie hat hier in Deutschland an ein paar

Polizeihochschulen Profiling unterrichtet. Und sie hat uns schon mal bei einem Fall geholfen. Zweimal sogar.«

»Aber wozu brauchen wir sie?«, beharrte Thiele. »Wir haben keinen klassischen Serienmörder. Eine Mordserie, aber keinen Killer, der immer nach dem gleichen Muster tötet. Macht es überhaupt Sinn, im jetzigen Stadium mit so jemandem zu arbeiten?«

»Frau Wahlberg kann zaubern«, sagte Olaf Nies sarkastisch.

»Hey!« Malte, Micha und Erik hatten es gleichzeitig gerufen. Verwirrt und etwas verlegen sahen sie sich an.

»Auf jeden Fall scheint diese Frau unter den anwesenden Herrschaften doch einige Emotionen auszulösen. Also frage ich Sie noch mal, und diesmal hätte ich gerne eine Antwort, die mich überzeugt: Wozu brauchen wir sie?«

»Hören Sie nicht richtig zu oder was? Ich hab Ihnen doch gerade gesagt, was sie für eine Ausbildung hat und …«

Er wurde von Thiele unterbrochen: »Das interessiert mich nicht. Ich habe Ihnen gerade gesagt, dass ich finde, wir brauchen sie nicht. Also sollte das an anderer Stelle entschieden werden. Was sollte das denn eben heißen, von wegen sie kann zaubern?« Sie sprach Olaf Nies an, der ziemlich dämlich grinste, wie Erik fand.

»Sie kann Gedanken lesen!«, sagte Nies.

»Kann sie nicht, das ist Quatsch!«, wagte sich Malte an Annes Verteidigung.

»Sie ist empathisch«, versuchte Erik klarzustellen. »Das heißt, sie weiß, wie sich andere Leute fühlen.« Von Annes Visionen und Träumen anzufangen, wäre jetzt erstens zu kompliziert und zweitens unangebracht gewesen. Abgesehen davon, dass er drittens selbst nicht ganz verstand, was es damit auf sich hatte und nach wie vor skeptisch war.

»Oh, und deshalb wollen Sie sie als menschlichen Lügendetektor, jetzt versteh ich!«, sagte Thiele und klang fast freundlich. »Warum haben Sie das denn nicht gleich gesagt?«

»Na, Sie haben mich ja nicht ausreden lassen.«

»Ich glaube, Sie sind vollkommen verrückt geworden!« Thiele stand mit einem Ruck auf. »Wir sollten uns gemeinsam mit Ihrem Vorgesetzten unterhalten. Jetzt!« Sie ging aus dem Besprechungsraum. Sechs Augenpaare sahen Erik an. Neugier, Schadenfreude, Mitgefühl spiegelte sich in ihnen. Eins zu null für Thiele.

Thiele stapfte voran zum Büro von Helmut Reuter, um Erik den Kopf geraderücken zu lassen, wie sie vor sich hinmurmelte, und Erik hatte das ungute Gefühl, dass sie damit durchkommen würde.

Reuter kannte Anne nur flüchtig, er hatte nie mit ihr zusammengearbeitet. Der frühere KPI-Leiter, Roland Behrens, hatte Anne Wahlberg damals zu ihnen geholt, doch Behrens war nicht mehr in Rostock. Es hatte im letzten Jahr einen Fall gegeben, der Behrens' Karriere und seine Familie zerstört hatte. Da Anne in diesen Fall verwickelt gewesen war – wieder auf Anfrage von Behrens –, traute ihr nun der neue KPI-Leiter Thomas Dorndorfer nicht so recht über den Weg. Und welchen Grund hätte Reuter, sich gegen Dorndorfer zu stellen, wenn es um jemanden wie Anne ging? Was hatte Reuter mit Anne zu tun? Nichts.

Erik hatte innerlich bereits so gut wie kapituliert und seinen Plan, mit Anne zusammenzuarbeiten, über Bord geworfen. Schließlich hatten sie schon ganz andere Fälle ohne diese Frau gelöst, warum also sollten sie nun auf sie angewiesen sein?, redete er sich ein, als ihnen kurz vor Reuters Büro Dr. Freyer entgegenkam, seine schicke, teure Ledertasche unterm Arm, ein freundliches Lächeln im Gesicht.

»Nicht so schnell, zu Ihnen wollte ich doch«, rief er den beiden zu.

Tatsächlich blieb Thiele, von der Erik gedacht hatte, nichts könne sie nun noch aufhalten, auf dem dunklen Gang stehen und sah Freyer unfreundlich an. »Was gibt's?«, fragte sie etwas barsch.

»Das dauert ein bisschen länger, und da würde ich es doch vorziehen zu sitzen«, sagte Freyer.

Sie gingen in Eriks Büro. Das helle Sonnenlicht, das nie seinen Weg in die langen, düsteren Gänge der KPI fand, blendete sie unvorbereitet. Freyer ließ sich gleich auf den Besucherstuhl sinken. Erik setzte sich hinter seinen Schreibtisch, Thiele, die noch nicht richtig eingerichtet war, an Michas Tisch.

»Nehmen Sie es mir nicht übel«, sagte Freyer, »aber ich habe die ganze Nacht durchgearbeitet, ich kann einfach nicht mehr stehen.«

»Bei Ihnen häuft es sich aber auch gerade«, sagte Erik, fast mitfühlend. »Andreas Reeken, Hilda Neusser, Daniel Schapiro, und jetzt auch noch Gero Helm.«

Freyer winkte ab. »Gero Helm war nicht so schwierig. Er ist übrigens, wie Daniel Schapiro, vor seinem Tod gedrosselt worden. Beide Opfer haben Drosselmale, vermutlich von einem Tuch. Außerdem haben sie Kratzspuren am Hals, die sie sich selbst zugefügt haben. Bei dem Versuch, das Tuch, mit dem sie gedrosselt wurden, zu lockern.« Er deutete an, was er meinte, indem er die Hände an den Hals führte. »Der Täter stand hinter ihnen. Ob es nun mit Absicht geschah, dass die Opfer nicht gleich durch Strangulation starben, weiß ich nicht. Da es bei beiden keine weiteren Kampfspuren gibt, gehe ich davon aus, dass sie bis zuletzt bewusstlos waren. Sonst hätte man bei Daniel Schapiro an den Stellen, an denen er festgebunden war, Abschürfungen gefunden. Oder Gero Helm hätte prämortale Hämatome oder Hautpartikel von einer fremden Person unter den Fingernägeln …«

»Entschuldigung, dass ich Sie unterbreche«, sagte Erik, »aber die Spurensicherung meinte, Helm hätte noch relativ lange in der Wohnung gelegen, weil der Täter in der Zeit sämtliche Zimmer, die er betreten hatte, gesäubert hat. Außerdem hätte er Helms Kleidung mitgenommen und ihm etwas anderes angezogen. Das haben wir überprüft, die Sachen, die er am Morgen in der Redaktion getragen hat, konnten wir nirgendwo finden. Kann es da nicht sein, dass er auch solche Spuren, wie beispielsweise unter den Fingernägeln, entfernt hat?«

Freyer schüttelte den Kopf. »Es sah auf keinen Fall danach aus, als hätte irgendjemand versucht, ihm die Fingernägel zu säubern. Nein, wirklich nicht. Helm ist durch den Sturz gestorben, Schapiro ist ertrunken. Sonst ist über beide nicht viel zu sagen. Helm hat irgendwann mal stark geraucht, bei Schapiro habe ich Kokainkonsum im Haar nachgewiesen, der allerdings schon ein paar Wochen zurückliegt. Seine Nase und seine inneren Organe sahen noch ganz gut aus. Aber wegen der beiden bin ich gar nicht hier. Also, natürlich bin ich auch wegen der beiden hier, aber nicht in erster Linie.«

Freyer öffnete erst jetzt seine Ledermappe und zog einige Papiere heraus, die er vor sich auf den Tisch legte. Thiele stand auf und kam zu Eriks Schreibtisch, um besser sehen zu können, worum es ging.

»Andreas Reeken und Hilda Neusser«, sagte Dr. Freyer. »Haben Sie Fotos von den beiden da?«

»Sicher, aber wozu brauchen Sie denn jetzt noch Fotos von ihnen?«, fragte Erik.

»Weil die beiden als Brandopfer auf meinen Tisch kamen und ich gerne wüsste, wie sie vorher ausgesehen haben«, sagte Freyer. »Also, könnte ich mal sehen?«

Erik nickte und kramte die Akten mit den entsprechenden Bildern hervor. Er gab sie Freyer, der sie lange und intensiv studierte. Thiele stand hinter ihm und starrte ebenfalls auf die Fotos.

Freyer legte die beiden Bilder auf den Tisch. »Könnte sein«, sagte er.

Thiele, die die Bilder nicht aus den Augen gelassen hatte, nickte ganz langsam.

»Sie sehen es auch?«, fragte Freyer.

»Wenn es einem einmal aufgefallen ist, ja«, antwortete sie.

Erik schnappte sich wieder die Bilder und sah sie sich an. »Was ist damit?«, fragte er.

»Sehen Sie sich die Nasen an. Die Augenpartien.«

Erik sah es. »Oha«, sagte er.

»Sie hatten dieselbe Blutgruppe, AB negativ, das ist so selten, da wird man hellhörig.«

»Oha«, sagte Erik wieder.

»Aber Sicherheit bringt erst ein DNA-Test«, sagte Freyer. »Den muss ich sowieso machen, wegen der endgültigen Identifizierung der beiden.«

»Wie soll das denn möglich sein, niemand dort hat die Frau gekannt?«, fragte Erik langsam.

»Entweder es hat keiner gewusst«, sagte Thiele.

»Oder sie haben gelogen«, sagte Erik.

»Alle?«, fragte Thiele.

»Wäre nicht das erste Mal. Familienbande.«

»Im wahrsten Sinne des Wortes«, nickte Thiele.

»Na, dann bin ich ja froh, dass wir uns einig sind«, sagte Freyer. »Ich muss dann auch mal wieder. Die Ergebnisse brauchen noch ein paar Tage. Bis dahin können wir gerne wetten. 50 Euro, dass Hilda Neusser die Tante von Andreas Reeken ist?«

»Sie sollten öfter mit lebendigen Menschen ausgehen und an ihrem Sozialverhalten arbeiten«, sagte Thiele kühl.

Freyer lachte nur und verließ das Büro.

»Ist der immer so?«, fragte Thiele. »Ich glaub, ich kann ihn nicht leiden.«

»Da sind wir wohl zum ersten Mal einer Meinung«, sagte Erik. »Dabei dachte ich immer, er kommt bei Frauen besonders gut an.«

Thiele zuckte mit den Schultern. »Die fremde Frau, die überraschend aufgetaucht ist und die keiner kennt, soll die Tante von Andreas Reeken sein? Dann müsste sie doch die Schwester von seiner Mutter oder seinem Vater sein.«

»Oder die Halbschwester. Um wie viel wetten wir, dass sie die Tochter von Karl Rohde ist?« Er grinste breit, als er sah, dass sie lächeln musste. »Was halten Sie davon: Karl Rohde hat diesem Priebe Hörner aufgesetzt und dessen Frau geschwängert. Und Hilda Neusser hat es nach all den Jahren irgendwie herausgefunden?«

»Das wäre eine Möglichkeit. Nur wie hat sie es herausgefunden?«, überlegte sie.

Erik zuckte mit den Schultern. »Alte Briefe, Tagebücher, Fotos … Wer weiß?«

Sie sahen sich an, dann nickte Thiele.

»Wie heißt noch mal Ihre Psychologin? Ich vergesse immer ihren Namen. Wollten Sie sie nicht anrufen?«, fragte sie.

Vielleicht war sie doch gar nicht so übel, diese Thiele, dachte Erik.

HANNAH, 1996

Sie stand vor dem Café Kranzler und wartete auf ihren Ernst. Sie waren hier verabredet. Erst ins Kranzler, dann weiter zum Tanzen, irgendwo, es gab so viel am Ku'damm, wo man sich vergnügen konnte. Das hatte er ihr erzählt, das wusste sie. Sie lächelte. Sie trug ihr schönstes Kleid mit einem Hut. Sie waren ja verabredet, vor dem Café Kranzler.

Da kamen zwei Menschen auf sie zu. Eine Frau und ein Mann. Das war nicht Ernst. Aber die beiden gingen direkt auf sie zu, und jetzt sagten sie etwas zu ihr. Sie verstand kein Wort.

»Mama, bitte, jetzt komm wieder nach Hause, das ist doch schon peinlich!«

»Sprich nicht so mit ihr. Sie erkennt dich doch nicht mal.«

»Maria, halt dich da raus. Oder willst du dich ab jetzt um sie kümmern? Also, halt den Mund!«

Der Mann griff Hannahs Arm und zog daran.

»He, was fällt Ihnen ein?«, schrie Hannah. »Lassen Sie mich los, ich bin hier verabredet! Wer sind Sie überhaupt?«

»Mama, ich bin's. Dein Sohn. Ernst. Und jetzt komm.«

Sie hatte doch gar keinen Sohn. Aber er sagte, er sei Ernst. Das konnte nicht sein. Das hatte sie falsch verstanden. Vielleicht wollte er ihr sagen, dass er Ernst kannte?

»Wissen Sie, wo er ist? Haben Sie Ernst getroffen? Hat er eine Nachricht für mich?«, fragte sie voller Hoffnung.

»Ja, wir wissen, wo Ernst ist«, sagte die Frau zu ihr. »Wir bringen dich zu ihm.«

Hannah lächelte. Ernst hatte ihr jemanden geschickt. Das war gut. Sie würden eben später ins Café Kranzler gehen.

»Wir müssen weg von hier«, sagte der Mann, als sie in ein Auto stiegen. »Wir müssen aus Berlin raus. Ich mach das nicht mehr mit. Jeden Tag dasselbe, wenn ich sie nicht einschließe. Aber ich kann sie doch nicht immer einschließen!«

Die Frau setzte sich zu ihr auf die Rückbank und sah sie dauernd an.

»Warum starren Sie mich denn so an?«, fragte Hannah ein wenig pikiert.

»Sie kuckt so, weil du aussiehst wie eine Pennerin!«, sagte der Mann, der den Wagen fuhr. Der Mann war ungezogen. Sie hatte doch ihr schönstes Kleid an. Sie würde nicht mehr mit ihm reden. Er sollte sie einfach nur zu Ernst fahren.

Fahren.

Wohin?

Hier waren so viele Menschen und so viele Autos, wenn man nach draußen sah. Hier stimmte etwas nicht. »Das ist nicht Königsberg«, sagte Hannah.

»Nein, das ist Berlin«, sagte die Frau, und sie sagte es ganz sanft.

»Berlin? Was wollen wir in Berlin?« Hannah ärgerte sich. Irgendetwas war schiefgelaufen. Wo waren ihre Eltern?

»Hannah, weißt du, wer ich bin?«, fragte die Frau. Sie sah sie an. Eine alte Frau. Sie war bestimmt siebzig Jahre alt.

»Oma?«, fragte Hannah misstrauisch. Die Frau tat so, als müssten sie sich kennen. Vielleicht war sie eine Betrügerin.

»Ich bin Maria, erinnerst du dich an mich?«

Hannah schüttelte den Kopf. »Kenn ich nicht. Kenn ich nicht. Wo fahren wir hin?«

»Nach Hause.«

»Das ist nicht wahr. Wir sind nicht in Königsberg!«

»Bleib ganz ruhig, Hannah. Wir sind gleich da. Alles wird gut.«

Sie war wach, aber sie hatte die Augen noch geschlossen. Sie lauschte.

»Maria, geh wieder. Du siehst doch, dass es keinen Sinn hat«, flüsterte Ernst.

»Ich will doch nur wissen, wie es ihr geht!«

»Besser. Sie hat ihre Tabletten bekommen. Und jetzt geh.«

Sie hörte, wie Maria aus dem Zimmer ging. Dann öffnete sie die Augen.

»Warum lieg ich denn im Bett?«, fragte sie ihren Sohn.

»Weil du müde warst und schlafen wolltest.«

»Wie spät ist es?«

»Jetzt ist es elf Uhr morgens.«

Hannah richtete sich auf. Ernst hatte ihr etwas zu Trinken hingestellt. Eine Kanne mit Tee. Aber warum war er in ihr Schlafzimmer gekommen? Warum war Maria da gewesen?

»Warum hast du mich denn nicht früher geweckt?«

»Weil du geschlafen hast«, sagte Ernst und hörte sich müde an.

»Nein, ich hab nicht geschlafen. Ich schlafe nie bis mittags. Ich will aufstehen.« Sie versuchte, aus dem Bett zu kommen, aber es fiel ihr schwer. Sie wurde plötzlich wieder so müde, und ihr war schwindelig. Trotzdem stellte sie ihre Beine auf den Boden, hielt sich mit den Händen an der Bettkante fest und versuchte, sich hinzustellen.

»Bleib im Bett, Mama. Der Arzt kommt gleich«, sagte Ernst.

Ach so, der Arzt.

Welcher Arzt?

10.

Dirk Sass stand am Fenster des Arbeitszimmers im ersten Stock seiner Villa und sah hinunter in den Hof. Die beiden Polizisten, die er nicht kannte, verließen sein Grundstück gerade wieder. Er setzte sich in den großen, braunen Ledersessel hinter dem Mahagonischreibtisch und fuhr fort, die Papiere, die er seit heute Morgen sortierte, durchzugehen.

Nach etwa einer halben Stunde war er fertig. Er öffnete eine der Schubladen des Schreibtisches und nahm vorsichtig das Kästchen heraus, in dem er seinen Montblanc-Füller aufbewahrte. Ein Erbstück von 1936 aus 900er altdeutschem Silber, heute ein begehrtes und sehr wertvolles Sammlerstück. Er hatte einst seinem Großvater gehört, einem echten Ehrenmann, wie Sass' Vater nicht ohne Ironie immer wieder betont hatte.

»Dein Großvater hat sich den Nazis regelrecht an die Brust geworfen. Dem konnte es nicht schnell genug gehen, verstehst du? Hatte seinen rechten Arm wahrscheinlich noch im Bett zum deutschen Gruß erhoben. Offizier war er. Mit Orden haben sie ihn zugeschüttet. Na ja, die Amis haben ihn ja dann verurteilt.«

So sprach sein Vater über den Großvater, von dem er diesen wertvollen Füller als einziges Andenken hatte. Kennengelernt hatte er ihn nie. In der Internierungshaft hatte er sich das Leben genommen. »Ein Ehrenmann gerät nicht in Gefangenschaft. Nie soll der Feind die Genugtuung bekommen, über mein Leben und Sterben zu entscheiden. Einzig ich werde dies tun«, hatte der Großvater in seinem letzten Brief geschrieben.

Was Sass über ihn wusste, das wusste er von seinem Vater. Im Laufe der Jahre hatte er die Ironie nicht mehr gehört und hatte den alten Herrn, von dem der verhasste Vater sprach, glorifiziert. In eine schmucke Uniform gesteckt und zum unbeugsamen Helden gemacht, der nur eins kannte: das Wohl für sein Vaterland, koste es, was es wolle.

Sass' Vater war Mitglied der Kommunistischen Partei in Bochum gewesen und nach deren Verbot trotzdem weiter politisch aktiv. Mitten in der Nacht war er aus dem Haus gegangen, um Flugzettel zu verteilen, Plakate zu kleben, Demos zu organisieren. Er hatte kommunistische Schriften verfasst, selbst drucken lassen und dann in die Vorgärten der Industriellenvillen geworfen. Er hatte sich mehrfach verhaften lassen, und Dirk war als Kind mehr bei irgendwelchen Tanten gewesen, die nicht einmal mit ihm verwandt waren, als bei seinem Vater. In der WG seines Vaters wimmelte es ständig von neuen Menschen.

Seine Mutter hatte er erst gar nicht kennengelernt. Sie war abgehauen nach Italien, hatte sein Vater immer behauptet. Dirk Sass wusste bis heute nicht, ob das stimmte.

Was ihm blieb, war die Phantasie von seinem Großvater. Diesem disziplinierten, entschlossenen Mann. Dirk hatte sich eine geordnete, saubere Welt vorgestellt. Mit einer großen Wohnung. Mit Menschen, die leise sprachen und höflich zueinander waren, statt ständig zu rauchen und zu trinken und sich irgendwann anzuschreien. Mit Kleidung, für die er sich in der Schule nicht schämen musste. Mit so vielem, was er als Kind nicht gehabt hatte, was er aber eines Tages haben würde. Für sich, für seine Familie.

Er dachte oft an seinen Großvater, der ein ganz besonderer Mann gewesen sein musste. Sonst hätte ein Verlierer wie sein Vater ihn nicht verachtet. Sein Vater hatte mit der RAF sympathisiert, wahrscheinlich sogar mehr als nur sympathisiert, denn in den 80ern war er steckbrieflich gesucht worden. Niemand wusste, wo er heute war und ob er überhaupt noch lebte.

Diese Ungewissheit war schlimmer als der Tod. Beide Eltern hatte er verloren, und er hatte nicht ein einziges Grab, das er besuchen konnte. Nicht einmal das seines Großvaters. Sein Vater hatte ihm nie verraten, wo man ihn beerdigt hatte. »Irgendwo werden sie ihn schon verscharrt haben, den Nazi«, hatte er immer nur gesagt.

Den Füller hatte Dirk irgendwann gefunden, als er schon zur Schule ging. »Darf ich damit schreiben üben?«, hatte er gefragt.

Und sein Vater, verwundert, dass das alte Ding den Krieg und die vielen Umzüge überlebt hatte, war einverstanden gewesen. »Hat dem Nazi gehört«, hatte sein Vater gesagt. »Wenn du Kohle brauchst, verkauf's. Irgendein Depp zahlt bestimmt was dafür, wenn er hört, wo das Teil herkommt.«

Er hatte nicht gewusst, wie viel der Füller wirklich wert war. Dirk Sass hatte es selbst erst kurz vor seinem Abitur herausgefunden, als ein Mitschüler mit seinem neuen Montblanc herumprahlte, einem Geschenk zur Volljährigkeit. Dirk Sass hatte seinen Montblanc schon viele Jahre früher bekommen. Und er besaß ihn heute noch, er war sein liebstes Schreibwerkzeug. Nur die Feder hatte er vor ein paar Jahren austauschen lassen. Er benutzte ihn vor allem zu besonderen Anlässen, so wie heute. Die neue Versicherungspolice unterschrieb er damit.

Dann nahm er einen cremefarbenen Briefbogen, auf dem seine Privatadresse gedruckt war, und fing an zu schreiben. Ein weiterer Bogen folgte, und noch einer. Er war hochkonzentriert und zögerte kein einziges Mal. Er formte schöne, ebenmäßige Buchstaben mit der dunklen Tinte, fast kalligraphisch. Er hatte lange an seiner Handschrift gearbeitet. Als er fertig war, ließ er die drei Bögen nebeneinander liegen, damit die Tinte trocknen konnte. Er stand auf, ging zur Tür und rief nach Ronny.

Ronny Grabowski war vierundzwanzig Jahre alt, in Toitenwinkel geboren und seit fünf Jahren Sass' treuer Leibwächter, zusammen mit seinem Bruder Sven, zweiundzwanzig Jahre alt. Sie klebten zusammen wie Pech und Schwefel. Was der eine wusste, das wusste der andere, ohne dass viele Worte darüber verloren wurden.

Ronny und Sven wechselten sich ab, wenn es um die Bewachung seines Sohnes Sören ging. Einer von beiden war immer in der Nähe. Seit einem Jahr wohnten sie sogar in der Sass-Villa. Er wollte es so. Die Sorge um Sören, der einmal fast entführt worden war, ließ ihn kaum mehr ruhig schlafen. Je älter Sören wurde, desto schwieriger war es, ihn rund um die Uhr unter Aufsicht zu haben. Sören würde bald aufs Gymnasium gehen und sich wie die anderen Jungs in seinem Alter freier bewegen wollen. Er würde nicht mehr zur Schule gebracht und abgeholt werden wollen. Er meckerte ja jetzt schon.

Nicht nur Sören. Auch seine Frau. Die hatte er bereits kaputt gemacht. »Wann hört das endlich auf?«, hatte sie ihn letzte Woche gefragt. Und als er nichts erwidert hatte: »Es hört nie auf, hab ich Recht? Wir werden unser ganzes Leben in einem Käfig zubringen. Ich will endlich mal wieder aus dem Haus gehen und einkaufen können, ohne dass immer einer von diesen beiden unterbelichteten Muskelprotzen hinter mir herrennt. Und Sören weint jeden Abend, weil sie ihn in der Schule auslachen. Was soll später mal aus unserem Sohn werden? Der Junge kann doch nie ein normales Leben führen.«

Und das alles nur, weil Dirk Sass war, wer er war. Daran konnte er nichts ändern, dazu war es zu spät. Man konnte nicht einfach aus der organisierten Kriminalität aussteigen wie aus einem Pokerspiel. Wer ausstieg, war tot. Blieb er dabei, würde er seine Familie und sich ein Leben lang schützen müssen. Er musste an die Kameradschaft denken. Thoralf hatte die Todesstrafe für die Aussteiger nun auch dort eingeführt. Dabei war die Kameradschaft für Sass so etwas wie ein Hoffnungsschimmer gewesen. Ein Schutzraum für junge Menschen, die er nach seinen Idealen, von denen er so tief überzeugt war, formen wollte. Die vielleicht irgendwann einmal für ein besseres, ein reines Deutschland stehen würden, ohne den Sumpf der Kriminalität, in den er sich hineinbegeben hatte, nur um das zu finanzieren, an das er glaubte. Was für ein Fehler.

Ronny kam zu Sass in das Arbeitszimmer. Seine Haare waren millimeterkurz, er trug Turnschuhe, eine graue Trainingshose und ein schwarzes T-Shirt, unter dem sich der hart trainierte Oberkörper abzeichnete. Aus den Ärmeln und der Halsöffnung lugten Tätowierungen hervor. Neunzig Kilo durchtrainierter Gehorsam. Sass musste nur schnippen.

»Wie geht's Ihrer Nase?«, fragte Ronny.

Sass betastete unwillkürlich den angebrochenen Nasenrücken. »Wird schon, danke. Was wollte die Polizei von dir? War es wegen Stefan Dörner?«

Ronny schüttelte den Kopf. »Andreas Reeken. Weil wir zusammen geboxt haben.«

»Du hast ihnen gesagt, was wir besprochen haben?«

»Sicher doch.«

»Ist Sven bei Sören?«

»Klar, Chef. Alles super. Die spielen Fußball.« Ronny versuchte, überzeugend zu klingen. Aber Sass kannte ihn gut genug, um zu wissen, wie durcheinander Ronny in Wirklichkeit war.

»Was haben sie dich gefragt?«

»Ob wir befreundet waren. Ich habe gesagt, nein, wir haben manchmal geredet. Sie haben gefragt, ob wir uns auch außerhalb vom Boxverein getroffen haben. Ich habe gesagt, nein, ich steh nicht so auf Typen.« Ronny grinste linkisch, nachträglich stolz auf seine Schlagfertigkeit.

»Warst du nett zu ihnen?«

»Klar, Chef. Immer.«

Sass nickte langsam. »Gut. War noch irgendetwas Besonderes?«

Ronny überlegte. »Ich weiß nicht. Sie wollten wissen, ob Andreas und ich was mit dem Juden zu tun hatten, der jetzt tot ist. Ich hab gesagt, nicht mehr, als mit den anderen im Verein. Und dann wollten sie wissen, wie Andreas über den Juden gedacht hat. Ich hab gesagt, das weiß ich nicht. Und dann wollten sie wissen, wie ich über den Juden gedacht hab. Ich hab gesagt, dass ich gar nicht wusste, dass das ein Jude war, weil ich nie mit dem gesprochen hab. Ich hab erst gewusst, was das für einer war, als es in der Zeitung stand. Ob mich das gestört hat, haben sie gefragt, aber ich hab gesagt«, er konzentrierte sich und schloss dabei die Augen, »dass jeder sein Leben leben kann, wie er will, solange er die Grenzen von den anderen respektiert.« Unsicher hielt er inne und sah seinen Chef an. »War das richtig so?«

Sass nickte. »Weiter?«

»Dann wollten sie wissen, wo ich am Wochenende war, aber da war ich ja hier. Und nach ein paar anderen Tagen haben sie auch gefragt, da hab ich einfach meinen Dienstplan geholt und ihnen daraus vorgelesen, wo ich war.«

»Das war sehr gut.«

»Sie haben gesagt, dass Thoralf in Untersuchungshaft ist.«

»Da soll er auch bleiben«, sagte Sass scharf.

»Oh, ja. Gut.« Ronny sah aus, als wollte er noch etwas zu diesem Thema sagen, entschied sich aber dagegen. »Sie haben nach Gero gefragt.«

»Und?«

»Chef, ich versteh das nicht mit dem, was in der Zeitung stand über den Juden.«

»Daniel Schapiro«, sagte Sass langsam. »Daniel Schapiro.«

»Ja. Warum haben Sie das in die Zeitung gesetzt? Jetzt ist Gero tot!«

»Du denkst, das hängt zusammen?« Er dachte es ja selbst.

»Ich weiß es nicht.«

»Ronny, ich weiß es auch nicht. Hör zu, ich muss unbedingt mit dir und Sven reden. Es wird in den nächsten Tagen ein paar neue Regeln in diesem Haus geben. Wenn ihr beide damit nicht einverstanden seid, müssen wir uns etwas anderes überlegen.«

»Wieso sollten wir denn nicht einverstanden sein, Chef?«

Sass sah ihn lange an. »Weil jetzt alles anders wird, und ich bin mir nicht sicher, ob das für Sven und dich nicht eine Nummer zu groß ist.«

Ronny machte große Augen. »Wie, zu groß?«

Aber Sass antwortete nicht darauf. Er faltete die drei Bögen sorgfältig zusammen und steckte sie in einen Umschlag, klebte ihn zu und schrieb etwas darauf. Vorne und hinten. Dann gab er Ronny den Umschlag. »Bring das zu meinem Anwalt.«

Ronny las, was auf dem Umschlag stand. »Das ist ja …«

»Mein Testament.«

Erik fuhr ungern zur JVA nach Waldeck, wo die Untersuchungshäftlinge des Landgerichts Rostock untergebracht waren. Dabei war Waldeck eine moderne Anstalt, gerade mal vor zehn Jahren war sie gebaut worden. Viele Insassen anderer Anstalten in Mecklenburg-Vorpommern bemühten sich sogar darum, hierhin verlegt zu werden. Waldeck hatte über dreihundert Plätze, davon ungefähr hundert für den offenen Vollzug. Außerdem gab es seit Kurzem auch eine sozialtherapeutische Abteilung, die der Stolz des Justizministers war. Trotzdem bedrückte Erik das Gebäude jedes Mal aufs Neue. Gefängnisse.

Erik hatte bei der Staatsanwaltschaft die Genehmigung dafür bekommen, Terpitz zu besuchen und Anne dazu mitzunehmen. Das mit Anne hatte den Staatsanwalt einiges an Überwindung gekostet, aber letztlich hatte er zugestimmt. Thiele hatte die ganze Zeit ein verschlossenes Gesicht gemacht, so als ginge sie das alles nichts an. Aber immerhin hatte sie davon abgesehen, Theater bei seinen Vorgesetzten zu machen.

Wenig später hatte er Anne in seinem Volvo abgeholt.

»Was ist mit deinem Auge?«, hatte sie gefragt. Dabei war fast gar nichts mehr zu sehen, aber sie merkte nun einmal alles.

»Geht schon wieder. Kleine Schlägerei, in ein paar Stunden sieht man's nicht mehr.«

Er hatte ungefähr eine halbe Stunde Zeit gehabt, ihr zu schildern, worum es ging, und sie hatte wie üblich schweigend und konzentriert zugehört.

Nun saßen sie in dem kahlen Besucherraum, nur ein Tisch und drei

Stühle, für sie beide und für Thoralf Terpitz, der von einem Beamten hereingeführt wurde. Terpitz nahm den Stuhl, der für ihn bestimmt war, zog ihn noch ein Stück vom Tisch weg, so dass er näher an der Tür saß, durch die er gekommen war und die nun von dem Vollzugsbeamten bewacht wurde. Der Vollzugsbeamte war auf ausdrücklichen Wunsch von Terpitz anwesend, so als bräuchte er eine Sicherheit, nicht der Polizeiwillkür ausgeliefert zu sein.

Thoralf Terpitz war mit seinen dreißig Jahren nicht sehr viel jünger als Anne, und Erik sah, wie sie zusammenzuckte, als er hereingebracht wurde. Hoch gewachsen, sauber geschnittene und gescheitelte dunkelblonde Haare, weit auseinanderstehende, grüne Augen, ein markantes, fast schönes Gesicht. Terpitz trug ein hellblau-weiß gestreiftes Polohemd mit dem unverkennbaren Emblem der Marke Thor Steinar: ein rotes Schrägkreuz, oben und unten ein roter Punkt. Das Hemd hing ihm locker über die ausgebeulten Jeans.

Er setzte sich aufrecht hin, legte die Hände symmetrisch auf seine Oberschenkel, die Füße parallel nebeneinander. Er demonstrierte Haltung.

Erik stellte Anne als psychologische Beraterin vor.

»Sie können Nein sagen, wenn Sie sie nicht dabeihaben wollen.« Das musste er sagen.

»Sie können mitbringen, wen Sie wollen«, sagte Terpitz, ohne eine Miene zu verziehen, und er klang sogar höflich, gebildet.

»Frau Dr. Wahlberg macht sich ein paar Notizen, das ist okay?«

»Auf jeden Fall.«

»Sehr schön. Sie bleiben dabei, dass Sie keinen Anwalt wollen?«

»Ich brauche keinen Anwalt.«

»Ich sage es noch mal, damit wir sicher sind, dass Sie mich verstanden haben. Sie stehen unter dem dringenden Verdacht, Gero Helm ermordet zu haben.«

»Ich schwöre«, unterbrach er Erik mit lauter, fester Stimme, »bei meinem Vaterland, dass ich den Kameraden Gero Helm nicht umgebracht habe.«

Erik starrte ihn ein paar Sekunden an. »Wahnsinn«, entfuhr es ihm. Dann fing er sich wieder. »Sie haben Helm gedroht, wir haben Ihre Anrufe auf seiner Mailbox.«

»Ich habe ihn nicht umgebracht.«

Anne notierte sich etwas. Es war das verabredete Zeichen dafür, dass sie der Meinung war, dass Terpitz die Wahrheit sagte. Wahrheit: mitschreiben. Lüge: Stift hinlegen und zuhören.

Erik wechselte das Thema. »Was mich interessiert, ist der Samstag. Sie sagen, Sie waren nicht auf Usedom? Den ganzen Tag nicht?«

»Ich war den gesamten Samstag in Rostock.«

Anne schrieb.

»Aber Sie hatten ursprünglich geplant, nach Usedom zu fahren. Mit ein paar Leuten von Ihrem Verein.«

»Die Kameraden und ich sind darüber informiert worden, dass sich Subjekte einer vaterlandsverachtenden Gruppierung auf dem Friedhof versammeln wollten, mit dem Ziel, die Gedenkstätte, die die Gebeine Tausender unserer tapferen Helden beherbergt, zu schänden.«

»Herrje«, sagte Erik, um Fassung bemüht. »Warum sind Sie dann doch nicht gefahren?«

»Ich habe es mir anders überlegt«, antwortete Terpitz.

Anne hielt den Stift zögerlich über dem Papier. Sie war sich offenbar nicht sicher. Erik schielte zu ihr herüber, sie ließ den Stift langsam sinken.

»Warum haben Sie es sich anders überlegt? Hat Ihnen jemand gesagt, dass das Treffen ausfällt? Oder hatten Sie nicht genug Benzin im Auto? Oder mussten Sie vielleicht woanders hin?«

Terpitz zögerte. Dann: »Es gab nicht genügend Interessenten für diesen Ausflug«, sagte er umständlich. Er sagte die Wahrheit, und die war ihm peinlich.

»Die kleinen Rekruten wollten wohl nicht«, sagte Erik, mehr zu sich selbst. »Von wem wussten Sie, dass sich die Leute von der RAR da treffen wollten?«

Terpitz sah Erik nur an.

»Sie wussten doch, dass es die von der RAR waren? Mit denen Sie schon mehrfach Ärger hatten?«

Er schwieg weiter.

»Verstehe. Sie wollen keinen Kameraden verpfeifen. Na gut. Wo waren Sie denn in der Nacht von Sonntag auf Montag, als Daniel Schapiro ermordet wurde? Mit Daniel Schapiro hatten Sie ja sozusagen eine Standleitung für Ihre Streitereien.«

»Ich war, wo ich nachts immer bin. Zu Hause.«

Anne schrieb mit, und Eriks Verwunderung wuchs.

»Und Sie waren auch nicht nach seinem Tod in seiner Wohnung? Das Polizeisiegel war aufgebrochen, und Sie passen auf die Beschreibung, die uns ein Nachbar von jemandem gegeben hat, der sich der Wohnung gestern genähert hat.« Nun war es Erik, der log. Er versuchte, Terpitz zu verunsichern, was ihm aber nicht gelang.

»Ich soll bei dem Juden in der Wohnung gewesen sein? Ich mach mir doch nicht die Finger dreckig. Ganz sicher hab ich dieses Haus nie betreten.«

Anne schrieb. Erik sah sie wieder an, diesmal so, als sei sie ein defektes technisches Gerät, das er am liebsten durch einen Fußtritt oder kräftiges Schütteln zum Laufen gebracht hätte.

»Aha. Gut. Wissen Sie etwas über die genannten Todesfälle? Ist Ihnen zum Beispiel bekannt, ob jemand Daniel Schapiro …«

Terpitz hustete plötzlich stark. Erik hielt inne.

»Brauchen Sie ein Glas Wasser?«, fragte er ihn.

Terpitz schüttelte den Kopf und hustete weiter. Er hob eine Hand, hörte auf zu husten, keuchte dann: »Es geht schon, danke.«

»Soll ich was holen?«, fragte der Beamte, der an der Tür stand.

»Nein«, sagte Anne schnell. Erik sah sie fragend an. Sie schüttelte nur leicht den Kopf. »Danke«, sagte sie zu dem Beamten. »Er hat ja gesagt, er möchte keins.«

Etwas in Terpitz schien sich zu verändern. Sein vorgetäuschter Hustenanfall war aufgeflogen, und Anne hatte zu viel mit ihrer Reaktion verraten. Warum aber sollte er so etwas vortäuschen?

Terpitz räusperte sich noch ein paar Mal.

»Ich hatte Sie fragen wollen, ob Sie etwas sagen können, was den Mord an Daniel Schapiro betrifft. Oder aber den an Gero Helm, etwas, das Sie entlasten würde.«

Terpitz, die Hände wieder flach auf den Oberschenkeln, sah konzentriert auf einen Punkt an der Wand hinter Anne und Erik und schwieg.

»Oder vielleicht ist Ihnen jemand bekannt, der am Samstag auf Usedom war?«

Wieder keine Reaktion von Terpitz. Er starrte weiter an die Wand.

Erik seufzte. »Sie kannten doch Andreas Reeken. Er hat sie damals befragt, als es um Stefan Dörner ging, der bei Ihnen im Verein …« Weiter kam Erik nicht. Terpitz hustete plötzlich wieder, schüttelte sich und rang nach Luft. Er lief im Gesicht rot an. Erik wollte aufstehen, aber Anne hielt ihn zurück.

»Nicht«, sagte sie, ganz leise, und Erik wusste, dass Terpitz etwas vorhatte, nur was?

Der Vollzugsbeamte konnte es nicht wissen, weil er Anne nicht kannte und nicht eingeweiht war. Er ging rasch zu dem sich windenden Gefangenen, um nach ihm zu sehen.

»Bleiben Sie weg«, sagte Anne, um Ruhe in der Stimme bemüht. Aber es war zu spät. Der Beamte verstand nicht, und Terpitz wusste nun, dass sie wusste, was er vorhatte. Er sprang von seinem Stuhl, so dass dieser nach hinten umfiel, und packte den Vollzugsbeamten von hinten, legte ihm den linken Arm um den Hals und drückte zu, so dass der Mann verzweifelt nach Luft rang. Mit der anderen Hand hielt er ihm schließlich den Mund zu. Der Vollzugsbeamte riss die Augen auf, so dass sie fast aus den Höhlen traten, und sog die Luft hektisch durch die Nase ein. Thoralf Terpitz wandte sich zu Erik und sah ihm direkt in die Augen.

Erik stand langsam auf, dem Blick nicht ausweichend. »Tun Sie das nicht.« Seine Stimme war leise.

»Ihn umbringen? Solange mir keiner von Ihnen zu nahe kommt, passiert ihm auch nichts. Ein Schritt in meine Richtung, und ich breche ihm das Genick. Oder …« Er brach ab und lächelte plötzlich.

»Tun Sie das nicht«, wiederholte Erik und wusste gleichzeitig, dass es unsinnig war, was er sagte.

Terpitz nahm die Hand von dem Mund des Beamten, der gierig anfing zu hecheln. Terpitz' Hand glitt hinab an seinen Hosenbund. Er hob sein Poloshirt, griff darunter und zog eine Pistole hervor.

Es war einer dieser Momente, an die man sich hinterher nicht mehr genau erinnern konnte. Was in welcher Reihenfolge geschehen war und was man wann gedacht hatte. Es musste ein Reflex gewesen sein, als Erik Anne von ihrem Stuhl riss, sich vor sie warf und versuchte, sie mit seinem Körper zu beschützen.

Er hörte Terpitz lachen. Er blickte auf, kam wieder auf die Beine, blieb aber vor Anne stehen.

»Was wollen Sie?«, fragte er Terpitz, in Wirklichkeit fragte er sich aber nur eins: Wo kam die Waffe her? Es war unmöglich. Unmöglich.

»Ich sage Ihnen ganz genau, was ich will. Ich will, dass Sie dort bleiben und sich nicht bewegen. Sonst gar nichts.«

Er entsicherte die Pistole und hielt sie dem Vollzugsbeamten an den Kopf. Dann lächelte er. »Sehen Sie das? Er hat Angst«, sagte er. »Er schwitzt und japst, was für ein jämmerlicher Kerl. Er hat Angst zu sterben.«

»Sie tun ihm nichts, es geht Ihnen doch gar nicht um ihn«, sagte Anne, die sich wieder aufrichtete.

»Bleib da unten«, sagte Erik. Er hoffte, sie würde sich unter dem Tisch in Sicherheit bringen, denn mehr Sicherheit gab es in diesem Raum nicht.

Aber sie stand auf, stellte ihren Stuhl hin, der umgefallen war, setzte sich. Erik setzte sich neben sie, legte den Arm um sie, seinen Oberkörper so vor sie schiebend, dass, wenn überhaupt, er in Terpitz' Schusslinie war.

Terpitz sah ihn wieder direkt an. Einige Sekunden, in denen alle schwiegen, angespannt waren, sich nicht zu rühren wagten. Eriks Herz raste.

»Ich habe weder mit dem Mord an dem Juden, noch mit dem an dem Kameraden Helm, noch mit dem Anschlag auf Usedom etwas zu tun«, sagte Terpitz, deutlich, langsam.

Anne antwortete ihm, bevor Erik etwas sagen konnte. »Das weiß ich. Bleibt nur noch einer übrig.«

»Stefan Dörner.«

»Was hat er Ihnen getan?«, fragte sie weiter.

»Er hat uns verraten. Verräter werden bestraft. Ganz einfach.«

»Wieso hat er Sie verraten?«

»Wer einmal zu uns gehört, gehört sein Leben lang dazu. Sich von irgendwelchen Bullen weich labern zu lassen, es sei nicht gut für ihn, bei uns zu sein, das ist Hochverrat. Wir haben ein Ziel, und dafür zu kämpfen, war er zu feige.«

»Sie hassen Feiglinge«, sagte Anne.

»Sie sind keine Deutsche«, sagte er plötzlich. Erik stockte der Atem. »Ich habe Ihre Handschrift gesehen. So lernt man in diesem Land nicht zu schreiben. Aber Sie sprechen unsere Sprache sehr gut.«

Terpitz lockerte die Umklammerung, der Vollzugsbeamte fiel zu Boden. Er war ohnmächtig geworden, der Druck von Terpitz' Arm auf seinen Hals hatte ihm entweder die Luft oder die Blutversorgung zum Gehirn genommen. Hoffentlich nur die Luft, dachte Erik. Terpitz zielte mit der Waffe langsam und ruhig auf Anne.

»Runter!«, schrie Erik und riss sie wieder mit sich zu Boden. Es passierte nichts. Außer, dass Terpitz anfing zu lachen.

»Wie feige seid ihr eigentlich bei der Polizei? Ihr seid so jämmerlich.«

Anne versuchte, sich unter Erik freizukämpfen.

»Lass mich los«, schrie sie ihn an.

»Bist du wahnsinnig geworden?« Und er dachte nur: Diese Frau ist wahnsinnig.

»Er tut mir nichts, lass mich los!«

»Sie hat Recht, ich tu ihr nichts«, sagte Terpitz. »Und ihr, ihr werdet mir auch nichts tun. Keine Kriegsgefangenen.«

Jetzt würde er schießen. Erik wusste es.

»Nein!«, schrie Anne, und halb von ihm verdeckt auf dem Boden zwischen Stuhl- und Tischbeinen liegend, drückte sie ihren Kopf noch tiefer, schloss die Augen und legte die Hände auf die Ohren.

Sie wollte es nicht sehen, nicht hören.

Aber er sah es, hörte es.

Thoralf Terpitz richtete die Waffe auf sich selbst, steckte den Lauf in den Mund und drückte ab.

Der Schuss explodierte in dem geschlossenen Raum. Blut, Gehirn und Knochensplitter spritzten hinter dem, der einmal Thoralf Terpitz war, an die kahle Wand.

II. Das Blut der Söhne

The opposition, we ain't doing so well
Our understanding is weak and our knowledge is small
And though kids scrawl frustration on the back street wall
Most of them can't even spell ~~basterd~~ ~~bastad~~ bastard

»Master Race«, New Model Army

11.

Uropa Karl, dachte Mike. Er dachte nicht mehr: der alte Nazi. Mike war wieder zu Hause in Gehlsdorf, spießiger als spießig, diese Gegend. Er lag immer noch viel im Bett. Seine Mutter sah nach ihm.

»Wann bist du endlich alt und vernünftig genug, um diese schrecklichen Poster von der Wand zu nehmen«, sagte sie. Jedes verschissene Mal, wenn sie in sein Zimmer kam. Jeden Tag. Er konnte es schon mitsprechen.

»Mama …«

»Eines Tages schämst du dich dafür. Und dann noch diese Haare!«

»Wieso, du hast doch immer gesagt, der Iro nervt dich. Jetzt isser weg, und es ist immer noch nicht gut oder was?«

»Aber müssen die denn so kurz sein! Du siehst ja aus wie ein Nazi!«

»Quatsch! Ich bin *straight edge,* okay?« Und um seiner begriffsstutzigen Mutter noch mal klarzumachen, auf welcher Seite er stand, schob er die Bettdecke zurück und zupfte sein »Kein-Bock-auf-Nazis«-Shirt zurecht.

»Was bist du?«, fragte sie verwirrt. »Das heißt aber nicht, dass du homosexuell bist, oder?« Sie sah aus, als müsste sie gleich kotzen.

»Mama, das heißt einfach: keine Drogen, kein Alk, kein Sex ohne Beziehung, okay?«

Jetzt sah sie nicht mehr aus, als müsste sie gleich kotzen. Eigentlich sah sie ganz zufrieden aus. »Na das sag ich doch auch immer. Schön.« Sie tätschelte seinen kurz rasierten Schädel und wollte gerade wieder gehen, als er sagte:

»Ach so, ich ess auch kein Fleisch mehr.«

Hätte er gesagt, er sei schwul, der Gesichtsausdruck seiner Mutter wäre derselbe gewesen.

»Du isst kein Fleisch mehr?«, fragte sie und klang irgendwie bedrohlich. »Letzte Woche hast du fast geheult, weil es Brokkoliauflauf gab, am Freitag, als wir die Schneiders zu Besuch hatten, hast du die Möhrchen vom Teller geschoben. Auf die Tischdecke, wie peinlich! Und heute sagst du mir, du isst kein Fleisch mehr?«

»Hey, so ist das nun mal. Ich bin *straight edge* und Punkt.«

Sie sah ihn böse an. »Und wegen dir habe ich heute extra Schweinebraten gemacht!« Dann drehte sie sich ohne ein weiteres Wort um und knallte die Tür zu.

»Nicht so laut!«, schrie er ihr hinterher. »Ich bin krank!« Er grinste zufrieden. Und dann musste er wieder denken: Uropa Karl.

Karl lag im Gästezimmer. Der Arzt war noch mal bei ihm gewesen und hatte gesagt, dass er für sein Alter verdammt gut beieinander sei, und im Moment müssten sie sich erst mal keine Sorgen machen.

Um den vielleicht nicht, aber was war mit ihm? Er hatte doch immer noch ein paar Pflaster und Verbände, da wäre er doch besser im Krankenhaus geblieben! Aber nein, seine Eltern mal wieder. Mussten ihn unbedingt nach Hause holen.

Was ihn am meisten störte, war, dass er wieder alleine im Zimmer lag. Ehrlich gesagt war es mit Uropa Karl gar nicht so schlecht gewesen. Also natürlich erst, als der angefangen hatte, von früher zu erzählen.

Mike schälte sich aus dem Bett und humpelte zum Gästezimmer. Es war gleich nebenan. Er klopfte sogar an. Als er ein »Ja!« hörte, trat er ein und setzte sich zu Karl auf die Bettkante. Karl roch komisch. Wie alte Leute eben rochen. Nach alten Leuten.

Karl lächelte. »Na, mein Junge, bist du freiwillig hergekommen?«, fragte er.

Mike zuckte mit den Schultern. »Klar, ich lass mir doch nichts sagen.«

»Wolltest du sehen, wie es mir geht?«

»Ehrlich gesagt …« Scheiße, wie sagte er das jetzt am besten? »Ehrlich gesagt, ich wollte wissen, wie's weitergeht.«

»Wie was weitergeht?«

»Na, du hast doch angefangen vom Krieg zu erzählen. Du hast gesagt, du warst schlimmer als die Nazis, weil du so ein Feigling warst, und ich wollte jetzt wissen, warum.«

Karl schloss die Augen. »Das lässt dir keine Ruhe, was?«

»Also wenn ich nicht denken soll, dass du ein Nazi bist, dann musst du mir schon sagen, wie's wirklich war.«

Karl seufzte und öffnete wieder die Augen. »Das hab ich noch nie jemandem gesagt. Kannst du dich bitte auf den Stuhl dort setzen?«

Mike nickte, stand vom Bettrand auf, schnappte sich den Stuhl und machte es sich darauf bequem.

»Du hast doch dieses Interview gegeben, für diese Sendung, wo sie lauter alte Leute gefragt haben, wie es früher so war. Die hab ich gesehen. Und da hast du gesagt, du warst in Berlin und hast Juden geholfen, und dann musstest du an die Ostfront. Aber im Krankenhaus hast du gesagt, dass das nicht stimmt. Und jetzt will ich wissen, was da los war. Ich hab mir gleich gedacht, dass das nicht stimmt, das mit den Juden und so.«

»Warum nicht?«

»Weiß ich nicht. Irgendwie hat das nicht zusammengepasst. Du hast so komisch ausgesehen, als du das gesagt hast. Gar nicht wie sonst.«

Karl nickte langsam. »Du bist ein sehr schlauer Junge, weißt du das? Mach was draus. Und vor allem: Bleib, wie du bist.«

Mike grinste. »Sag das nicht Mama, die will mich ja ganz anders haben. Aber das kriegt sie nicht hin.«

»Ich wünschte, ich wäre ein bisschen so wie du gewesen. Du hast Mut. Den hatte ich nie. Ich habe nie gewagt, mich offen gegen meine Eltern zu stellen.«

»Warum? Waren die so scheiße?«

»So würde ich das nicht ausdrücken … Aber eigentlich hast du Recht.« Sein Uropa richtete sich mühsam im Bett auf. »Du hast Recht, Mike. Sie waren – so richtig scheiße!« Dann lachte er. Es knarrte irgendwie. Mike hatte ihn noch nie lachen sehen. »Vor allem mein Vater. Meine Mutter hatte nichts zu sagen.«

»Wow, das könnte hier auch mal so sein. Nur für einen Tag.« Mike rollte mit den Augen.

»Sei froh, dass deine Mutter ist, wie sie ist. Sie hat ihre Meinung, dein Vater hat seine, und sie sprechen darüber. Das gab es bei uns nicht. Da hatte immer mein Vater Recht. Meine Mutter hat getan, was er von ihr verlangte. Ich war sein einziger Sohn. Und eine einzige Enttäuschung.«

»Wieso? Was hast du denn angestellt?«

»Nichts. Das war es wahrscheinlich. Ich habe immer versucht, es ihm recht zu machen, aber es war nie genug. Ich war nämlich nicht wie mein Vater, sondern kam eher nach meiner Mutter: still und zurückhaltend.«

»Und dein Vater hat Party gemacht?«

»Nein«, er lachte wieder, diesmal traurig. »Das meine ich nicht. Er war viel forscher, viel präsenter und aktiver als ich. Mein Vater war im Ersten Weltkrieg Fliegeroffizier gewesen. Er hat viele Auszeichnungen bekommen. Ein Kriegsheld! Und ein promovierter Physiker. Er hat an der Humboldt-Universität in Berlin unterrichtet. Tja, bis wir nach Königsberg umgezogen sind. Das war … lass mich nachdenken … Da war ich vielleicht zehn Jahre alt. 1926. Mein Vater sollte in der Sternwarte in Königsberg arbeiten, und er sagte sofort zu. Ich erinnere mich nicht mehr so genau, aber er hat damals oft geschimpft, weil sie in Berlin eine Frau als Professorin in der Physik zugelassen hatten. Er hatte was gegen Frauen.«

»Wieso denn, er war doch nicht schwul?«

Karl lächelte. »Wohl nicht. Er war nur der Meinung, dass Frauen, die einer gehobenen Schicht angehörten, im Berufsleben nichts zu suchen hatten. Nur Frauen aus armen Familien arbeiteten, weil sie Geld verdienen mussten. Dann arbeiteten sie als Verkäuferinnen oder Hausmädchen oder Köchinnen. Außerdem war er der Meinung, Frauen seien nicht intelligent genug, um zu studieren.«

»Krass«, sagte Mike und meinte es auch. Bei Drachen wie seiner Mutter konnte er sich nicht vorstellen, dass die sich irgendwas verbieten ließen. Er stellte sich vor, wie sein Vater zu seiner Mutter sagte, dass sie nicht intelligent genug sei, um zu arbeiten. Wahrscheinlich würde sie ihm einen Kinnhaken verpassen. »Echt krass.«

»Wir sind dann also nach Königsberg gezogen. Mein Vater hatte damals mit den Nationalsozialisten noch nichts am Hut. Mit anderen rechten Parteien, ja, aber der NSDAP stand er eher skeptisch gegenüber. Das änderte sich dann aber nach ein paar Monaten. Er hatte sich mit anderen ehemaligen Militärs aus dem Ersten Weltkrieg angefreundet, die ihn auf ihre Seite zogen, also auf die Seite der Partei. Offizielles Mitglied wurde er aber erst, nachdem Hitler schon an der Macht war.«

»Aha! Dann war er so ein richtiger Nazi!« Mike schüttelte verachtend den Kopf.

»Allerdings. Er hatte eine sehr fragwürdige Ideologie. Das fand ich damals schon. Aber ich traute mich nicht, etwas gegen ihn zu sagen.

Als er mich fragte, ob ich nicht auch in die Partei eintreten wollte, bekam ich Angst und wusste nicht, was ich sagen sollte. Ich schaffte es nicht, ihm zu sagen, was ich von der NSDAP hielt. In dem Moment begriff er, dass sein Sohn ein jämmerlicher Feigling war. Ich stand vor ihm, sah ihn an und brachte kein Wort heraus. Er drehte sich um und ließ mich einfach stehen. Danach hat er nie wieder mit mir darüber gesprochen.«

»Na, ist doch super, dann hat er dich wenigstens damit in Ruhe gelassen!«

»Das hat er nicht. Er hat mich dafür gehasst und gedemütigt. Er hat dafür gesorgt, dass ich an der Albertina, so hieß die Universität in Königsberg, einen Studienplatz bekam und bevorzugt behandelt wurde. Ich sollte Physik studieren, so wie er. Überall war ich nur sein Sohn, egal, was ich machte. Wenn ich eine Prüfung schlecht ablegte, sah man es mir nach, weil ich sein Sohn war. Wenn ich etwas besonders gut machte, war man sich einig: Da hat der Vater bestimmt nachgeholfen. Er hat es genossen, und ich habe gelitten. Ich habe mich kein Stück für Physik interessiert. Viel lieber hätte ich Sprachen studiert! Latein, das war meine Leidenschaft. Oder Französisch, so elegant ... Aber das war eben seine Strafe dafür, dass ich nicht in die Partei eingetreten bin.«

»Hättest du nicht einfach so schlecht sein können, dass sie dich hätten rauswerfen müssen?« Logischer Gedanke, eigentlich.

»Im Gegenteil, ich habe mich sehr angestrengt. Und ich war immer ein guter Schüler gewesen, deshalb habe ich das Studium gar nicht mal so schlecht hinbekommen. Ich wollte es nur einfach nicht. Aber ich hatte ein quälend schlechtes Gewissen. In seinen Augen war ich die reine Strafe für ihn. Der verkommene Sohn. Wie gerne hätte ich etwas getan, für das er mich gelobt hätte. Also studierte ich, promovierte sogar, und dann war auch schon Krieg.«

»Und da haben sie dich eingezogen.«

»Nein, das haben sie nicht. Und weißt du, warum nicht? Weil mein Vater dafür gesorgt hat, dass ich nicht in den Krieg musste.«

»Hey, das war doch nett, ich meine, hättest du dich lieber erschießen lassen oder was?«

»Es war eine Schmach. Ein junger, gesunder Mann wie ich damals! Alle in meinem Alter gingen in den Krieg. Aber ich, ich war, wie es so schön hieß, unabkömmlich. Das Schlimmste an der Sache war, dass mein Vater stattdessen an die Front ging. Sozusagen für mich. Er hatte es seit seinem Eintritt in die Partei sehr schnell zu großem Ansehen gebracht, indem er einige halbwichtige Ämter in Königsberg übernommen hatte. Also verfügte er, dass ich seine Arbeit in der Sternwarte übernehmen musste und dass ich für den Kriegsdienst nicht zur Verfügung stand. Es war selbstverständlich, dass er wieder zur Luftwaffe ging. Er schrieb uns manchmal, und da hieß es immer, es ginge ihm gut, sie gewönnen bald den Krieg, dann käme er wieder. 1941 kam er zu einem Jagdgeschwader in Nordafrika und schrieb von da an stets über Hans-Joachim Marseille, sagt dir der Name etwas?«

Mike schüttelte den Kopf. »Nie gehört.«

»Er war ein Fliegerass im Zweiten Weltkrieg. Ein ganz kühner Bursche. Eine Auszeichnung nach der anderen hat er kassiert. Über hundertfünfzig Flieger hat er alleine abgeschossen. Mit zweiundzwanzig Jahren war er der jüngste Hauptmann der Luftwaffe. Die Engländer haben ihre besten Flieger eigens auf ihn angesetzt! Gestorben ist er aber nicht im Kampf, sondern wegen eines technischen Defekts. Schon seltsam, wie das Leben so spielt.« Karls Stimme verlor sich. Mike wartete ungeduldig.

»Ja und? Was hat der denn jetzt damit zu tun?«, fragte er.

»Er war der Sohn, den mein Vater nie hatte. Ständig hat er von ihm geschrieben und ihn gelobt, und ich weiß, er hat mich dafür verachtet, dass ich nicht so war wie dieser Marseille.«

»Dafür bist du deutlich älter als zweiundzwanzig geworden. An deiner Stelle würd ich mich freuen. Was war denn dann mit deinem Vater?«

»Der starb bei einem Luftgefecht in Nordafrika im November 1942. In Libyen steht ein Denkmal, die Stadt heißt Tobruk. Angeblich ist er dort begraben. Ich war aber nie dort.«

»So wie du dich anhörst, hattest du auch keinen Grund, ihm irgendwie nachzutrauern. Oder?«

»Wenn es so einfach wäre … Meine Mutter brach nach seinem Tod völlig zusammen. Ich hatte Mühe, sie dazu zu bringen, überhaupt noch etwas zu essen. Bei dem Bombenangriff der Engländer im August 44 ist sie zu Hause umgekommen. Sie hat gar nicht erst versucht, sich in Sicherheit zu bringen. Die Sternwarte ist bei den Angriffen ebenfalls zerstört worden.«

Mike schluckte. »Krass.« Mehr konnte er gerade nicht sagen. Was auch? So eine Geschichte hatte er noch nie gehört.

»Was hast du denn dann die ganze Zeit im Krieg gemacht? Ich meine, du hast doch nicht nur in dieser Sternwarte rumgesessen? Haben dich die Nazis nicht genervt, weil du nicht einer von ihnen warst? Oder weil du nicht gekämpft hast?«

Karl schüttelte den Kopf. »Nein, ich wurde in Ruhe gelassen, wegen meines Vaters. Er war ein Kriegsheld, und ich, ich war eben sein Sohn, über den keiner zu sagen wagte, was jeder dachte: Feigling.«

»Moment, Moment, warte mal. Da stimmt doch schon wieder was nicht«, sagte Mike, dem plötzlich etwas eingefallen war. »Wieso sagst du, du hast Physik studiert? Mama sagt immer, du warst Deutschlehrer?«

»Ja, Deutsch und Mathematik. Irgendetwas musste ich doch nach dem Krieg arbeiten. Es war damals eine wirre Zeit. Wer von den Flüchtlingen hatte denn überhaupt noch seine Unterlagen? Ich habe mich durchgeschwindelt, und was ich an Papieren brauchte, habe ich mir auf dem Schwarzmarkt besorgt. Es gab einen riesigen Markt für gefälschte Papiere. Jeder, der seine Vergangenheit vergessen wollte, hat versucht, sich eine neue zu kaufen. Ich gehöre auch dazu.«

Mike fuhr sich mit beiden Händen über den Kopf, vermisste die langen Haare, die sonst immer in der Mitte gewesen waren, und zog die Augenbrauen zusammen. »Warum denn? Du hattest doch gar keinen Grund! Du warst nicht bei den Nazis, du warst nicht mal richtig im Krieg! Besser hätte es doch gar nicht laufen können für dich. Also so im Nachhinein betrachtet. Oder hattest du Angst, die hängen dir was an wegen deines Vaters? Weil der so ein Obernazi war?«

»Vielleicht hat ein Teil in mir auch auf die Gelegenheit gewartet, mich von meinem Vater loszusagen und mein eigenes Leben zu leben. Aber der eigentliche Grund ist ein anderer. Lass es mich der Reihe nach erzählen. Als der Krieg ausbrach, lernte ich eine Studentin kennen. Ilse hieß sie. Ich war nicht sehr verliebt in sie, ich war eigentlich in ein anderes Mädchen verliebt. Aber sie war hübsch und klug und interessierte sich sehr für mich. Im Grunde hat sie mir den Heiratsantrag gemacht. Nicht mal das habe ich geschafft, von mir aus einen Heiratsantrag zu machen! Siehst du, was für ein jämmerlicher Kerl ich war? Wir heirateten also ein Jahr später.«

»Ilse? Deine Frau hieß doch Margarete!«

»Warte, du erfährst es noch. Ilse und ich heirateten und bekamen ein Kind, ein kleines Mädchen, wir nannten sie Hilda. Sie wurde im Dezember 1941 geboren. Zwei Jahre später war Ilse wieder schwanger, und wir freuten uns sehr auf das Kind. Dann kamen wie gesagt die Bomben auf Königsberg, und wir verloren fast alles: meine Mutter, mein Elternhaus, meinen Arbeitsplatz. Das Kind kam wegen der Aufregung zu früh zur Welt und starb sofort. Das Glück im Unglück war, dass das Haus von Ilses Eltern noch stand und wir bei ihrer Mutter eine Bleibe fanden. Es waren aber durch die Angriffe so viele Menschen obdachlos geworden, dass wir das Haus nicht nur mit Ilses Mutter, sondern noch mit anderen Verwandten und Bekannten teilen mussten. Viele versuchten zu fliehen, obwohl es der Gauleiter verboten hatte.«

»Wieso hat der das verboten? Wenn die Leute keine Wohnungen mehr haben und dauernd angegriffen werden, dann müssen sie doch abhauen.«

»Er hat es verboten, weil Flucht ein Eingeständnis gewesen wäre, dass Königsberg verloren war. Er sagte, der Krieg sei noch nicht vorbei, wir müssten die Stellung halten. Ich hatte große Angst, dass man mich doch zum Volkssturm einberief. Die Sternwarte war ja nun zerstört, es gab keinen Grund, warum ich weiterhin unabkömmlich sein sollte. Und trotzdem wurde ich nie einberufen. Der Einfluss meines Vaters reichte über seinen Tod hinaus. Wir warteten nun also auf das Kriegsende, das nicht kam. Königsberg war früher eine so wunderschöne Stadt gewesen, jetzt war sie nur noch Schutt und Asche. Ich konnte einige Sachen aus meinem Elternhaus retten, Bilder, Silber, Kleidung. Noch hatte man es nicht geplündert. Aber es war nur eine Frage der Zeit. Auch wenn man dafür erschossen wurde, die Leute waren verzweifelt genug, um es immer wieder zu versuchen, und die Stadt war zum Bersten voll mit Obdachlosen. Dann kam der Winter, und es war der kälteste Winter, den ich je erlebt habe. Hinzu kam, dass wir nicht genug Holz und Kohle zum Heizen hatten, nicht genug warme Decken, keine passende Winterkleidung für die kleine Hilda, nicht genug Essen. Wir waren einmal reich gewesen, aber jetzt waren wir darauf angewiesen, dass uns Nachbarn etwas borgten. Man half sich gegenseitig. Im Januar durften wir endlich die Stadt verlassen, und die Flucht nach Westen begann. Wir packten zusammen, was wir mitnehmen konnten, und gingen zum Bahnhof. Das heißt, wir kamen nicht einmal bis zum Bahnhof. Wir hatten zu lange gewartet. Die Schlangen vor den Zügen waren kilometerlang.«

»Kilometerlang? Da übertreibst du aber«, empörte sich Mike.

»Doch. Hunderttausende hatten auf genau diesen Tag gewartet und wollten nun endlich die Stadt verlassen. Ich glaube, wer so etwas noch nie gesehen hat, kann es sich nicht vorstellen. Es gab ja nicht viele Züge, die fahren konnten. Und wie wir später hörten, kamen auch nicht alle Züge durch, sie mussten wieder zurückfahren, weil die Russen die Schienen blockiert oder gesprengt hatten. Ich glaube, man kam nicht einmal mehr bis Elbing. Meine Frau wollte aber noch am selben Tag die Stadt verlassen. Ich sagte ihr, es sei zu unsicher, wir sollten besser warten – wieder war ich der Feigling, der sich nichts traute. Aber sie ließ nicht locker. Also machten wir uns zu Fuß auf den Weg.«

»Zu Fuß? Wie weit wolltet ihr denn laufen? Wo ist Königsberg überhaupt?«

»Die Stadt Königsberg gibt es heute nicht mehr. Damals war es die Hauptstadt von Ostpreußen, heute heißt sie Kaliningrad und gehört zu Russland. Weißt du, wo die Frische Nehrung ist?«

Mike zuckte unsicher mit den Schultern.

»Ich zeige es dir einmal auf einer Karte, wenn du möchtest. Wir haben uns auf den Weg zum Hafen von Pillau gemacht, Pillau liegt direkt an der Ostsee. Von dort aus wollten wir mit dem Schiff nach Danzig. Aber als wir endlich im Hafen ankamen, standen sie dort genauso dicht gedrängt wie am Bahnhof in Königsberg. Meine Frau hatte große Angst vor dem Wasser, und sie sagte, Hilda würde in der Menschenmenge sicher zerdrückt werden. Einige Leute haben erzählt, dass die, die in der ersten Reihe standen und auf die Schiffe warteten, das größte Pech hatten, weil sie von denen, die nachdrängten, ins Hafenbecken gestoßen wurden. Als meine Frau das hörte, weigerte sie sich endgültig, am Hafen zu bleiben, also sind wir wieder umgedreht. Wir schlossen uns den anderen Flüchtlingen an, wir waren ja nicht die Einzigen, die zu Fuß flohen. Kilometerlange Flüchtlingstrecks gab es. Wir sind über Eis und Schnee gegangen. Immer wieder sind Menschen tot am Wegesrand zusammengebrochen, weil sie nicht mehr konnten, weil sie krank waren, weil die Kälte sie kaputt gemacht hat. Besonders Alte und Kinder lagen neben den Straßen im Schnee. Irgendwann hat sich keiner mehr die Mühe gemacht, sie wenigstens mit Schnee zu bedecken. An Begraben war nicht zu denken, denn der Boden war hart gefroren.«

»Wie kalt war es denn da? Minus zwanzig Grad?«

»Minus fünfundzwanzig Grad hatten wir und nicht genug zu essen.«

Mike schluckte und nickte.

»Aber das Schlimmste waren die Luftangriffe. Wenn die feindlichen Flieger uns gesehen haben, haben sie sofort auf uns geschossen, weil sie dachten, wir seien Soldaten.«

Mike schwieg. Ihm schwirrte der Kopf. Er versuchte, sich das alles vorzustellen, und ihm fielen Bilder ein, schwarzweiße Fotos, die sie im Geschichtsunterricht gesehen hatten. Vollbepackte Pferdewagen, ärmlich aussehende Menschen, die in dicke Kleidung gepackt neben diesen Wagen durch den Schnee stapften. Er sah es jetzt vor sich, und er konnte nicht glauben, dass sein Uropa einer von denen gewesen sein sollte. Für ihn hatte Karl nie etwas anderes gemacht, als in diesem Haus in Kamminke zu sitzen. Dass er mal Lehrer in einer kleinen Dorfschule gewesen war, dazu hatte Mikes Phantasie gerade noch so gereicht. Aber sein Uropa einer dieser Flüchtlinge, die Hunderte von Kilometern durch Eis und Schnee unter Beschuss von Feindesflugzeugen gelaufen waren? Er hatte eigentlich gedacht, diese Menschen seien alle schon tot. Er hatte gedacht, sie hätten niemals ein normales Leben leben können. Jedenfalls nicht so eins wie Uropa Karl.

»Aber du hast doch gesagt, dass du ganz gute Karten bei den Nazis hattest, wegen deines Vaters. Auch wenn du keiner von denen warst. Konnten die dir denn nicht helfen, da rauszukommen?«

»Die waren viel zu sehr damit beschäftigt, selbst abzuhauen. Einer sagte zu mir: ›Du warst zu feige für die Front. Jetzt von uns zu erwarten, dass wir dir zum Dank dafür auch noch bei der Flucht helfen, ist wohl zu viel verlangt.‹«

»Da hat er auch wieder Recht«, sagte Mike gedehnt.

»Jede einzelne Straße in Richtung Westen war verstopft von den Pferdewagen. Wir haben am ersten Tag vielleicht drei, vier Kilometer geschafft. Einige sind sogar wieder umgedreht. Wir haben unsere Bündel auf einen Wagen geworfen und sind daneben hergegangen. Ilse hat mit Hilda dann einen Platz auf einem Wagen bekommen, nachdem wieder ein paar von den Alten gestorben waren. Es war grausam. Du kannst dir das Elend nicht vorstellen.«

Das konnte Mike wirklich nicht, weshalb er jetzt und hier beschloss, gleich nachher eine ausführliche Internetrecherche zu machen. Auch deshalb, weil er herausbekommen wollte, ob Karl die Wahrheit sagte. Aber diesmal fühlte es sich richtig an. Nicht so wie damals im Fernsehen.

»Ja gut, das hört sich echt grausam an, aber ich weiß immer noch nicht, was du Schlimmes gemacht hast«, sagte er ungeduldig.

Karl schwieg eine Weile. Seine Augen wurden trüb, er saß starr und unbeweglich in den Kissen. Mike überlegte, ob er etwas Falsches gesagt hatte und ob er sich entschuldigen müsste, aber Karl fing wieder an zu erzählen.

»Du hast Recht, ich mache es kurz. Unser Treck wurde aus der Luft angegriffen. Wir wurden getrennt. Als der Angriff kam, war ich gerade einige hundert Meter weiter vorne als Ilse und Hilda. Es hieß, jemand hätte Zigaretten und würde sie verkaufen, und meine Frau wollte eine haben. Sie rauchte nicht oft, nur zu besonderen Gelegenheiten. Deshalb verband sie damit ein Gefühl von Luxus. Ach, ich schweife ja wieder ab. Wie gesagt, wir wurden getrennt. Ich flüchtete mich mit ein paar anderen in ein Waldstück, bis der Angriff vorbei war. Ich weiß nicht, wie lange das alles gedauert hat und wie lange wir noch im Wald gewartet haben. Es fühlte sich an wie mehrere Stunden. Ich suchte danach alles ab, ich suchte zwischen den Leichen und den Verletzten, ich lief vor und zurück zwischen den Wagen derer, die weiter auf der Straße fuhren, ich suchte überall nach Ilse und Hilda, aber ich fand sie nicht. Es vergingen wieder Stunden, und es war schon fast dunkel. Jemand sagte mir, wenn die beiden bei dem Angriff auf der Straße gewesen waren, dann mussten sie tot sein. Er zeigte auf die vielen Toten, die auf den Feldern lagen, und sagte, man hätte sie von der Straße räumen müssen, um mit den Trecks weiterzukommen. Es waren Hunderte, Hunderte!

Nun hatte ich nur noch meinen kleinen Koffer, den ich mitgenommen hatte, um zu sehen, was ich für die Zigaretten eintauschen konnte. Nur dieser Koffer war mir geblieben und die Kleider, die ich am Leib trug. Ich schloss mich ein paar anderen an, darunter verwundete und verstümmelte Soldaten, die man nach Hause geschickt hatte. Einer führte uns an, denn er kannte sich aus wie kein anderer. Er erzählte uns, er habe schon immer eine Schwäche für Landkarten gehabt, diese kam uns nun zugute. Er wusste immer, wo wir waren und wo wir hinmussten, sogar, welche Straßen wir besser nicht nehmen sollten, weil dort die Wehrmacht unterwegs war. Da wurde mir klar, dass auch einige Deserteure unter uns waren, was uns in große Gefahr brachte. Aber ich hatte keine Wahl mehr, ich ging einfach mit, und wir schlugen uns bis nach Swinemünde durch, krank und elend, wie wir waren. Es hat Wochen gedauert, weil wir Schleichwege genommen haben, aber nur so konnten wir überleben und der Wehrmacht, den Russen und den Fliegern aus dem Weg gehen.

Wir kamen ins Lazarett, das diese Bezeichnung eigentlich nicht verdient hatte. Es war wohl früher einmal das Pfarrhaus gewesen. Jeder hielt mich für einen Soldaten, da ich mir unterwegs von einem Toten einen warmen Mantel genommen hatte. Ich lag mit den anderen, die mit mir geflohen waren, zusammen. Es war überall dreckig, und es stank, und die meisten wurden noch kranker, weil sie sich bei den anderen ansteckten. Manche starben, manche schafften es. Unter den Frauen, die sich um uns kümmerten, war auch deine Urgroßmutter, Margarete. Ich lernte sie in dieser Zeit kennen. Ich vertraute ihr meine wenigen Habseligkeiten an, denn im Lazarett war nicht der richtige Ort dafür. Am 12. März kam der große Bombenangriff auf Swinemünde.«

»Da, wo zwanzigtausend Leute umgekommen sind, die jetzt auf dem Golm liegen?«, fragte Mike, froh über wenigstens diesen Fetzen Wissen. Er kam sich gerade unglaublich dumm vor.

»Genau. Die Stadt war so voll, viel zu voll. Es waren alles Flüchtlinge aus Ostpreußen, die auf Schiffe hofften, um weiter nach Westen zu kommen. Ich wurde bei dem Angriff schwer am Bein verletzt, aber ich überlebte. Also war ich weiterhin in einem Lazarett untergebracht. Ich sah Margarete wieder. Aber dann, zwei Monate später, war der Krieg zu Ende, die Russen kamen und befragten uns. Sie dachten, ich sei ein Soldat. Sie dachten, ich hieße Karl Rohde. Ich hatte Karl Rohdes Mantel getragen.«

Mike machte große Augen, verstand erst ein paar Sekunden später. »Du heißt gar nicht Karl Rohde? Das gibt's doch gar nicht! Wie heißt du denn dann?«

»Warte, warte …«, sagte der, der eben noch Karl gewesen war. »Gleich, immer der Reihe nach, mein Junge.«

»Aber – warum hast du denen denn nicht gesagt, dass du anders heißt?«

»Das versuchte ich. Als ich protestierte und sagte, das sei nicht mein Name, dachten sie, ich sei ein Nazi und wollte mich nur rausreden. Sie vernahmen mich, überprüften den Namen Karl Rohde und befanden, dass der Mann dieses Namens es nicht wert sei, verhaftet zu werden. Sie ließen mich gehen. Über mich mit meinem wirklichen Namen hätten sie nichts in ihren Unterlagen gefunden. Aber über meinen Vater. Sie hätten mir doch nie geglaubt! Und außerdem fühlte ich mich plötzlich frei mit dieser neuen Identität. Ich konnte von nun an leben, wie ich wollte, mir eine neue Vergangenheit geben und die alte abschütteln. Meinen Vater abschütteln! Mich endlich von ihm befreien! Verstehst du das?«

Mike schüttelte den Kopf. »Die wird man doch nie los, die Alten, oder?«, sagte er. »Aber deine Frau und deine Tochter waren ja auch tot … Vielleicht gar keine so schlechte Idee, wenn dich dein altes Leben eh genervt hat. Und dann hast du Margarete geheiratet?«

»Ich habe Margarete gesucht, sie hatte mir gesagt, sie stamme aus Kamminke. Kamminke war noch nie besonders groß gewesen, also fand ich sie schnell. Und sie hatte noch den kleinen Koffer mit meinen Sachen. Margarete hatte im Vergleich zu so vielen anderen Frauen Glück gehabt. Wir hörten Geschichten über Vergewaltigungen und Schändungen, viele Frauen und Mädchen bekamen Geschlechtskrankheiten, einige starben daran, und das Grausigste, was ich gesehen habe, waren Frauen, die sich ihre Kinder nahmen und mit ihnen ins Wasser gingen, um den Russen nicht ausgeliefert zu sein.«

»Wie, ins Wasser gingen?«

»Sie ertränkten sich. Margarete sagte immer, Vergewaltigung sei das Schlimmste, was einer Frau passieren konnte, besonders, wenn sie danach noch weiterleben musste. Ich verstand erst, was sie meinte, als ich sah, wie sich diese Frauen im Haff umbrachten.

Margarete hingegen hatte nur gute Erfahrungen mit den Russen gemacht. Aber immer, wenn sie von den Vergewaltigungen hörte, fragte sie mich: ›Was habt ihr getan an der Ostfront? Warum hassen sie uns jetzt so?‹ Sie dachte ja, ich sei Soldat gewesen. Da fing ich an, mir meine Vergangenheit zu erfinden. Ich erfand liebevolle Eltern, eine ganze Kindheit in Berlin. Ich wollte Spuren verwischen, und ich wollte Königsberg vergessen. Es war leicht, denn ich war ja in Berlin groß geworden und hatte gute Erinnerungen an die Stadt. Ich lieh mir die Erlebnisse der Frontflüchtlinge, mit denen ich bis nach Swinemünde gekommen war. Und ich erfand den Helden Karl Rohde, der seit der Machtergreifung Hitlers gegen die Nazis gewesen war und sogar versucht hatte, Juden zu helfen. Ich wollte nicht mehr der Feigling sein, ich wollte zum ersten Mal bewundert werden.«

»Für Sachen, die du selbst nie gemacht hast? Na, ich weiß nicht.«

»Mike, ich weiß, du hast Probleme mit deinen Eltern, und besonders mit deiner Mutter, aber eins sag ich dir: Wenn du so bleibst, wie du bist, kannst du dich eines Tages bei ihnen bedanken, was sie für einen großartigen Kerl aus dir gemacht haben.« Sein Uropa lächelte ihn an und streckte seine Hand aus. Mike stand auf, um sie zu ergreifen, zögerlich, aber er tat es.

»Es hat sich schal und leer angefühlt, und ich musste mir etwas suchen, auf das ich wirklich stolz sein konnte. Das Einzige, was mir in Kamminke einfiel, war, mich um die Kriegsgräber auf dem Golm zu kümmern. Um die Gräber derjenigen, die mit mir geflohen waren. Die auch ihre Heimat verloren hatten. Ich hätte auch dort liegen können.«

»Klar, du hast ja gesagt, du bist verletzt worden bei dem Bombenangriff, da hätte ja nicht viel gefehlt, oder?«

Karl nickte.

»Zu DDR-Zeiten war es gar nicht so einfach. Wer sich für die Vertriebenen einsetzte, wurde als Nazi angesehen. Aber seit der Maueröffnung konnten wir immer wieder Gedenktage abhalten, immer am 12. März, und es kamen oft Menschen von überallher, deren Eltern oder andere Verwandte in Swinemünde gestorben waren. Oder gestorben sein könnten. Und 95, als sich der Angriff zum fünfzigsten Mal jährte, kam eine neue Gedenktafel mit neuen Namen hinzu.«

»Wieso denn so spät?«

»Nur wenige Hundert der Toten sind namentlich bekannt. Manchmal setzt sich ein Enkel hin und forscht nach, manchmal liest jemand zufällig alte Briefe oder Tagebücher, die seit Jahrzehnten auf Dachböden oder in Kellern zerfallen …«

»Ja, aber wieso so spät und nicht gleich?«

»Nach dem Krieg wollten viele erst einmal vergessen. Neu anfangen. So wie ich. Fünfzig Jahre lang hatte ich ein neues Leben, es hatte schon doppelt so lange gedauert wie mein altes. Ich hatte gar nicht mehr an meinen alten Namen gedacht, Karl Rohde, das war ich, so hieß ich nun, warum auch nicht? Aber dann, dann stand die Vergangenheit wieder vor mir. Auf diesem Gedenkstein.« Karl schwieg, die Augen geschlossen. Mike sah, dass er plötzlich weinte.

»Wie das denn?«, fragte Mike atemlos.

»Der Name meiner früheren Frau stand darauf.«

»Was? Die war auch in Swinemünde gewesen? Ich denk, die ist bei dem Luftangriff auf euren Treck gestorben?«

»Das dachte ich auch. Ich las Ilses Namen, und ich las – meinen Namen.«

»Deinen Namen?«

»Ja. Aber nicht den von Hilda. Sie hatte überlebt. Sie dachte, ich sei tot.«

»Und? Hast du versucht, sie zu finden?«

»Nein.«

»Wie, nein? Du musst doch …«

»Siehst du, das ist der Feigling in mir. Den bin ich mein Leben lang nicht losgeworden. Da hilft es nichts, sich einen neuen Namen zuzulegen und sich eine neue Vergangenheit auszudenken. Ich war und bin ein Feigling. Ich habe es einfach ausgesessen. Mich damit abgefunden, dass mein altes Ich dort oben begraben ist.« Karl weinte noch immer.

Mike hatte nie zuvor einen alten Menschen weinen sehen. Erwachsene weinten überhaupt selten. Er wusste nicht, wie er darauf reagieren sollte und merkte, dass er Karls Hand immer noch festhielt. »Dann können wir doch jetzt immer noch nach ihr suchen«, sagte er. »Ich helf dir!« Auch, wenn er keine Ahnung hatte, wie er das anstellen sollte.

»Zu spät«, sagte Karl. »Zu spät! Sie ist tot!« Der alte Mann zog seine Hand wieder zurück. »Sie war an meinem Geburtstag da und ist gestorben. Ich bin schuld an ihrem Tod!«

Mike schüttelte den Kopf so heftig, dass ihm fast schwindlig davon wurde.

»Die Frau, die keiner gekannt hat, war die das? War das deine Tochter? Die, die jetzt tot ist?«

Karl nickte, weinte, schluchzte, beide Hände vor dem Gesicht.

»Aber du bist doch nicht schuld daran!«

»Doch! Doch! Ich hätte das alles wissen können!«

Mit offenem Mund starrte Mike den Alten an. Schlimmer als die Nazis, hatte Karl, oder wie er hieß, gesagt. Schlimmer als die Nazis.

HANNAH, 2006

Ah, Besuch. Wer da wohl kam? Sie griff mit beiden Händen an ihr Haar, um zu prüfen, ob es richtig saß. Aber sie lag ja noch im Bett. Vielleicht war sie krank? Komisches Krankenhaus. Aber ein Zimmer für sie alleine, das war gut.

Ein junger Mann kam herein mit einem Tablett. Darauf stand ein Teller mit Suppe. Er trug das Tablett ganz vorsichtig. »Hallo Oma, du bist ja schon wach. Da hast du bestimmt Hunger.« Er stellte das Tablett auf dem kleinen Tisch neben dem Bett ab, drehte sich zu ihr und lächelte sie an.

Ach, er war aber noch jung! Dass die jungen Leute einen immer gleich duzen mussten. Aber sympathisch war er.

»Setz dich mal auf, warte, ich helf dir. Und jetzt die Decke gerade machen, damit ich das Tablett draufstellen kann. Achtung, es kommt!«

Er stellte das Tablett auf ihr Bett. Es war ein Tablett mit Stützen an der Seite, damit es im Bett stehen konnte. Hannah strahlte.

»Wie schön, das ist meine Lieblingssuppe!«, rief sie und nahm den Löffel.

»Klar ist das deine Lieblingssuppe, die hab ich selbst gekocht. Vorsicht, ist noch heiß.« Er setzte sich auf einen Stuhl neben ihr Bett. Offenbar wollte er warten, bis sie fertig gegessen hatte. Warum wollte er ihr denn beim Essen zusehen?

»Sie sind ein sehr freundlicher junger Mann«, sagte Hannah und lächelte ihn an. »Kommen Sie jetzt öfter hierher und besuchen mich?«

Der nette junge Mann wurde plötzlich ein bisschen traurig. Vielleicht, weil sie ihre Suppe noch nicht gegessen hatte. Sie nahm vorsichtig etwas auf ihren Löffel, führte ihn langsam zum Mund und pustete leicht. Dann probierte sie. Hühnersuppe. Das war ihre Lieblingssuppe. Sie bekam sie immer von ihrer Mutter, wenn sie krank war. Sie war ja jetzt auch krank. Wo war eigentlich ihre Mutter? Da saß nur ein junger Mann neben ihrem Bett und sah sie an. Was war das für ein Zimmer? Vielleicht sollte sie etwas sagen.

»Das schmeckt aber gut«, sagte sie. »Wer hat die denn gemacht?«

»Ich hab die gemacht, Oma. Ich koch dir doch immer was, wenn ich da bin.«

»Aber wer sind Sie denn?«, fragte sie, und nun war sie doch etwas verärgert.

»Ich bin dein Enkelsohn«, sagte er.

»Ich habe keinen Enkelsohn. Ich habe nicht mal Kinder.«

»Doch, du hast einen Sohn.«

»Hab ich nicht!« Sie schrie ihn an. Sie warf den Löffel auf den Teller, die Suppe schwappte heraus. Der junge Mann stand auf und nahm das Tablett weg. Er stellte es auf dem Tisch ab.

»Er heißt Ernst. Weißt du? Ernst?«

Ernst. Ernst? Oh! Sie war doch mit ihm verabredet, wenn der Krieg vorbei war. »Ernst!«, rief sie.

»Oma, ich bin nicht …«

»Ist noch Krieg?«, fragte sie.

»Nein.«

»Dann muss ich nach Berlin. Wie weit ist es nach Berlin?«

»Du musst nicht nach Berlin, Oma.«

»Doch, ich bin mit Ernst verabredet. Ich muss nach Berlin, zum Café Kranzler, da wartet er doch auf mich!« Hannah hatte sich aus den Decken gewunden, nun stand sie auf unsicheren, dürren Beinen vor dem Bett und ging zum Fenster. Sie sah hinaus, aber sie erkannte nichts.

»Das ist nicht Jönköping. Sind wir wieder in Königsberg?«

»Wir sind in Warnemünde.«

Sie drehte sich zu ihm um. »Was? Warnemünde? Was soll ich denn da? Ich muss unbedingt nach Berlin! Wie weit ist es nach Berlin?« Sie ging zurück zum Bett und suchte nach ihren Sachen. Sie musste sich doch anziehen. »Ich muss mich noch schön anziehen, ich bin verabredet. Im Café Kranzler. Und dann bringt mir Ernst meine Bilder mit. Ich hab ihm doch meine Bilder gegeben.« Sie fand ihre Kleider nicht, nicht einmal ihre Schuhe.

»Oma, er wird dir deine Bilder nicht zurückgeben. Aber ich zeige dir, wo sie sind.«

»Was? Sie wissen, wo meine Bilder sind? Woher wissen Sie von meinen Bildern?«

»Du hast mir doch davon erzählt«, sagte er und lächelte sie liebevoll an.

»Ich habe davon erzählt? Und Sie wissen, wo meine Bilder sind?«

»Ich habe sie gefunden, ja.«

Hannah strahlte. »Dann kennen Sie auch Ernst! Wartet er schon auf mich? Ich muss mich anziehen.«

»Er wartet schon lange nicht mehr«, sagte der junge Mann. »Aber ich kann dich hinbringen.«

»Oh, ich verstehe nicht ...«

Der junge Mann stand auf. »Nicht heute, Oma. Nicht heute. Soll ich dir eine neue Suppe machen?«

Wo waren ihre Schuhe?

»Welche Suppe denn?«

»Hühnersuppe.«

Hühnersuppe.

»Mag ich Hühnersuppe?«

Aber der junge Mann war schon nicht mehr im Zimmer. Sie suchte weiter nach ihren Schuhen.

»Wo sind meine Schuhe?«

Warum suchte sie ihre Schuhe?

12.

Erik blickte aus dem Fenster des Büros und sah, wie die Sonne langsam unterging. Der Himmel war wunderschön, als er sich über den Dächern dunkelorange färbte. Eriks Gedanken waren bei seiner Tochter Cordelia, viele tausend Kilometer westlich von ihm, dort, wo die Sonne stand. Bei ihr war es früher Abend. Wie viele Stunden Zeitunterschied hatten sie – sechs? Toronto läge sogar ein wenig südlicher als Rostock, hatte sie ihm geschrieben. Ja, sie hatte geschrieben, endlich hatte er es geschafft, sich in der Mittagpause eine private E-Mail-Adresse zuzulegen, an die sie ihm Fotos und Musik schicken konnte, und eben hatte er ihre Antwort bekommen. Fotos von ihr am Leslie Street Spit, der Lake Ontario im Hintergrund. Dazu Musik: Muse, *Feeling Good.* Weiter südlich als Rostock, überlegte er, dabei hatte er immer gedacht, Kanada sei viel weiter im Norden. Es ging ihr gut bei seinem Bruder, hatte sie geschrieben, sie fühle sich wohl.

»Erik, was sagst du dazu?«, hörte er Helmut Reuters Stimme. »Hast du überhaupt zugehört?«

Erik sah ihn träge an. »Nein, hab ich nicht«, sagte er.

Reuter sah zu Thomas Dorndorfer, in dessen Büro sie waren. Dorndorfer stand von seinem Platz auf und stellte sich neben Erik ans Fenster.

»Kemper«, sagte er, und Erik musste an Dorndorfers Vorgänger denken, mit dem er so viele Jahre zusammengearbeitet hatte, den er schon geduzt hatte, als er noch ein einfacher Kriminalkommissar war. Sie hatten sich einfach verstanden. »Kemper«, sagte Dorndorfer, »Sie haben ja nichts falsch gemacht. Sie hatten die Genehmigung vom Staatsanwalt, Frau Dr. Wahlberg mitzunehmen. Das ist alles soweit korrekt, aber Sie müssen immer daran denken, wie wir in der Öffentlichkeit dastehen. Man wird uns im schlimmsten Fall unterstellen, eine Zivilperson in Lebensgefahr gebracht zu haben und …«

»Wo hatte er die Waffe her?«, fragte Erik. Er klang, wie er sich fühlte: kraftlos.

»Es kann nur einer der JVA-Beamten gewesen sein, der sie reingeschmuggelt hat. Ob nun für Terpitz persönlich, weil er sie bestellt hatte, oder für einen anderen Gefangenen, mit dem er Kontakt aufgenommen hatte.«

»Dafür war er zu kurz drin«, sagte Erik und sah weiter aus dem Fenster. Gleich verschwand der Rest der Sonne hinter den Dächern.

»Ich tippe auch, dass er einen der Wärter kannte. Vielleicht über diesen rechten Verein, den er geleitet hat. Oder über Sass direkt. Die haben ein unglaubliches Netzwerk, diese Rechten«, sagte Reuter und kratzte sich am Kinn, das langsam stoppelig wurde.

»Wenigstens ist der Psychologin nichts passiert. Sie hat das gut weggesteckt«, sagte Dorndorfer.

Sie hat schon Schlimmeres erlebt, dachte Erik und fragte sich im selben Moment, ob das stimmte.

»Der Justizminister dreht gerade durch. Spätestens morgen früh werden alle von der Opposition seinen Rücktritt fordern. Der Anstaltsleiter … Ach, das ist ja auch egal jetzt.« Reuter war dazu übergegangen, an seinem Ohrläppchen zu zupfen. »Erik, eine Woche.«

»Nein«, protestierte Dorndorfer. »Er darf gar nicht mehr an den Fall. Die Thiele hat sich offiziell über ihn beschwert, und wie die drauf ist, rennt sie gleich zur Presse, wenn wir nichts machen.«

»Kann man die nicht irgendwie ruhigstellen? Was sagt denn ihr Chef in Anklam?«, fragte Reuter.

»Ach, der steht hinter ihr und sagt, wenn wir unfähige Mitarbeiter haben – Entschuldigung, Kemper, Sie wissen, wie das gemeint ist –, dann sind wir selbst dran schuld. Sie sagt, Sie hätten sie schikaniert und bloßgestellt und sich ihrer Arbeit willentlich in den Weg gestellt und was weiß ich nicht noch alles. Das müssen wir ernst nehmen, und ehrlich gesagt sind das schwere Vorwürfe, die untersucht werden müssen. Außerdem hat sie angedeutet, Sie stünden auf der Gehaltsliste von Dirk Sass, dem müssen wir auch nachgehen.«

Erik reagierte gar nicht darauf. Er hörte, was sie sagten, aber er reagierte nicht. Von der Sonne war nur noch ein schmaler Streifen über den Häusern zu sehen, und wenn er die Augen zumachte, sah er lauter rote Punkte.

Reuter sagte: »Micha ist in der Lage, das Team zu leiten, das steht außer Frage, wir haben noch die Thiele, die ja sehr gut ist, auch wenn sie menschlich – wie soll ich sagen – sehr anstrengend sein kann, und wir würden Verstärkung aus Anklam bekommen. Sie will noch mal jede Person befragen, die mit der rechten Szene in irgendeiner Weise Kontakt hatte. Terpitz hat schließlich den Mord an Stefan Dörner zugegeben, da muss er Mittäter oder zumindest Mitwisser gehabt haben. Frau Thiele meint nun, er sei auch für den Anschlag auf Usedom verantwortlich, weil Andreas Reeken seine Schuld hätte beweisen können. Dann hätte er Schapiro getötet, weil der ihn gesehen hat, und schließlich Helm, der wohl auch etwas gewusst haben könnte. Terpitz hat für keine Tat ein Alibi, dafür aber Motive, und das will sie abgeklärt wissen.«

»Klingt sehr vernünftig«, sagte Dorndorfer. »So machen wir es. Kemper? Sie verstehen, dass wir Sie nach den Anschuldigungen von Frau Thiele nicht an den Fall setzen dürfen. Besonders wegen des Vorwurfs einer Verbindung zwischen Ihnen und Dirk Sass.« Er machte eine Pause, dann, in wohlwollendem Ton: »Reden Sie mit mir darüber. Ich bin sicher, die Sache klärt sich.«

Nun war die Sonne ganz verschwunden, der Himmel dunkelrot. Wie schön es aussah, selbst hier über den Dächern. Wie viel schöner musste es über dem Meer aussehen.

»Kemper?«

Erik schwieg und dachte an seine Tochter, wie wenig er sie in all den Jahren gesehen hatte und warum das bei seinem Beruf so sein musste. Er dachte an Inga und stellte sich vor, wie es wäre, wenn nun alles anders werden würde, wenn sie von ihm schwanger war. Er dachte an Anne.

»Kemper. Wie viel Urlaub haben Sie denn noch? Bestimmt vier Wochen? Sie waren dieses Jahr doch noch gar nicht weg.«

Erik drehte sich um und verließ den Raum.

Als es um halb elf abends bei Anne klingelte, wusste sie bereits, wer es war.

»Pack was zusammen, wir fahren nach Usedom«, sagte Erik, und er klang müde.

»Was, jetzt? Wieso das denn?«

»Damit wir die Ersten sind.«

»Meinst du eure Frau Thiele? Aber sie ist doch hier? Und warum sollte sie noch mal nach Usedom fahren?«

»Ich weiß nicht, was sie vorhat. Ich weiß nur, dass ich jetzt nach Kamminke will. Die haben mich gerade von dem Fall abgezogen, das heißt, hier kann ich sowieso nichts mehr machen. Und bevor ich morgen früh in Kamminke gesucht werde, würde ich gerne jetzt ... Also kommst du?«

»Warum ich?«

»Weil ich sonst niemanden mitnehmen kann, weil wir reden müssen und weil du heute sowieso nicht schlafen kannst, nach allem, was passiert ist.«

Da hatte er Recht.

»Aber wir müssen doch irgendwo übernachten? Oder willst du gleich wieder zurückfahren?«

»Ich hab in einer Pension angerufen. Die haben zwei Zimmer frei. Seitdem vermutet wird, dass es rechtsradikale Hintergründe für den Anschlag gibt, sind viele Gäste abgereist, und die neuen kommen erst gar nicht, trotz Hauptsaison. Kann man ja verstehen. Der Wirt ist bereit, bis Mitternacht auf uns zu warten. Werden wir nicht mehr ganz schaffen, aber der wartet auch noch länger, der braucht das Geld. Also, pack was zusammen. Ich erzähl dir unterwegs alles, was ich weiß.«

Sie warf ein paar Sachen in einen Rucksack, überredete ihn, dass er ihr das Steuer überließ, weil sie merkte, wie müde er war, und zwei Stunden später waren sie in Kamminke, hatten Schlüssel für ihre Zimmer im »Haffblick« und gingen zu Fuß zu Karl Rohdes Haus. Es war nicht weit. Keine fünfhundert Meter von dem Gasthaus.

Anne kam sich vor wie in einem Spielzeugland. Die Häuser wirkten klein und geduckt, die Straßen waren leer, kein Laut war zu hören. Nicht einmal Wind oder Wasser. Doch sie empfand die Stille als feindselig, ein verstörtes Schweigen. Der Anschlag vor drei Tagen hatte die Bewohner erschüttert und die Urlauber verschreckt. Nun saßen die, die noch im Dorf waren, schlaflos hinter ihren Fenstern im Dunkeln und blickten ängstlich hinaus. Anne konnte spüren, wie sie beobachtet wurden. Als sie ihren Blick auf ein Fenster richtete, sah sie, wie der Vorhang sich bewegte.

Hoch oben an den Straßenlaternen waren die größten Spinnennetze, die Anne je in ihrem Leben gesehen hatte. Jedes Einzelne war voll mit Mücken, die in die Falle gegangen waren. Die Laternen wirkten viel zu hoch für die winzigen Häuschen. Kein Wunder, dass die Spinnen ungestört riesige Netze weben konnten.

»Eine Geisterstadt im Wilden Westen ist die reinste Party gegen das hier«, sagte Erik leise.

»Du lebst in einem Dorf mit vielleicht dreihundert Einwohnern, die Straße, die hierherführt, ist eine Sackgasse, die am Hafen endet, die Seitenstraßen enden an der polnischen Grenze, und dann steht in der Zeitung, dass Rechtsradikale einen Brandsatz in das Haus deines Nachbarn geworfen haben. Wie würdest du dich dann wohl fühlen?«

»Es war nicht richtig, was die Thiele gemacht hat. Sie hätte der Presse gegenüber nichts von den Neonazis sagen sollen.«

»Sie will Karriere machen«, sagte Anne.

Schweigend gingen sie weiter.

»Warum hat er sich erschossen?«, fragte Erik plötzlich.

»Weil er Stefan Dörner umgebracht hat.«

»Dafür hatten wir doch keinen einzigen Beweis.«

»Das konnte er nicht wissen. Ich denke, so extrem wie er in seiner Naziwelt lebte, war es die einzige Konsequenz für ihn. Hast du nicht gesagt, unter den Sachen, die ihr bei ihm in der Wohnung gefunden habt, war lauter Material über den Nürnberger Prozess? Mit Anmerkungen und Kommentaren?«

Erik nickte. »Sah aus, als hätte er für eine Semesterarbeit an der Uni geforscht.«

»Er ist sozusagen einer Tradition gefolgt. Für Hochverrat wird man ja in jedem Land schwer bestraft, oft genug mit der Todesstrafe, wenn es sie gibt. Das galt auch für das Dritte Reich. Wenn die Gefahr bestand, in Gefangenschaft zu geraten und zum Verrat am eigenen Volk gezwungen zu werden, war es Ehrensache, sich durch Selbstmord zu entziehen. Auch einer Bestrafung durch den Feind entzog man sich so. Terpitz hatte natürlich die Beispiele aus der Nazizeit vor Augen. Als Berlin eingekesselt war, hat Hitler an einige seiner engsten Vertrauten Zyankalikapseln verteilt. Göring hat, kurz bevor sein Todesurteil vollstreckt werden sollte, Zyankali genommen. Ach, da fällt mir ein, Hitler hat sich übrigens wie Terpitz in den Mund geschossen.«

»Ich dachte, Hitler hätte auch Zyankali genommen.«

»Beides.«

Sie waren an Karl Rohdes Haus angekommen. Anne hatte es im

Vorbeifahren schon kurz gesehen, in der Dunkelheit aber nicht viel erkannt. Nun sah sie das Ausmaß des Brandanschlags. Die geborstenen Scheiben des Wohnzimmers, der verwüstete Raum mit den teils verbrannten Möbeln, überall Ruß und Asche. Das Reetdach war zur Hälfte abgebrannt. Es würde eine Weile dauern, bis das Haus wieder vollständig hergerichtet war.

»Gut, ich hab's gesehen, lass uns wieder zurückgehen«, sagte Anne.

»Was? Nein! Wir gehen natürlich rein!«

Sie stutzte. »Die Nachbarn könnten uns bemerken oder eine Streife. Sie fahren doch jetzt bestimmt verstärkt Streife. Ich dachte, wir machen nur einen kleinen Spaziergang, damit ich weiß, was morgen auf mich zukommt, und sehen uns das Haus bei Tageslicht an.«

»Brauchst du etwa Tageslicht?«

»Wieso *brauchen?* Wie meinst du das?«

»Na, für deine Visionen. Dafür brauchst du doch kein Licht, oder?« Erik sah sie hoffnungsvoll an.

»Ich glaube, du spinnst! Du denkst doch nicht wirklich, du kannst mich irgendwohin stellen und schwupp – hab ich eine Vision, passend zur Ermittlung?«

»Ich dachte, vielleicht können wir's ja mal ausprobieren …?« Erik wurde verlegen und schob die Hände in die Taschen seiner Jeans.

»Wenn du darauf wartest – oder vielmehr, wenn ich darauf warte, dann kommt bestimmt keine. Je bewusster ich damit umgehe, desto unwahrscheinlicher ist es.«

»Aber vielleicht, wenn du dich ganz arg konzentrierst? Du hast doch mal so was gemacht … Da hast du dich konzentriert und Kontakt zu jemandem bekommen.«

Anne rollte die Augen. »Annes Zauberkiste, was? Du redest Blödsinn. Mentalkontakt mit einem Menschen aufzunehmen, ist etwas völlig anderes, als eine Vision zu haben. Visionen kann ich nun wirklich nicht erzwingen. Entweder ich weiß, was gerade im Raum steht, oder ich weiß es nicht. Wenn du mich so unter Druck setzt, weiß ich es mit ziemlicher Sicherheit nicht. Warum hast du mir nicht gleich gesagt, was du vorhast?«

Erik machte ein enttäuschtes Gesicht. »Ich dachte, du kannst das.«

»Ich glaub es nicht!« Anne schüttelte den Kopf und schob mit beiden Händen ihre langen Locken zurück. »Erst werde ich als Lügendetektor mit ins Gefängnis genommen und muss miterleben, wie sich ein Mensch neben mir erschießt, und noch am selben Abend schleppst du mich nach Usedom, um darauf zu warten, dass ich dir sage, wer der Täter ist. Ja tickst du noch ganz richtig?« Wütend drehte sie sich um und ging die Straße wieder zurück in die Richtung, aus der sie gekommen waren.

»Psst, nicht so laut!« Erik lief ihr hinterher. »Es tut mir leid, ich weiß einfach nicht, was ich machen soll. Ich dachte, du kannst mir helfen!«

Sie blieb abrupt stehen. »Erik, ich kann dir helfen, wenn du darüber reden willst, was heute passiert ist. Ich kann dir auch helfen, wenn du über deinen Vater reden willst. Ja, ich weiß davon und deine Kollegen übrigens auch alle! Bei solchen Sachen kann ich dir helfen. Ich komme auch mal mit, um mir einen Verdächtigen anzusehen und meine Meinung zu sagen. Aber dass du mich für so etwas missbrauchst! Und dann auch noch, ohne genau zu wissen, was dabei eigentlich in mir vorgeht. Du hast dich doch nie dafür interessiert! Was soll das jetzt?«

Er suchte nach Worten, fuhr sich durch die Haare und schwieg. Anne sah es ihm an: Er hatte nicht nachgedacht. Er hatte nicht weitergewusst und sich an die Person gewandt, von der er glaubte, dass sie ihm als Einzige helfen konnte: sie selbst. Verdammt, dachte sie. Wie gut, dass sie nur in der Forschung war und nicht in der Therapie. Das hatte sie ja toll hingekriegt! Er wollte doch genau das von ihr, was sie ihm eben in ihrer Wut an den Kopf geknallt hatte: über das, was mit Terpitz passiert war, reden. Über seinen Vater reden.

Sie drehte sich zu ihm und sagte: »Tut mir leid. Aber das musste mal gesagt werden. Lass uns reingehen.«

Erik hatte hinter dem Rücken seiner Kollegen den Schlüssel für das Haus mitgehen lassen. Es wäre aber auch so kein Problem gewesen, in das Haus zu kommen. Die kaputten Fensterscheiben waren nur notdürftig mit Folie abgeklebt worden. Doch Erik wollte keine Spuren hinterlassen.

Hinter der Haustür war ein schmaler, enger Flur. Es war stockdunkel. Das einzige Licht, das sie hatten, war das von Annes Handydisplay.

Anne tastete sich durch den Flur, öffnete die Türen. Eine Gästetoilette. Das Vorderzimmer, in dem sie Geburtstag gefeiert hatten, nun eine Ruine, wirkte in dem fahlblauen Handylicht noch unheimlicher. Aus der Küche roch es nach verwesendem Gemüse.

Annes Handybeleuchtung ging zwischendurch immer wieder aus, so wie jetzt. Sie stieß im Flur gegen einen Schirmständer – hatte heute noch jemand einen Schirmständer zu Hause? – und verhedderte sich in den Mänteln und Jacken, die der alte Mann trotz der heißen Jahreszeit dort hängen hatte. Etwas griff nach ihren Haaren, umfasste mit weichem Druck ihren Kopf. Sie schrie auf, machte einen Satz zurück, stolperte. Es war wieder weg. Erik hielt sie fest, damit sie nicht stürzte. Es war ein unerwartetes Gefühl von Wärme und Sicherheit. Sofort verschwanden seine Hände wieder, und das Gefühl war nur noch eine Erinnerung.

»Das war ein Hut«, sagte Erik. »Hoffentlich hält dein Akku noch eine Weile durch.«

Die Tür zur Kellertreppe. »Ich geh ganz sicher nicht im Dunkeln in den Keller«, sagte sie.

Die Treppe, die nach oben führte, war mit einem rauen Teppich ausgelegt. Langsam stiegen sie die Stufen hinauf und gingen den oberen Flur entlang.

Das Badezimmer war überraschend modern. Annes Displaylicht wurde von den Spiegeln und den weißen Kacheln reflektiert. Sie sah eine große Badewanne, altengerecht eingebaut. Drei weitere Türen, die vom Flur aus zu jeweils unterschiedlich großen Zimmern führten. Eines war das Schlafzimmer. Die anderen schienen ungenutzt, waren vollgestellt mit Gerümpel und rochen nach abgestandener Luft.

»Wir haben etwas übersehen, das kann nicht stimmen«, sagte Anne.

»Ja? Hast du was entdeckt?«, fragte Erik hoffnungsvoll.

»Nein. Nur, dass hier oben anscheinend mehr Wohnfläche ist als unten. Wir haben vielleicht einen Raum übersehen. Lass uns noch mal nachsehen.«

Sie gingen wieder die Treppe hinunter, tasteten sich durch den Flur und fanden schließlich eine Tür, die sie vorher nicht bemerkt hatten.

Anne wusste nicht, dass sie danach gesucht hatte, aber hier war sie: die »gute Stube«. Sie kannte so etwas von ihren deutschen Großeltern. Jahrzehntelang hatten sie in demselben Haus gelebt. Die Kinder waren irgendwann nicht mehr da, und die leeren Kinderzimmer verkamen zu Abstellkammern. Die unteren Räume waren in Ess- und Wohnzimmer aufgeteilt. Wenn sie alleine waren, hatten sie ihre Mahlzeiten in der Küche zu sich genommen, wenn sie Besuch hatten, im Esszimmer. Das Wohnzimmer blieb für besondere Gelegenheiten reserviert. Annes Oma hatte Häkeldeckchen auf die Arm- und Rückenlehnen der Polstersessel gelegt, damit diese Stellen sich nicht abnutzten und nicht »speckig« wurden, wie sie sagte. In der »guten Stube« war es immer museal sauber und aufgeräumt. Da hingen die schönsten Bilder, da lagen die teuersten Teppiche, da standen die besten Möbel. Und in den Schränken stapelte sich das feine Geschirr, das niemals, niemals benutzt wurde, weil es zum Gebrauch zu teuer war. Porzellanteller, Porzellanfiguren und Porzellanvasen waren wie kleine Ausstellungsstücke hinter den Vitrinentüren arrangiert. Es gab ein paar wenige Sammelstücke, aufwendig geschliffene, bunte Kristallgläser zum Beispiel. Nichts davon war jünger als dreißig Jahre.

Genauso sah es hier in Karl Rohdes Wohnzimmer aus. Manche Dinge waren wohl überall gleich. Ost oder West – es machte keinen Unterschied.

»Wann ist Rohdes Frau gestorben?«, fragte sie Erik.

Der musste erst überlegen. »Puh, muss eine ganze Weile her sein … Das hab ich in den Akten gelesen, aber ich weiß es nicht mehr genau. Warum?«

»Weil ich glaube, dass dieses Zimmer seitdem nicht mehr genutzt worden ist. Er hat hier vielleicht mal sauber gemacht oder sauber machen lassen. Aber wirklich genutzt hat er es nicht und seitdem wohl auch nichts mehr verändert.«

»Jetzt fällt es mir wieder ein, sie ist gestorben, als er gerade in Rente gegangen ist. Also vor gut fünfundzwanzig Jahren.«

»Das glaub ich sofort.« Anne ging in dem Wohnzimmer herum und sah sich die Sachen an. Sie kam einem Menschen näher, wenn sie in seinem Lebensraum war. Dann konnte sie ihn oft fühlen.

Anne ließ ihre Hände über die Sessel gleiten, über die Schränke, die Gardinen. Von draußen schien ein heller Mond durch die Fenster. Sie brauchten das Displaylicht nicht mehr.

»Du siehst aus, als hättest du was entdeckt«, sagte Erik und klang sehr ernst.

»Ich weiß nicht. Dieses Zimmer ist ganz typisch für Leute seiner Generation. Wo hat er eigentlich seinen Fernseher? Er hat doch einen Fernseher?«

»Vorne in dem Zimmer, das ausgebrannt ist, hab ich einen gesehen.«

»Hier war er nicht sehr oft. Ich frage mich gerade, warum. Ein Grund könnte sein, dass er die Möbel und das alles schonen wollte. Ein anderer könnten Erinnerungen sein.«

»An seine Frau? Hier steht ja alles voll mit Schnickschnack, sieht nicht gerade aus, als hätte er das ausgesucht.«

»Nein«, sagte Anne zögerlich. »Das ist es nicht. Wenn ihn die Erinnerungen an seine Frau so bedrückt hätten, dann wäre er aus dem gemeinsamen Schlafzimmer ausgezogen und hätte sich eines der ehemaligen Kinderzimmer genommen. Es muss etwas anderes sein.«

Sie ging weiter herum, setzte sich auf das Sofa, danach in einen der gegenüberliegenden Sessel. Sie sah sich um, bis ihr Blick an den Bildern, die an der Wand über dem Sofa hingen, hängen blieb. Im fahlen Mondlicht konnte sie die Motive nicht erkennen, aber sie spürte, dass etwas von den Bildern ausging. Sie strahlten Liebe aus. Liebe und ein schlechtes Gewissen. Liebe, die eines Tages angefangen hatte zu wuchern wie ein bösartiges Geschwür. Ein inoperabler Tumor, von dem keiner wusste, wie lange damit noch zu leben war. Das Gefühl drückte Anne so schwer auf die Brust, dass sie für einen Moment glaubte, nicht mehr atmen zu können. Sie stand schnell aus dem Sessel wieder auf.

»Ich hab's. Ich brauche Licht«, sagte sie zu Erik.

»Wir haben nur dein Handy!«

»Ist der Strom denn abgestellt?«

»Ich denke nicht, aber wenn wir Licht machen, sieht uns garantiert jemand, und du hast eben selbst gesagt …«

»Es ist fast zwei Uhr morgens. Das Zimmer geht nach hinten raus. Was ist hinter dem Haus?«

»Der Garten, ein Feld, ein Wassergraben und dann die polnische Grenze.«

»Die Polen werden sich wohl kaum dafür interessieren, was wir hier machen.«

»Aber das Licht strahlt in den Garten, das sehen die Nachbarn.«

»Riskier es! Wenn jemand kommt, sagst du, du bist bei der Polizei.«

»Wenn jemand kommt, dann ist es mit Sicherheit die Polizei, und zwar Kollegen, die wissen, dass ich hier nichts zu suchen habe und du schon gar nicht.«

»Nur kurz. Bitte!« Sie klang kompromisslos, und Erik schaltete das Licht ein.

Anne sah drei Aquarelle, die Alpenlandschaften zeigten.

»Das ist unglaublich«, sagte sie leise, ehrfürchtig.

Erik knipste das Licht wieder aus.

»Nein! Mach wieder an!«

»Mach ich nicht. Wir nehmen die Bilder einfach mit, wenn du denkst, dass sie wichtig sind.«

»Oh, sie sind wichtig, aber anders, als du denkst.« Sie war sich nicht hundertprozentig sicher, aber so gut wie. Sie würden in der Pension in aller Ruhe nachsehen können. Eine gute Idee. Nur … »Und wenn jemand merkt, dass sie weg sind?«

»Ich bring sie wieder zurück. Und jetzt: abhängen und mitnehmen.«

In der Pension entschieden sie sich für Annes Zimmer, weil es etwas größer war als das von Erik. Er legte die drei Rahmen auf das Doppelbett und sah abwechselnd sie und die Bilder an.

»Hoffentlich hat uns niemand mit den Dingern gesehen«, sagte er.

»Und wenn schon. Wir sehen nicht wie Einbrecher aus.«

»Nein, nur wie Leute, die mitten in der Nacht mit großen, sperrigen Gegenständen durch Kamminke schleichen.«

»So groß sind die Bilder nun auch nicht. Ich glaube nicht, dass jemand uns gesehen hat. Jetzt schlafen sie wirklich alle.« Anne lächelte ihn an. »Eben noch so mutig, und jetzt?«

Sie begann, die Bilder vorsichtig aus den Rahmen zu nehmen. Dann hielt sie sie hoch, drehte sie um, studierte jeden Zentimeter, jeden Knick, jeden Fleck.

»Das sind Originale. Aquarelle, die es eigentlich nicht geben dürfte. Von Erich Heckel, sagt dir das was? Er ist einer der Mitbegründer der ›Brücke‹. Das war eine Künstlergruppe Anfang des zwanzigsten Jahrhunderts. Expressionisten.«

»Ja, ja, das weiß ich. Und weiter?«

»Heckel gehörte zu denen, die während des Dritten Reichs Ausstellungsverbot hatten. Viele seiner Bilder sind beschlagnahmt worden und dann verschwunden. Im Krieg ist außerdem sein Atelier zerbombt worden, dabei sind hunderte Bilder und Skizzen zerstört worden. Von wann diese sind … Ah, hier steht eine Jahreszahl: 1929, 1928 und wieder 1929. Da hatte er schon deutliche Distanz zu seiner Brücke-Zeit. Wieso hat der Mann echte Heckel-Aquarelle in seinem Wohnzimmer hängen? In einem Wohnzimmer, das er nie betritt?«

»Bist du sicher, dass das echte Heckel-Bilder sind?«, fragte Erik.

»Sicher nicht, aber so gut wie. Ich habe gerade erst eine Ausstellung in Berlin gesehen. Sieh dir doch mal die Signatur an! Ich muss Malte anrufen.«

»Um diese Zeit?«

Es war ihr egal. Sie machte von den Bildern mit ihrem Handy Fotos und schickte sie als MMS an Malte. Dann rief sie ihn an.

»Sag mir was über die Bilder. Sie sind von Erich Heckel.«

Mehr musste sie nicht sagen. Malte war das geborene Trüffelschwein. Glücklich, wenn man ihm etwas Kompliziertes zum Recherchieren gab. Nur wenige Minuten später meldete er sich wieder.

»Ich nehme an, du bist mit Erik unterwegs?«, fragte er. Natürlich, warum sollte sie ihn sonst mitten in der Nacht mit so etwas nerven. »Dann will ich gar nicht wissen, wo du bist und was ihr macht, ich hänge an meinem Job. Also, wenn ich das richtig sehe, hast du Originale fotografiert?«

»Allerdings.«

»Die Bilder hab ich vor kurzem schon mal gesehen, mir fällt nur nicht ein, wo. Sie sind aber im Internet im LostArt-Portal gelistet. In diesem Portal stehen Suchmeldungen für Gemälde, die während des Zweiten Weltkriegs verschwunden sind. Leute, aus deren Familienbesitz Gemälde verschollen sind, suchen dort zum Beispiel, aber auch Museen. Sieh es dir mal an, wenn du wieder am Computer bist.«

»Und wer hat die Suchmeldung aufgegeben?«

»Schick ich dir aufs Handy. Lass mich noch ein bisschen stöbern.« Malte beendete das Gespräch. Insgeheim bedauerte Anne ihre Freundin Emma, die mit Malte zusammen war. Diese Nacht war für die beiden gelaufen. Malte würde, wie sie ihn kannte, die nächste Zeit mit Recherchen im Internet verbringen statt im Bett.

Erik sah auf die Bilder, sah auf Anne, und hatte längst verstanden. »Beutekunst«, sagte er.

13.

Wie kommt Karl Rohde an diese Bilder? Mikes Vater hat mir gestern noch glaubhaft versichert, dass Rohde alles andere als ein Nazi war«, sagte Erik nachdenklich.

»Wer weiß, ob das stimmt? Sagt dir der Begriff Braunschweiger was?«

»Nein. Bist du heute das Lexikon des unendlichen Wissens?«

»Braunschweiger nennt man die, die nach dem Krieg eine andere Identität angenommen haben, um ihre Nazivergangenheit zu verschweigen. Braun-Schweiger eben. Vielleicht ist Karl Rohde ein Braunschweiger.«

»Die wollen mich eh in der KPI nicht mehr haben. Du machst ab jetzt meinen Job«, sagte Erik, genervt und müde.

»Nicht sauer sein. Es ist Zufall, dass ich so viel darüber weiß. Ich hatte mich gerade mit dem Thema für einen Aufsatz beschäftigt, deshalb war ich auch auf der Ausstellung im Brücke-Museum in Berlin. Es ging um …«

»Sag es mir nicht. Mir schwirrt schon der Kopf. Karl Rohde hat also seit Jahrzehnten geraubte Heckel-Originale in seinem Wohnzimmer hängen, und keiner hat es gemerkt.«

»Man muss schon genau hinsehen und sich dann auch noch mit Kunst auskennen. Und selbst wenn man den Maler erkennt, weiß man immer noch nicht, dass diese Bilder als verschollen gelten. Ich hab es ja auch nicht gewusst. Die Leute sehen außerdem nur das, was sie sehen wollen. Wenn man Bilder bei einem ganz gewöhnlichen Ehepaar mit einem ganz gewöhnlichen Lebenswandel sieht, geht doch niemand davon aus, dass das wertvolle Originale sein könnten. Die Beschädigungen, die die Bilder teilweise am Rand haben, könnte auch ein Nachdruck haben.«

»Kann er die Bilder denn nicht geschenkt bekommen haben, zum Beispiel als Dankeschön dafür, dass er Juden zur Flucht verholfen hat? Er hat doch in seinem Interview gesagt, dass er im Dritten Reich Juden versteckt hat.«

»Und aus lauter Dankbarkeit fordern die Nachkommen dieser geretteten Juden nun die Bilder zurück? Eine Suchmeldung kommt einer Rückforderung gleich. Das macht keinen Sinn.«

»Vielleicht sind sie habgierig geworden? Im Moment kocht die Diskussion um die Rückgabe doch wieder hoch.«

»Die Bilder sind sicher einiges wert, aber es geht nicht um Millionen.«

»Na und? Manchen reichen ein paar Tausender. Aber ich denke auch, dass du Recht hast. Karl Rohde sitzt hier mit Beutekunst in seinem Wohnzimmer. Mitten in Kamminke. Bis Samstag wusste ich nicht mal, dass es dieses Kaff überhaupt gibt.« Erik schüttelte den Kopf.

»Ist das ein Motiv?«, fragte Anne.

»Wer weiß. Aber wenn niemand die Bilder je gesehen hat? Du hast doch gesagt, er hätte das Wohnzimmer nicht mehr benutzt.«

»Ich würde es nicht ausschließen. Er hat es kaum benutzt, aber nie würde ich nicht sagen. Es war kein Raum für den alltäglichen Gebrauch.«

Ihr Telefon piepte, Maltes SMS war angekommen.

»Die Suchmeldung hat eine Hannah Simon aufgegeben, aus Rostock.«

»Rostock? Das kann kein Zufall sein.«

»Es geht weiter. Malte ist eingefallen, wo er die Bilder gesehen hat. Und zwar in dem NDR-Interview, das Karl Rohde letztes Jahr gegeben hat, anlässlich des sechzigsten Gedenktags der Kriegsgräberstätte. Und jeder, der einen Fernseher hat und den NDR empfängt, hätte die Bilder sehen können.«

»Die gestohlenen Bilder und den, der sie vielleicht gestohlen hat.«

»Also sind die Bilder ein Motiv.«

Was danach geschah, konnte sich Erik auch Tage und Wochen später nicht richtig erklären.

Nachdem er die Bilder unbemerkt zurück in Karl Rohdes Haus gebracht hatte, fühlte er sich nach einem Spaziergang. Alleine.

Er ging die Straße, die zum Ortsausgang führte, weiter bis zu der Kurve, in der die Straße zum Golm abzweigte. Dieser Weg war stockdunkel. Nicht jetzt, dachte er, und folgte der Straße, bis er am Ortsschild ankam. Zu seiner Rechten lag ein verfallener ehemaliger Landwirtschaftsbetrieb. Kleine Häuser, die leer standen und verrotteten. Andere kleine Häuser, die neu gestrichen waren, ein neues Dach und einen Anbau bekommen hatten. Hoch oben an den Laternenpfosten Plakate der NPD. Zu hoch, um sie abreißen zu können.

Diese Stille. Diese Luft. Rostock lag zwar nahe der Ostsee, aber es war eine Großstadt. Nicht zu vergleichen mit der Abgeschiedenheit von Kamminke. Er ging weiter ein Stück aus dem Dorf heraus, an der Straße entlang, die nach Garz führte. Er wollte gar nicht weit gehen, nur ein Stück, um dann in den Himmel zu sehen und Sterne zu entdecken, die er in Rostock nicht sehen konnte.

Es war eine Stunde vergangen, als er wieder zurück zur Pension kam. Durch den Spalt unter Annes Zimmertür sah er noch Licht herausscheinen. Er klopfte leise, leise genug, um sie nicht aufzuwecken, falls sie schon schlief, aber so, dass sie ihn hören würde, wenn sie wach war. Sie hörte ihn.

»Kannst du auch nicht schlafen?«

Sie zuckte mit den Schultern und setzte sich auf die Bettkante. Sie hatte sich noch nicht umgezogen und trug noch wie vorhin das schulterfreie weiße Oberteil und den gemusterten knielangen Rock. Aber sie war nun barfuss. »Ich hab Angst, das Licht auszumachen, wenn ich ehrlich bin. Immer, wenn ich die Augen zumache, muss ich an Thoralf Terpitz denken, wie er …« Sie schluckte.

Erik nahm ihren Rucksack von dem Stuhl und setzte sich. »Es war eine vollkommen idiotische Idee von mir, dich hierhin zu schleppen. Tut mir leid. Ich hab es nur einfach in Rostock nicht mehr ausgehalten, und da dachte ich, vielleicht tut es dir auch ganz gut, so ein Ortswechsel und Ablenkung.«

»Erik«, sie lachte, aber es klang unsicher, und er sah, dass sie die Tränen zurückhielt, »Erik, wir sind hier nicht auf Gran Canaria im Urlaub. Du machst weiter deine Arbeit und verlangst von mir, mich mit deinen Toten zu beschäftigen! Aber ich hab mit alldem nichts zu tun!«

»Ich hab doch gesagt, es tut mir leid. Ich konnte nicht wissen, dass der Typ sich erschießt, wie auch! Und ich dachte wirklich, es ist eine gute Idee …«

»Das hast du nicht!«, unterbrach sie ihn vehement. »Du hast mich mitgenommen, weil du nicht allein sein wolltest, und außer deinen Kollegen hast du ja keine Freunde!«

Das saß. Sie hatte Recht. Es tat weh. Aber sie war noch nicht fertig.

»Du bist selbst nach Dienstschluss nur mit deinen Kollegen zusammen, mit denen du aber kein einziges privates Wort wechselst. Ich meine, warum hast du denn nicht, wie jeder andere Mensch, einfach sagen können, dass dein Vater gestorben ist? Und wenn du nicht bei deinen Kollegen bist oder Überstunden machst, dann brütest du alleine vor dich hin. Die Einzige, mit der du vielleicht noch sprichst, ist deine Tochter. Tja, nur, dass die gerade in Kanada ist. Und bei deinem Arbeitgeber lässt du dich die nächste Zeit besser auch nicht blicken, weil dich eine Frau vergrault hat. Stimmt's? Was hat dir die Thiele eigentlich getan, dass du sie so gereizt hast?«

»Was? Was ich ihr getan hab? Sie hat mich doch die ganze Zeit genervt! Das hättest du dir anhören müssen, unmöglich hat die sich aufgeführt!«

»Aha.« Verdammt, diese Frau klang heute giftig. »Wie üblich sind es die anderen. Sie war nicht sofort Feuer und Flamme darüber, dass du dich an ihrem Tatort herumgetrieben hast, und schon war sie bei dir auf der Abschussliste.«

»Du hättest sie mal hören sollen!«

»Ach Unsinn! Ich kenne dich lange genug. Sie hat dir nicht gepasst, also warst du mies zu ihr. Warum hast du nicht mal versucht, mit ihr zu reden? Du hättest sie anrufen können, um dich mit ihr am Tatort zu verabreden. Aber nein, du bist einfach hingefahren und hast dein eigenes Ding durchgezogen. Du hast dich ins Krankenhaus gesetzt und mit einem Zeugen geredet, mit dem du gar nicht reden solltest. Wie kamst du bloß dazu? Warum hast du ihr nicht das Gefühl gegeben, dass du sie ernst nimmst? Sie hatte doch gar keine andere Chance, als eklig zu sein. Sie hat alles versucht, um sich gegen dich durchzusetzen, weil du ihr keinen Platz gelassen hast, obwohl es ihre Ermittlung war. Schon mal daran gedacht?«

Er schwieg. Dachte daran, wie die Thiele und er über Freyer hatten grinsen müssen. Da hatten sie sich zum ersten Mal gut verstanden.

»Ja, Scheiße, du hast ja Recht.«

»Na so was«, murmelte sie. »Rede nächstens mit den Leuten, mit denen du zu tun hast. Und vor allem: Es bricht dir kein Zacken aus der Krone, wenn du anfängst über dich zu reden.«

Über sich reden. Wann hatte er das zuletzt getan? Wenn er es überhaupt je getan hatte. Er machte die Dinge mit sich selbst aus, so war er nun mal, er war nie anders gewesen. Auch damals in der Beziehung mit Inga. Sie hatten Spaß zusammen gehabt. Inga war hübsch und jung und impulsiv gewesen, hatte ihn fasziniert, aber als dies dem Alltag nicht mehr standhielt, hatte er nicht mit ihr gesprochen, hatte sich einfach zurückgezogen. Da war es schon zu spät gewesen.

Seitdem hatte er nur noch belanglose Affären gehabt mit Frauen, die nichts von ihm verlangt hatten. Und damit sie erst gar nicht auf die Idee kamen, etwas von ihm zu verlangen, hatte er sich jedes Mal schnell wieder aus dem Staub gemacht. Keine Verbindlichkeiten. Der ewige Junggeselle, hatte er gedacht. Trotz Exfrau und Tochter. Er hatte nun mal einen anstrengenden Job, okay, das sagte wahrscheinlich jeder über sich und seine Arbeit. Dass er sich auf niemanden einließ, lag nicht am Beruf. Kollege Olaf Nies hatte schließlich denselben Job und machte längst nicht so viele Überstunden, war längst nicht mit den Nerven so am Ende wie Erik. Olaf Nies saß sicher nicht jeden Abend alleine in seinem Sessel und trank einen Doppelten, um wieder runterzukommen. Er war zwar geschieden, aber schon längst wieder auf der Jagd nach einer neuen Frau. Kai Hauser war auch nicht so. Micha, nun, Micha war auf dem besten Weg, wie Erik zu werden. Micha stürzte sich in die Arbeit, um nicht nach Hause zu seiner Freundin zu müssen. Das ging nun schon seit Jahren so, aber sie schien es nicht zu verstehen, und er hatte keinen Mumm, die Sache zu beenden. Früher hatte Micha wenigstens noch ständig mit anderen Frauen geflirtet, doch selbst das hatte sich gelegt. Ja, Micha war auf dem besten Weg, so zu werden wie Erik. Und je länger Erik darüber nachdachte, desto unheimlicher wurde ihm dieser Gedanke.

Erik fühlte sich, als befände er sich mitten im freiem Fall. Er wusste nicht, wie lange er noch fallen würde, und er wusste nicht, wie er landen würde. Ob weich oder ob es ihn zerschmettern würde. Sie hatte Recht. Er sollte besser früher als später damit anfangen zu reden. Und zwar nicht über den Fall, sondern über sich.

Also redete er mit ihr. Er fing damit an, wie sehr er Cordelia vermisste, wie sehr er sich ängstigte, sie könnte in Kanada bei seinem Bruder, mit dem er seit Jahren keinen Kontakt mehr gehabt hatte, bleiben wollen. Redete darüber, wie sehr ihn Thieles Vorwürfe, er sei ein Handlanger von Sass, belasteten. Darüber, wie erschrocken er war, dass er

Andreas Reeken fast gar nicht gekannt hatte, dass er ihn aber auch nie interessiert hatte, obwohl sie doch so lange zusammengearbeitet hatten. Und darüber, wie elend er sich fühlte, seit sein Vater gestorben war. Die Möglichkeit, sich mit ihm auszusprechen, war für immer vorbei. Seine Mutter hasste ihn so sehr, dass sie ihn von der Trauerfeier vertrieben hatte. Er hatte nichts mehr, keine Familie, keine Freunde, niemanden.

Er saß auf diesem Stuhl in ihrem Zimmer, redete, bis ihm die Tränen kamen, ihm, einem erwachsenen Mann, und dann, als Anne an seine Seite getreten und einen Arm um ihn gelegt hatte, setzte er sich mit ihr auf das Bett und redete weiter, immer noch unter Tränen, stillen Tränen. Und irgendwann, wenn er bloß wüsste, wie das passieren konnte, irgendwann lag er in ihren Armen, zog sie fest an sich, presste sein Gesicht gegen ihren Hals, ihre Schulter und begann, ihre Lippen zu suchen mit den seinen.

Sie erwiderte den Kuss, wischte ihm mit weichen Händen die Tränen aus dem Gesicht, küsste ihn wieder, und Schmerz und Trauer in ihm fühlten sich nicht mehr so bedingungslos an, nicht mehr so, als würden sie sein Nervensystem vergiften. Sie wichen einer bittersüßen Sehnsucht, einer Lust, die er so noch nicht kannte, vielleicht hatte er sie aber auch nur vergessen.

Erik erinnerte sich später nicht mehr, wie es weitergegangen war, wann sie angefangen hatten, sich auszuziehen, denn er erinnerte sich nicht, dass sie auch nur eine Sekunde voneinander gelassen hätten, seit sie angefangen hatten, sich zu küssen. Wie waren sie ihre Kleider losgeworden? Aber nun schliefen sie miteinander, ohne dass ein Wort zwischen ihnen gesagt werden musste. Sie schliefen miteinander, und so oft er es sich auch schon vorgestellt hatte, wie es sein würde, mit dieser Frau, in die er sich schon vor so langer Zeit verliebt hatte, zu schlafen, er hatte es sich nicht so vorgestellt. Nicht so leicht, so unkompliziert. Nicht so erregend und intensiv. Er war für eine halbe Stunde nur noch Endorphine und Euphorie. Keine Gedanken mehr, kein Schmerz, keine Trauer.

Auch als es vorbei war, als sie längst einfach nur nebeneinander lagen, fühlte er sich ganz nah bei sich, so als könne ihm nichts und niemand mehr etwas anhaben.

Die Sonne war wieder aufgegangen, er hörte Annes ruhigen Atem neben sich, sah, wie sie lächelte und dabei an ihren Haaren zupfte. Sie hatten immer noch kein Wort gesprochen, und er dachte, warum kann es nicht so bleiben, als ihm einfiel, warum es nicht so bleiben konnte, auf gar keinen Fall. Ihr Lächeln verschwand.

»Was ist los? Dass du es so schnell bereust, hätte ich nicht gedacht.« Ihr Gesicht verschloss sich, sie zog die Decke bis zum Kinn hoch, um ihm nicht in ihrer Nacktheit ausgeliefert zu sein. Er wusste, dass sie es wusste. Dass er sie jetzt gleich verletzten musste. Was für ein Idiot war er eigentlich.

»Nein, es ist – ich hätte dir etwas sagen müssen. Ich – kann eigentlich nicht.«

»Was ist das jetzt? Triffst du wieder Entscheidungen, ohne mit den anderen Menschen, die es betrifft, darüber zu reden?«

Erik drehte sich auf den Bauch und stützte den Kopf in die Hände. Wie sollte er ihr sagen, dass es ein Fehler gewesen war? Wie ihr erklären, dass es nur deshalb ein Fehler war, weil er vor drei Monaten einen viel größeren begangen hatte, ohne den dies alles das Beste gewesen wäre, was ihm seit langem widerfahren war. Wegen einer Frau, die er seit Jahren nicht mehr liebte und von der er nicht einmal wusste, ob er sie je wirklich geliebt hatte. Wegen dieser Frau also war dies nicht das Beste, was ihm je passiert war, sondern das Gemeinste, Dümmste, Schlechteste, das er hatte tun können. Er hatte keine Wahl.

»Inga ist schwanger«, sagte er, während er sich aufsetzte. »Zu fünfzig Prozent von mir.«

Anne schwieg.

»Es war schon einmal so vor vielen Jahren. Da hatten wir über einen längeren Zeitraum eine sexuelle Beziehung, mehr nicht. Wir wissen beide, dass wir es miteinander nicht aushalten.«

Sie schwieg immer noch.

»Na ja, vor ein paar Monaten fing es dann wieder an. Aber nicht oft. Wir sind ein paar Mal im Bett gelandet. Zuletzt vor drei Monaten. Ich wusste, dass sie noch mit einem anderen schläft, aber – ich weiß auch nicht. Es war mir egal. Ich wusste ja nicht, dass so etwas …« Sie hatten verhütet, aber offenbar zu nachlässig. Es war nur Sex gewesen. Bequemer Sex mit einer Frau, die er schon so lange kannte, deren Bedürfnisse er kannte, die ihn ebenso kannte. Entstanden aus seiner Einsamkeit, seiner Sehnsucht nach einem weiblichen Körper. Inga war ihm als ideale Sexpartnerin vorgekommen. Keine Verpflichtungen. So hatte er es immer gesehen. Und nun vielleicht die größte Verpflichtung, die ein Mensch haben konnte. Ein Kind.

Hatte sie es provoziert? Aus Angst, sonst von seinen Eltern vor die Tür gesetzt zu werden? Weil Cordelia nun volljährig war und es nach ihrem Abitur keinen Grund mehr gab, warum auch Inga noch bei den Kempers wohnen sollte? Weil Cordelia aus Hamburg weggehen würde? Wollte sie sich wieder fester an diese Familie binden, indem sie wieder ein Kind von Erik bekam? Hatte sie gewusst, dass sein Vater sterben würde? Erik ging in diesem Gedanken unter, tauchte erst wieder auf, als Anne sich bewegte. Aber sie sagte noch immer nichts. Sie zog nur an ihrer Decke, zog sie ganz über sich, drehte ihm den Rücken zu. Erik wünschte sich, sie würde ihn anschreien. Beschimpfen. Irgendetwas.

Aber sie sagte nur dumpf: »Ich versuche, von irgendwo einen Mietwagen zu bekommen. Vielleicht bleib ich noch einen Tag länger hier. Gute Fahrt.«

Er blieb noch ein paar Minuten im Bett sitzen und sah auf die von der Decke verhüllte Gestalt neben sich. Sie bewegte sich nicht. Erst als er die Hand nach ihr ausstreckte, um sie zu berühren, um sich zu verabschieden, sagte sie: »Bist du immer noch nicht weg?«

Er stand auf, zog sich an und ging. Die Tür ihres Zimmers zog er ganz leise hinter sich zu.

Gegen Mittag parkte Erik seinen Volvo in Warnemünde in der Fritz-Reuter-Straße. Er hatte sich eine andere Gegend, ein anderes Haus vorgestellt. Die Dame am Telefon hatte so distinguiert und gebildet geklungen. Ganz anders eben als diese Gegend.

Er stieg die Treppe zum ersten Stock hinauf, hörte Stimmen im Treppenhaus. Im ersten Stock angekommen, las er die Türschilder. Hier hieß niemand Simon. Jemand rannte an ihm vorbei, streifte ihn in der Eile am Rücken und entschuldigte sich murmelnd. Erik drehte sich um, sah aber niemanden mehr und ging weiter in den zweiten Stock.

»Simon«, hier war es. Erik klingelte. Fast sofort öffnete sich die Tür.

»Hast du was vergessen – oh. Ich dachte, mein Sohn ist zurückgekommen. Wollen Sie zu mir?«

Der Mann, der vor ihm stand, stank nach Alkohol. Er sah alt aus, mindestens zwanzig Jahre älter als Erik. Noch älter. Ende sechzig, Anfang siebzig. Er war sehr groß, dünn und hager, schlecht rasiert, und seine dunkelgrauen Haare, die zwar vorne etwas ausdünnten, aber noch keine Glatze zeigten, trug er kurz geschnitten.

»Ich wollte zu Hannah Simon, bin ich hier richtig?«, fragte Erik und sah zur Sicherheit noch einmal auf das Klingelschild.

Der Mann trat aus der Wohnung auf den Flur hinaus, lehnte die Tür vorsichtig an und musterte Erik von oben bis unten. »Was wollen Sie von ihr?«

»Ich hatte heute Morgen angerufen und mit ihr einen Termin vereinbart. Sie müsste mich erwarten.« Die Adresse, die Malte auf Annes Handy geschickt hatte, hatte er sich gemerkt. Die Telefonnummer hatte er über die Auskunft erfahren.

»Das glaube ich kaum. Wollen Sie ihr etwas verkaufen? Wer sind Sie?«

»Erik Kemper, Kriminalpolizei Rostock.«

»Ausweis?«

Gut, dass ihn niemand darum gebeten hatte, ihn abzugeben. Noch nicht. Er zog den Ausweis aus seiner Hosentasche und hielt ihn dem Mann hin, der ihn genau studierte. Endlich gab er ihn wieder zurück.

»Und was wollen Sie von ihr?«

»Müssen wir das hier im Flur besprechen?«

»Ja.« Der Mann verschränkte die Arme und starrte Erik an.

»Es geht um die drei Heckel-Aquarelle, die Frau Simon als vermisst gemeldet hat.«

Der Mann starrte weiter. Überlegte. Dann: »Die hat mein Sohn gemeldet. Meine Mutter ganz sicher nicht.«

»Aber ich habe heute Morgen mit ihr telefoniert«, beharrte Erik.

Der Mann seufzte. Erik versuchte, nicht seine Bierfahne einzuatmen. »Gut. Gehen wir rein.«

Der Geruch in der Wohnung war schlimm. Kalter Zigarettenrauch, Alkoholdunst, verbrauchte, abgestandene Luft. Von irgendwoher kam immerhin Kaffeeduft. Es ging ein paar Schritte über einen dunklen Flur, hinein in die Küche, aus der der Kaffeeduft kam. Er war das einzig Angenehme an diesem Raum. Die Tür ging nicht ganz auf, weil dahinter eine ansehnliche Sammlung von leeren Flaschen stand: Bier, Wodka, billiger Whisky. Auf dem Küchentisch lag ein Haufen Papierkram, der zur Seite geschoben war, wohl um Platz für Essgeschirr zu machen, das nun nicht mehr dort stand. Ein grünlich-weiß gemustertes Wachstuch diente als Tischdecke.

Der Aschenbecher war gerade ausgeleert worden, das Spülbecken war ebenfalls leer, glänzte aber noch nass, und am Abfluss hatten sich Schaumreste gesammelt. Über dem Wasserhahn hing ein feuchter gelber Lappen. Ein paar Teller und etwas Besteck lagen sauber neben der Spüle. Auf der anderen Seite der Spüle stapelte sich allerdings noch dreckiges Geschirr. Wahrscheinlich hatte der Sohn versucht, wenigstens ein bisschen Ordnung in diesem Chaos zu schaffen. Hätte er doch bloß auch gelüftet!

Der Mann deutete auf einen der beiden Stühle, und Erik setzte sich, nicht ohne vorher nachgesehen zu haben, ob der Stuhl sauber war.

»Wo ist denn Ihre Mutter?«, fragte Erik.

»Nicht da«, sagte der Mann, und man musste keine besonderen empathischen Fähigkeiten haben, um zu sehen, dass er log.

»Sagen Sie mir Ihren Namen, bitte?«

»Simon.«

»Ihren Vornamen?«

»Wollen Sie Brüderschaft mit mir trinken?« Er lachte. »Na gut. Ernst.«

»Was können Sie mir über die Heckel-Aquarelle sagen, die Ihre Mutter sucht? Oder Ihr Sohn?«

»Sagen Sie mir, warum Sie das wissen wollen?« Ernst Simon kramte in einer Küchenschublade, hustete entsetzlich, fand Zigaretten und zündete sich eine an. Zum ersten Mal in seinem Leben empfand Erik beim Anblick einer Zigarette Übelkeit. Er beschloss ernsthaft, mit dem Rauchen aufzuhören. Mal wieder.

»Wir sind im Laufe einer Ermittlung auf diese Suchanfrage im Internet gestoßen, mehr kann ich Ihnen leider nicht sagen, um die Ermittlung nicht zu gefährden«, sagte Erik und hoffte, Ernst Simon würde es ihm abkaufen.

Simon zündete sich seine Zigarette an, hustete ein wenig vor sich hin und sah Erik dann scharf an. »Diese Bilder«, sagte er. »Die haben mir meinen letzten Nerv geraubt, wissen Sie das?« Er schüttelte den Kopf, starrte auf seine Kippe, überlegte kurz und hielt Erik sein Zigarettenpäckchen hin. Noch ein erstes Mal für heute: Erik schüttelte den Kopf und lehnte ab.

»Plötzlich fängt mein Sohn mit diesen Bildern an. Ich bin ja überzeugt, dass es die gar nicht gibt. Ich meine, die Bilder gibt es sicher irgendwo, aber die haben bestimmt nie meiner Mutter gehört. Wissen Sie, was? Meine Mutter …« Er tippte sich mit dem Zeigefinger gegen die Stirn. »Sie hat die Dinger jahrzehntelang nicht erwähnt. Mit keinem Wort! Und jetzt plötzlich.«

»Das heißt, Ihr Sohn hat durch Ihre Mutter von den Bildern erfahren?«

Ernst Simon war schon wieder damit beschäftigt, etwas in der Küche zu suchen. Er öffnete Schranktür um Schranktür, Schublade um Schublade, verschwand dann ohne ein Wort in den Flur. Erik sah sich den Haufen Papier, der vor ihm lag, an. Der oberste Brief war adressiert an Dr. Ernst Simon. In welchem Fach er wohl promoviert hatte?

Simon kam zurück, eine Flasche Whisky in der Hand. Glen Grant. »Fusel, werden Sie sagen, aber ein gutes Preis-Leistungs-Verhältnis, und vor allem, er erfüllt seinen Zweck.« Er stellte die Flasche auf den Tisch, zwischen sie beide. Dann holte er von irgendwo zwei überraschend saubere Gläser hervor, öffnete die Flasche und wollte Erik einschenken.

»Nein!«, rief dieser entsetzt und legte die Hand auf das Glas.

Ernst Simon lachte, bis er wieder husten musste. »Was denn, sagen Sie mir jetzt, dass Sie im Dienst sind? Oder dass sie um diese Zeit nichts trinken?« Er sah Erik wieder scharf an. »Ich sage Ihnen was. Ich bin jetzt neunundsechzig. Ich habe vor ungefähr zwanzig Jahren meinen Job verloren. Ich war Lehrer, Beamter im Staatsdienst. Ich hab ihn verloren, weil ich morgens schon getrunken habe. Und wissen Sie was? Ich war immer noch ein besserer Lehrer als diese ganzen anderen Idioten. Die haben mich nicht etwa in Frührente geschickt, nein, die haben richtig mit mir abgerechnet, und ich habe alle meine Pensionsansprüche verloren. Nur weil rausgekommen ist, dass ich mit ein paar Abiturientinnen gefickt hab. Na und? Die waren erwachsen, die wussten, was sie taten. Ich bin ja kein Pädophiler.«

Erik wusste nicht, worauf der Mann hinauswollte. Er sah ihn verständnislos an.

»Mann, kapieren Sie's nicht? Ich bin schon so lange dabei, ich hab alles gesehen, ich hab sogar mal einen Entzug gemacht. Ich wollte auch neu anfangen, als ich hier nach Warnemünde gezogen bin. Ich bin wegen meines Sohns hierhergekommen und dachte, jetzt wird alles gut. Aber nein. Nein. Ich hab alles gesehen, glauben Sie mir.«

»Sicher, aber ich verstehe noch nicht ganz, was Sie mir sagen wollen, wenn ich ehrlich bin«, sagte Erik zögerlich.

»Was sind Sie denn für einer?« Simon lachte und zog das Glas unter Eriks Hand weg, um einen doppelten Whisky einzuschenken. »Ich weiß, wen ich vor mir habe. In Ihrem Alter hab ich auch noch dieses Theater gespielt. Aber ich seh doch, was los ist. Sie brauchen den jetzt dringender als ich. Also tun Sie mal nicht so.«

Sie tranken zusammen, und es dauerte keine drei Minuten, da nahm Erik das neuerliche Angebot einer Zigarette dankbar an. Sie saßen in der düsteren Küche, düster, weil das Fenster schon so lange nicht mehr geputzt worden war, so dass nur trübes Licht hindurchdrang. Und draußen schien die Sonne. Dreißig Grad mindestens. Herrliches Wetter.

Erik war erschrocken über die Wahrheit, die ihm ausgerechnet jemand wie Simon vor Augen führte. Der alte Mann hatte Recht. Wenn Erik so weitermachte und die Nächte in seinem Sessel zubrachte, ohne Freunde und ohne Freude, dafür aber mit einer Flasche Whisky – wie würde es wohl für ihn ausgehen? Über das berühmte winzige Gläschen am Abend war er schon lange hinaus, dabei blieb es immer seltener. Wenn seine Tochter zu Besuch war, hielt er sich zurück, aber selbst dann nicht immer. Seine Tochter war nun in Kanada. Was würde sie wohl von ihm denken, wenn sie ihn hier sehen könnte? Ernst Simon war offenbar egal, was sein Sohn über ihn dachte.

»Wegen der Bilder«, versuchte Erik den Faden wieder aufzunehmen. »Was hat Ihre Mutter Ihrem Sohn genau erzählt?«

»Ach, meine Mutter. Ich sage Ihnen was. Eines Tages stand mein Sohn vor mir und schwafelte was von diesen Bildern, sie seien ach wie wertvoll, und außerdem hinge meine Mutter so an ihnen, sie hätte sie vor dem Krieg ihrem Geliebten anvertraut. Und ich fragte ihn: Verdammt, welcher Geliebte? Sie war gerade mal siebzehn gewesen, als sie mich bekommen hatte, und mein Vater war ihr erster und einziger Mann gewesen. Also welcher Geliebte? So ein Schwachsinn. Das ist ein Hirngespinst von der alten Frau. Das träumt sie vielleicht manchmal. Wissen Sie, ich bin in Schweden geboren, nachdem meine Mutter mit ihren Eltern geflohen war. Mein Vater ist im KZ umgekommen. Aber meine Mutter wollte unbedingt wieder zurück nach Deutschland. Ich hab es nicht verstanden und verstehe es bis heute nicht. Sie hat nie mit mir darüber gesprochen. Als Jüdin zurück nach Deutschland! Nachdem man mir neun Jahre lang gesagt hatte, die Deutschen, das sind die Schlimmen. Denn plötzlich war keiner mehr Deutscher. Meine Großeltern nicht, die anderen, die sich nach Schweden gerettet hatten nicht, sie waren nur noch Juden. Und ich hatte niemanden, der mir das erklären konnte. Wissen Sie, wie das ist, wenn man keinen Vater hat? Nein, wissen Sie nicht. Sie hatten bestimmt einen, der mit Ihnen Fußball gespielt hat und Ihnen gezeigt hat, wo es bei den Mädchen langgeht. So hab ich mir das jedenfalls immer vorgestellt.«

Erik dachte kurz darüber nach, wie es ihm wohl ohne seinen Vater ergangen wäre. Er glaubte, dass es ihm heute besser gehen würde. Aber dann sah er Ernst Simon vor sich, den lebenden Beweis dafür, dass die Väter es immer wieder schafften, ihre Söhne zu zerstören, ob sie nun da waren oder nicht.

»Wie alt waren Sie denn, als sie nach Deutschland kamen?«, fragte Erik. Er spürte den Alkohol auf nüchternen Magen nach einer Nacht, in der er nicht geschlafen hatte. Schlechte Kombination.

»Ich war neun. Wir sind nach Berlin gegangen, obwohl meine Mutter eigentlich aus Königsberg stammt, aber nach Königsberg konnte man ja nicht mehr zurück. Das gab es nach 45 nicht mehr. Ich hab bei meiner Mutter gewohnt, bis ich mit dem Studium angefangen hab. Dann bin ich rüber in den Westen. Ich hab sie aber immer besucht. Immer. Und ich habe nie auch nur ein einziges Wort über irgendwelche verdammten Bilder oder irgendeinen verdammten Geliebten gehört. Weder von ihr noch von meinen Großeltern noch von sonst irgendwem.«

»Aber Ihr Sohn glaubt offenbar ganz fest daran, dass diese Bilder einmal Ihrer Mutter gehört haben. Er hat doch die Suchanzeige nicht zum Spaß aufgegeben.«

Simon schüttelte den Kopf. »Meine Mutter und er, sie sollten mal sehen, wie die aufeinander rumglucken. Eigentlich kommt er ja nur noch wegen ihr vorbei. Nicht wegen seines Vaters, nur wegen seiner Großmutter. Der Junge verehrt diese Frau, das können Sie sich nicht vorstellen. Alles, was sie sagt, saugt er auf wie ein Schwamm. Alles, was ich sage, ignoriert er.« Simon lachte. »Generationsproblem, nehme ich an. Mutter hat so was Ähnliches wie Alzheimer. Der Verfall ist da, lässt sich aber mehr Zeit als üblich. Es fing vor über zehn Jahren schon an. Aber da ging es noch, da war sie noch über längere Phasen am Tag gut dabei. Darauf verlassen konnte ich mich allerdings auch damals nicht. Mein Sohn hat irgendwann gesagt, wir sollen nach Rostock kommen, da könnte er sich um sie kümmern. Hat uns dann diese Wohnung in Warnemünde besorgt. Hier gibt's auch einen guten Arzt. Ohne Tabletten geht gar nichts.«

»Sie klang am Telefon aber ganz gut«, warf Erik ein.

»Ja, sicher, das kommt vor. Sie wusste aber bestimmt nicht, mit wem sie gesprochen hat. Eigentlich lasse ich sie nicht ans Telefon, aber manchmal nimmt sie es einfach mit in ihr Zimmer, wenn ich nicht aufpasse. Was hat Sie denn gesagt?«

»Ich habe ihr erklärt, wer ich bin und worum es geht und ob es ihr recht ist, wenn ich vorbeikomme. Sie hat eigentlich immer nur gesagt: Oh ja, sicher, herzlich gerne, ich erwarte Sie …«

Simon nickte. »Ja, ja. Sie liegt jetzt im Bett und hat keine Ahnung, dass sie überhaupt telefoniert hat. Sie erkennt nicht mal mich.«

»Das muss schrecklich sein«, sagte Erik, weil ihm nichts Besseres einfiel.

»Ach ja?«, sagte Simon nur.

»Ihr Sohn lebt nicht bei Ihnen?«

»Tut er nicht und hat er noch nie.«

Erik sah ihn fragend an, und Simon grinste.

»Ein Kuckucksei, verstehen Sie? Wir haben erst vor ein paar Jahren zueinandergefunden.« Simon hob das Glas und zwinkerte Erik zu. »Wissen Sie was, ich hab Ihren Namen vergessen. Egal. Trinken wir auf uns. Wir sind richtige Arschlöcher. Ist doch so. Cheers.«

Erik überlegte noch, wie er darauf reagieren sollte, als die Tür aufging und er zum ersten Mal ein Gespenst sah. Hannah Simon.

»Ernst«, rief die alte Frau und ging direkt auf Erik zu. »Ernst! Dass du gekommen bist!« Sie strahlte ihn an, ein zahnloses Lächeln in einem faltigen Gesicht mit trüben Augen. Die weißen Haare waren ungekämmt und fettig. Ein langes weißes, weites Nachthemd, dem eine Wäsche guttun würde, es hatte schon gelbliche Flecken, von denen Erik nicht wissen wollte, wo sie herkamen. Sie war barfuß.

Ernst Simon war aufgestanden, träge, gelangweilt. »Mutter, wir haben dir doch eben etwas Richtiges angezogen, was hast du denn schon wieder gemacht?«

Die alte Frau sah ihn an und lächelte. »Ernst?«, fragte sie, dann schmiegte sie sich an ihn. Ernst Simon brachte sie nach draußen. Er sagte zu Erik: »Bleiben Sie. Es dauert einen Moment, aber bleiben Sie ruhig noch.«

Nun war er alleine in dieser verdreckten Küche. Saß vor einem leeren Whiskyglas, in dem eben noch mindestens vier Zentiliter Glen Grant gewesen waren. Simon hatte ein lockeres Handgelenk beim Einschenken. Dr. Ernst Simon, dachte er. Irgendwann hatte dieser Mann genug Grips gehabt, um zu promovieren und als Lehrer zu arbeiten. Was passierte mit den Menschen, dass sie so endeten? Und Hannah Simon? Dieses Schicksal konnte jeden treffen. Altersdemenz, Eriks persönlicher Horror. Der Körper noch intakt und nicht bereit zu sterben, der Geist eine Ruine. Eine Pest für die Angehörigen.

Würde seine Tochter Cordelia sich einmal um ihn kümmern? Wollte er das überhaupt? Wohl kaum. Früher hatte man sich Kinder zugelegt, um im Alter versorgt zu sein. Er dachte über seine Altersvorsorge nach. Über ein Testament. Über das Kind, das Inga in ein paar Monaten bekommen würde. Er dachte an seine Mutter, die nun nach fünfundvierzig Jahren symbiotischer Ehe mit seinem Vater alleine war. Wie würde sie zurechtkommen? Inga wohnte bei ihr im Haus, aber Inga war nicht ihre leibliche Tochter. Würde sich Inga, die selbst keine Eltern mehr hatte, um Eriks Mutter kümmern? Wenn sie dann auch noch ein kleines Kind hatte, mit achtunddreißig? Würden sie wieder zusammenleben, Erik und Inga?

Ihm war schlecht und schwindelig, die Luft in der Küche wurde unerträglich. Das Atmen fiel ihm schwer, er musste raus, nach Hause. Er würde später noch einmal bei Simon anrufen und nach seinem Sohn fragen. Aber jetzt musste er raus.

Auf dem Flur hörte er gedämpft die Stimmen von Ernst Simon und seiner Mutter. Simon hatte Probleme, sie davon zu überzeugen, dass sie im Bett besser aufgehoben war. War sie das wirklich? Was für ein Grauen. Soweit durfte es nie kommen. Nie. Mit niemandem. Schaudernd verschwand Erik, lief die Treppen hinunter zu seinem Auto, raus in die Mittagshitze, gegen die er beim Verlassen des Hauses wie gegen eine Wand prallte.

Er startete den Motor, schnallte sich an, sah in den Rückspiegel und fuhr los. An der Kreuzung sah er wieder in den Rückspiegel, und dann, nach ein paar Metern wieder. Hinter ihm fuhr noch ein Gespenst. Daniel Schapiro in seinem Wagen. Nur, dass es nicht Daniel Schapiro sein konnte. Wer auch immer es war, im Verfolgen war er schlecht. Erik behielt den anderen im Auge, bis sie auf der Stadtautobahn waren. Dann ging er hart auf die Bremse und schaltete den Warnblinker ein. Der Fahrer von Schapiros schwarzem Lupo musste ebenfalls bremsen und auf die Überholspur ausweichen. Die anderen Autofahrer hupten verärgert. Erik gab wieder Gas, um nun seinerseits die Verfolgung dieses mysteriösen Fahrers aufzunehmen, als er hinter sich Blaulicht sah.

Die Kollegen. Klar. Bei dem Manöver, das er gerade abgezogen hatte. Und dann noch mit einer Whiskyfahne.

14.

Der junge Mann, der die Pension führte, hatte ihr gesagt, dass er sich um einen Mietwagen kümmern würde. Sie müsse nichts tun. Außer zwei Stunden warten, denn er hatte noch etwas zu erledigen. Also war Anne nach dem Frühstück spazieren gegangen. Sie hatte sich den Golm als Ziel ausgesucht. Sie brauchte Bewegung, Luft, Licht, sie musste weg von den Gedanken an Erik und letzte Nacht. Er war noch nicht lange weg, aber sie hatte seitdem ausgiebig geduscht, in der Hoffnung, so jede Erinnerung loszuwerden, was Unsinn war. Sie hatte es gewollt, unbedingt, sie hatte es schließlich zugelassen. War blind hineingetappt in das Abenteuer, weil sie Erik schon seit Monaten, vielleicht seit Jahren mehr als nur mochte, weil sie spürte, dass auch er mehr für sie empfand. Von Liebe wollte sie noch nicht reden. Aber es war etwas zwischen ihnen gewesen, und unter anderen Umständen hätten sie sicherlich zueinandergefunden.

Es war mit ihm wie mit jedem Mann in ihrem Leben. Unter anderen Umständen. Nur schien es diese Umstände nie zu geben. Immer der falsche Ort. Die falsche Zeit. Jedes Mal. Gut, dass sie wegging. Sie würde Erik nicht mehr sehen müssen. Dublin war weit genug weg von ihm. Dabei hätte sie es wissen können. Hatte sie gedacht, er hätte jahrelang brav zu Hause herumgesessen und keine Frau angesehen? Der Kontakt zu seiner Exfrau hatte immer eine seltsame Note gehabt, doch Anne hatte versucht, nicht darüber nachzudenken. Und darüber gesprochen hatte sie mit ihm sowieso niemals. Was war es aber nun, das sie so wütend machte? Dass er mit Inga geschlafen hatte? Das hatte er in den letzten Jahren bestimmt häufiger. Warum sollte sie sich daran stören? Wahrscheinlich weil Inga das genaue Gegenteil von Anne war. Störte sie, dass Inga vielleicht von ihm schwanger war? Sie war es schon einmal gewesen, da waren beide sogar verheiratet gewesen, und es hatte sie nicht zusammengehalten. Aber ein neues Kind? Wie sollte eine Beziehung zwischen ihr und Erik entstehen, wenn in regelmäßigen Abständen ein fremdes Kind zu Besuch kam und »Papa« zu dem

Mann sagte, mit dem sie zusammen sein wollte? Sie würde ihn teilen müssen, mit Cordelia sowieso, und dann mit noch einem Kind, das ihn in den nächsten Jahren brauchen würde. Cordelia war erwachsen. Das andere Kind war noch nicht einmal geboren. Es würde mindestens achtzehn Jahre lang Ansprüche haben und eine feste Größe in seinem Leben sein. Er hatte Recht, es ging nicht mit ihnen. Nicht jetzt und wahrscheinlich auch nicht später. Sollte sie in Rostock sitzen und warten, bis der Vaterschaftstest gemacht worden war? So lange wollte sie nicht warten.

Als sie an Karl Rohdes Haus vorbeiging, stand ein Streifenwagen davor, und zwei Polizisten machten sich wichtig, indem sie ausführlich nach dem Rechten sahen und dabei mit den Nachbarn noch einmal alles, was am Wochenende geschehen war, in der Morgensonne diskutierten. Es war wieder ein herrlicher, strahlender Tag. Aber die Urlauber fehlten in der kleinen Ortschaft.

Der Weg vom Kamminker Hafen bis zum Golm betrug etwa zwei Kilometer. Am Fuße des Hügels war ein Parkplatz. Zu dieser frühen Stunde gab es hier noch keine Besucher. Nur zwei Jogger, die ihr entgegenkamen, als sie den Hügel hinaufstieg.

Der breite Weg führte zu einer Lichtung, einer großen, gepflegten Rasenfläche, an deren Rand Gedenktafeln aus verschiedenen Jahren für die wenigen Opfer, die namentlich bekannt waren, errichtet worden waren. Der Weg teilte sich und führte zu beiden Seiten um die Rasenfläche herum. Von den beiden breiten Fußwegen weg führten kleinere Pfade in den Wald. Zur Rechten stand ein Informationspavillon, in dem sich Anne ein kleines Infoblatt holte. Sie überflog es kurz, ging dann hinauf zu dem Denkmal, vorbei an der Statue einer Frau, die einen Soldatenmantel trug. Der runde Bau war zweigeteilt und aus Beton. Sie stellte sich in die Mitte und las die Inschrift: *Dreiundzwanzigtausend Tote des Zweiten Weltkriegs mahnen,* und dann noch: *Dass nie eine Mutter mehr ihren Sohn beweint.*

So viele Tote. Und hier hatte Hilda Neusser ihren Vater gesucht. Anne ging wieder zurück, las die Namen auf den Gedenksteinen durch, bis sie fand, was sie suchte, die Namen, die Erik ihr genannt hatte. Ilse Priebe, und darunter: Ernst Friedrich Priebe. Sie las den Namen und dachte: Nein. Der Name gehört nicht hierher. Sie konnte es fühlen und wusste, wie sinnlos dieser Gedanke, dieses Gefühl war.

Dreiundzwanzigtausend Tote, fast alle namenlos, und sie glaubte zu wissen, wer unter ihnen war und wer nicht?

Anne wollte gerade weitergehen und die anderen Tafeln auf sich wirken lassen, um zu sehen, ob sie ebenso falsch wirkten wie diese hier, als ihr Handy klingelte. Eine Nummer der Rostocker Mordkommission. Sie wartete, bis die Mailbox dranging, um diese dann abzuhören. Es war aber nicht Erik gewesen, sondern Malte, der im Auftrag von Natalie Thiele anrief. Anne sollte doch bitte zu ihnen kommen.

»Sie liegen falsch«, sagte die Psychologin und rieb sich mit der linken Hand die rechte Schulter. Sie sah übernächtigt aus.

Natalie Thiele schüttelte nur den Kopf. »Entschuldigen Sie, wenn ich Ihnen das so direkt sage, aber lassen Sie uns doch einfach unsere Arbeit machen, und Sie machen Ihre, und dann wird alles gut.«

Aber sie merkte, es war zu spät, die Kollegen begannen zu zweifeln. Wie kam es, dass die Meinung dieser Frau einen so großen Einfluss haben konnte?

»Kollegen, es ist doch ganz klar. Thoralf Terpitz hat, vermutlich zusammen mit ein paar anderen, den Tod von Stefan Dörner zu verantworten.«

»Wieso mit ein paar anderen? Hab ich was verpasst?«, fragte Olaf Nies.

Dr. Freyer antwortete, bevor Natalie etwas sagen konnte. »Ich hab in meinem Bericht die Verteilung der prämortalen Hämatome angemerkt. An jedem Arm Striemen, die jeweils von zwei Händen sein könnten. Einer rechts, einer links. Könnten daher stammen, dass zwei Leute ihn über das Balkongeländer heben …«

»Ah«, sagte Olaf Nies und nickte, dann lächelte er Natalie an. »Entschuldige, ich hab dich unterbrochen.«

Super, nun wussten alle, dass sie sich duzten. Sie überging seinen Fauxpas rasch und fuhr fort, als sei nichts gewesen.

»Weil ihm Andreas Reeken auf die Schliche gekommen ist, hat Terpitz beschlossen, ihn aus dem Weg zu räumen. Vielleicht hatte Reeken zu diesem Zweck so viel Kontakt zu Ronny im Boxverein. Reeken hat vielleicht versucht, Ronny über Terpitz auszuquetschen, auf die freundschaftliche Tour. Und für die Aktion in Kamminke hat Terpitz versucht, sich ein ausgefeiltes Alibi zu verschaffen und den Verdacht auf andere zu lenken. Daniel Schapiro hat ihn gesehen und wollte ihn zur Rede stellen, woraufhin er Schapiro umgebracht hat. Dann der Artikel in der Onlineausgabe der Rostocker Rundschau, von dem er dachte, Helm hätte ihn geschrieben. Also hat er Helm umgebracht, weil er in ihm einen Verräter sah. Und da haben wir ihn geschnappt. Jetzt müssen wir noch die Beweise für den Staatsanwalt zusammentragen, um dies zu untermauern. Wir müssen die Leute finden, die ihm bei dem Mord an Stefan Dörner geholfen haben oder die davon gewusst haben. Wir müssen herausfinden, ob jemand mehr über diese fingierten Notrufe auf Usedom sagen kann. Das ist sehr wichtig, weil es beweist, wie lange der Anschlag im Vorfeld geplant wurde. Sind wir da schon weitergekommen?«

Kopfschütteln aus der Gruppe. Heio Velten sagte: »Wir lassen die Bänder mit der Stimme von Terpitz auf seiner Handymailbox vergleichen. Das dauert noch.«

»Hoffentlich nicht zu lange«, sagte Thiele. »Hat die Spurensicherung Hinweise auf Terpitz' Anwesenheit in Schapiros Wohnung gefunden? Irgendjemand muss doch das Polizeisiegel aufgebrochen haben.«

»Nein, aber vielleicht war es auch einfach nur jemand von der Familie«, sagte Micha Anders. Dieser Schnösel. Er ließ sie spüren, wie wenig er sie leiden konnte. Er machte sie allein dafür verantwortlich, dass sie hier ohne Erik Kemper saßen. Aber sie musste zugeben, dass sie Anders trotz allem sehr anziehend und attraktiv fand. Warum immer die Kotzbrocken?

»Vielleicht einer von der Familie«, sagte sie, »aber auch das muss festgestellt werden. Meine Güte, hat denn gestern niemand irgendetwas gearbeitet? Sind wir immer noch auf demselben Stand wie vor zwei Tagen?«

»Also wirklich, Frau Thiele, wir haben sämtliche RAR-Mitglieder befragt, das Umfeld von Schapiro auf den Kopf gestellt, mit der jüdischen Gemeinde geredet, Schapiros Nachbarn, den Leuten vom Boxverein ...« Michael Anders warf ihr einen Stapel Akten hin, den er die ganze Zeit vor sich liegen hatte. »Hier, und hier, die habe ich Ihnen schon alle zum Lesen gegeben, hier, noch eine, sehen Sie rein und Sie wissen, was wir gemacht haben. Was haben Sie denn gemacht?«

Die Stille, die nun herrschte, war fast unheimlich. Warum wollte sich Anders nun auch noch mit ihr anlegen? Wahrscheinlich weil er seinem

Chef nacheiferte. Tolle Männerwirtschaft. Natalie sehnte sich nach Anklam, nach ihrem Team, den hellen, modernen Räumen, dem freundlichen Umgang, den die Kollegen dort mit ihr pflegten. Doch dann dachte sie an ihren Exmann und ihre beiden pubertierenden Söhne und befand, dass ein paar Tage Rostock vielleicht doch nicht ganz so schlecht waren. Sie atmete einmal tief durch und beschloss, nicht auf die Provokation einzugehen. Anders wollte darauf hinaus, dass sie den Tag damit zugebracht hatte, gegen Erik Kemper zu intrigieren.

»Na gut, Entschuldigung, ich bin auch nur ein Mensch, und wir haben alle eine anstrengende Zeit. Ich weiß natürlich, was Sie alle geleistet haben und immer noch leisten. Vielen Dank dafür an dieser Stelle an das ganze Team.«

Leises Murmeln, sie bildete sich ein, dass jemand etwas wie »Wurde auch Zeit!« sagte. Aber sie war sich nicht sicher.

»Ich hätte da was«, sagte Dr. Freyer. »Nicht unbedingt ein Knaller, der sie meterweise nach vorne katapultieren wird, und außerdem haben wir es uns fast schon gedacht. Ich habe nämlich die DNA von Karl Rohde, Hilda Neusser und Andreas Reeken verglichen. Neusser ist die Tochter von Rohde und damit die Tante von Andreas Reeken. Hilft Ihnen das irgendwie? Ich müsste übrigens auch langsam mal wieder gehen, also wenn Sie mich dann nicht mehr brauchen …?« Er strahlte sie freundlich an.

Dieser Gerichtsmediziner ist wahnsinnig, dachte sie, und sie dachte es eigentlich jedes Mal, wenn sie ihn sah. Irgendetwas stimmte nicht mit ihm und seinen Designerklamotten. Immer wusste er alles besser.

»Ich denke, Sie können gehen, vielen Dank, dass Sie trotzdem hier waren, ich weiß, Ihre Zeit ist knapp.«

Er legte beim Rausgehen noch kurz seine Hand auf die Schulter der Psychologin, wie zum Abschied. Eine vertraute Geste, dachte Natalie. Vielleicht hatten die beiden etwas miteinander. Doch als sie das Gesicht der Psychologin sah, die mit dieser Aufmerksamkeit Freyers offenbar nicht einverstanden war, strich sie den Gedanken wieder.

»Bringt uns das irgendwie weiter?«, fragte Natalie.

»Nun«, hob Olaf an, der sich mit der Toten beschäftigt hatte, »es wirft zumindest interessante Fragen auf. Warum dachte Hilda Neusser, ihr Vater sei Ernst Friedrich Priebe, der offenbar bei dem Luftangriff 1945 auf Swinemünde ums Leben kam?«

»Sie war noch zu klein, vielleicht ist sie das Resultat eines Seitensprungs ihrer Mutter, vielleicht wusste sie gar nicht richtig, wie ihre Eltern heißen. Sie ist doch später von jemandem adoptiert worden? Derjenige könnte falsch recherchiert haben. Das Kind hatte doch sicher keine Papiere bei sich, stand unter Schock, wer weiß das schon«, sagte sie.

»Und wie kam sie dann auf Karl Rohde?«, überlegte Peter Kastner, der heute noch gar nichts gesagt hatte.

»Sie ist doch am Jahrestag des Luftangriffs immer zum Golm gefahren, und vor ein paar Jahren hat sie ihren Eltern ein Grab geben lassen«, sagte Olaf. »Meine Theorie ist, sie hat jemanden am Grab kennengelernt, der die Priebes kannte und ihr sagen konnte, dass das nicht ihre Eltern waren.«

»Im Fernsehen lief doch diese Sendung mit Karl Rohde«, schlug Kai Hauser vor.

»Ja, aber im NDR. Kriegt man den denn da, wo sie herkommt? Wo kommt sie her?«, fragte Kastner.

»Hessen. Mit Kabel oder so – bestimmt. Sie könnte Rohde gesehen und sich an etwas aus ihrer Kindheit erinnert haben«, überlegte Kai Hauser weiter.

»Aber mit ihrem Mann hat sie nicht darüber geredet«, sagte Natalie. »Das ist seltsam. Vielleicht, weil sie sich nicht sicher war.«

Kai Hauser nickte. »Sie hat Karl Rohde aufgesucht, um ihn zu fragen, ob er ihr Vater ist, aber sie kam nicht dazu, weil der Brandsatz geworfen wurde. Wie schrecklich.«

Malte Böttcher sagte: »Ich würde gerne mit Karl Rohde reden, wenn das okay ist.«

Natalie nickte und wollte antworten, als sich die Psychologin plötzlich zu Wort meldete.

»Entschuldigung, ich muss mich kurz einmischen. Ernst Friedrich Priebe hat gar kein Grab auf dem Golm. Der Name steht lediglich auf einem Gedenkstein, der 1995 gestiftet wurde. Zusammen mit anderen Namen von Opfern. Kein Mensch weiß aber, wer wirklich dort begraben ist und wer nicht.«

»Das weiß ich selbst«, sagte Natalie ungnädig. Und dann: »Woher wissen Sie das eigentlich?«

»Ich habe es mir heute Morgen angesehen.«

»Sie waren heute Morgen in Kamminke? Wieso das denn?«

Die Psychologin zögerte einen Moment, dann sagte sie schnippisch: »Ich darf doch mal einen Ausflug machen?«

»Komisch, dass Ihre Ausflüge immer dahin führen, wo sie über Leichen oder ermittlungstechnisch relevante Dinge stolpern«, sagte Natalie. »Was wollen Sie eigentlich damit sagen, dass Priebe da nicht begraben ist? Ist das wichtig?«

»Wichtig finde ich, dass Karl Rohde sich sehr für die Gedenkstätte eingesetzt hat, schon zu DDR-Zeiten. Vielleicht ist Priebe ein Freund von ihm gewesen?«

»Dem Karl Rohde das Kind untergeschoben hat?«

»Oder in Obhut gegeben hat? Malte hat Recht, wir müssen unbedingt mit Karl Rohde ...«

»Wer, wir?«, fragte Natalie scharf. »Sie ganz sicher nicht. Danke übrigens, dass Sie hier waren.«

Die Psychologin starrte sie mit offenem Mund an. »Sie schmeißen mich raus?«

»Klar. Sie haben hier nichts zu suchen. Sie haben alles gesagt und fertig. Also?«

»Sie haben mich doch extra angerufen!«

»Ja, und jetzt weiß ich von Ihnen alles, was ich wissen wollte. Dankeschön.«

»Ich habe Ihnen gesagt, dass Thoralf Terpitz nichts mit den Morden zu tun hat. Außer dem an Stefan Dörner, und das ignorieren Sie!«

»Nein, das ignoriere ich nicht, aber ich gehe erst einmal der einzigen offensichtlichen Spur nach. Oder haben Sie eine andere halbwegs überzeugende Theorie? Ernst Friedrich Priebe ist aus dem Massengrab entstiegen, hat alle umgebracht und hebt sich Karl Rohde als sein letztes Opfer auf?«

Keiner lachte, außer Olaf, der aber schnell anfing, daraus ein Husten zu machen.

»Ich kann Ihnen nur sagen, was ich weiß. Wenn Sie das alles Terpitz anhängen, lassen Sie einen Mörder frei herumlaufen. Und ich kann auch sagen, dass Karl Rohde das Opfer des Brandanschlags sein sollte.«

»Aha, und das wissen Sie woher?«

Die Psychologin stand auf und verließ mit einem Türenknallen den Raum. Natalie atmete auf.

»So, dann können wir jetzt wieder richtig arbeiten.«

»Ich würde gerne mit Karl Rohde sprechen«, sagte Malte Böttcher wieder.

»Verdammt, hört denn hier niemand zu?« Nun wurde Natalie Thiele richtig wütend. »Wir zwei, wir fahren jetzt als Allererstes nach Marienehe und nehmen uns die Neonazis vor. Die anderen wissen, was sie zu tun haben? Prima. Also los.« Sie sammelte die Akten zusammen, die vor ihr lagen. Die, die Michael Anders ihr hingeworfen hatte, ließ sie auf dem Tisch liegen. Dann stand sie auf und ging in Kempers Büro. Sie benutzte jetzt seinen Schreibtisch.

Was für Dickköpfe. Sie hasste sich selbst, wenn sie sich so benehmen musste, aber sie sah keine andere Möglichkeit. Wenn sie nicht hart blieb und durchgriff, würde sie doch niemand ernst nehmen. Natalie ließ sich auf Kempers Stuhl fallen und seufzte.

»Wenn Sie sich so aufführen, wird Sie niemand von denen ernst nehmen«, sagte plötzlich die Psychologin, und Natalie zuckte heftig zusammen. Sie stand in der offenen Tür.

»Ich denke, Sie sind weg?«

»Hören Sie mir bitte kurz zu. Sie machen einen Fehler. Karl Rohde ist der Schlüssel zu allem, reden Sie mit ihm.«

»Wenn Sie mir erklären können, warum er es ist?«

Doch das konnte sie nicht. Sie starrte auf den Boden.

»Dann können Sie mir vielleicht sagen, was Sie in Kamminke gemacht haben? Wenn ich rausbekomme, dass Sie am Tatort waren, ohne Genehmigung, was glauben Sie, was dann los ist!«

Die Psychologin sah sie nun direkt an, und Natalie musste zugeben, dass ihr fast unheimlich zumute war, so düster war der Blick.

»Wissen Sie, Frau Thiele, genau das ist Ihr Problem.«

Mit diesem rätselhaften Satz ging sie wieder. Und postwendend kam Malte Böttcher ins Zimmer.

»Also, fahren wir dann jetzt?«, fragte er etwas scheu.

Natalie nickte, und sie gingen zu seinem Wagen. Er kannte sich besser aus, also würde er fahren.

»Ich habe Ihren Bericht über die Neonaziszene gelesen«, sagte sie, um Böttcher etwas aufzulockern. »Der war sehr gut recherchiert und wunderbar zusammengefasst.« Sie nahm den Gurt ab, an dem ihre Waffe befestigt war, und legte ihn auf die Rückbank. Bei der Hitze war ihr dieses Ding am Körper unerträglich.

»Ehrlich? Fanden Sie?«

»Ja«, und das meinte sie wirklich. »Diese ganzen Bands, die es da gibt. Ich fürchte, Eltern wissen viel zu wenig, was sich bei ihren Kindern abspielt.«

»Die Verbreitung von Pornographie«, sagte Böttcher, »oder von rechtsradikalem Gedankengut ist so einfach geworden. Mittlerweile finden Lehrer so etwas bei Neunjährigen auf den Handys. Oder denken Sie an das Internet. Wenn Eltern die Kindersicherung nicht einstellen, können sich die Kinder da alles ansehen und runterladen.«

»Oder wenn Kinder wissen, wie sie die Sicherung umgehen. Die kennen sich doch besser mit der Technik aus als ihre Eltern«, sagte Thiele. »Wie soll man da als Mutter noch mitkommen? Man müsste bestimmt einmal in der Woche im Internet herumsurfen, um auf dem neuesten Stand zu sein.«

Böttcher gab einen seltsamen Laut von sich, der wohl zweifelnd klingen sollte. »Das wird nicht reichen. Sie haben Kinder?«

Die Frage traf sie unvorbereitet, weshalb sie ehrlich antwortete: »Ja, zwei Söhne, im kritischen Alter.«

»Oh, Pubertät?«

»Geht's kritischer?«

»Ich weiß nicht … Wahrscheinlich nicht.«

»Eben.« Nun war es raus, und es fühlte sich nicht einmal unangenehm an. Im Gegenteil, sie wollte sogar mehr darüber sagen. »Es ist schwer geworden, an sie heranzukommen. Ich weiß nicht, was das für Musik ist, die sie hören, oder welche Klamotten sie tragen. Von manchen Marken habe ich schon gehört, von anderen noch nie. Ihr Vater kauft ihnen ja immer gleich alles.«

»Aber Sie haben doch bestimmt auch ein Wort mitzureden?«, war die vorsichtige Frage.

»Sie wohnen bei ihm.« Und als Malte Böttcher schwieg, hatte sie, wie immer in dieser Situation, das Gefühl, sich rechtfertigen zu müssen. Ihr schlechtes Gewissen trieb sie dazu. »Wir sind seit ein paar Jahren geschieden, und er hat die Kinder, weil er Lehrer ist. Das heißt, er hat geregelte Arbeitszeiten und kann den halben Tag zu Hause arbeiten, er hat Ferien, wenn sie Ferien haben, und er kann sich um ihre Hausaufgaben kümmern. Ich habe das entschieden, weil es das Beste für die Jungs ist.«

»Danke, dass Sie mir das so offen sagen. Es ist bestimmt nicht leicht, darüber zu reden, weil es so ungewöhnlich ist.« Mit einem Schlag wurde ihr Böttcher unendlich sympathisch. Von ihm hätte sie diese Reaktion am wenigsten erwartet.

»Wenn man ehrlich ist, kümmert man sich doch immer zu wenig um die Kinder. Mich hat Ihr Bericht sehr beunruhigt. Ich muss gleich als Erstes nachsehen, was meine Jungs für Klamotten tragen, wenn ich wieder zu Hause bin. Wie war das noch mal, Thor Steinar? Woran erkennt man das?«

»Thor Steinar hat ein rotes Schrägkreuz, oben und unten jeweils einen Punkt. Früher hatten sie zwei Runen, aber das wurde verboten.«

»Wissen Sie, wenn ich das so höre, bilde ich mir ein, ich hätte das schon mal gesehen. Hoffentlich täusche ich mich. Wo bekommt man diese Klamotten eigentlich her?«

»Internet zum Beispiel.«

Natalie sah aus dem Fenster. Sie fuhren an alten, verfallenen Werfthallen vorbei, während sie an ihre Söhne dachte, wie wenig sie über die beiden wusste und dass sie ihr eines Tages bestimmt vorwerfen würden, sie sei eine schlechte Mutter.

»Thor Steinar. Und was gibt's da noch?«

»Ach, eine Menge. Pro Violence aus Magdeburg, Pit Bull, Troublemaker, Rizist, ich müsste aber mal nachsehen, welche noch aktuell sind und welche nicht mehr. Es gibt auch Marken, die der rechten Szene zugeordnet werden, obwohl sie da gar nicht hingehören.«

Er fuhr langsamer, weil sie nun am Ziel waren. Das Vereinshaus der Kameradschaftshilfe Nordost in Marienehe lag vor ihnen.

»Dazu würde ich dann zu einem späteren Zeitpunkt gerne mehr hören. Ihr schriftlicher Bericht ist zwar informativ, aber die Details interessieren mich.«

Malte Böttcher strahlte sie dankbar an. »Ja? Wirklich?«

Natalie nickte mit einem Lächeln. Dann wurde sie wieder ernst. »Sehen wir mal nach, was uns da drinnen erwartet.«

Sie hatten geparkt und stiegen nun aus, als Böttchers Handy klingelte. Er war plötzlich wieder nervös und fahrig und ging ein paar Schritte von ihr weg.

»Bist du verletzt?«, hörte sie ihn fragen. Und dann: »Ja, ja, äh, Mama … ich komme, so schnell ich kann, ich bin nur gerade …«

»Ist was passiert?«, rief sie ihm zu. Malte nickte. »Etwas Privates?«

Er nickte wieder und stotterte: »Meine – äh – Mutter, sie hatte einen Unfall.«

»Fahren Sie um Himmels willen gleich zu ihr, ich mach hier alleine weiter.«

Malte sah sie verstört an, dann sprach er wieder in sein Telefon. »Ich komm dann jetzt«, sagte er und beendete das Gespräch. »Kann ich Sie hier wirklich alleine lassen?«, fragte er sie.

»Würden Sie mich das auch fragen, wenn ich ein Mann wäre?«, fragte sie zurück, aber sie grinste dabei. »Und jetzt weg mit Ihnen.«

Sie wartete, bis er weggefahren war. Dann sah sie sich zunächst diskret auf dem Außengelände um.

Wie kam es, dass solche Vereine so großen Zulauf hatten? Lag es an dem fehlenden Nationalbewusstsein seit der Nachkriegszeit? Oder daran, dass die Jugend in den letzten zwanzig Jahren immer unpolitischer geworden war? Keine linken Revolten mehr. Keine Demos für Frauenrechte oder gegen Atomkraft, weil auf dem Papier nun das meiste stimmte. Heute gab es nur fehlende Arbeit, doch dagegen demonstrierten sie schon lange nicht mehr. Sie gingen mit dem Bewusstsein, wie ihre Eltern als Hartz-IV-Empfänger zu enden, zur Schule. Irgendwann gingen sie nicht mehr zur Schule, wozu auch? Und da kamen diese Jugendclubs ins Spiel. Sie versprachen Gemeinschaft und Perspektiven, Verständnis und Unterstützung. Spendeten Selbstbewusstsein, indem sie sagten: Es gibt etwas, auf das du stolz sein kannst. Du bist nämlich Deutscher, und deshalb gehörst du zu uns. Damit war die Identifikation hergestellt. Dazugehören, das war es, was den Jugendlichen fehlte. Deshalb gingen sie hierhin.

Natalie hatte niemanden außerhalb des Gebäudes gesehen. Es sah auch nicht so aus, als würde das Außengelände genutzt werden. Was sie auch taten, es geschah im Inneren, hinter geschlossenen Fenstern und Türen. Sie ging wieder zurück zum Eingang, klopfte und probierte gleichzeitig, ob die Tür offen war. Sie war es, also ging sie hinein. Sie hörte Stimmengemurmel und Musik, die sie vor Böttchers Bericht noch als Punkrock bezeichnet hätte. Schrille Gitarren und grölender Gesang. Sie folgte dem Lärm und gelangte in einen Raum, eingerichtet wie ein kleiner Gasthof. Eine Theke, davor Barhocker. Einfache Holztische mit Stühlen. Auf der Theke stand ein Laptop, der an Boxen angeschlossen war. Aus diesen dröhnte die Musik.

Es waren nur vier Jungs in dem Raum. Keiner von ihnen sah auf den ersten Blick aus wie ein Neonazi. Keiner von ihnen hatte eine Glatze. Kurze Haare, ja, aber keine Glatze. Sie waren alle noch keine zwanzig Jahre alt, wenn sie überhaupt schon volljährig waren. Harmlose Halbstarke. Und sie trugen, wie von Malte Böttcher vorausgesagt, Kleidung, in denen sie sich auch ihre Söhne vorstellen konnte. T-Shirts oder Polohemden, weite Hosen mit Taschen an den Seiten oder einfache Jeans. Turnschuhe oder Stiefel. Sie sahen normal aus, eigentlich sogar gut gekleidet. Das Einzige, was irritierte, war, dass es draußen über dreißig Grad warm war. Kein Wetter für lange Hosen mit Stiefeln. Aber die Fenster des Raums gingen nach Norden, und damit war es vergleichsweise kühl.

Ein Junge mit kurzen dunkelbraunen Haaren, sauber gescheitelt, mit einem hellblau-weiß-gestreiften Polohemd, ging zum Laptop und schaltete die Musik aus. Keiner sagte ein Wort, sie sahen Natalie nur an. Obwohl der Junge im Polohemd aussah, als sei er der Jüngste, schien er unter den Anwesenden so etwas wie der Wortführer zu sein. Natalie glaubte, eine wache Intelligenz in seinen Augen zu erkennen und fragte sich, warum er diese nicht besser nutzte.

»Haben Sie sich verlaufen?«, fragte der Junge.

»Nein, sicher nicht. Meine Name ist Natalie Thiele, ich bin von der Kriminalpolizei in Anklam.«

»Sie haben sich also doch verlaufen«, sagte der Junge, und die anderen lachten. Er griff hinter die Theke, holte eine Halbliterflasche Cola hervor und setzte sich zu den anderen an einen Tisch. Niemand bot ihr einen Platz an.

»Ich ermittle zurzeit in Rostock. Es geht um verschiedene Todesfälle. Stefan Dörner, den kanntet ihr doch?«

Wieder war es der Junge im Poloshirt, der antwortete. »Erst mal wird hier nicht geduzt. Wir duzen Sie auch nicht. Klar? Und außerdem: Stefan Dörner ist Vergangenheit. Das ist so lange her, an den können wir uns überhaupt nicht mehr erinnern. Oder könnt ihr euch an den erinnern?«

Seine Freunde schüttelten einträchtig den Kopf, Natalie nicht aus den Augen lassend.

»Würdet ihr – würden Sie mir freundlicherweise Ihre Namen verraten?«, fragte Natalie.

»Oh, Namen«, sagte der im Poloshirt. »Das ist heute ganz schlecht.« Er lächelte freundlich.

»Sie haben doch gesagt, es geht um verschiedene Todesfälle«, meldete sich ein anderer. Er war strohblond, etwas größer und kräftiger gebaut als seine Freunde. Wenn er nicht aufpasste, würde er in spätestens zehn Jahren fett sein, dachte Natalie. »Stefan Dörner, Gero Helm, der Ihnen sicher auch ein Begriff ist, Daniel Schapiro …«

»Nie gehört«, sagten die vier wie aus einem Munde.

»Und dann ein Brandanschlag in Kamminke auf Usedom. Ich hätte von Ihnen gerne gewusst, ob Sie zu einer dieser Taten etwas sagen können. Zum Beispiel, wo Sie sich zu den Tatzeiten aufgehalten haben.«

»Wir brauchen Alibis?« Der Junge im Poloshirt hob die Augenbrauen und verschränkte die Arme. »Na, so was! Dabei waren wir seit Tagen, ach, was sag ich, seit Wochen täglich zusammen, rund um die Uhr, wir und die anderen. Massenhaft Zeugen. War's das?«

Natalie nahm sich nun einfach einen Stuhl und setzte sich an einen Tisch neben ihnen.

»Wie geht es hier weiter, jetzt, da Thoralf Terpitz nicht mehr da ist?«

»Das besprechen wir gerade. Herr Sass hat auch schon einige Ideen dazu. Gibt's sonst noch etwas? Wir hatten Ihnen übrigens keinen Stuhl angeboten, wenn ich mich richtig erinnere. Stehen Sie bitte wieder auf.«

Du meine Güte, wer trainierte diese jungen Männer? Sie kamen ihr weder verwahrlost noch sozial inkompatibel vor. Eher wie kleine fiese Eliteschüler, die niemanden außer Ihresgleichen akzeptierten und deshalb jeden, der anders war, schikanierten. Der Junge im Polohemd redete nicht wie einer aus der Arbeiterschicht. Er benahm sich auch nicht so. Dass nur die Dummen rekrutiert wurden, war ganz offensichtlich ein Gerücht. Sie blieb sitzen.

»Hören Sie, so kommen wir nicht weiter. Ich möchte Ihnen doch nur ein paar Fragen stellen.«

»Sie haben Recht. So kommen wir nicht weiter. Sind Sie wirklich von der Polizei? Haben Sie einen Ausweis?«

Sie zog ihren Ausweis aus der Hosentasche und hielt ihn hoch. Der Blonde war aufgestanden und kam nun auf sie zu. Mit einem Ruck riss er ihr den Ausweis aus der Hand und verschwand hinter der Theke.

»Hey, geben Sie wieder her!« Natalie sprang auf, doch die drei anderen versperrten ihr den Weg. Wie sie da vor ihr standen, begriff sie, welchen Fehler sie gemacht hatte: Sie hatte ihre Söhne in ihnen gesehen. Ihre Söhne, die vielleicht nicht immer, aber doch hin und wieder auf sie hörten, und die keineswegs gefährlich waren. Diese Jungs hörten ganz sicher nicht auf das, was sie sagte. Sie hatten ihre eigenen Regeln. Sie waren gefährlich. Nun, da sie alle standen, sah sie erst, wie groß sie waren, viel größer als Natalie. Und sie waren zu viert.

Natalie hatte sie unterschätzt und gereizt, und jetzt saß sie in der Falle. Denn was auch immer man diesen Jugendlichen beigebracht hatte, Respekt vor der Polizei gehörte ganz sicher nicht dazu.

15.

Warum konnte er es nicht einfach auf sich beruhen lassen? Er hatte mit dem Fall nichts mehr zu tun. Er spielte sich nur auf. Vor sich selbst. Dabei ging es ihm nicht einmal darum, am Ende Recht zu haben und der Held zu sein. Erik wollte sich, wenn er ehrlich zu sich selbst war, nur ablenken.

Inga, Anne, ein ungeborenes Kind, ein toter Vater. Er durfte nicht darüber nachdenken, es würde ihn kaputt machen. Deshalb saß er in seinem Volvo und versuchte zu erkennen, was vor dem Haus, in dem die Schapiros wohnten, passierte. Oder vielmehr auf dem Parkplatz, wo das Auto von Daniel Schapiro stand. Daneben Alexei, Daniels Bruder.

Erik hatte durch den Zwischenstopp auf der Stadtautobahn den Lupo aus den Augen verloren. Aber die Kollegen hatten ihn, kaum, dass er ihnen seinen Ausweis gezeigt und sie angeraunzt hatte, er sei mitten in einer Observation, sofort wieder fahren lassen. Den Whisky in seinem Atem hatten sie vielleicht nicht gerochen, vielleicht aber doch. Vielleicht würden sie nachfragen, ob Erik wirklich einen Einsatz hatte, vielleicht auch nicht. Vielleicht. Es war ihm egal. Er würde hier weitermachen, bis Thiele ihn aufspürte, Thiele, mit ihrer Neonaziparanoia, um ihm seinen Job zu nehmen, weil es ihr noch nicht reichte, die Ermittlungen zu leiten, weil sie seine Suspendierung wollte, seine endgültige, für immer. Was hatte diese Frau davon? Warum hasste sie ihn? Jeder schien ihn im Moment zu hassen.

Er sah Alexei mit einem anderen Mann reden, beide etwa im gleichen Alter, Anfang bis Mitte zwanzig. Alexei wirkte gereizt, sie schienen sich zu streiten, doch um was es ging, konnte Erik nicht hören. Er war zu weit weg, aber näher heran konnte er nicht. Alexei kannte seinen Wagen, kannte ihn. Zwischen den Häuserschluchten in der Südstadt fiel Erik vielleicht nicht auf den ersten Blick auf, aber Alexei würde auf der Hut sein und Ausschau nach ihm halten.

Wie alles zusammenhing, wusste Erik noch nicht. Alexei hatte ihn verfolgt, als Erik in Warnemünde losgefahren war. War Alexei der Sohn von Ernst Simon? Das Kuckucksei? So musste es sein.

Alexei, der herausgefunden hatte, dass seine Großmutter die rechtmäßige Besitzerin wertvoller Bilder war. Bilder, die Karl Rohde in seinem Wohnzimmer hängen hatte. Bilder, die Hannah Simon ihrem Geliebten gegeben hatte und die ihr Enkel nun zurückwollte. Ihr Enkel: Alexei. Ihr Geliebter: Karl Rohde. War Ernst Simons Vater wirklich im KZ gestorben oder war er in Wirklichkeit ein Deutscher gewesen, dessen Identität aus Scham verschwiegen wurde? Das minderjährige jüdische Mädchen, schwanger von einem Deutschen.

Karl Rohde hatte nicht nur eine verlorene Tochter, nämlich Hilda Neusser, gehabt, sondern vielleicht auch noch einen verlorenen Sohn, Ernst Simon. Karl Rohde: Großvater von Alexei.

Karl Rohde: eigentliches Opfer des Anschlags in Kamminke.

Wollte Alexei die Bilder von seinem Großvater zurückhaben? War es um Strafe gegangen, um Hass? Hatte er billigend in Kauf genommen, dass auch andere starben, oder war das ein Versehen gewesen? Alexei war offenbar nicht einmal davor zurückgeschreckt, seinen Bruder zu töten, um die Tat zu vertuschen. Und wahrscheinlich hatte Gero Helm etwas über Alexei herausgefunden, weshalb er ebenfalls hatte sterben müssen.

Hilda Neusser hatte im März auf dem Parkplatz vor dem Golm einen Unfall gehabt. Daniel Schapiros Wagen war darin verwickelt gewesen. Aber wer sagte, dass Daniel ihn gefahren hatte? Und nicht sein Bruder Alexei? Hatte Alexei die Frau nach Kamminke bestellt? Erik schwirrte der Kopf. Zu viele Fragen.

Wie hatte Alexei erfahren, dass sein Vater nicht sein richtiger Vater war? Erik hatte sich zu wenig mit Schapiros Familie befasst. Er wünschte, er könnte die Akten noch einmal einsehen. Wer von seinen Leuten hatte mit dem Ehepaar, wer mit Alexei gesprochen? Wie hatte Ernst Simon die Mutter von Alexei kennengelernt? Als diese einmal zu Besuch in Ostberlin gewesen war? Ernst Simon war Jude, Frau Schapiro, von der er nicht einmal den Vornamen wusste, war Jüdin. Die Juden hatten es in den sozialistischen Staaten auch alles andere als leicht gehabt. Hatte es geheime Treffen gegeben? Wie hatte die Religionsausübung zu Mauerzeiten ausgesehen? Hatte es sie überhaupt gegeben? War Simon praktizierender Jude? Verdammt, er wusste zu wenig.

Es gab sicher Antworten, wenn er nur mehr über diese Familie erfahren könnte. Dabei war dies das Wichtigste in jeder Mordermittlung: das Umfeld des Opfers genau zu studieren. Aber Thiele mit ihrer Neonaziparanoia … Stopp. Er schob immer nur die Schuld auf andere.

Alexei unterhielt sich immer noch mit dem anderen Mann, der ihm nun Geld in die Hand drückte und dafür den Autoschlüssel von Alexei bekam. Der Mann fuhr weg, Alexei war stehen geblieben und sah ihm nach, offenbar immer noch verärgert. Erik überlegte, ob jetzt der richtige Moment war, um mit dem jungen Mann zu reden, als ausgerechnet Olaf Nies angefahren kam und genau dort parkte, wo Schapiros Lupo gestanden hatte.

Hatten sie etwas herausgefunden? Oder befragten sie nur noch einmal die Familie? Er musste mit jemandem reden, aber auf keinen Fall mit Olaf, der voll hinter Thiele stand und sich wohl auch ein wenig in sie verkuckt hatte. Wenn Olaf ihn hier sah, würde die Thiele es nur Sekunden später wissen.

Also fuhr er wieder. Fuhr nach Hause, um in Ruhe nachzudenken, um Malte oder Micha oder gleich beide anzurufen und mit ihnen alles durchzusprechen. Sie würden ihn nicht hängen lassen. Er musste ihnen doch von den Bildern erzählen! Er hielt schließlich Informationen zurück. Es war schon sechs Uhr abends. Die Zeit verging wie immer zu schnell.

Als Erik in seine Wohnung kam, hatte er das Gefühl, dass etwas nicht stimmte, aber er konnte nicht sagen, was es war. Dass die Wohnungstür nicht abgeschlossen gewesen war? Er zog sie fast immer einfach nur ins Schloss, statt noch zusätzlich abzuschließen. Das war es nicht. Er hatte einfach ein seltsames Gefühl. Toller Polizist, der du bist, dachte er. Ein seltsames Gefühl. So etwas könnte von Anne kommen.

Unschlüssig ging er durch den Flur zur Wohnzimmertür und öffnete sie. Er blieb auf der Türschwelle stehen, scannte das Zimmer, um zu sehen, ob wirklich alles in Ordnung war. Warum dachte er, jemand sei in der Wohnung gewesen? Ein Geruch, den er unbewusst wahrnahm? Dann sah er es. Ein Päckchen lag auf dem Wohnzimmertisch. Er nahm es hoch, öffnete es. Sein Portemonnaie. Das war es also, Inga hatte es gebracht und war in der Wohnung gewesen. Sein Handy war auch dabei. Er seufzte erleichtert auf und entspannte sich. Dann faltete er den Brief auseinander, der dabeilag, und begann, ihn zu lesen. Nur ein kühler, kurzer Gruß von Inga und der Hinweis, dass sie morgen einen Termin beim Frauenarzt hatte.

Als er die zwei oder drei raschen, leichten Schritte hinter sich hörte, war es zu spät. Er konnte sich nicht mehr umdrehen. Etwas legte sich um seinen Hals, schnürte ihm die Luft ab. Er griff mit beiden Händen danach, ein Seil, eine Schnur, doch es drückte immer tiefer in seinen Hals, und er geriet in Panik. Herzrasen. Keine Luft zum Atmen. Ihm wurde schwarz vor Augen.

Er hatte keine Ahnung, wer dieser Mann war, der ihn da anstarrte. Der Mann hielt sein Gesicht mit einer Hand fest und schüttelte es. Eriks Sicht war verschwommen. Verdammt, warum hörte der Mann nicht auf? Er versuchte, etwas zu sagen. Und der Mann hörte tatsächlich auf.

»Da sind Sie ja wieder!«

Erik versuchte sich klarzumachen, wo er war. Hatte man ihn entführt? Hatte dieser Mann ihn entführt? Hatte er ihn töten wollen? Er lag auf dem Boden und versuchte nun, sich aufzusetzen. Der Mann half ihm dabei. Ein Mörder tat so etwas nicht. Erik sah, dass er in seinem Wohnzimmer war. Was zum Henker war passiert? Der Mann stützte ihn, schob den Sessel so hinter Erik, dass er sich dagegenlehnen konnte. Vom Boden aufzustehen, schaffte er nicht. Was hatte der Mann gerade gesagt: »Da sind Sie ja wieder!«

»Wo war ich denn?« Der Hals tat ihm höllisch weh. Er fühlte mit der Hand, wo vorhin noch der Strick gewesen war. Die Haut war wund und rau. »Und vor allem, warum und wie lange?«

»Herr Kemper, ich habe keine Ahnung! Sie sind überfallen worden, aber ich bin rechtzeitig dazukommen und hab den Kerl vertrieben. Ich glaube, ich darf ganz unbescheiden behaupten, dass ich Ihnen das Leben gerettet habe.«

Oh Scheiße. Jetzt erkannte Erik den Mann. Es war sein Nachbar. Er wohnte nicht in demselben Haus, sondern ein paar Häuser weiter. Der, der ihn mit dem Boot vom Schnatermann aus mitgenommen hatte. Er musste endlich anfangen, sich Namen zu merken.

»Vielen Dank«, sagte Erik heiser. »Was genau ist denn passiert?«

»Warten Sie, ich hole Ihnen erst mal ein Glas Wasser.«

»Einen Whisky«, sagte Erik und dachte an Ernst Simon.

Der Mann suchte eine Weile in der Küche herum, Gläser klangen, dann das Geräusch einer Whiskyflasche, die entkorkt wurde. Musik in seinen Ohren.

Der Mann kam zu ihm, zwei Gläser mit Whisky in den Händen, und setzte sich neben ihn auf den Boden. »Sie haben eine gute Auswahl«, sagte er anerkennend. »Ich war so frei und habe mir erlaubt, den wahrscheinlich teuersten aufzumachen. Auf den Schreck haben wir uns das verdient. Oder?«

Erik nickte, schnupperte. »Oh, Sie haben den Laphroaig geköpft?«

Der Mann nickte und machte ein ernstes Gesicht. »Nach dreißig Jahren im Fass sollte er nicht auch noch eine Ewigkeit in der Flasche herumstehen. Der Ärmste will doch auch mal was anderes sehen.« Er grinste nervös. Erik sah das Blut des Mannes durch dessen Halsschlagader pulsieren. Er stand wahrscheinlich genauso unter Schock wie Erik.

»Für den hab ich dreihundert Euro hingelegt.«

»Ich weiß. Ich kenn mich ein bisschen aus. Letztens bin ich mit einem 30er Macallan nach Hause gekommen und habe versucht, meiner Frau zu sagen, er hätte nur siebzig Euro gekostet. Das Blöde ist, sie merkt sofort, wenn ich lüge. Sie hat heimlich im Internet nachgesehen und mir dann gesagt, wenn ich mir eine Flasche Alkohol für vierhundert Euro kaufen kann, dann bekommt sie auch die Chanel-Schuhe, die sie in Berlin gesehen hat. Ich hab versucht, ihr zu erklären, dass es ein Schnäppchen war. Ich hätte ja auch den von 1946 kaufen können, für über zweitausend Euro die Flasche.«

»Ich vermute, sie hat die Schuhe bekommen.«

Der Mann nickte. »Und zum Geburtstag will Sie die passende Handtasche.«

»Verdammt. Wie können Sie sich das leisten?« Erik merkte, dass er etwas falsch gemacht hatte. Der Mann sah ihn seltsam an, so als müsste Erik wissen, warum er so viel Geld hatte. Wie absurd, gerade hatte jemand versucht, ihn umzubringen, und Eriks größtes Problem war, über gesellschaftliche Fauxpas nachzudenken. Im selben Moment aber fiel ihm etwas ein.

»Lassen Sie uns anstoßen. Und ich glaube, das ist eine gute Gelegenheit, um sich beim Vornamen zu nennen und ›Du‹ zu sagen. Erik.«

Bitte, lass ihn nicht Stefan oder Michael heißen, dachte Erik, als der Mann sagte: »Gregor.« Was für ein Glück! Sie stießen an und tranken. Es tat gut.

Gregor Vandenmeer, der Wirtschaftsanwalt, der alles in Mecklenburg vertrat und beriet, was Rang und Namen hatte. Der außerdem noch eine Kanzlei in Berlin hatte, die fast von selbst lief, wie Erik gerüchteweise wusste, nur weil sein Name auf dem Türschild stand und er den richtigen Riecher für die richtigen Mitarbeiter hatte. Eine Kanzlei am Ku'damm und eine Ehefrau, die währenddessen in den teuren Boutiquen herumstromerte. Natürlich. Gregor Vandenmeer. Der könnte sich auch problemlos den sechzig Jahre alten Macallan leisten, nach allem, was man über ihn hörte.

»Gregor«, sagte Erik. »Was ist denn passiert?«

»Völlig wahnsinnig. Ich hatte nur gesehen, dass du gerade nach Hause gekommen warst. Und wir wollten heute Abend grillen. Ich hatte doch gesagt, ich sag dir Bescheid, wenn wir mal wieder grillen. Also bin ich rüber. Die Haustür unten war auf.«

»Ja, der Vermieter lässt sie manchmal bei der Hitze offen«, sagte Erik. In diesem Haus war noch nie etwas passiert. In sechzehn Jahren nicht.

»Da bin ich die Treppe hinaufgegangen. Ich weiß ja, dass du unterm Dach wohnst.«

»Ach? Woher?«

»Konnte mir nie vorstellen, dass einer von den anderen nachts noch so ewig Licht hat. Hey, wir sind seit sechzehn Jahren Nachbarn! Ich hab dann geklingelt, hab gesehen, dass die Tür aufstand und dachte mir, dann ruf ich doch mal nach dir. Tja, und da hab ich dann diese seltsamen Geräusche im Wohnzimmer gehört, und als ich reinkam, stand da so ein Typ und hat versucht, dich – ja, umzubringen, denke ich. Er hat sofort aufgehört, als er mich gesehen hat. Ich glaube, ich hab irgendwas gerufen, ich weiß es aber nicht mehr. Du bist auf den Boden gefallen, er hat sich die Wasserflasche dort geschnappt und mir auf den Kopf gehauen und sich dann verzogen. Ich war leider selbst ein bisschen weggetreten für einen Moment, deshalb konnte ich ihn nicht verfolgen.«

»Scheiße. Ist dir was passiert? Zeig mal.«

Gregor Vandenmeer hatte eine Beule am Kopf, die größer zu werden versprach. »Willst du da nicht lieber Eis draufmachen?«

»Was denn! Dann hätte ich ja gar nichts zu erzählen!« Er grinste wieder. Kein Schmerzempfinden und noch voller Adrenalin, dachte Erik. Nachher würde Vandenmeer einfach zusammenklappen.

»Gut, dass es fast nur noch PET-Flaschen gibt«, sagte Erik. »Bei einer Glasflasche hättest du weniger Glück gehabt. Hast du ihn erkennen können?«

Vandenmeer nickte und zuckte gleichzeitig mit den Schultern. »Ein ganz junger Typ. Anfang zwanzig würde ich sagen. Jedenfalls jünger als das, was wir hier trinken. Noch einen?« Erik nickte und bekam Nachschub. Für eine besondere Gelegenheit hatte er sich den Whisky aufheben wollen. Dabei hatte er an Cordelias Abitur oder ähnliches gedacht.

»Dunkle Haare, schlank … Verdammt schwer, jemanden zu beschreiben«, sagte Vandenmeer nachdenklich.

»Was hatte er an?«

»Jeans, T-Shirt, nichts Besonderes.«

»Farbe?«

»Oh. Keine Ahnung. Blau, braun, ich weiß es nicht.«

Das Übliche. Zeugen waren unzuverlässig. Sie konnten direkt neben einem Täter gestanden haben, aber ihn hinterher korrekt beschreiben, das schafften die wenigsten.

»Hatte er eher lockige Haare?« Nun suggerierte er. Er wusste, dass er es nicht tun sollte. Aber er war sich sicher: Alexei.

»Ja. Ja, ich denke schon. Nicht so kleine Locken. Aber auch nicht ganz glatt. Ein bisschen verwuschelt. Wie die heute alle eben aussehen, wenn sie noch studieren.«

Es musste Alexei gewesen sein, wer käme sonst in Frage? Und jetzt musste er Malte anrufen, weil Malte das beste Gedächtnis hatte und sämtliche Akten auswendig kannte.

»Ich muss telefonieren.«

»Ach, so ein Mist, da hätte ich aber auch dran denken können! Deine Kollegen anrufen, klar! Ich mach schnell.«

»Nein. Nein, lass mich«, sagte Erik und suchte nach seinem Handy. Es lag auf dem Boden unter dem Tisch. »Brauchst du einen Arzt?«

»Auf gar keinen Fall«, sagte Vandenmeer. »Du?«

»Ach, woher denn.«

»Hast du eine Ahnung, wer dich da …?«

»Ja.«

»Oh. Und auch warum?«

»Weil ich weiß, was er getan hat.«

Er rief Malte an. Der klang ein bisschen seltsam und nannte ihn

»Mama«. Wahrscheinlich stand Thiele gerade neben ihm. Aber Malte sagte, er würde sofort kommen. Gut. Sie würden Alexei heute noch kriegen.

Heute war es wieder passiert. Die Post war gekommen, Uropa Karl hatte einen Brief erhalten und war damit in seinem Zimmer verschwunden. Aber Mike hatte durch das Schlüsselloch gekuckt. Er war ja nicht blöd. Er bekam ja mit, dass da was faul war. Durch das Schlüsselloch hatte er gesehen, wie sich Uropa Karl den Brief durchgelesen hatte. Er hatte sich ein paar Mal ans Herz gefasst und ganz schwer geatmet. Mike hatte schon gedacht, er müsste einen Arzt holen. Aber der Alte hatte sich immer wieder berappelt.

Nun stand er draußen vorm Haus in der Sonne und bequatschte mit Mikes Mutter den Speiseplan für die nächsten Tage. Oder Wochen. Dass die das immer so ewig vorher wissen mussten. Wer konnte heute schon sagen, was er am Sonntag essen wollte? Also er nicht. Hoffentlich dachte sie dran, dass er kein Fleisch wollte. Obwohl das mit dem Fleisch nicht so eng zu sehen war. Er hatte mit ein paar anderen Straight Edgern online diskutiert. Danke, liebes Internet. Die anderen meinten, das mit dem Fleisch wäre nicht so wichtig. Das mit dem Rauchen und den Drogen und dem Alkohol aber. Und das mit dem Sex. Ja klar. Das mit dem Sex.

Jedenfalls, der Alte stand draußen und quatschte. Mama würde gleich losfahren zum Einkaufen. Wahrscheinlich sogar zum Globusmarkt. Und das konnte dauern. Stunden. Mike schlich sich also in das Zimmer, in dem sie den Alten untergebracht hatten, und suchte den Brief. In Karls Koffer fand er nicht nur den Brief, sondern eine ganze Sammlung. Immer die gleichen weißen Briefumschläge, immer dieselbe Handschrift. Kein Absender. Stempel: Rostock. Manche hatten keine Briefmarke. Sie waren vielleicht persönlich abgegeben oder in den Briefkasten geworfen worden. Er erinnerte sich an den Brief, den der Uropa im Krankenhaus bekommen hatte. Der war auch nicht mit der Post gekommen. Die Krankenschwester hatte später mal erzählt, dass ihn jemand gebracht hätte. Er konnte sich genau daran erinnern.

Mike nahm die Briefe und ging in sein Zimmer. Da hatte er mehr Ruhe. Wahllos nahm er einen Umschlag und zog den Inhalt heraus.

Kein Brief, sondern ein Ausdruck von einem Onlineartikel. Über einen toten Juden hier in Rostock. Handschriftlich am Rand die Bemerkung: »Noch ein Jude auf deinem Gewissen.« Verdammt, was sollte das denn heißen?

Mike nahm einen weiteren Umschlag. Darin war ein handschriftlicher Brief. Datiert auf November letzten Jahres. So lange ging das schon? Dafür waren es wenige Briefe. Er kontrollierte die Poststempel. Nein, der Brief von November war ein Ausreißer. Die anderen waren alle viel neuer.

Er fing an, den Novemberbrief zu lesen. »Lieber Herr Rohde … nenne Sie zunächst so, obwohl ich weiß, dass Ihr wahrer Name Ernst Friedrich Priebe ist … sah Sie im März in der NDR-Dokumentation über den Golm … dauerte lange, bis ich Ihren Aufenthaltsort … dass Hannah Simon meine Großmutter ist und damit Sie mein Großvater …« Hannah Simon? Wer war das denn jetzt schon wieder? »… würde Sie gerne aus verständlichen Gründen kennenlernen und schlage deshalb folgenden Termin vor …«

Mike hörte, wie Karl wieder ins Haus kam. Er steckte den Brief schnell wieder in den Umschlag und wartete ein paar Minuten. Dann, als alles wieder ruhig war, nahm er den nächsten Umschlag. Wieder ein handgeschriebener Brief. »… froh, dass Du mir nun näher gekommen bist. Willkommen in Rostock! … weiß immer, wo Du bist … hätte Dich töten können, entschied mich aber anders … wollte, dass Du weißt, wie es ist, wenn die nächsten Angehörigen zugrunde gehen …«

»Was machst du da?«, fragte Karl, und Mike ließ vor Schreck den Brief fallen. Sie starrten sich an. Der Alte wusste, dass Mike nun wusste.

»Du hast die ganze Zeit gewusst, wer das war in Kamminke«, sagte Mike, und seine Stimme klang ganz klein, ganz leise. Er hatte also doch die ganze Zeit Recht gehabt. Der Alte war ein Verbrecher. Anders, als er gedacht hatte, aber ein Verbrecher. Schlimmer als die Nazis.

Mike hatte längst noch nicht begriffen, was mit Karl los war. Aber eins war sicher: Karl hatte einige Menschen auf dem Gewissen. Und Mike hatte zwischendurch angefangen, ihn zu mögen! Hatte so etwas wie Mitleid empfunden. Hatte sich für die alten Geschichten interessiert. Scheiße. »Was hast du getan?«, fragte Mike.

»Nichts«, sagte Karl, und Mike wusste, was er meinte. Er hatte nichts getan, um zu verhindern, was passiert war.

»Wegen dir sind Leute gestorben. Die eine, das war deine Tochter, von der hast du mir erzählt! Du hast die gerade erst wiedergetroffen, und dann kuckst du zu, wie sie stirbt? Und Andreas, der war dein Enkel, und stell dir vor, wer noch alles da war, die könnten alle tot sein! Ich auch!« Er schrie nur noch, spuckte beim Schreien. Wie der Alte ihn anwiderte. »Ich geh zu den Bullen.« Mike sammelte die Briefe zusammen, stand auf und drängte sich an Karl vorbei, raus in den Flur, raus aus dem Haus.

Als er die Haustür öffnete, stand jemand davor. Eine alte Frau und ein junger Typ. Mike bremste kurz, erkannte die beiden nicht, und stürmte weiter. Karl rief hinter ihm her: »Mike! Komm zurück!«

Und dann Gemurmel: »Was machst du hier?« und »Ist das etwa …«

Und der junge Typ fragte: »Wer war das, wo will der hin?«

Und ganz leise hört er Karl noch etwas sagen wie »Zur Polizei«.

Mike stapfte weiter. Zur Garage. Da war sein Fahrrad. Aber so weit kam er nicht. Er wurde von hinten gepackt. Es war der junge Typ. Er riss ihn an den Schultern zurück, drehte ihn um, so dass er ihn ansehen musste.

Karl schrie etwas, das Mike nicht verstand, er sah nur aus dem Augenwinkel, wie der Alte plötzlich umfiel. Mike wollte hinsehen, konnte aber nicht; er musste den Typen anstarren. Plötzlich fiel ihm wieder alles ein. Das war er. Er und kein anderer. Er hatte den Molotowcocktail geworfen. Er war der Mörder.

»Du gehst nicht zur Polizei«, sagte der Typ. Nahm ihm die Briefe weg und stopfte sich ein paar davon in die Hosentasche. Die anderen flatterten auf den Rasen. Er zog eine Knarre raus und hielt sie Mike an den Kopf. »Du gehst dahin, wo ich es dir sage.«

Anne hatte ihn nicht lange überreden müssen. Er war sofort dabei.

»Wir fahren zu Karl Rohde«, sagte Micha. Und es stand keine Sekunde in Zweifel, dass er sie mitnehmen würde.

Sie hatte ihm alles erzählt, was sie wusste. Von Usedom, von den verschollenen Bildern, die sie bei Rohde gefunden hatten. Sie sagte nicht, dass Malte ihnen geholfen hatte. Und erzählte schon gar nichts davon, was zwischen ihr und Erik geschehen war.

»Ich will außerdem wissen, ob er wirklich keine Ahnung hatte, wer Hilda Neusser war«, sagte Micha zu ihr. »Malte hatte Recht. Den alten Mann zu befragen, ist im Moment das Wichtigste. Aber der Ärmste muss sich ja mit dieser Zicke rumärgern.«

»Ich glaube gar nicht, dass Frau Thiele so verkehrt ist.«

»Ach Quatsch. Die kann mich mal. Los geht's.«

Sie fuhren mit Michas Mini nach Gehlsdorf, wo Karl Rohde bei seiner Enkeltochter untergebracht war, bis sein Haus wieder bewohnbar war.

»Was Erik jetzt wohl macht?«, überlegte Micha laut.

»Ich vermute, er ist auf eigene Faust unterwegs und fahndet nach dem Eigentümer der Bilder.«

»Wie habt Ihr denn seine Adresse herausgefunden?«

»Internet«, sagte Anne vage und hoffte, er würde nicht weiter nachfragen.

»Malte?« Er sah kurz zu ihr herüber auf den Beifahrersitz, wusste sofort alles, richtete dann wieder den Blick auf die Straße. »Schon gut. Wir sollten Erik nachher mal anrufen.«

Anne murmelte Zustimmung, wenn auch wenig begeistert. Erik gegenübertreten. Wie sollte sie das jetzt noch machen?

Sie bogen in die Straße ein, in der das Einfamilienhaus der Familie Paul stand. Idylle, dachte Anne, und konnte es drei Sekunden später selbst nicht begreifen, wie sehr sie, ausgerechnet sie mit ihren empathischen Fähigkeiten, mit ihrem unfehlbaren Gespür für Stimmungen, sich so hatte irren können.

Der alte Mann, der im Vorgarten des Hauses der Pauls zusammengebrochen war, musste Karl Rohde sein. Neben ihm kniete eine ebenso alte Frau. Sie wirkte bizarr, absurd in ihrem langen grünen Abendkleid. Die alte Frau lächelte, während sie den Kopf des Mannes in ihren Armen wiegte. Vor der Garage war ein schwarzer Lupo geparkt. Daneben stand ein junger Mann mit verschwitzten halblangen dunklen Haaren, die ihm an der Stirn klebten, und hielt einem kahl rasierten Jungen, der ein T-Shirt mit der Aufschrift »Kein Bock auf Nazis« trug, einen Revolver an die Schläfe.

»Wenn wir jetzt aussteigen, erschießt er jemanden«, sagte Anne.

Im selben Moment richtete der Mann den Revolver direkt auf die Windschutzscheibe des Minis. Er schob den Jungen zur Beifahrertür des Lupos. Der Revolver blieb auf Micha und Anne gerichtet. Er starrte die beiden an, konzentrierte sich, zielte.

»Runter«, schrie Anne.

Ein Schuss knallte, wie eine doppelte Explosion. Der nächste traf die Frontscheibe.

HANNAH, 2006: ANKUNFT

Da war er nun, ach, da war er … Ernst. Sie hielt seine Hand und lächelte ihn an. Wie er da lag, so friedlich. Er sollte sie lächeln sehen, wenn er aufwachte. Sie wusste nicht, was mit ihm war. Sicher nichts Schlimmes. Bald würde er aufwachen. Sie war bereit für ihn. Sie würden zusammen ausgehen, und jeder würde sehen können, dass sie zusammengehörten. Nun mussten sie sich nicht mehr verstecken. Es war vorbei.

Lächeln. Er konnte jeden Moment aufwachen. Es war ein gutes Krankenhaus, ganz bestimmt, alle Leute waren so nett zu ihr und kümmerten sich um Ernst. Es konnte nicht mehr lange dauern. Und wenn schon, sie war so froh, so glücklich, dass er sie gefunden hatte. Sicher hatte er lange nach ihr gesucht. Er war alt geworden. Sie beide waren es.

Wie tapfer er doch war. Sein Vater hatte es ihm doch verboten, mit ihr Umgang zu haben. Aber er hatte sich über ihn hinweggesetzt. Was sein Vater wohl dazu sagen würde? Hoffentlich kam er nicht hierher.

Wo waren sie hier?

Sie würden tanzen gehen. Ach, Tanzen. Dieses Lied von dem Amerikaner, das sie so gerne mochte: »*They can't take that away from me.*« Fred Astaire hatte es in einem Film gesungen. Sie summte es vor sich hin.

Sie musste lächeln. Er konnte doch gleich aufwachen, dann würde er sie sehen und mit ihr ausgehen wollen. Wo alle sie sehen konnten. Sie mussten sich nicht mehr verstecken. Er würde sie bestimmt heiraten. Sein Vater hatte etwas dagegen. Wie tapfer Ernst war. So lange nach ihr zu suchen. Wie lange eigentlich?

Es musste lange gewesen sein. Er war alt geworden. Sein Vater lebte vielleicht gar nicht mehr. Sie lächelte. Er würde gleich aufwachen.

Sie hielt seine Hand, streichelte seinen Arm. Lächelte. »*The memory of all that … No, no, they can't take that away from me …*«

Als er die Augen aufmachte und sie ansah, war sie glücklich.

»Wir gehen nachher ins Kranzler«, sagte sie. »Du musst nichts sagen. Schlaf noch ein bisschen, und dann gehen wir ins Kranzler.« Sie streichelte seine Wange, und er hob seinen linken Arm. Bestimmt wollte er nach ihrer Hand greifen. Aber er ließ den Arm wieder sinken. Sie nahm seine Hand, ganz vorsichtig, wegen der Schläuche, die darin steckten.

»Lass nur, Ernst, ich weiß schon«, sagte sie und lächelte.

Sie wusste doch, dass er sie liebte. Er musste es ihr nicht sagen.

»Hannah«, sagte er, und schloss die Augen.

Sie lächelte.

16.

Alexei Schapiro«, erklärte Erik und rieb sich unbewusst den Hals. »Wenn wir sein Auto gefunden haben, wissen wir vielleicht mehr.«

Thomas Dorndorfer nickte, tief in Gedanken versunken. Dorndorfers erste Geiselnahme, dachte Erik. Total überfordert, der Mann. Kein Wunder, er kam aus der Theorie.

»Wo ist eigentlich Frau Thiele, haben wir die mittlerweile erreicht?«, fragte Dorndorfer. Erik schüttelte den Kopf.

»Ich fürchte, Sie müssen mit mir vorliebnehmen. Ich kann aber auch wieder gehen. Es sind ja noch genug andere da.«

»Quatsch«, sagte Dorndorfer schnell, ein bisschen zu schnell. Dorndorfer, ein smarter Typ in Eriks Alter. Promovierter Jurist. Immer perfekt gebügelte Hemden, die aber trotzdem irgendwie – »casual« aussahen. Smarter rötlich-blonder Kurzhaarschnitt, sportliche Figur, sportliche Anzüge, aber immer Anzüge, was sonst. Sogar Krawatte. Mitten im Sommer. Er hatte ja auch als Einziger eine Klimaanlage in seinem Büro.

»Quatsch«, sagte er also ein bisschen zu schnell, und Erik wusste, dass er wieder auf der sicheren Seite war, was seinen Job anging. Jedenfalls bis zum Ende dieser Geiselnahme. Würde sie schlecht enden, wäre er der perfekte Sündenbock. Aber was konnte er noch verlieren? Es lief beschissen genug.

»Wer hat die Thiele denn zuletzt gesehen?«

»Sie wollte in Marienehe die Mitglieder der ›Kameradschaftshilfe Nordost‹ befragen«, sagte Malte, ein bisschen schüchtern.

»Alleine?«

»Na ja, sie hat mich weggeschickt.«

»Warum?«

Malte zuckte mit den Schultern, und nun log er. Zum ersten Mal sah Erik ihn meisterhaft lügen und wusste nicht, ob er das gut finden sollte. »Ich erhielt einen Anruf von meiner Mutter, und sie sagte, ich sollte gehen.«

»Von Ihrer Mutter? Sie waren doch bei Kemper und haben ihn geholt!«

»Ja, er hat mich kurz danach angerufen, als ich schon auf dem Weg war.«

Der Kleine wurde nicht mal rot. Sogar Erik hätte ihm geglaubt, wenn er es nicht besser gewusst hätte.

»Was war denn mit Ihrer Mutter?«, fragte Dorndorfer und klang ernsthaft interessiert.

»Ach, nur ein kleiner Haushaltsunfall, aber mein Vater war ja bei ihr. Nichts Schlimmes.«

Aus dem konnte doch noch was werden. Erik war beeindruckt. Bevor Dorndorfer auf die Idee kam, nach weiteren Details zu fragen, sagte Erik: »Ich hab ihm ehrlich gesagt keine Wahl gelassen, als zu mir zu fahren. Dieser Schapiro hat außerdem noch fast meinen Nachbarn umgebracht.«

»Ach, den Nachbarn auch noch? Wo ist der jetzt?«

»Äh – grillt mit seiner Frau und versucht, sich zu erholen. Er hat nur eine Beule.« Als er Dorndorfers fast schon enttäuschtes Gesicht sah, fügte er schnell hinzu: »Er hatte Glück, dass Schapiro nur eine PET-Flasche gegriffen hat. Und die war nur halb voll.«

»Wie heißt denn Ihr Nachbar?«

»Gregor Vandenmeer.«

»Herrje, und das sagen Sie erst jetzt? Nachher klagt der noch wegen …«

»Es geht ihm gut, wir haben gerade wirklich andere Probleme!«, unterbrach Erik gereizt. Dorndorfer suchte nun wirklich krampfhaft nach Themen, die den Focus von seiner eigentlichen Verantwortung nahmen. Dem Leben von Mike Paul.

»Hat mal jemand in dem Hotel von der Thiele angerufen?«

»Ja, haben wir, da ist sie auch nicht. Vielleicht wollte sie einfach mal Ruhe haben.«

»Hm. Wann kommt denn das SEK?«

»Hubschrauber holt einen Teil von denen in Schwerin ab«, sagte Micha. »Der Rest kommt mit dem Einsatzbus.«

»Ah, wir kriegen die Hubschrauber, gut.«

»Nur einen«, erklärte Micha. »Der andere ist wegen irgendeiner Seenotrettungsgeschichte unterwegs. Vor Rerik ist irgendwas passiert.«

»Verdammt, was machen wir denn jetzt? Wo ist Helmut?«

Außer nach anderen Leuten zu fragen, hatte Dorndorfer gerade nicht besonders viele Ideen. Erik hatte nie so viel Respekt vor ihm gehabt wie vor seinem Vorgänger Roland Behrens, und das bisschen, was er im letzten Jahr versucht hatte aufzubauen, verschwand nun völlig.

»Helmut kommt gerade.« Er hörte schon die Schritte. Zwei Sekunden später riss Helmut Reuter die Tür zum Besprechungsraum auf.

»Wir haben Schapiros Auto gefunden«, sagte er. »Leer. Schlüssel steckte noch. In der Albert-Einstein-Straße.«

»Das ist nicht weit von seiner Wohnung«, sagte Erik. »Er macht wahrscheinlich seiner Mutter eine Szene, weil sie sich vor zwanzig Jahren mit diesem schmierigen Simon eingelassen hat.«

»Die Wohnung von den Schapiros bewachen wir schon. SEK kommt in einer halben Stunde.«

»Eine Scheiße ist das, dass die in Schwerin sitzen. Da passiert doch sowieso nie was! Jeder Dreck muss erst nach Schwerin gehen«, fluchte Erik.

Das Telefon klingelte. Reuter nahm ab, hörte zu, erklärte den anderen Männern im Raum: »In Schapiros Wohnung ist Bewegung. Sie haben drei unterschiedliche Personen ausmachen können.«

»Drei?«, fragte Dorndorfer.

»Drei.« Reuter hörte weiter zu, dann: »Weiter in Deckung bleiben.« Und legte auf.

»Drei?«, fragte Dorndorfer wieder. »Dann ist jemand von den Eltern auch da. Das macht es nicht einfacher.«

»Unsinn. Der Junge ist irgendwo versteckt, deshalb sehen wir ihn nicht. Wir können nur auf das SEK warten«, sagte Reuter.

»Warum meldet sich Schapiro nicht? Er muss doch konkrete Forderungen haben.« Dorndorfers Stimme klang nicht so fest wie sonst.

»Mit Karl Rohde können wir nicht reden, der ist auf der Intensiv. Die Frau, Hannah Simon, ist jenseits von Gut und Böse, und Ernst Simon ist nicht aufzutreiben. Seine Nachbarin meinte, er mache manchmal, wenn sein Sohn die Mutter übernimmt, eine kleine Kneipentour. Das lässt nichts Gutes ahnen.«

»Die Eltern von Mike Paul sind versorgt?«, fragte Dorndorfer.

»Sitzen unten und werden von Olaf und Kai betreut und befragt«, sagte Erik. »Und Anne Wahlberg ist auch bei ihnen. Sie hat sich mit ihnen im Krankenhaus getroffen. Sie haben nach Karl Rohde gesehen. Frau Wahlberg hat sich dann auch gleich mal Hannah Simon angesehen.«

»Muss die Hölle sein für die beiden. Sollen wir Frau Wahlberg als Beraterin in die Geiselnahme einbeziehen?«, wollte Dorndorfer vorsichtig wissen.

»Nichts gegen einzuwenden, im Gegenteil«, sagte Helmut Reuter resolut. »In der Situation brauchen wir eine Psychologin, und sie hat auf dem Gebiet mehr Erfahrung, als wir uns wünschen können.«

»Was sagen Sie, Kemper?«

Ja, was sagte er? »Klar«, sagte er und hoffte, er log gerade ebenso überzeugend wie Malte vor ein paar Minuten. Aber in seinem Kopf klang das Wort irgendwie schal. Er hätte sich das gerade nicht geglaubt. Aber Dorndorfer war zufrieden.

»Prima. Holt sie mal jemand? Böttcher, würden Sie …?«

Malte sprang, und Dorndorfer wandte sich an Micha. »Wie ist sie damit klargekommen, dass man auf sie geschossen hat?«

»Besser als mein Auto«, sagte Micha ungerührt und zündete sich eine Kippe an. »Sie hat keinen Platten, und ihre Frontscheibe hat auch nichts abbekommen.«

»Also, Anders! Wie reden Sie denn!«, echauffierte sich Dorndorfer. Micha blies den Rauch aus und drehte sich zum Fenster. Draußen wurde es langsam dunkel.

Es war erst vierundzwanzig Stunden her, dass Erik aus dem Büro des KPI-Leiters in den Sonnenuntergang gesehen hatte. Gestern erst hatte sich Thoralf Terpitz erschossen. Heute lief Alexei Schapiro Amok.

Wieder klingelte das Telefon. Reuter ging dran. Doch er schüttelte nur den Kopf.

»Nichts Neues.«

»Habt Ihr die Mutter von Schapiro mal gesehen? Ich kann mir ja nicht vorstellen, dass die mal eine heiße Affäre gehabt hat«, meinte Micha, drückte seine Kippe aus und warf sie dann aus dem Fenster.

»Sie hat zwei Kinder. Irgendjemand hat also mal was mit ihr gehabt«, sagte Erik trocken.

Malte kam mit Anne in den Raum. Erik wusste nicht, wo er hinsehen sollte und gab deshalb Micha ein Zeichen: Er wollte endlich auch eine rauchen, nachdem er sich wegen Ernst Simon den ganzen Tag zurückgehalten hatte. Jetzt war nicht die Zeit für Abstinenz. Micha warf ihm die Schachtel zu.

»Also nur noch mal für mich«, sagte Dorndorfer. »Alexei Schapiro ist der uneheliche Sohn von diesem Ernst Simon. Und der ist der uneheliche Sohn von Karl Rohde.«

»Sieht ganz danach aus«, sagte Erik. Vielleicht könnte er ja einfach nur paffen, dachte er, nahm dann aber doch einen tiefen Lungenzug.

»Und weil Alexei Schapiro so viel Mitleid mit seiner Großmutter Hannah hatte, die mittlerweile total verwahrlost ist, wollte er Karl Rohde zur Rede stellen.«

»Vielleicht. Vielleicht auch, weil er gesehen hat, was das ganze Drama aus seinem biologischen Vater gemacht hat. Vielleicht dachte er, die Geschichte wiederholt sich. Vom Vater zum Sohn. Der eine war ein feiges Arschloch, der andere hat keine Chance und wird selbst auch zu einem. Beide haben eine Frau geschwängert und sich nicht mehr bei ihr gemeldet.«

Anne schaltete sich ein. »Das würde Sinn machen, wenn Alexeis Mutter einen seelischen oder physischen Schaden davongetragen hat, irgendein Trauma, für das er seinen biologischen Vater und dann in nächster Konsequenz Karl Rohde verantwortlich macht. Ist etwas mit Frau Schapiro? Wie heißt sie eigentlich mit Vornamen?«

Alle zuckten mit den Schultern.

»Sie hat auf mich einen sehr resoluten Eindruck gemacht. Ihr Mann hat mir fast leid getan. Sie scheint ihn gut im Griff zu haben«, sagte Micha.

»Das muss nichts heißen. Ich müsste mit ihr persönlich sprechen, so kann ich nichts dazu sagen«, sagte Anne.

»Das Motiv ist doch jetzt wirklich zweitrangig«, sagte Erik ungeduldig. »Das sind Details, die können wir hinterher klären! Wichtig ist: Alexei hat Mike, und er hat eine Waffe.«

»Weiß jemand, wo die Waffe plötzlich herkommt?«, wollte Helmut Reuter wissen. »Er hatte doch vorher keine, sonst hätte er seine Opfer erschossen, denke ich. Erik, er war doch in deiner Wohnung. Wo ist deine Dienstwaffe?«

Eriks Knie wurden weich. Eine Nacht durchgemacht, so gut wie nichts gegessen, dafür getrunken. Fast umgebracht worden. Und außerdem diese Hitze. Er griff hinter sich nach einem Stuhl, setzte sich, sog an der Zigarette.

»Zu Hause«, sagte er dumpf.

»Sicher?«

»Nein.«

»Wann hattest du sie zuletzt in der Hand?«

Wenn er das wüsste. Er stand auf, mit einem Ruck. »Das bringt doch jetzt alles gar nichts! Er hat eine Waffe, ob sie von mir ist oder nicht, ist egal, sie ist jedenfalls geladen und scharf!«

»Es ist nicht egal. Wenn wir wüssten, dass es deine ist, könnten wir einschätzen, wie viel Schuss er noch hat«, sagte Reuter ruhig, und Erik sah in einen tiefen Abgrund.

Dorndorfer, froh, etwas sagen zu können, das halbwegs zur Sache gehörte, meinte: »Kemper, das Formelle regeln wir hinterher. Jetzt müssen wir vereint …«

»Sie war voll«, unterbrach Erik. »Was auch sonst.«

»Pistole? Welches Modell?«, fragte Reuter.

»Nein, er hat einen kleinen Revolver«, sagte Micha.

»Wie viele hat er schon abgefeuert, zwei?«

Micha nickte. »Bleiben noch drei.«

Und wieder klingelte das Telefon. Diesmal ging Erik dran. Die Männer vom SEK waren kurz vor Rostock. Der Hubschrauber kam in wenigen Minuten, der Bus brauchte noch. Sie besprachen den Treffpunkt. Zielobjekt: die Wohnung der Schapiros in der Brahestraße. Erik, Micha und Reuter würden hinfahren. Malte und die anderen Kollegen sollten die Stellung in der Polizeiinspektion halten.

»Malte, gib mir deine Waffe«, sagte Erik.

Malte gehorchte, wurde aber von Dorndorfer gebremst. »So einfach geht das aber nicht«, mischte dieser sich ein.

»Dann eben ohne, auch egal«, brummte Erik und verließ das Büro. Micha und Reuter folgten. Dorndorfer kam ein paar Sekunden später hinterher.

»Die Frau, wollten wir nicht die Frau mitnehmen?«, fragte er und ging wieder zurück zu seinem Büro.

Erik blieb stehen. »Sie leiten den Einsatz, Sie haben die Verantwortung«, rief er ihm nach. Dann ging er mit den anderen weiter.

Dem Wohnblock gegenüber lag ein Kindergarten, von dem aus man in die Wohnung der Schapiros sehen konnte. Die Küche war hell beleuchtet.

»Bisschen spät für ein Abendessen«, sagte der SEK-Einsatzleiter.

Heio Velten, der mit Peter Kastner zusammen die Wohnung observiert hatte, sagte: »Abendessen war schon. Der Junge kommt nicht zur Ruhe. Geht dauernd auf und ab.«

»An seiner Stelle hätte ich auch keine Ruhe. Habt ihr Mike irgendwo gesehen?«, fragte Erik.

Heio und Peter schüttelten die Köpfe.

Sie standen alle im Dunkeln im Flur des Kindergartens. Auf Hüfthöhe waren kleine Haken angebracht, an denen die Kinder ihre Jacken aufhängen konnten. An den Wänden standen winzige Spinde mit ihren Namen und vielen bunten Bildern dran. Die Fensterscheiben waren vollgeklebt mit Sonnen, Blumen, Vögeln, Wolken und Bäumen aus Krepppapier. Oder mit Fingerfarbe bemalt. Erik stellte sich vor, wie es wäre, wieder ein Kind in den Kindergarten zu bringen.

Gegenüber in der Küche stand Alexei Schapiro, irgendwo in derselben Wohnung war seine Geisel Mike Paul. Solange Alexei noch in der Küche auf und ab ging, konnte Mike nichts passieren. Falls er noch lebte.

»Wenn er ihn schon umgebracht hat …«, fing Erik an.

»Keine Blutspuren im Auto, keine auf dem Weg vom Auto zur Wohnung. Die Kollegen sind den Weg zwischen Gehlsdorf und dem Standort des Wagens abgefahren und haben nichts gefunden. Die Zeit wäre auch zu knapp gewesen, die Leiche zu entsorgen«, sagte Peter. »Haben wir auch schon alles durchgekaut, hatten ja nicht viel zu tun außer zu kucken.«

Erik nickte.

»Wir müssten doch mal mit dem Mann reden!«, sagte Dorndorfer nervös und zupfte am Zeigefinger seiner linken Hand herum. »Was will er überhaupt? Frau Dr. Wahlberg, haben Sie eine Vermutung?«

»Frau Dr. Wahlberg sollte man, wenn es nach mir ginge, wieder nach Hause schicken. Wir hatten sie schon mal bei einer Geiselnahme dabei. Sie ist unautorisiert mitten ins Geschehen gerannt. Das brauche ich kein zweites Mal«, sagte Erik scharf.

»Aber wenn wir auf sie gehört hätten, hätten wir nicht die falsche Baracke gestürmt«, sagte einer von den SEKlern trocken.

»Warst du dabei oder was?«, fauchte Erik.

»Oh ja.«

Klugscheißer.

Anne sagte zu Dorndorfer: »Er will seinen Großvater mit der Geiselnahme unter Druck setzen. Er will, dass sein Großvater wiedergutmacht, was er Hannah Simon angetan hat. Aber da erzähle ich Ihnen nichts Neues. Wir haben übrigens noch gar nicht über die Briefe gesprochen, die das Ehepaar Paul gefunden hat. Die halte ich für sehr wichtig.«

»Welche Briefe?«, fragte Erik.

»An Karl Rohde von seinem Enkel. Micha, erinnerst du dich? Als wir dort ankamen, lagen Papiere auf dem Rasen. Mikes Eltern haben sie eingesammelt und gelesen. Darunter war auch der Ausdruck des Onlineartikels über den Tod von Daniel Schapiro mit handschriftlichen Anmerkungen, sinngemäß: Diesen Juden hast du auch noch auf dem Gewissen. Wohl eine Anspielung darauf, dass Karl Rohde in seinem Fernsehinterview behauptet hatte, er hätte während des Dritten Reichs Juden geholfen. Ein anderer Brief schildert den Tag, an dem die Brandbombe geworfen wurde. Er gibt darin alles zu, auch seine detaillierte Planung. Er hat gesehen, dass Karl nicht im Raum war, als er den Brandsatz warf. Er hat ihn trotzdem werfen wollen, oder gerade deshalb, um Karl, den er übrigens immer nur Ernst nennt, zu zeigen, wie es ist, wenn man die Menschen, die man liebt, verliert.«

»Ein richtiges Bekennerschreiben?«, staunte Dorndorfer und ging nun dazu über, sich nahezu ununterbrochen mit beiden Händen über die Schläfen zu wischen. »Aber warum nennt er ihn Ernst?«

»Weil Karl Rohdes wirklicher Name Ernst Friedrich Priebe ist«, sagte Anne, und alle sahen sie erstaunt an.

»Der Vater von Hilda Neusser«, sagte Erik und warf Dorndorfer einen besorgten Blick zu. Der Mann verliert langsam die Nerven, dachte er. Leitet den Laden und macht vor der Presse eine Superfigur, kommt aber mit dem Ernstfall nicht klar. Hoffentlich hält er durch.

»Er muss seinen Namen nach dem Krieg geändert haben. Sein Enkel ist ihm auf die Spur gekommen. Es gibt einen Brief von November letzten Jahres, in dem alles genau drinsteht. Der Brief ist zwar nicht vollständig, aber daraus geht hervor, dass er wusste, wer Karl Rohde wirklich ist, wie er ihn gefunden hat, und so weiter.«

Erik versuchte, diese Informationen zu verarbeiten. War das jetzt wichtig? Wie der Mann früher einmal geheißen hatte? »Wir nennen ihn weiter Karl Rohde«, sagte er. »Sonst gibt es Missverständnisse.«

»Seine Handschrift«, fuhr Anne fort, »ist übrigens sehr regelmäßig, aber die Orthografie ist sehr fehlerhaft. Er scheint eine Rechtschreibschwäche zu haben. Unintelligent ist er nämlich nicht, das sieht man an der Wortwahl und der Syntax. Unterschrift und Absender fehlen überall, ich nehme an, damit wollte er zeigen: Es ist doch klar, wer das hier schreibt. Aber mir liegen die Briefe auch nicht vollständig vor.«

Dorndorfer unterbrach sie. »Wir haben zu wenig Zeit, das jetzt alles auszuwerten. Bitte, sagen Sie schnell, was stand noch in den Briefen?«

»Ein weiterer Brief wurde wenige Tage vor dem Brandanschlag abgeschickt. Darin kündigt er seine Tat an.«

»Was?«, rief Erik. »Rohde hat davon gewusst?«

»Es sei denn, er hat den Brief nicht rechtzeitig gelesen.«

»Das kann nicht wahr sein!«, sagte Reuter.

»Er beschimpft seinen Großvater als Feigling und sagt, seine Feigheit sei das größte Verbrechen gegen seine Mitmenschen gewesen. Sein Verhalten hätte viele Menschenleben zerstört. Er will ihn zwingen, zu seiner Vergangenheit und damit auch zu Hannah und seinem Sohn Ernst zu stehen.«

»Warum tut er dann nichts?«, fragte Dorndorfer. Seine Stimme zitterte. Erik sah die Schweißperlen auf seiner Stirn.

»Wer, Rohde oder Alexei?«

»Verdammt, Kemper!«, schrie Dorndorfer plötzlich. »Tun Sie was!«

Jetzt war es so weit. Dorndorfer drehte durch. Helmut Reuter ging auf Dorndorfer zu, doch Anne schob sich dazwischen, legte ihren Arm um Dorndorfer und verschwand mit ihm den Flur hinunter. Gut, dass sie mitgekommen war.

»Was macht er denn jetzt?«, fragte Reuter und klang beunruhigt.

Erik sah zu der beleuchteten Küche hinauf. Alexei telefonierte mit seinem Handy, ging weiter unruhig auf und ab. »Vielleicht seine Forderungen stellen.«

»Das macht keinen Sinn. Rohde liegt im Krankenhaus, bei den Pauls ist niemand zu Hause. Mit wem telefoniert er?«

»Was ist, wenn wir ihn anrufen?«, schlug Micha vor. »Ihn unter einem Vorwand aus der Wohnung locken. Dann stürmen. Bis der sich meldet, kann noch eine Ewigkeit vergehen.«

»Und was, wenn er einen Komplizen angerufen hat?«, fragte einer vom SEK.

»Unwahrscheinlich. Der macht das alle ne.«

In der Küche sah man Alexei Schapiro ins Telefon schreien. Dann warf er das Handy auf den Boden, trat ans Fenster und lehnte den Kopf gegen die Scheibe.

»Der steht so was von unter Druck«, murmelte Erik. »Wen von uns kennt er eigentlich? Wer hat mit ihm gesprochen?«

»Nur Olaf, soweit ich weiß. Oder?«, fragte Micha in die Runde.

»Er kennt außerdem mich, natürlich, er wollte mich ja umbringen. Also kann ich nicht bei ihm anrufen, und ich kann auch nicht bei ihm klingeln«, sagte Erik.

»Ich mach's«, sagte Anne.

Erik hatte nicht gehört, dass sie wieder zurückgekommen war. Er schüttelte den Kopf. »Auf gar keinen Fall. Er hat dich vorhin gesehen. Er hat auf dich geschossen.«

»Da hatte ich eine Sonnenbrille auf und die Haare hochgesteckt. Er erkennt mich nicht, da bin ich mir sicher. Er hat mich viel zu kurz gesehen.«

»Wenn dir was passiert, dann …«

»Dann was?«

»Dann sind wir alle unseren Job los«, schloss er den Satz.

»Als ob das dann noch wichtig wäre«, regte sich Micha auf und wollte sich gerade eine Zigarette anzünden.

»Kippe aus dem Mund.« Reuter schlug Micha die Zigarette weg. »Wenn der hier deinen Glimmstengel sieht! Und heb das Ding wieder auf. Das ist ein Kindergarten, verdammt! Frau Dr. Wahlberg geht nicht.«

»Doch, ich gehe. Sie brauchen jemanden, der ihn ablenkt. Eine Frau ist immer unverdächtiger als ein Mann, sehen Sie es einfach so. Was soll ich machen?«

Zwanzig Minuten später stand sie mit klopfendem Herzen vor Alexei Schapiros Wohnungstür. Rechts und links von ihr, an die Wand gedrückt, sechs schussbereite SEKler. Weitere waren auf dem Dach des Kindergartens und hatten die Wohnung von außen im Visier. Erik und Micha standen hinter den SEKler, den Flur im Auge, falls einer der Anwohner seine Tür im falschen Moment öffnen würde. Falls jemand nach Hause kam. Falls irgendetwas.

Sie schloss die Augen, konzentrierte sich. Der Mann durfte ihre Anspannung nicht bemerken.

Während sie sich konzentrierte, fühlte sie noch etwas anderes hinter dieser Tür. Verzweiflung. Trauer. So groß, so gewaltig, dass man danach greifen konnte. Sie öffnete wieder die Augen, versuchte, Blickkontakt zu einem der Männer zu bekommen. Alle starrten sie an, also hob sie den Daumen zum Zeichen, dass sie fertig war. Dann klingelte sie.

Schritte.

»Gehen Sie, ich hab doch gesagt, ich will nicht mit Ihnen reden!« Die Stimme von drinnen klang heiser und aufgeregt, leise, so als wollte er von keinem anderem als dem, der auf der anderen Seite der Tür stand, gehört werden. Aber er kannte Anne gar nicht. Er meinte jemand anderen.

»Äh, Herr Schapiro? Sind Sie da? Sie haben meinen Wagen eingeparkt.«

Schweigen. Sie hörte, wie Alexei Schapiro sich hinter der Tür bewegte. Er sah wahrscheinlich durch den Spion. Anne lächelte, so gut sie konnte.

»Mein Name ist Meier, ich arbeite drüben an der Uni, und Sie haben mein Auto eingeparkt, da wollte ich Sie fragen, ob Sie vielleicht kurz mitkommen könnten?« Sie winkte dem Mann hinter der Tür zu, sie wusste, dass er sie ansah. »Ich muss dringend weg. Bitte.«

Ein paar Sekunden war wieder Schweigen. Dann sagte er: »Ich habe keine Zeit. Ich kann hier nicht weg.«

»Herr Schapiro, es dauert wirklich nicht lange. Ich habe ein echtes Problem … Ich muss meine Tochter abholen und bin schon wahnsinnig spät dran.«

Er öffnete die Tür einen Spalt breit. Anne sah, dass sie mit einer Kette gesichert war. Sie sah das Gesicht eines sehr jungen Mannes, Anfang oder Mitte zwanzig. Er sah sie mit zusammengekniffenen schwarzen Augen an, so als hätte er starke Kopfschmerzen. Sein dunkler Dreitagebart verstärkte die ungesunde Blässe in seinem Gesicht. Das war nicht der Mann, der auf sie geschossen hatte.

»Wo steht der Wagen denn?«, fragte er.

Das war nicht der Mann. Und er hatte keine Ahnung, wo das Auto stand. Er hatte es weder gefahren, noch dort geparkt. Das hier war ein anderer. Das Entsetzen, das sie mit einem Mal fühlte, musste er ihr ansehen.

»Stimmt was nicht mit Ihnen? Hallo! Wo steht der Wagen?«

Es war zu spät. Anne hatte zu lange gezögert.

Einer der vermummten Männer riss sie zur Seite, zwei andere warfen sich gegen die Tür, bis die Sicherheitskette krachend nachgab. Sie stürmten die Wohnung.

Erik legte seine Hand auf ihre Schulter.

»War doch zu viel, oder?«, sagte er verständnisvoll. »Keine Angst, es kann nichts mehr passieren.«

»Er ist es nicht«, sagte sie. »Er ist es gar nicht.« Und sie sah ihn an, voller Angst, voller Zweifel. Wo war der Mann, der versucht hatte, sie, Micha und Erik umzubringen, der all die anderen getötet hatte, der nun mit einem sechzehnjährigen Jungen irgendwo da draußen herumfuhr, eine geladene Waffe in der Hand? Wer war er überhaupt, wenn nicht Alexei Schapiro?

»Nichts«, sagte Micha, als er wieder rauskam. »Mike ist nicht hier. Und ehrlich gesagt stimmt irgendwas nicht.«

»Das ist nicht der, der auf uns geschossen hat, das war ein anderer«, sagte Anne.

»Ich glaube auch«, sagte Micha. »Ich hab ihn zwar nur kurz gesehen, und er hat eine ähnliche Statur und eine ähnliche Frisur, aber ich denke, das war er nicht.«

Erik stand auf und ging in die Wohnung. Auf dem Flur waren wegen des Lärms einige Türen aufgegangen. Micha hielt seinen Ausweis hoch. »Polizei, es ist alles in Ordnung, bleiben Sie bitte in Ihren Wohnungen.«

»Was passiert jetzt?«, fragte Anne.

Micha zuckte die Schultern. »Wir haben eine Menge Zeit verloren.«

Die SEKler kamen der Reihe nach wieder aus der Wohnung. Anne hörte aufgeregte Stimmen von dem Ehepaar Schapiro, sie sprachen russisch. Alexei versuchte zu übersetzen, klang aber selbst auch sehr aufgeregt. Erik versuchte zu erklären, zu beruhigen. Ein paar Minuten später kam er mit Alexei heraus. Die Tür ließen sie angelehnt.

»Dann sagen Sie es mir eben in meinem Büro«, sagte Erik gerade.

»Ich weiß nicht, was das alles soll, Sie denken doch nicht im Ernst, dass ich meinen Bruder umgebracht habe!«

Erik packte ihn an den Schultern und schüttelte ihn. »Verdammt noch mal, Junge, sag mir, wer heute mit deinem Auto gefahren ist! Dann weißt du auch, wer deinen Bruder auf dem Gewissen hat!«

»Unmöglich!«, schrie Schapiro zurück. »Er hat ihn bewundert! Mein Bruder war sein Idol! Das kann nicht sein!«

Wieder gingen Wohnungstüren auf. Micha ging schnell zu den Leuten und versuchte sie zu beruhigen. Alexei Schapiro sah sich nervös um, schielte dann auf die Tür zu seiner Wohnung. Da wollte er auch nicht rein, das war klar.

»Hör mir mal gut zu«, sagte Erik, bemüht, die Stimme leise zu halten. »Den ganzen Scheiß kannst du mir immer noch erzählen, wenn wir dem Kerl Handschellen angelegt haben, und ich hoffe, dass das passieren wird, bevor er einen sechzehnjährigen Jungen erschießt, der mit der Sache überhaupt nichts zu tun hat. Er hat eine Geisel, hast du das noch nicht kapiert? Was glaubst du, warum die Typen in Schwarz gerade in deiner Wohnung waren. Also? Der Name!«

Alexei Schapiro schnappte nach Luft und starrte auf einen Punkt hinter Erik. Anne folgte seinem Blick. Es war Dirk Sass, der zielstrebig auf Alexei Schapiro zuging.

»Herr Sass, was zum Teufel machen Sie denn hier?«, fragte Erik.

»Ich besuche die Familie Schapiro.«

»Hauen Sie ab!«, schrie Alexei. »Ich hab Ihnen am Telefon schon gesagt, dass Sie sich von uns fernhalten sollen!«

Wegen Sass war er nervös gewesen. Mit Sass hatte er telefoniert. Vor Sass hatte er Angst gehabt. Mit Mike hatte das alles nie etwas zu tun gehabt.

Sass sagte mit ruhiger Stimme: »Wie angekündigt, habe ich etwas für Sie, und ich möchte, dass Sie es annehmen.« Er reichte Alexei einen Umschlag, doch dieser nahm ihn nicht. Alexei ging einen Schritt zurück und hielt abwehrend die Hände hoch, als bedrohe Sass ihn mit einer Waffe.

»Herr Sass, ich glaube, Sie gehen jetzt besser, und wir unterhalten uns morgen«, sagte Erik.

»Hat er etwas angestellt, oder warum nehmen Sie seine Wohnung auseinander?«, fragte Sass, und dann, an Alexei gerichtet: »Brauchen Sie einen Anwalt?«

»Es ist alles in Ordnung. Und jetzt gehen Sie bitte«, beharrte Erik.

Seltsam, die Ruhe, die Sass ausstrahlte. Eine unnatürliche Ruhe. Er ließ sich durch nichts beirren, nicht einmal durch die Anwesenheit eines Sondereinsatzkommandos der Polizei.

»Geben Sie ihm das, Herr Kemper«, sagte Sass, gab Erik den Umschlag, nickte zum Abschied und ging.

Erik hielt den Umschlag unschlüssig in der Hand. »Was haben Sie mit Sass zu tun?«

»Nichts, nichts«, stotterte Alexei. »Er hat plötzlich angerufen und gefragt, ob wir etwas brauchen, Geld oder so, weil mein Bruder tot ist. Ich habe gesagt, von ihm nehme ich nichts, auch kein Geld. Aber er wollte trotzdem vorbeikommen. Ich nehme an, das ist Geld.«

»Soll ich reinsehen für Sie?«, fragte Erik.

Alexei nickte, und Erik öffnete den Umschlag. Er stieß einen Pfiff aus. »Eine anständige Summe«, sagte er.

Alexei schüttelte den Kopf. »Ich will es nicht. Es ist Blutgeld.«

»Blutgeld?«

Alexei hob die Hände. »Weil einer von seinen Leuten meinen Bruder umgebracht hat. Und jetzt will er sich damit wohl freikaufen. Der Mann ist krank! Nehmen Sie's. Schluss damit.«

Die Wohnungstür ging auf, Frau Schapiro streckte den Kopf heraus und sagte etwas auf Russisch, indem sie auf den Umschlag deutete, den Erik in der Hand hielt. Erik hielt ihn ihr vage hin, und als Alexei seiner Mutter nicht antwortete, riss sie ihn Erik einfach aus der Hand und verschwand wieder in der Wohnung.

Alexei vergrub sein Gesicht in den Händen und stöhnte. »Sie wollten wissen, wie der Typ heißt, der mein Auto gefahren hat?«

17.

Rudi heißt er. Rudi Baumgart.« Der Mann stank widerlich. Alkohol, Nikotin und Schweiß.

»Wir müssen alles über ihn wissen«, sagte Erik. Die Männer vom SEK hielten sich bereit. Sie waren mit dem Hubschrauber nach Laage geflogen, um wieder aufzutanken und sich auf den nächsten Einsatz vorzubereiten. Die Luft in Eriks Büro in der KPI war stickig, obwohl er alle Fenster aufgemacht hatte.

»Was denn, alles? Vielleicht auch noch, wie der Fick war, bei dem er entstanden ist?«

»Das wäre doch ein guter Anfang«, sagte Anne.

Ernst Simon grinste unsicher in ihre Richtung. »Wenn Sie so scharf drauf sind, also gut. Meine Mutter lebte damals in Ostberlin, ich habe sie regelmäßig besucht, und wann immer ich die Gelegenheit hatte, hab ich mir abends eine aufgerissen. Ich gebe zu, ich habe eine Vorliebe für junge Dinger. Und ich hab echt immer versucht, mir keine von meinen Schülerinnen zu greifen. Obwohl die mich ganz schön angemacht haben.«

»Glauben wir Ihnen. Weiter.«

»Was soll ich sagen, nachts, betrunken in der Mocca-Milch-Eisbar, ich weiß, das hört sich an wie ein Klischee. Wissen Sie was, es ist ein verdammtes Klischee. Die Kleine hatte gerade ihren Schulabschluss gemacht und hat gefeiert. Kam aus Rostock. Hing mir den ganzen Abend am Ärmel.«

»Scheint Sie nicht sehr gestört zu haben«, sagte Anne und klang desinteressiert.

»He, ich hatte eine Menge zu erzählen! Sie wollte alles über mich wissen. Hat mich immer gefragt, warum ich in den Westen gegangen bin und wie es da ist, wollte was über meine Ideale wissen. Wie ich die politische Zukunft sehe. So ein Scheiß! In den 80ern hat mich Politik gar nicht mehr interessiert. Meine Zeit waren die 60er. Also hab ich ihr davon erzählt. Von Dutschke und dem ganzen Pack. Ich geb zu, ich kam mir vor wie ein Held. Und sie hat mich angesehen, als wäre ich einer. Ein echter 68er saß da vor ihr. Hab offen gesagt ein bisschen dicker aufgetragen. Ihr von ein paar Aktionen erzählt, als wär ich dabei gewesen. Na, eigentlich hab ich so getan, als wär ich damals der beste Freund von Dutschke gewesen, und das fand sie richtig scharf. Wollte wissen, ob ich auch mit der RAF zu tun gehabt hätte. Lauter solche albernen Geschichten. Und was erzählt man nicht alles, wenn man besoffen ist.«

»Was erzählt man nicht alles, wenn man eine Frau ins Bett kriegen will«, sagte Anne, und Erik wusste nicht, ob sie ihn oder Ernst Simon meinte.

»Junge Frau, ich war damals Mitte vierzig. Wenn sich einem da eine Achtzehnjährige auf den Schoß setzt, die dazu noch richtig scharf aussieht und es unbedingt will, da sagt man nicht nein. Fragen Sie doch Ihren Kollegen hier.« Er zeigte auf Erik, und Erik wünschte sich, dieses versoffene Arschloch würde tot umfallen.

»Das ist nicht mein Kollege, ich bin nur die psychologische Beraterin«, sagte Anne. Nicht mehr kühl, sondern kalt. »Sie haben also einmal mit dem Mädchen geschlafen, und daraus ist Rudi entstanden. Rudi, wegen Dutschke?«

»Genau. Marianne, so hieß sie, wollte ihn so nennen.«

»Sie hatten also danach noch Kontakt mit ihr?«

Er schüttelte den Kopf. »Das ist etwas komplizierter. Ich hab ihr gesagt, wenn was passiert, übernehme ich keine Verantwortung. So ist das mit mir, hab ich ihr gesagt. Ficken ist toll, aber mehr will ich nicht. Sie hat gesagt, kein Problem, es passiert schon nichts. Ich hab danach nie wieder von ihr gehört.«

»Wie hat Rudi Sie dann gefunden?«

Ernst Simon schüttelte den Kopf. »Das war kompletter Wahnsinn. Vor drei Jahren stand der Kerl bei mir vor der Tür und sagte: Papa, ich bin's, dein Sohn Rudi. Ich dachte, mich trifft der Schlag. Dachte wohl, ich freu mich, der Trottel. Da war er gerade achtzehn geworden. Er war im Nachlass seiner Mutter auf ihre Tagebücher gestoßen. Das kleine Miststück hatte Stasiqualitäten. Hat genau Buch darüber geführt, was ich mache. Wie sie das alles herausbekommen hat, weiß ich nicht. Bis zu ihrem Tod hat sie immer gewusst, wo ich gerade war. Und da hat mich Rudi dann auch gefunden. Hab ja in Berlin ewig in derselben Bude gehockt.«

»Sie ist tot?«

»Ja. Hat sich umgebracht.«

»Wann?«

»Ach, das ist schon über fünfzehn Jahre her, glaub ich. Warten Sie mal.« Er dachte angestrengt nach, und Erik merkte, wie dem Mann langsam bewusst wurde, wie ernst die Lage war.

»Herr Simon«, sagte Anne. »Der Hintergrund Ihres Sohnes, wie er aufgewachsen ist, was er über Sie und über seine wahre Herkunft gewusst hat, ist gerade extrem wichtig. Wir haben keine Ahnung, wo er ist, und er hat sich bisher auch nicht gemeldet. Wir brauchen dringend Anhaltspunkte. Alles kann wichtig sein.«

»Ja, ja, ich überleg ja schon. Also es war wohl so – das hat mir Rudi alles erzählt, und er hat es aus den Tagebüchern: Marianne ist zurück nach Rostock, und als sie gemerkt hat, dass sie schwanger ist, hat sie sich ihrem Bruder anvertraut, und der hat es so eingefädelt, dass ein Freund von ihm, der schon immer scharf auf Marianne war, das Mädchen heiratet. In Wirklichkeit war sie nämlich ganz spießig und hatte Angst, dass die Leute mit dem Finger auf sie zeigen, wenn sie ein uneheliches Kind hat. Der Kerl, den sie geheiratet hat, also der Baumgart, hat aber irgendwann spitzgekriegt, dass das Kind gar nicht von ihm sein kann und hat angefangen, sie zu schlagen, das Kind zu schlagen, und irgendwann hat sie sich dann erhängt.«

»Erhängt?«

»Ja. Ich denk schon. Ist das wichtig?«

»Immens«, sagte Anne. Deshalb das Drosseln, dachte Erik.

»Na gut. Sie hat sich also erhängt, da war der Junge wohl fünf oder sechs Jahre alt. Erst war er bei seinem Vater, da hat ihn aber die Jugendhilfe rausgeholt, dann hat sein Onkel die Pflege übernommen, der war aber wohl auch überfordert. War nicht verheiratet und schwul, glaub ich. Jedenfalls ist der Junge im Heim gelandet. Ja, und irgendwann stand er vor meiner Tür und hat mich angebettelt, ich soll doch Papa spielen.« Er fing Eriks angewiderten Blick auf, lachte kurz, hustete und sagte: »Ich hab Ihnen gesagt, dass ich ein Arschloch bin. Hab ich doch, oder?«

»Eins hab ich gelernt«, sagte Anne. »Wenn ein Mann sagt, dass er ein Arschloch ist, sollte man ihm das unbedingt glauben.«

»Kluges Mädchen. Aber jetzt hab ich eine Frage: Was ist mit meiner Mutter?«

»Sie ist im Krankenhaus bei Ihrem Vater. Ich war eben selbst da und habe sie mir angesehen«, antwortete ihm Anne.

»Moment, Moment, sie ist – bei wem?«

»Ihrem Vater. Karl Rohde. Oder Ernst Friedrich Priebe. Wie Sie ihn auch immer nennen wollen«, sagte Erik.

Ernst Simon glotzte ihn an, verstand nicht. »Mein Vater ist im KZ ums Leben gekommen«, sagte er mit dünner, brüchiger Stimme.

»Nein, ist er nicht. Ihre Mutter hat sie angelogen. Ihr Sohn ist hinter Ihrem Vater her. Ihre Mutter hat ihn über die Aquarelle auf seine Spur gebracht.«

»Das glaub ich nicht, er hat die ganze Zeit gelebt?«

Erik nickte.

»Dann hat meine Mutter also doch keinen Blödsinn erzählt. Dass sie einmal diese Bilder besessen hat und dass sie sie ihrem Geliebten gegeben hat. Ist mein Vater … auch ein Jude?«

»Nein.«

Simon schlug sich beide Hände vor den Mund und starrte ins Leere. »Ich habe einen Vater … Hat er von mir gewusst?«

»Rudi hat ihm von Ihnen erzählt. Er hat versucht, Kontakt mit ihm aufzunehmen«, sagte Anne und klang nun sanfter. »Haben Sie gar keine Idee, wo Ihr Sohn sein könnte? Oder wer seine Freunde sind, wo er sich melden könnte?«

Ernst Simon schüttelte den Kopf. »Hören Sie, ich kenn den Jungen doch kaum.«

»Sie wohnen immerhin jetzt auch in Rostock.«

»Warnemünde. Ich seh ihn nur, wenn er meine Mutter besucht. Wir reden kaum miteinander.«

»Warum hasst er Sie?«, fragte Anne.

»Das hab ich nie gesagt!«

»Warum?«

»Ich … Wir haben einfach keine gemeinsame Ebene. Das ist alles.«

»Sie lügen. Sagen Sie mir, was passiert ist, dass er Sie so hasst.«

Simon wand sich und tastete sich, noch immer tief erschüttert, nach Zigaretten ab. Micha, der bis jetzt geschwiegen hatte, bekam Mitleid und warf ihm sein Päckchen zu. Simon nahm sich dankbar eine Kippe und zündete sie an.

»Der Junge stand bei mir vor der Tür und wollte, dass ich ihn mit offenen Armen empfange. Ich hatte aber andere Probleme. Kein Geld, zu wenig Rente, die kranke Mutter.«

»Der Alkohol.«

»Der auch. Und Schulden, Schulden …«

»Vom Saufen?«, fragte Erik.

»Schlimmer. Ich hab Ihnen doch erzählt, dass sie mich aus dem Schuldienst geschmissen haben, weil ich was mit einer Schülerin gehabt habe. Das Biest hat mich auf Anraten ihrer Eltern verklagt, und ich zahl heute noch die Prozesskosten ab. Und so eine Art Schmerzensgeld.«

»Sie oder Rudi?«, fragte Anne.

Er zog lange an seiner Zigarette, dann sagte er leise: »Rudi.«

»Sie haben die Vaterschaft offiziell anerkannt, damit er Ihre Schulden übernehmen musste.«

Ernst Simon nickte. »Spielschulden hatte ich außerdem.«

»Auch das noch.« Den Kommentar konnte sich Erik nicht verkneifen.

»Er wollte das doch so!«, rief er verzweifelt.

»Erzählen Sie alles«, sagte Anne. »Und ich meine: alles.«

»Meine Güte, diese Frau ist schlimmer als die Pest.«

»Deshalb arbeiten wir mit ihr zusammen«, sagte Erik freundlich.

»Rudi wollte, dass ich ihm bei der Totalverweigerung helfe. Er wollte weder zum Bund noch Zivi machen. Aber er wollte auch nicht in den Knast. Und weil er das Tagebuch seiner Mutter gelesen hatte, dachte er, ich bin sonst was für ein cooler linker 68er. Ich hab ihm gesagt, dass ich ihm nicht helfen kann. Aber er hat keine Ruhe gegeben. Sei mein Vater, akzeptier mich, das ganze Theater. Und mit meiner Mutter hatte er es ja sofort. In die hat er sich regelrecht verliebt. Die klebten plötzlich aneinander. Auch wenn sie total gaga war, mit ihm konnte sie immer. Komisch.«

»Ihre Mutter hat ihm ihre Geschichte erzählt, nehme ich an.«

»Ich weiß es nicht, ich war nicht dabei. Ist anzunehmen.« Er schwieg ein paar Sekunden und dachte nach. »Ihm hat sie alles erzählt, und mir sagt sie nicht einmal, dass mein Vater noch lebt.« Er starrte weiter vor sich hin, schwieg.

»Herr Simon, uns läuft die Zeit weg«, drängte Erik.

»Na gut. Die Bilder. Plötzlich war die Rede von diesen Bildern, damit hat alles angefangen. Ich habe gesagt, die gibt es gar nicht, aber er war nicht aufzuhalten. Eines Tages kam er rein und sagte: ›Ich hab die Bilder gefunden. Jetzt wird alles gut.‹ Ich dachte, er meinte, dass wir jetzt an Kohle kommen. Er war dann ein paar Monate gut drauf und hat immer davon geredet, hat gesagt, es dauert noch ein bisschen, aber er hat ein gutes Gefühl, man muss nur Geduld haben. Und dann hat er plötzlich kein Wort mehr darüber gesagt. Wahrscheinlich, hab ich gedacht, hat er rausgefunden, dass meine Mutter ihm einen Haufen Müll erzählt hat.«

»Hat sie aber nicht, und das ist jetzt das Problem«, sagte Erik. »Wann war das?«

»Puh, letztes Jahr? Im Frühling fing es an und ging ungefähr ein halbes Jahr. Nein, Moment, bis November, genau. Im November hat er's dann aufgegeben, hatte ich den Eindruck. Weiß ich auch nur deshalb, weil meine Mutter da Geburtstag hat.«

»Das passt«, sagte Micha. »Im März vor einem Jahr war die Ausstrahlung des Interviews. Rudi Baumgart muss die Bilder im Fernsehen gesehen haben. Und dann hat er versucht, seinen Großvater zu finden.«

»Hilft uns das?« Erik richtete die Frage an Anne.

»Probieren wir Usedom«, sagte Anne. »Wahrscheinlich holt er die Bilder.«

Dorndorfer versuchte so zu tun, als hätte er nie die Fassung verloren. Er ging im Besprechungszimmer auf und ab und sagte: »Gut. Wir haben das Haus von Karl Rohde gesichert. Ganz Kamminke ist abgeriegelt. Er wird zwar reinkommen, aber nicht mehr raus.«

»Wir haben zu viel Zeit verloren«, stöhnte Helmut Reuter.

Erik fühlte sich angegriffen. »Hey, wem von euch hat der Name Rudi Baumgart irgendetwas gesagt? Also mir nicht!«

»Wir haben den Namen in den Akten, er ist befragt worden, weil er am Samstag auch auf dem Golm war. Mit der RAR. Er war so verdächtig oder unverdächtig wie alle anderen aus der Gruppe. Eine Verbindung war nicht sichtbar«, sagte Reuter.

»Aha. Ich hab nie mit ihm gesprochen! Und woher sollte ich wissen, dass der mit dem Auto von Daniel oder jetzt Alexei Schapiro rumfährt? Ich fahre mein Auto normalerweise selbst, so wie die meisten Menschen.«

»Es hat dir doch keiner einen Vorwurf gemacht. Jetzt wissen wir wenigstens, mit wem wir es zu tun haben.«

Kein Wort, dass Erik auf eigene Faust die Spur der verschollenen Heckel-Bilder verfolgt hatte. Das würde alles später kommen.

»Hat immer noch niemand sein Auto gestohlen gemeldet? Die können doch nicht zu Fuß unterwegs sein. Oder mit der Bahn. Das ist unmöglich«, stöhnte Erik.

»Sie können überall sein. Es ist nicht einmal sicher, dass sie überhaupt nach Usedom unterwegs sind. Sie müssten dann doch schon längst angekommen sein«, gab Reuter zu bedenken.

»Nicht unbedingt. Vielleicht macht er Pausen. Sucht ein neues Auto. Wie spät ist es jetzt, Mitternacht? Vier Stunden. Nach Kamminke braucht man ungefähr zwei Stunden. Könnte sein, dass er die Autobahn meidet«, sagte Erik.

Dorndorfer hatte sich hingesetzt und schien nicht mehr richtig zuzuhören. »Was machen wir denn jetzt?«, murmelte er.

Und als hätte jemand sein Stoßgebet erhört, klingelte das Telefon. Reuter nahm den Hörer ab.

»Sie sind in Kamminke«, sagte er. »Er wollte offenbar zu Karl Rohdes Haus, wie Frau Dr. Wahlberg vorhergesehen hat.«

»Und jetzt?«

»Jetzt haben wir ein Problem. Er ist umgedreht, weil er die Kollegen vorm Haus gesehen hat, und ist zum Golm gefahren.«

»Im Dunkeln mitten im Wald. Scheiße.« Erik fuhr sich mit beiden Händen über das Gesicht.

»Was machen wir denn jetzt?«, fragte Dorndorfer wieder, nervös.

»Golm abriegeln, den Polen an der Grenze Bescheid geben, und ab in den Hubschrauber. Einsatzbus bemannen. Los, wir haben schon genug getrödelt«, befahl Reuter, der nun klar die Einsatzleitung hatte.

»Wer fliegt mit?«, fragte Erik.

»Du, Wahlberg, ich, SEK so viel wie reinpasst. Soll der Vater mit?« Damit wandte er sich Anne zu.

»Rudi Baumgart akzeptiert ihn nicht. Karl Rohde wäre der Richtige.«

»Den kriegen wir wohl kaum«, sagte Reuter. »Der liegt im OP. Oder auf der Intensiv.«

»Gibt es da Neuigkeiten?«, fragte Anne.

»Nicht ansprechbar, kritischer Zustand nach Herzinfarkt. Und dann noch das Alter, es sieht nicht gut aus«, antwortete Reuter.

»Er wird darauf bestehen, mit ihm zu reden«, sagte Anne. »Ich sehe keinen Grund, warum er sonst die Geiselnahme abbrechen sollte.«

»Und was machen wir jetzt?«, fragte diesmal Erik.

»Ab in den Hubschrauber. Micha, du auch.«

»Auf gar keinen Fall. Ich fahre im Bus mit. Ich fahre ihn selbst«, sagte Micha.

Mike hörte den Hubschrauber und wusste, sie kamen wegen ihm.

»Was machen wir denn jetzt?«, fragte er Rudi.

Der zuckte nur mit den Schultern und zog die Waffe aus der Hosentasche. Hielt sie in der rechten Hand, in der linken, wieder in der rechten.

»Abwarten. Die kriegen uns nicht«, sagte Rudi und ging tiefer in den Wald hinein. »Wir können bis nach Ahlbeck laufen, ohne dass sie uns sehen.«

»Okay.«

Aber dann blieb Rudi stehen, um zu lauschen. »Warte, die landen gleich«, sagte er.

»Glaub ich nicht, die suchen doch nach uns.«

»Psst!«

Sie standen regungslos im Dunkeln und warteten. Mike hatte Recht. Sie suchten weiter.

»Aber es hat sich so anders angehört«, sagte Rudi nachdenklich. »Bestimmt sind sie kurz gelandet, haben ein paar Scharfschützen abgeladen und suchen jetzt weiter.«

»Die haben einen Suchscheinwerfer«, sagte Mike. »Siehste?«

»Ah, Scheiße. Wir müssen auf jeden Fall immer direkt unter den Bäumen bleiben.«

»Da vorne ist so ein Häuschen, da sind auch Klos drin«, sagte Mike.

»Wenn wir da reingehen, sitzen wir in der Falle! Die schicken garantiert auch welche zu Fuß hoch.«

»Aber ich muss mal.«

»Pinkel gegen den Baum, ich kuck auch nicht!«

»Nee, ich muss ...«

Rudi sah ihn an und grinste. »Das Häuschen ist abgeschlossen, Alter. Da kommen wir nicht rein. Such dir ’nen Baum aus. Ich hab hier noch ein Taschentuch.«

Mike schnappte sich das Papiertaschentuch, stiefelte los und suchte sich eine Stelle, die ihm geeignet schien. Er machte sich gerade den Reißverschluss seiner Hose auf, als Rudi sagte: »Beeil dich, ja?«

»Logisch.« Aber wie beeilen, wenn der Typ nur zwei Meter neben ihm weg stand? Wenigstens ging es seinem Bein wieder ganz gut. Er musste kaum noch humpeln. Mike hoffte, dass er einen guten Eindruck auf Rudi machte.

Am Anfang hatte er noch gedacht, so eine Scheiße, da hatte ihn dieser Kerl geschnappt, der am Samstag seinen Onkel umgebracht hatte. Jetzt dachte er: Recht hat er. Vielleicht waren die Mittel drastisch, aber wenn man mal so richtig drüber nachdachte, war es doch ganz wichtig, was er da machte. Dieses Arschloch Karl war an allem schuld. Okay, er war kein Nazi gewesen, aber eine ganz feige Sau. Hätten sie ihm ein Gewehr gegeben und ihn in den Krieg geschickt, er hätte sich weniger schuldig gemacht, hatte Rudi gesagt. Stimmte auch irgendwie, dachte Mike. Eine ganz feige Sau.

Hatte ihm seine rührselige Geschichte erzählt, von seinem Ärger mit seinem Vater, und wie er dann auf der Flucht seine Frau und seine Tochter verloren hatte. Die echte Sauerei hatte er natürlich nicht erzählt. Dass er das jüdische Mädchen geschwängert und sitzengelassen hatte. Sich ihre wertvollen Bilder unter den Nagel gerissen hatte. Und sich jetzt weigerte, die Bilder zurückzugeben, obwohl es ihr total schlecht ging und sie die Kohle unbedingt brauchte. Der alte Feigling hatte echt genug, der musste sich keine Sorgen machen. Nicht mal seinen Sohn wollte er anerkennen.

Als Mike fertig war, zog er seine Hose wieder hoch und ging zurück zu Rudi.

»Hände gewaschen?«, fragte der und grinste wieder.

»Haha. Sehr witzig.«

»Du bist schon ziemlich verwöhnt, hab ich Recht?«

»Wer, ich?«, fragte Mike fassungslos. »Ich bin doch nicht verwöhnt! Willst du mal meine Mutter kennenlernen? Dann sagst du so was nicht mehr.«

»Wenigstens hast du eine. Meine hat sich aufgehängt, da war ich fünf Jahre alt. Ich hab sie gefunden, sie hing in dem Kellerabteil, das zu unserer Wohnung gehört hat. Und von meinem Vater hab ich dir ja schon erzählt.«

Was es bedeutete, ohne Eltern aufzuwachsen, darüber hatte Mike noch gar nicht richtig nachgedacht. War ja auch alles extrem aufregend gerade.

»Wo hast du denn dann gewohnt?«

Rudi zögerte, bevor er antwortete. »Im Heim. Wenn du das nächste Mal sauer auf deine Eltern bist, denk an mich.«

Wow. Ein hartes Schicksal. Der Typ kannte sich aus. Hatte Lebenserfahrung. Mike war beeindruckt.

Gerade wollte er weiterfragen, als Rudi sagte: »Los, wir müssen. Du hattest Recht, die landen nicht, die suchen weiter. Aber ewig können sie nicht suchen, irgendwann geht denen das Benzin aus. Sind ja schon den ganzen Weg von Rostock hergeflogen.«

»Wie lange können die fliegen, ohne aufzutanken?«

»Puh, keine Ahnung. Sicher nicht die ganze Nacht. Lass uns weitergehen. Bleib ganz dicht bei mir.«

»Ich hab im Fernsehen gesehen, dass sie Nachtsichtgeräte haben. Da sehen sie uns als Wärmepunkte auf einem Monitor im Hubschrauber.«

»Deshalb müssen wir in Bewegung bleiben und immer schön da, wo sie auf keinen Fall landen können.«

Sie gingen weiter durch den Wald. Das Geräusch des Hubschraubers war ständig über ihren Köpfen. Manchmal sahen sie das Licht des Suchscheinwerfers.

Nach fünf Minuten hatte Mike das Schweigen satt. »Was ist denn mit deinem Vater?«, fragte er. »Kann der nicht mit dem Karl reden?«

»Er heißt Ernst und nicht Karl!«, zischte Rudi wütend. »Mein Vater ist … zu krank. Früher war das ein ganz toller Mann. Er hat mit Rudi Dutschke zusammen die Studentenbewegung angeführt. Viele Ideen waren von ihm, aber er ist eher im Hintergrund geblieben. Mehr so der Kopf, nicht der Mann, der die Show macht, verstehst du?«

»Ja, ja, cool«, sagte Mike und hatte nur eine sehr vage Vorstellung von der Studentenbewegung und Rudi Dutschke.

»Und später hat er auch mit der RAF zu tun gehabt. Natürlich haben sie ihn nie gefasst, aber er war richtig wichtig, das kannst du mir glauben. Jetzt ist er leider sehr krank, und ich muss mich um ihn kümmern. Und um meine Oma. Das ist eine ganz tolle Frau. Sie ist Jüdin, weißt du?«

Er sagte es, als müsste allein der Umstand, dass sie Jüdin war, Mike in völlige Verzauberung versetzen. Mike merkte wieder, wie wenig er wusste und wie viel es zu lernen gab. Mehr lesen, dachte er. Jemand wie Rudi konnte ihm bestimmt sagen, was sich zu lesen lohnte und was nicht. Sie waren ja sogar verwandt. Und das fand Mike richtig cool.

»Ist dein Papa auch Jude?«

»Klar. Jeder, der eine jüdische Mutter hat, ist Jude. Da wird man nicht getauft.«

»Also bist du keiner, oder wie jetzt?«

»Nein. Aber ich habe jüdisches Blut. Im Dritten Reich hätten sie mich ins KZ gesteckt«, sagte er stolz.

»Mich bestimmt auch«, sagte Mike, »ich wär bestimmt einer vom Widerstand gewesen.«

»Hab ich gleich gemerkt, dass du Mut hast.« Rudi klopfte ihm anerkennend auf die Schulter, und Mike freute sich.

Sie stolperten weiter durch die Dunkelheit. Rudi ging immer langsamer. Mike merkte, dass er die Orientierung verloren hatte, traute sich aber nicht, ihn darauf anzusprechen, bis Rudi ganz stehen blieb und versuchte, durch die Baumkronen den Himmel zu sehen.

»Ich muss die Sterne sehen, damit ich ungefähr weiß, in welche Richtung wir weitermüssen.«

»Dann stehst du aber so, dass sie dich sehen können.«

»Ja, das geht nicht. Was ist da drüben?« Er ging, wohin er gezeigt hatte, stolperte plötzlich, schrie auf und war verschwunden.

Mike rannte in seine Richtung. Hier ging es steil einen Hang hinunter. Bestimmt vierzig, fünfzig Meter, schätzte er. Rudi war nirgendwo zu sehen.

»Rudi?«, rief er leise. »Alles okay? Hast du dir was getan? Ich kann dich nicht sehen.«

War er runtergestürzt? Hatte er sich das Genick gebrochen? Vielleicht war er tot. Oder schwer verletzt. »Rudi!«, rief er wieder. »Sag doch was!«

Keine Antwort, es war nichts zu hören.

Er musste Hilfe holen. Rudi war etwas passiert. Er musste irgendwo hin, wo ihn der Hubschrauber sah. Dann konnten sie Licht machen und Rudi suchen. Vielleicht hatte er sich was gebrochen und war bewusstlos. Mike rannte los, er hatte keine Ahnung, wo er hinmusste, die Wunde fing wieder an zu schmerzen, aber er dachte nur: immer geradeaus, dann kommt schon irgendwann irgendwo eine Lichtung.

Er kam nicht weit. Jemand packte ihn von hinten, riss ihn zu Boden, kniete sich auf seinen Rücken. Mike bekam fast keine Luft mehr.

»Geh runter«, japste Mike.

»Du kleiner Scheißer, du denkst wohl, du bist besonders schlau, was?«, hörte er Rudis Stimme sagen.

Mike fühlte den Lauf des Revolvers an seiner Schläfe.

»Ich wollte Hilfe holen, ich dachte, dir ist was passiert!«

»Hilfe holen? So ein Scheiß!« Rudi schlug ihm mit dem Revolver auf den Hinterkopf. Mike wurde schlecht.

»Ehrlich! Ich dachte, du bist abgestürzt! Was hätte ich denn machen sollen?«

»Du bist nur ein feiges Arschloch! Kein Wunder, alles dieselbe Brut und dieselben Gene! Du hast doch nur drauf gewartet, dass ich dich aus den Augen lasse, damit du abhauen kannst. Erst schleimst du dich ein und machst auf freundlich und tust so, als könntest du mich verstehen, und dann so was!«

»Nein, Rudi, ehrlich ... Bitte glaub mir! Ich wollte dir nur helfen!« Mike fing an zu heulen. »Bitte, ich hatte Angst, dass du verletzt bist! Glaub mir doch!«

Jetzt hatte er zum ersten Mal einen Freund, einen, zu dem er aufblicken konnte, einen, der ihm was beibringen konnte, und er hatte es vermasselt. Klar war es dumm gewesen, wegzurennen. Er hätte selbst nach ihm suchen müssen, statt sich zu fürchten. Er war einfach ein Feigling. Rudi hatte Recht.

»Tut mir leid, Rudi, ehrlich, ich hatte Panik, ich dachte, du brauchst Hilfe«, jammerte er und heulte weiter.

Rudi ließ von ihm ab und stand auf. Mike blieb zitternd und heulend auf dem Waldboden liegen.

»Na los, steh auf. Mach schon.« Er klang nicht mehr so wütend wie eben. Er klang irgendwie – enttäuscht, dachte Mike und stand auf, die Hände über den Kopf haltend, weil er erkennen konnte, dass Rudi die Waffe auf ihn gerichtet hatte.

»Bitte, schieß nicht, du hast das echt grad voll falsch verstanden, ehrlich!«

»Es wird bald hell«, sagte Rudi. »Da ist Osten. Dann müssen wir in diese Richtung. Norden.«

»Aber wenn es gleich hell wird, dann finden die uns doch …«

»Deshalb müssen wir sehen, dass wir Ahlbeck erreichen und da in irgendein Gebäude reinkommen, wo wir uns verstecken können. Vielleicht in dem Parkhaus«, sagte Rudi. »Ich muss irgendwie die Bilder kriegen. So lange müssen wir auf Usedom bleiben. Außerdem will ich mit dem alten Mann reden.«

»Und was passiert, wenn du mit ihm geredet hast?«

Rudi zuckte die Schultern. »Mir geht es nur um Hannah. Sie soll glücklich sein. Er hat ihr ganzes Leben versaut. Ihr ganzes Leben. Und das von meinem Vater auch. Und das von mir. Wenn er zu Hannah gestanden hätte, wäre alles gut geworden. Er hätte sie nach dem Krieg heiraten müssen. Aber er hat sich vor ihr versteckt, und damit ist jetzt Schluss.«

»Hannah ist doch jetzt bei ihm. Dann reden sie doch miteinander, und es ist bestimmt alles gut.«

»Ich will es von ihm hören. Er soll es mir sagen. Bleib stehen, wir gehen wieder zurück.«

»Was?«

»Ja, da hoch zum Aussichtspunkt.«

»Aber wir müssen uns doch verstecken?«

»Ich hab's mir anders überlegt.«

»Wie meinst du das denn?«, fragte Mike perplex.

»Das siehst du noch früh genug«, sagte Rudi und umklammerte die Waffe mit beiden Händen.

18.

Anne wusste, dass sie so keinen Schritt weiterkamen. Die SEKler lagen im dunklen Wald auf der Lauer und peilten durch ihre Nachtsichtgeräte. Hier oben im Hubschrauber sahen Erik, Reuter und noch ein SEKler ebenfalls durch ein Nachtsichtgerät, um Rudi Baumgart und Mike Paul zu finden. Sie fanden sie auch. Die beiden liefen herum, scheinbar ohne Ziel, ohne Richtung. Die Sonne würde bald aufgehen, aber bis dahin – was war bis dahin? Erik und Reuter konnten sich nicht einigen.

»Ihr braucht Kontakt«, sagte Anne. »Ihr könnt nicht einfach eine Horde Scharfschützen auf ihn hetzen. Dann erschießt er den Jungen, selbst wenn er weiß, dass er dann auch erschossen wird. Und präventiv könnt ihr ihn wohl kaum erschießen.«

»Wenigstens weiß er, dass wir hier sind«, sagte Reuter grimmig. »Ich verstehe nur nicht, was er vorhat.«

»Sich so lange verstecken, bis er hat, was er will.«

»Und was will er? Ich verstehe es immer noch nicht. Glaubt er, wir brechen irgendwann ab und lassen ihn in Seelenruhe in Rohdes Haus spazieren, damit er die Bilder mitnehmen kann?«

»Er will Karl Rohde, nicht nur die Bilder«, sagte Anne ungeduldig, denn sie sagte es nicht zum ersten Mal.

»Und der liegt im Krankenhaus und kann nicht, verdammt noch mal!«, polterte Erik.

»Deshalb müssen wir jetzt mit ihm reden. Er weiß doch gar nichts davon. Lasst mich runter.«

»Das kommt gar nicht in Frage«, sagte Erik.

»Warum nicht? Das ist mein Job!«

»Ist es nicht. Du bist offiziell gar nicht Teil dieser Ermittlungen.«

»Erik, sie hat Recht. Außerdem ist sie selbstverständlich offizieller Teil der Ermittlungen. Das haben wir doch mit Dorndorfer klargemacht«, sagte Reuter.

»So ein Quatsch, Dorndorfer ist doch nicht zurechnungsfähig! Wir können sie nicht da runterschicken! Der Wahnsinnige hat noch drei Schuss Munition, und ihm ist so ziemlich alles egal! Wenn, dann geh ich da runter.«

»Es ist mein Job«, sagte Anne wieder.

»Aber das will ich nicht!«, rief Erik.

»Entscheidest du das etwa? Herr Reuter, sagen Sie mir, wie wir vorgehen.«

»Erstes Gebot: Auf keinen Fall die kugelsichere Weste ausziehen«, sagte Reuter und lächelte aufmunternd. »Sie sind sehr mutig.«

»Sie ist nicht mutig, sie ist verrückt geworden! Warum, Anne? Das muss doch nicht sein!« Erik war richtig verzweifelt, aber sie sah ihn nur kühl an.

»Warum? Weil ich die Einzige bin, die eine psychologische Ausbildung hat. Und weil ich von uns allen hier am wenigsten zu verlieren habe.« Den letzten Teil sagte sie ganz leise, so dass sie sich nicht sicher war, ob Erik es überhaupt gehört hatte. Die anderen sicher nicht. Sie waren mit ihren Geräten beschäftigt, besprachen sich und funkten mit den Kollegen am Boden.

»Also, Herr Reuter, wie machen wir das?«

Sie wurde verkabelt, damit sie Funkkontakt hatte. Reuter erklärte ihr das Gelände, so gut er es anhand der Karte konnte. Er versprach ihr, dass die Scharfschützen immer direkt hinter ihr sein würden, auch wenn sie sie nicht sah oder hörte. Sie würden Anne sehen können, hören sowieso.

»Und wenn es brenzlig wird: auf den Boden werfen«, sagte er. »Sobald jemand auf Sie zielt, sobald ein Schuss fällt: fallen lassen. Das ist die einzige Möglichkeit zu überleben. Die Scharfschützen drücken dann nämlich sofort ab. Und Sie sollten auf keinen Fall in der Schusslinie stehen. Haben Sie das verstanden? Auf den Boden werfen und liegen bleiben.«

Anne nickte.

»Und jetzt: Viel Glück.« Er drückte ihre Hand und sagte dem Piloten, dass er landen sollte.

Erik war mit ausgestiegen. Er hatte keine Ruhe gegeben. Reuter hatte sich sein Wort geben lassen, dass er sich zum Einsatzbus begab, der mittlerweile auch eingetroffen war. Anne wartete, bis er im Bus verschwunden war. Dann ging sie los in die Richtung, die man ihr über Funk durchgab. Immer geradeaus. Sie sollte nicht erschrecken, einer der SEKler würde auf sie warten und ihr zeigen, wo Rudi Baumgart und Mike Paul waren.

Sie konzentrierte sich auf ihre Schritte, auf ihren Atem. Darauf, dass die Luft kurz vor Sonnenaufgang am kühlsten war. Sie konzentrierte sich auf das, was vor ihr lag, und blendete das Geräusch des Hubschraubers, der nun über ihr schwebte, aus. Mir kann nichts passieren, dachte sie, und es wurde zu einem rhythmischen Mantra, dem sich ihre Schritte anpassten. Mir kann nichts passieren, mir kann nichts passieren.

Sie spürte den Scharfschützen, bevor sie ihn sah oder hörte, deshalb war sie auch nicht erschrocken. Sie ging auf ihn zu.

»Sie können verdammt gut sehen im Dunkeln«, flüsterte er.

»Ich kann Sie fühlen«, sagte sie. »Wo sind die beiden?«

»Ein ganzes Stück weiter im Wald. Bleiben Sie hinter mir. Ab jetzt kein Wort mehr.«

Es störte sie nicht, dass sie das Gesicht des Mannes durch die Maske nicht sehen konnte. Es reichte ihr, was er ausstrahlte. Er war angespannt, aber nicht unsicher, auch nicht aufgeregt. Er wusste, was er tat und war voll konzentriert.

Sie folgte ihm durch den Wald, bis er ihr ein Zeichen gab: stehen bleiben. Die beiden duckten sich auf den Boden, ein zweiter Scharfschütze kam leise aus dem Dunkeln zu ihnen.

Anne wusste genau, wo sie waren. Sie war ja erst vor ein paar Stunden hier gewesen. Würden sie weiter nach rechts gehen, kämen sie zu dem zentralen Platz der Gedenkstätte, dem Rundbau, der die einzelnen Friedhöfe miteinander verband. Weiter die Anhöhe hinauf ging es zum höchsten Punkt nicht nur des Golms, sondern der ganzen Insel, von dem aus man den polnischen Teil Usedoms überschauen konnte.

Eben im Hubschrauber hatte sie gefragt, wieso die beiden nach so langer Zeit immer noch im Bereich der Gräber waren, statt den Golm zu verlassen und sich irgendwo anders zu verstecken.

»Vielleicht hat er die Orientierung verloren«, hatte Reuter gesagt. »Er ist nicht ortskundig.«

»Er war oft genug hier, um sich auszukennen«, war Annes Meinung gewesen. Sie wusste jetzt die Antwort: Rudi Baumgart wollte hier seinem Großvater begegnen. Er wollte bei den Toten auf ihn warten.

Sie hatten ihr eine Taschenlampe mitgegeben. Von nun an hieß es für sie: Kontakt aufnehmen. Rudi Baumgart und Mike Paul standen schon längere Zeit am selben Punkt und hatten sich nicht bewegt. Sie warten, dachte Anne. Sie warten, dass jemand zu ihnen kommt. Das heißt, Rudi Baumgart hat einen Plan.

»Herr Baumgart, hören Sie mich, ich möchte mit Ihnen reden. Mein Name ist Anne Wahlberg«, rief sie und wusste, er konnte sie hören. »Herr Baumgart? Geht es Ihnen gut? Ich bin nicht bewaffnet. Ich trage nur diese Taschenlampe bei mir. Darf ich zu Ihnen kommen und wir reden?«

»Gehen Sie weiter, ich sage Ihnen, wann Sie stehen bleiben sollen. Wenn Sie weiter gehen, als ich es Ihnen sage, schieße ich«, rief Baumgart ihr zu.

»Verstanden.« Sie ging weiter, bis er rief: »Stopp!«

Sie leuchtete mit der Taschenlampe umher.

»Werfen Sie die Lampe in meine Richtung. Lassen Sie sie eingeschaltet. Eine falsche Aktion, und ich schieße.«

»Das weiß ich«, sagte Anne, um ihm zu zeigen, dass sie ihn ernst nahm. Sie warf die Lampe flach in seine Richtung. Mike war derjenige, der sie aufhob und zurück zu Baumgart brachte.

Stockholmsyndrom, dachte sie. Der Junge war ganz auf der Seite des Geiselnehmers. Nach so kurzer Zeit schon. Das machte es nicht einfacher.

Der Lichtkegel traf sie ins Gesicht. Sie konnte spüren, was in den beiden vorging. Mike war verwirrt, verunsichert, hing an Rudi, vor dem er zwar Angst hatte, aber seine Angst vor Anne, vor den Polizisten war viel größer. Rudi hatte keine Angst. Er wusste genau, was er wollte, und dafür würde er bereitwillig jedes Leben aufs Spiel setzen. Auch sein eigenes.

»Ich nehme an, Sie wollen Mike nicht laufen lassen«, sagte sie und versuchte, nicht zu viel zu blinzeln, um nicht nervös auf Rudi Baumgart zu wirken.

»Nein, ganz sicher nicht. Oder wollen Sie mit ihm tauschen?«

»Wenn Sie sich darauf einlassen würden, jederzeit. Aber ich vermute, es würde darauf hinauslaufen, dass Sie zwei Geiseln hätten. Ich glaube nicht, dass Mike von Ihnen weggeht. Und auch nicht, dass Sie ihn laufen lassen. Er ist wertvoller als ich. Hab ich Recht?« Sie wollte ihm zeigen, dass sie wusste, er war nicht dumm. Sie gab ihm die Sicherheit, dass Mike auf seiner Seite war, klar für jedermann erkenntlich.

»Sie haben Recht«, sagte Rudi.

»Sie wollen mit Ihrem Großvater reden.«

»Genau. Bis dahin bleiben wir hier. Er muss herkommen. Sonst stirbt Mike, und dann hat er noch jemanden auf dem Gewissen.«

Sie sagte nicht, dass Rudi Baumgart derjenige sein würde, der noch einen Menschen auf seinem Gewissen hätte. Er würde es nicht so sehen.

»Ihr Großvater liegt auf der Intensivstation. Es ist nicht einmal sicher, ob er die nächsten Stunden überlebt. Sie glauben mir nicht. Aber ich weiß nicht, wie ich Ihnen das beweisen soll. Helfen Sie mir.«

»Sie können mir das gar nicht beweisen.«

»Hannah ist bei ihm. Sie passt auf ihn auf.« Sie spürte, dass sie gerade auf dem richtigen Weg war. »Es geht ihr sehr gut, und sie ist froh, bei ihm zu sein.«

Er zögerte, klang besorgt. »Das glaube ich nicht. Sie ist …« Er brach ab. Er wollte Anne testen. »Sie kümmert sich also um ihn? Erzählen Sie mir davon.«

»Ich habe nicht gesagt, dass sie sich um ihn kümmert. Sie wissen selbst, dass sie das nicht kann. Sie passt auf ihn auf«, sagte sie sanft. »Sie hat ihn erkannt, wissen Sie das? Sie ist sehr glücklich darüber. Sie hält seine Hand und wartet darauf, dass er etwas zu ihr sagt. Sie denkt, dass er schläft und dass er, wenn er aufwacht, alles tun wird, was er ihr versprochen hat.«

Rudi schwieg. »Haben Sie sie gesehen?«

»Ja. Ich war im Krankenhaus und habe sie beobachtet. Aber ich habe nicht mit ihr geredet.«

»Was hatte sie an?«

»Ein grünes Kleid. Es ist ihr altes Abendkleid, oder? Sie hat es selbst genäht, nehme ich an?«

»Als sie nach Berlin gezogen ist. Kaum hatte sie irgendwo Stoff her, hat sie angefangen, dieses Kleid zu nähen, das hat sie mir erzählt. Sie wollte hübsch aussehen, wenn ihr Ernst wiederkam.«

»Damit sie zum Tanzen auf den Ku'damm gehen kann.« Jetzt glaubte er ihr, weil sie es wusste. Jetzt vertraute er ihr. »Sie ist bei ihm, und auch, wenn sie nicht versteht, was gerade passiert – sie ist sehr glücklich darüber.«

»Aber der Alte, was ist mit ihm?«

»Ich glaube nicht, dass er noch einmal zu sich kommt.«

»Dann war alles umsonst«, sagte Rudi Baumgart, und seine Stimme wurde wieder härter. »Dann ist alles vorbei.«

»Ist es nicht. Warum sollte es?«

»Weil er nichts mehr wiedergutmachen kann. Nichts!«

»Hannah ist glücklich, das wollten Sie doch? Und noch etwas: Ich habe auch mit Ihrem Vater gesprochen und ihm von Karl erzählt.«

»Ernst!«, schrie Rudi. »Er heißt Ernst!«

»Ich weiß. Entschuldigen Sie.« Verdammt, was für ein Fehler.

»Nichts wissen Sie! Sie haben gar keine Ahnung, worum es hier geht! Sie lügen mich doch die ganze Zeit an!«

»Nein, das ist nicht wahr.« Sie versuchte, die Angst aus ihrer Stimme zu halten. »Ich weiß, worum es geht. Glauben Sie mir.«

»Ach ja? Wieso nennen Sie ihn dann so? Wieso nennen Sie ihn Karl? Karl Rohde liegt hier! Irgendwo auf diesem Hügel! Oder irgendwo in der Erde verscharrt zwischen Swinemünde und Königsberg! Keiner weiß, wer das ist und was er gemacht hat! Keiner!« Rudi Baumgarts Stimme überschlug sich.

Wenn ihr jetzt nicht das Richtige einfiel, drehte er durch. Sie ermahnte sich zur Ruhe. Was brauchte er, was wollte er? In erster Linie, was alle wollten: das Gefühl, in seinem Anliegen ernst genommen zu werden.

»Er heißt Ernst Friedrich Priebe und ist in Berlin geboren, in Königsberg aufgewachsen. Sein Vater war Flieger, hat in beiden Kriegen gekämpft und ist im Zweiten Weltkrieg in Afrika abgeschossen worden. Beide waren Physiker und haben an der Königsberger Sternwarte gearbeitet.«

Stille. Der Lichtkegel sank etwas nach unten, und Anne schloss für einen Moment fest ihre Augen, froh, nicht mehr geblendet zu werden. Als sie sie wieder öffnete, sah sie, dass es am Horizont langsam heller wurde.

»Von einer Sternwarte weiß ich nichts«, sagte Rudi.

»Doch, das stimmt, das hat er mir auch erzählt«, sagte Mike leise.

»Woher wissen Sie das alles?« Er versuchte, hart zu klingen, aber Anne spürte seine Neugier. »Haben Sie das aus Ihren Überwachungscomputern bei der Polizei?«

»Ich bin keine Polizistin, ich bin Psychologin. Ich arbeite nur manchmal mit der Polizei zusammen. Ich habe Hannah und Ernst Priebe und Ihren Vater, Ernst Simon, kennengelernt, und ich habe einen der Polizisten gebeten, so viel wie möglich über all diese Menschen herauszufinden, damit ich sie besser verstehen kann. Er hat nicht im Polizeicomputer, sondern im Internet einiges herausgefunden. Die Priebes waren damals eine bekannte Familie in Königsberg, über die man heute noch viel weiß. Über Ihren Urgroßvater, Friedrich Priebe, den Flieger, findet man eine ganze Menge im Internet. Das können Sie sich auch jederzeit ansehen.«

Schweigen.

»Ich weiß nicht.« Er klang unsicher. »Erzählen Sie mir von meinem Vater. Sie haben ihm alles gesagt? Er wusste es ja nicht. Er dachte immer, sein Vater sei im KZ umgekommen.«

»Ja, Hannah wollte es ihm wohl erst sagen, wenn Ernst bei ihr war. Sie konnte es ihm nur nicht mehr sagen. Also hab ich es ihm gesagt.«

»Wie hat er's aufgenommen?«

»Er hat geweint.« Sie hielt die Luft an, hoffte, dass ihre Notlüge ihren Zweck erfüllte.

»Er hat geweint? Das glaub ich nicht.«

»Doch. Er hat gesagt, ein Leben lang ohne Vater aufzuwachsen hätte ihn zerstört. Endlich hätte er seinen Vater gefunden. Wie es nun weitergeht und was er daraus macht, weiß ich auch nicht. Aber ich glaube, er hat verstanden, was es bedeutet, einen Vater zu haben. Einen echten.«

Rudi Baumgart schwieg. Minuten vergingen, und bei den beiden, die hinter dem Licht der Taschenlampe standen, passierte nichts. Sie spürte nur die tiefe Traurigkeit von Rudi. Und das Mitleid von Mike.

»Mein Vater ist so ein verdammtes Arschloch gewesen«, sagte Rudi leise. »Er hatte so viele Schulden, die ich jetzt für ihn bezahlen muss. Er hat mich da reingelotst, und ich habe es nicht gemerkt. Der Alte könnte uns ganz einfach helfen. Es ist doch seine verdammte Pflicht, uns zu helfen. Er könnte uns das Geld geben, und wir wären alle Schulden mit einem Schlag los. Und Hannah und meinem Vater würde es besser gehen. Mein Vater ist so ein Arschloch, das hat er von seinem Vater.«

»Ich dachte, dein Vater wär so cool«, sagte Mike und klang, als würde er weinen.

»Das war er mal. Jetzt ist er nur noch ein Arsch. Ich hab doch gesagt, er ist krank.«

»Ach so, ich dachte irgendwie körperlich krank oder so was in der Art.«

Ein Moment Schweigen. Etwas in Rudi veränderte sich. »Na los, Kleiner, lauf.«

»Was? Nein, ich – ich bleib bei dir! Ich lass dich nicht alleine!«

»Doch, es ist schon gut. Lauf zu der Frau und geh mit ihr mit. Ich komm auch gleich.« Dann richtete er sich wieder an Anne: »Sie versprechen mir, dass Sie mich zu Ernst und Hannah ins Krankenhaus bringen, wenn ich den Jungen laufen lasse? Danach können Sie mit mir machen, was Sie wollen.«

»Ich verspreche es.«

Aber Mike kam nicht. »Ich bleibe hier. Ich will auch mit ins Krankenhaus. Mein Uropa ist so ein widerlicher Typ, ich will mitkommen und mir das ansehen!«

»Mike, du hast damit nichts zu tun«, sagte Rudi. »Jetzt geh.«

»Hey, ich dachte, wir sind Freunde! Wir finden den Typen doch beide scheiße …«

»Hau endlich ab!«, schrie Rudi und stieß Mike von sich. Anne sah den verdutzten Jungen in das Licht der Lampe stolpern. Er fiel hin, der Länge nach auf den Boden.

»Das kannst du doch nicht machen«, sagte Mike, weinte wieder. »Ich will nicht weg!« Er stand auf, drehte sich zu Rudi.

»Mike, komm zu mir«, sagte Anne. »Rudi passiert nichts.«

»Nein, ich kenn Sie doch gar nicht!« Er ging auf Rudi zu.

»Bleib stehen, Mike. Geh zu der Frau. Los.«

Unschlüssig sah Mike von einem zum anderen. Die Morgendämmerung ließ Anne schemenhaft erkennen, was passierte.

»Ihre Waffe, Herr Baumgart, was machen wir mit der?«, fragte Anne sanft.

»Dann habe ich gar nichts mehr«, sagte Rudi Baumgart.

»Doch, dann bringen wir Sie zu Hannah und Ernst. Solange Sie die Waffe haben, können wir das nicht machen.«

»Hier sind überall Scharfschützen, oder?«

»Ja. Und es wird hell. Sie kommen hier nicht raus. Ich biete Ihnen alles, was ich kann. Und Sie werden bekommen, was Sie wollen. Sie werden sehen, dass es Hannah nun gut geht.«

»Okay. Die beobachten mich, ja? Dann bleibe ich hier stehen. Mike, nimm den Revolver und gib ihn der Frau.«

»Bist du sicher?«, fragte Mike.

»Du hast doch zugehört. Mach schon.«

Mike rannte zu Rudi, nahm den Revolver. Und Rudi knipste die Taschenlampe aus. Mike ging auf Anne zu, den Revolver in der Hand, er wog ihn in der rechten Hand, dann in der linken, dann wieder in der rechten. Annes Herz raste vor Anspannung. Es waren nur noch ein paar Schritte bis zu ihr, und alles wäre vorbei.

Doch Erik war nicht im Bus geblieben. Er hatte sich um sie gesorgt, wusste nicht, was hier geschehen war und kam plötzlich – warum hatte sie ihn nicht bemerkt? – kam plötzlich den Fußweg hoch, der zum Aussichtspunkt führte. Mike hörte ihn, sah ihn, und erstarrte in der Bewegung, die Waffe fest in der rechten Hand.

»Mike, es ist vorbei. Alles ist gut. Gib mir die Waffe«, sagte Erik.

»Nein!«, schrie Mike. Er hob die rechte Hand, die Hand mit dem Revolver, Eriks Revolver.

»Hey, Junge, was soll das denn, gib mir einfach die Waffe, ja? Dann passiert nichts. Dann gehen wir alle wieder nach Hause, und es ist gut«, sagte Erik und kam immer näher.

»Keinen Schritt weiter!«, schrie Mike. »Keinen einzigen Schritt weiter, sonst knall ich dich ab!«

Erik blieb stehen, nunmehr keine drei Meter von Mike entfernt. »Was soll das? Es passiert dir doch nichts. Du hast doch nichts getan.«

»Ich gehör zu Rudi, klar? Ihr habt gelogen, ihr wollt ihn doch nur abknallen!«

»Das ist nicht wahr, Mike. Rudi passiert nichts«, sagte Erik.

»Mike, mach keinen Quatsch«, sagte nun auch Rudi Baumgart, und Mike drehte sich zu Rudi um. »Gib ihm die Knarre, das ist schon in Ordnung.«

»Rudi, du kannst dich doch nicht einfach von denen so verarschen lassen! Ich beschütze dich, okay?«

»Gib ihm die Knarre!«, rief Rudi, nun selbst nervös.

Mike stand da, hielt unschlüssig den Revolver in der Hand, wusste nicht, auf wen er hören sollte. Auf das, was ihm sein Gewissen sagte, oder das, was ihm diese Menschen um ihn herum Glauben machen wollten.

Und Erik ging auf den Jungen zu, um ihm die Waffe abzunehmen. Dies war der Moment, in dem Mike seine Entscheidung fällte. Die Entscheidung für Rudi. Er zielte auf Erik: »Stehen bleiben!« Aber Erik blieb nicht stehen, dachte wohl, der Junge würde so etwas nicht tun. Doch er tat es.

Denn Mike hatte keine Ahnung, hatte keine Vorstellung davon, dass überall um ihn herum Scharfschützen waren. Mike dachte nur daran, dass er Rudi beschützen musste, weil in diesem Moment sein Leben von Rudis Leben abhing. Er schoss.

Anne warf sich auf den Boden. Zwei weitere Schüsse folgten. Ein dritter. Rudi Baumgart schrie.

»Wir brauchen den Notarzt, jetzt!«

»Unterwegs. Wie viele?«

»Zwei.«

Zwei? Anne hob den Kopf. Die SEKler waren aus ihrer Deckung gekommen. Rudi Baumgart war längst in Handschellen. Zwei hockten neben Erik, der auf dem Boden lag. Einer der Männer kniete neben Mike. Er sah zu ihr herüber.

»Sind Sie verletzt?«

Sie schüttelte den Kopf und stand auf.

»Was ist mit ihm?«, fragte sie und kannte die Antwort schon.

»Er ist tot.«

19.

Erik fühlte sich immer noch benommen.

»Das kann nicht mehr von der Narkose sein, die ist über achtundvierzig Stunden her, und Sie sind doch kein alter Mann«, hatte ihm der Arzt gesagt. Dabei fühlte er sich genau so: wie ein alter Mann. Vielleicht hätte er dem Arzt sagen sollen, wie er die Zeit vor der OP verbracht hatte. Kaum geschlafen, kaum gegessen. An den Alkohol wollte er erst gar nicht denken.

Seine Gedanken führten ihn immer wieder nur zu seinem Vater, seit er aus der Narkose aufgewacht war. Er konnte an nichts anderes denken als daran, dass er nun für immer aus seinem Leben verschwunden war. Wie hart ihn sein Tod treffen würde, war ihm nie klar gewesen. Von seinem Vater würde er keine Antworten mehr bekommen. Nicht auf die Frage, warum alles so gekommen war zwischen ihnen. Warum er so gegen Erik gewesen war.

Dabei war Erik der Einzige der drei Söhne gewesen, der ihm ähnlich gesehen hatte. Vielleicht war das der Grund. Er würde es wohl nie erfahren, jedenfalls nie mehr von seinem alten Herrn persönlich. Auch nicht, was Eriks Großvater während des Kriegs gemacht hatte. Das war nie ein Thema gewesen. Wussten es seine Brüder? Oder seine Mutter? Der Reichtum der Kempers konnte nicht von ungefähr gekommen sein. Kriegsgewinnler, dachte Erik.

Er wusste zu wenig über die Familiengeschichte. Warum hatte er nie nachgefragt? Er hatte andere Themen mit seinen Eltern gehabt als die Vergangenheit. Er war viel zu sehr damit beschäftigt gewesen, ihre Aufmerksamkeit zu wecken, und als er die nicht bekommen hatte, musste er ihnen zeigen, dass er ohne sie klarkam. Jetzt war er zweiundvierzig, sein Vater war gestorben, nachdem sie über fünfzehn Jahre nicht miteinander geredet hatten, und er hatte überhaupt nicht das Gefühl, mit irgendetwas in seinem Leben jemals klargekommen zu sein.

Erik fühlte sich ausgeliefert, wie er hier in seinem Krankenhausbett lag. Er konnte sich kaum bewegen. Er musste von Pflegern gestützt werden, wenn er sich wusch. Erbärmlich. Und immer wieder sein Vater, der auftauchte, sobald er sich im Spiegel sah. Wie ein Geist, der nicht zur Ruhe kam und Erik quälte, bis dieser – ja, was? Was erwartete er von ihm? Eine Entschuldigung? Sollte der Alte sich doch bei ihm entschuldigen. Aber das konnte er nicht mehr.

Erik schloss die Augen und strengte sich an, eine gute Erinnerung an seinen Vater zu finden. Wenn er ihn schon dauernd vor sich sah. Kein tolles Weihnachtsgeschenk. Kein Wochenendausflug, keine Veranstaltung, bei der sie Spaß gehabt hatten. Nichts wollte ihm einfallen. Woran er auch dachte, was er auch sah, immer waren da seine lachenden Brüder, die den Vater in die Mitte genommen hatten, und Erik trottete hinterher. Wahrheit oder Einbildung?

Erik hätte selbst bei der Schießerei sterben können. Oder bei der Operation. Dann wäre er derjenige gewesen, mit dem niemand mehr seinen Frieden hätte machen können. Grund genug, die Dinge selbst in die Hand zu nehmen und ein für alle Mal anzugehen. Anders als sein Vater. Er nahm sich vor, nichts mehr ungeklärt zu lassen. Wenn er erst einmal hier draußen war, würde er es tun.

Wenn er bis dahin nicht längst wieder verdrängt hatte, was er klären wollte. Er war doch so gut im Verdrängen.

Inga war gestern bei ihm gewesen und hatte ihm einen Brief dagelassen. Von seiner Mutter. Sie schaffe es nicht, persönlich zu kommen, ließ sie ihm ausrichten. Sie habe von Krankenhäusern im Moment genug. Aber immerhin wollte sie mit ihm reden. Den Brief hatte er noch nicht geöffnet.

Gerade richtete er sich mühsam auf und angelte nach dem Umschlag, als die Tür aufging und Natalie Thiele vorsichtig den Kopf hereinsteckte.

»Klopfen find ich auch überbewertet«, sagte er zu ihr.

»Ich hab doch geklopft.«

»Muss sehr zart gewesen sein. Soviel Fingerspitzengefühl hätte ich Ihnen gar nicht zugetraut. Kommen Sie rein.«

Sie setzte sich auf den Besucherstuhl und verkrampfte nervös die Hände ineinander. »Alles okay?«, fragte sie.

»Na, die Kugel hab ich überlebt, Dorndorfer und Reuter gestern auch, da werd ich mit Ihnen schon irgendwie klarkommen.«

Dorndorfer und Reuter. Dieser Besuch lag in einem sanften Nebel von Schmerzmitteln und Narkosenachwirkung.

»Oh, ja … Ich hab mit den beiden geredet und ihnen gesagt, dass eigentlich ich an allem schuld bin, weil ich viel zu voreilig war. Und ich wollte mich bei Ihnen entschuldigen, ich habe wohl ziemlich überreagiert und Ihnen Unrecht getan.« Sie biss sich auf die Unterlippe und sah ihn gespannt an.

»Ja. Danke.« Er wusste nicht, was er darauf erwidern sollte. Er war beeindruckt, dass sie sich bei ihm entschuldigte, und auch davon, wie sie es tat. Aber das konnte er ihr nicht sagen. Also schwiegen sie eine Weile und vermieden es, sich anzusehen.

Endlich fragte Erik: »Läuft's gut mit der Vernehmung? Sie sind doch dabei?«

»Ja, sicher«, sagte sie, erleichtert, dass sie nun ein anderes Thema hatten. »Also dieser Rudi Baumgart … er hatte alles monatelang geplant.«

»Über ein Jahr, richtig?«

»Letztes Jahr im März, nachdem er Karl Rohde im Fernsehen gesehen hatte, hat er sich auf die Suche nach ihm gemacht. Er hat mit Rohde Kontakt aufgenommen, aber der wollte nichts mit ihm zu tun haben, weil er sein neues Leben nicht aufgeben wollte. Das hätte er tun müssen, wenn er Ernst Simon als seinen Sohn akzeptiert hätte.«

Erik nickte nachdenklich. »Dann hätten alle gewusst, dass er kein Held gewesen war. Sondern nur ein feiger Typ, der ein Mädchen geschwängert und sich nie wieder bei ihr gemeldet hat.« Er dachte an sich selbst und wie feige er eigentlich war.

»Sie vergessen, dass er auch seine Tochter Hilda verleugnet hat.«

»Diese Sache ist mir noch nicht ganz klar.«

»Herr Böttcher hat uns doch von dem Unfall vor ein paar Monaten erzählt. Als jemand Hilda Neusser auf dem Parkplatz vorm Golm ins Auto gefahren war und ihr Mann sich solche Sorgen um sie gemacht hat.«

»Weil sie danach so verändert war«, sagte Erik. »Richtig.«

»Baumgart war zu dem Zeitpunkt bekannt, dass Karl Rohde eigentlich Ernst Friedrich Priebe hieß. Und er hatte auch herausgefunden, dass der Name Priebe auf einer der Gedenktafeln stand. Er hat so lange gesucht, bis er wusste, wer den Namen hatte draufschreiben lassen.

Dann ist er Hilda Neusser am Golm begegnet und hat diesen Unfall provoziert, sie in ein Gespräch verwickelt und ein paar Monate später nach Usedom gelockt, um ihr ihren Vater zu präsentieren. Er hat ihr nie seinen richtigen Namen genannt, er hat Schapiros Namen benutzt. Hilda Neusser war einfach nur Teil seines Plans.«

»Und er hat in Kauf genommen, dass sie bei dem Brandanschlag sterben würde?«

»Er hat es sogar darauf angelegt. Er konnte durch das Fenster sehen, dass Karl Rohde nicht mehr im Zimmer war. Ich habe Ihnen doch gleich gesagt, der Täter wusste, dass der alte Mann draußen war. Ich habe es nur falsch interpretiert. Er hat Rohde übrigens in einem Brief vorgewarnt, dass er kommen würde. Rudi Baumgart wollte ihm die verlorene Tochter vorführen und gleich wieder nehmen.«

»Wie krank muss der sein!«, sagte Erik nur.

»Schapiro ist ihm wohl auf die Schliche gekommen, weil Baumgart derjenige war, der gesagt hat, dass die Rechten an dem Tag auf Usedom wären. Baumgart hat sich verzogen, um angeblich im Ort nach ihnen zu suchen. Schapiro hat später von dem Anschlag gehört und dann eins und eins zusammengezählt. Jedenfalls war er Baumgart im Weg.«

»Und die getürkten Anrufe bei der Notrufzentrale waren auch von Baumgart, nehme ich an.«

»Genau. Aber wie er mit den Neonazis Kontakt aufgenommen hat, um sie zum Golm zu locken, das wissen wir noch nicht. Wir haben sowieso noch einige Stunden Vernehmung vor uns.«

»Und wieso hat er Helm …?«

»Helm hat ihn erwischt, als er gerade aus Schapiros Wohnung kam.«

»Aha, Baumgart hat also das Siegel aufgebrochen. Was wollte er denn in der Wohnung?«

»Nachsehen, ob Schapiro irgendwelche Hinweise auf ihn hinterlassen hat.«

»Der denkt auch an alles.«

»Es war nicht so, dass er Angst gehabt hätte, erwischt zu werden. Dann hätte er seinem Großvater nicht diese Briefe geschrieben. Nach jedem Mord hat er ihm einen geschrieben. Er wollte nur nicht zu früh gefasst werden.«

»Erst, wenn er sein Ziel erreicht hatte. Wenn Karl Rohde zugeben würde, wer er wirklich war, und Hannah und Ernst akzeptierte, und damit auch ihn«, fasste Erik zusammen.

»So hat er's gesagt. Er wollte eine richtige Familie«, sagte Thiele.

Erik musste schlucken. »Wo waren Sie eigentlich, als die Geiselnahme losging?«, wechselte er schnell das Thema.

»Ich war selbst eine Geisel«, sagte Natalie Thiele ernst.

»Versteh ich nicht. Ist das ein Scherz, den ich nicht verstehe?«, fragte Erik verwirrt.

Sie erzählte ihm von ihrem Besuch bei der Kameradschaftshilfe. »Ich kann von Glück sagen, dass ich meine Waffe in Böttchers Wagen liegen ließ, weil sie mich bei der Hitze störte. Und dann, als ich dran dachte, war Böttcher schon längst weggefahren. Wer weiß, was sonst noch passiert wäre. Diese Typen haben mich mit meinen eigenen Handschellen gefesselt, mir den Ausweis abgenommen und in den nächsten Gulli geworfen. Und dann haben sie mich in die Abstellkammer gesperrt. So etwas Peinliches ist mir noch nie passiert.«

Erik starrte sie erschüttert an. »Und die waren siebzehn oder wie alt?«

Thiele zuckte die Schultern. »Und jünger. Als sie mich eingesperrt hatten, rief einer die Kollegen in Uniform und ließ mich abholen. Und weil die mich nicht kannten, haben sie mich wegen versuchten Einbruchs und Amtsanmaßung in eine Zelle gesperrt. Ich konnte mich ja nicht ausweisen. Der Staatsanwalt kannte mich zum Glück und hat mich da rausgeholt. Wahrscheinlich kommt es nicht mal zu einer Anklage, weil den dreien nichts nachzuweisen ist. Mein Ausweis ist immer noch verschwunden, und die drei behaupten, ich hätte mich seltsam aufgeführt und überall herumgeschnüffelt, so dass sie davon ausgehen mussten, dass ich etwas stehlen wollte. Jetzt wollen sie sogar eine Dienstaufsichtsbeschwerde einreichen, weil ich ohne Durchsuchungsbeschluss dort eingedrungen sei.«

»Wow. Hätte nicht gedacht, dass die so viel Grips haben. Ich hätte eher damit gerechnet, dass sie Sie verprügeln«, sagte Erik ernst.

»Ja, das war mein großer Fehler, ich habe sie unterschätzt«, sagte Thiele.

»Intelligente Neonazis. Na dann gute Nacht«, erwiderte Erik, als es an der Tür klopfte.

Es war Anne. »Oh, soll ich später noch mal kommen?«

Natalie Thiele stand auf. »Nein, ich bin schon weg. Wir haben doch jetzt alles besprochen?«, fragte sie etwas unsicher in Eriks Richtung.

»Haben wir«, sagte er, und sie lächelte erleichtert, als sie hinausging.

Anne wartete, bis Thiele aus dem Zimmer war, und kam an Eriks Bett. Sie setzte sich auf den Besucherstuhl, auf dem eben noch seine Kollegin gesessen hatte.

»Ich hab dir keine Blumen mitgebracht, du magst ja sicher keine«, sagte sie und klang kühl.

»Zu meiner Beerdigung darfst du«, antwortete er und merkte, dass sie seinen Witz gar nicht witzig fand. »Wie geht es dir?«, fragte er deshalb schnell.

»Gut, gut. Und dir?«

»Doch, prima, es heilt ganz wunderbar, sagt der Arzt.«

Sie schwiegen einen Moment.

»Du weißt, dass Karl, also Ernst Priebe …«, begann sie.

»Ja, gestern Abend hat es mir der Arzt gesagt.«

»Die Pauls machen gerade viel durch.«

»Der Junge ist wegen mir gestorben«, sagte Erik. Er erschrak, als er den Gedanken, den er bis jetzt von sich geschoben hatte, zum ersten Mal laut aussprach.

»Warum bist du plötzlich aufgetaucht? Dachtest du, ich komme alleine nicht klar? Du musstest mich nicht beschützen. Es war alles schon fast vorbei.«

Erik klammerte seine Hände ineinander, fast wie zum Gebet. »Ich mache mir jede Minute Vorwürfe«, begann er. »Ich dachte, er vertraut mir. Wir haben uns so gut verstanden, als ich ihn im Krankenhaus besucht hab. Und ich dachte wirklich, das reicht. Er vertraut mir, er gibt mir die Waffe und fühlt sich vielleicht sogar sicher, wenn ich da bin.«

»Du konntest nicht wissen, dass er schießen würde«, sagte Anne, und es klang in seinen Ohren wie das, was es war. Eine lahme Entschuldigung für sein Fehlverhalten, dessen Konsequenzen er endgültig zu spüren bekommen würde, wenn er aus dem Krankenhaus raus war.

Er hatte nicht wissen können, dass der Junge schießen würde. Hatte er nicht? Er würde sich nie eine endgültige Antwort auf diese Frage geben können. Er würde immer damit leben müssen, dass er schuld am Tod des Jungen war.

»Was soll ich jetzt machen?«, fragte er leise.

»Sie werden dich in eine Gesprächstherapie schicken, und dann musst du sehen, wie du dazu Distanz bekommst, um es für dich besser einordnen und bewerten zu können. Ich kann dir dabei nicht helfen. Dazu kennen wir uns zu gut.«

Erik nickte, und sie schwiegen wieder. Er suchte verzweifelt nach etwas, das er sagen konnte.

»Meine Mutter hat mir einen Brief geschrieben.« Etwas Besseres fiel ihm nicht ein.

»Was schreibt sie? Will sie sich mit dir treffen?«

»Ich weiß es nicht. Ich hab ihn noch nicht gelesen.« Er deutete auf den verschlossenen Umschlag. »Inga hat ihn mir gebracht.«

»Ah.«

Schweigen, bis Anne sagte: »Wie geht es ihr?«

»Wem, Inga? Nicht sehr gut. Ihr Liebhaber hat sie sitzen lassen. Er sagte, das wäre ihm alles eine Nummer zu groß in seinem Alter.«

»Du meine Güte, wie alt ist er denn, zwanzig?«, fragte Anne überrascht. »Du hast mir nie erzählt, dass es ein so junger Typ ist!«

»Er ist Anfang dreißig, so jung nun auch wieder nicht. Nein, er meinte damit nicht nur die Schwangerschaft. Er war wohl auch eifersüchtig. Er hatte zwar was mit anderen Frauen, wann immer es ihm passte, aber Inga durfte nichts mit einem anderen Mann haben. Damit hat er nicht gerechnet. Soviel zum Thema offene Beziehung.«

»Schön zu wissen, dass sie immer wieder gut funktionieren, ganz wie alle anderen Beziehungen auch«, antwortete Anne, und sie klang eisig.

»Anne, verstehst du das denn nicht? Ich habe mich gefragt, was ist, wenn das Kind von mir ist. Dann muss ich mich darum kümmern, ich könnte sie doch nicht einfach sich selbst überlassen …«

»So wie damals mit Cordelia? Ich glaube nicht, dass du an einem neuen Kind einfach das wiedergutmachen kannst, was du an einem anderen verbockt hast.«

Er nickte. Als hätte er sich das nicht schon längst selbst gesagt. »Du hast Recht, wie immer«, sagte er schnell. »Aber denkst du denn nicht, wir könnten doch noch mal über – uns reden?«

»Versteh ich nicht. Weil der Liebhaber weg ist? Das ergibt gar keinen Sinn.«

»Sie hat noch mal genau nachgerechnet und gesagt, die Chancen, dass ich der Vater bin, sind deutlich geringer als bei dem anderen.«

»Deutlich geringer heißt was genau?«

»Dass sie weiter in der Schwangerschaft ist, als sie erst angenommen hat. Sagt jedenfalls ihr Frauenarzt. Sie war wahrscheinlich schon schwanger, als ich mit ihr … also …«

Anne drehte den Kopf weg. Er tat ihr weh, das wusste er. Aber er verstand nicht, warum sie die Vorstellung so sehr schmerzte, dass er mit seiner Exfrau geschlafen hatte. Vor Wochen. Als noch gar nichts zwischen ihnen beiden war.

»Ich weiß, ich benehme mich blöd«, sagte Anne, als hätte sie seine Gedanken erraten. »Ich glaube, es ist, weil du nicht offen zu mir warst. Du wusstest eigentlich immer von meinen Männergeschichten. Ich habe da kein großes Geheimnis draus gemacht. Und du hast dich immer ausgeschwiegen. Du hast immer so getan, als gäbe es nicht eine einzige Frau in deinem Leben. Als hättest du zuletzt Sex gehabt, als deine Tochter gezeugt wurde. Außerdem vertraust du mir nicht. Deshalb erzählst du mir nichts, und deshalb bist du auch einfach auf dem Golm aufgetaucht. Das ist keine gute Basis.« Sie sah ihm nun direkt ins Gesicht und versuchte ein Lächeln. Erik hatte selten einen Menschen so unecht lächeln sehen.

»Ich muss dir auch etwas sagen. Mein Vertrag mit der Uni läuft aus, und ich habe ein neues Angebot.«

»Verlängern sie?«

»Ich gehe nach Dublin.«

»Nein!«

»Warum nicht?«, fragte sie. In ihrem Blick lag Traurigkeit.

Erik räusperte sich. »Das ist sehr weit weg. Schade. Ich dachte, wir …«

Sie stand plötzlich auf und unterbrach ihn. »Wir sehen uns sicher noch einmal, bevor ich weggehe, in Ordnung? Ich komme vorbei und verabschiede mich. Aber jetzt muss ich los.«

»Versprich es mir!« Er hielt ihr seine Hand entgegen. Sie nahm sie.

»Gut, versprochen. Ehrenwort.« Sie lächelte sogar, diesmal war es echt.

»Wie sicher ist Dublin?«, fragte er.

»Ziemlich.«

»Ziemlich ist nicht hundertprozentig.«

»Ich muss wirklich los«, sagte sie.

»Geh doch.«

»Du lässt meine Hand nicht los.«

Er ließ sie erst los, als er von ihr hatte, was er wollte. Es war nur ein winziger Kuss, ganz leicht auf die Wange gehaucht. Es war nicht mal ein richtiger Kuss, aber wenigstens etwas, wofür sie ihm hatte nahe kommen müssen. Dublin. Warum nicht? Er war noch nie in Irland gewesen. Bei dem Gedanken musste er grinsen.

Er lag noch eine Weile regungslos in seinem Bett und starrte an die Decke. Versuchte, an nichts zu denken, dachte aber sofort wieder an seinen Vater und daran, wie wichtig es war, Frieden mit denen zu schließen, die einem nahe standen. Solange man die Gelegenheit dazu hatte. Er hatte seinen Stolz hinuntergeschluckt und war zur Beerdigung gefahren. Jetzt hatte seine Mutter ihren Stolz beiseitegeschoben und ihm geschrieben.

Er drehte sich zur Seite und streckte seine Hand nach dem Brief aus. Die Bewegung schmerzte, aber er hielt den Schmerz aus, bis er den Umschlag endlich zwischen den Fingern hielt. Erik wendete ihn hin und her, öffnete ihn aber noch nicht. Er dachte: Ganz egal, was in diesem Brief steht, ich werde zu ihr fahren und erst wieder gehen, wenn wir über alles gesprochen haben. Wenn ich aus dem Krankenhaus draußen bin.

Dann würde er so vieles ändern. Wenn er bis dahin nicht längst wieder verdrängt hatte, was er klären wollte. Er war doch so gut im Verdrängen.

Epilog

Als es Nacht wurde, legte Dirk Sass seine Unterlagen in den Safe des Arbeitszimmers. Sein Testament war beim Notar. Die Lebensversicherungspolicen in Ordnung. Der Nachlass exzellent geregelt. Er sah auf die Uhr. Es wurde Zeit. Dirk Sass griff nach dem Telefonhörer und wählte eine Nummer aus dem Gedächtnis, die er niemals wählen sollte.

»Was wollen Sie?«, fragte der andere Mann. Er sprach mit einem starken russischen Akzent.

»Ich steige aus«, sagte Sass ruhig.

»Das können Sie nicht.«

»Doch.«

Der Mann schwieg. Endlich sagte er: »Nun gut, Herr Sass, dann sage ich: Es war mir eine Freude, mit Ihnen Geschäfte zu machen. Ich wünsche Ihnen alles Gute für Ihr weiteres Leben. Ihnen und Ihrer Familie.« Dann legte er auf.

Sass sah noch eine Weile den Hörer in seiner Hand an. Seine Familie. Genau darum ging es ihm. Seine Familie war seit vier Stunden in Sicherheit. Weit weg von hier. Der Umschlag mit den wichtigsten Namen lag bereits dem Staatsanwalt vor. Er hatte ihn per Express schicken lassen und soeben die Bestätigung bekommen, dass er persönlich entgegengenommen worden war. Jetzt konnte er gehen.

Dirk Sass legte den Hörer vorsichtig auf das Telefon und stand auf. Er verließ sein Arbeitszimmer, ging die Treppe der Villa hinunter und rief nach Ronny. »Ich gehe spazieren«, sagte er. »Wenn ich in einer Stunde nicht zurück bin, rufst du die Polizei.«

Ronny machte große Augen. »Was denn, Chef, ich kann doch nicht … Ich komm besser mit!«

»Nein, das geht nicht«, sagte Dirk Sass und lächelte. »Denk daran, was wir besprochen haben. Die neuen Regeln, ja?«

Dann verließ er sein Haus. Er nahm nichts mit. Keine Schlüssel, kein Portemonnaie, keinen Ausweis. Er ging bis zur Hauptstraße vor und folgte ihr stadteinwärts. Es herrschte reger Verkehr. Bei dem herrlichen Wetter fuhren viele noch nachts ans Wasser oder in die Heide. Er ging immer weiter, bis er zum Mühlendamm kam. Er wusste, dass sie ihn nun gefunden hatten. Er ging immer weiter, immer im gleichen Rhythmus.

Als der erste Schuss explodierte, sank er zusammen. Den zweiten und dritten Schuss hörte er schon nicht mehr.

Danksagung

Danke allen, die durch ihre fachliche Unterstützung und ihren kompetenten Rat dieses Buch möglich gemacht haben:

Staatsanwalt Oliver Ottmann von der Staatsanwaltschaft München, 1. KHK Holger Ewe von der Kripo Mittelhessen, Kriminaloberrat Thomas Krense von der Kripo Anklam und 1. KHK a. D. Eckhard Schuldt von der Kripo Rostock; Dr. Klaus Gramann vom Institut für Psychologie der LMU München und Heidemarie Krix, Heilpraktikerin und Heilerin; Juri Rosov von der Jüdischen Gemeinde in Rostock; Manuela Balan und Rainer Ortlepp von der Deutschen Seereederei Rostock; Uwe Behrendt, Geschäftsführer des Boxverbandes Mecklenburg-Vorpommern und Gerd Graf, Ehrenpräsident des Hessischen Amateur-Boxverbandes.

Alle Fehler sind selbstverständlich mir allein zuzuschreiben.

Danke an Dr. Caroline Sommerfeld-Lethen und Prof. em. Dr. Helmut Lethen für eine unvergessliche Zeit in Rostock. Wir sehen uns in Wien.

Nicole Bürger, Frank Dommel, Cerni Florea, Gert Heiland, Dr. Simon Kaja, Arne Kirschenberger, Tom Krauß, Dr. Anja Roder, Lennart Scheib, Marcus Schilling, Ella Schlenz, Daniel Scholten, Dr. Aleks Scholz, Frank Steinhauer, Fabian Stenzel, Ralph Tröster und Ilka Witthaus dafür, dass ihr zuhört, auf Skype da seid, Antworten auf einfach alle Fragen habt, rund um die Uhr ansprechbar seid und mich einfach immer versteht und ermutigt. Ihr wisst gar nicht, wie sehr mir das hilft, oder?

Besonderer Dank für kritische Detailarbeit, gemeines Hinterfragen und konsequentes Mirnichtsdurchgehenlassen geht an KHK Karsten Lauber vom LKA Bayern, Andrea Partscht, Victoria Tomaschko und Frank Schneider. Ohne euch – nicht auszudenken.

Ich danke auch allen bei Lübbe, besonders den Damen von der Presseabteilung, meiner Vertreterin vor Ort Petra Lang und natürlich meiner Lektorin Sabine Cramer.

Dank gilt außerdem meinen unvergleichlichen Agentinnen Lianne Kolf und Isabel Schickinger.

Wie immer: C. W., der so viel Geduld, Verständnis und Vertrauen hat, dass es mit einfachen Worten an dieser Stelle nicht getan ist.

Besondere Erwähnung verdienen Katharina Jurczek und Inge Pacan. Sie waren beide eine große Inspiration und wertvolle Hilfe bei den historischen Recherchen. Danke.